SOLE LIFE

발바닥 인생 1~4

SOLE LIFE
발바닥 인생 1~4

초판 1쇄 발행 2025년 12월 25일

지은이 강신묵
펴낸이 장길수
펴낸곳 지식과감성#
출판등록 제2012-000081호

교정 한장희
디자인 이현
편집 이현
검수 한장희
마케팅 김윤길

주소 서울시 금천구 벚꽃로298 대륭포스트타워6차 1212호
전화 070-4651-3730~4
팩스 070-4325-7006
이메일 ksbookup@naver.com
홈페이지 www.knsbookup.com

ISBN 979-11-392-2975-2(03810)
값 22,000원

지식과감성#
홈페이지 바로가기

SOLE LIFE

발바닥 인생 1~4

강신묵 지음

밤새워 읽을 수밖에 없는,
러브 스토리!

지식과감성#

목차

발바닥 인생 1

SOLE LIFE: FIRST BOOK

이 세상에 한 남자(K)가 살고 있다. 녀석은 충청북도의 두메산골에서 태어났다. 녀석이 태어난 1963년 (음력) 정월 대보름날 새벽에는, 달빛 사이로 하얀 눈이 펑펑 내려서 대지를 온통 뒤덮고 있었다.

몇 년 후에, 녀석의 가족들이 서울로 이주했다. 녀석의 부모는 서울시 흑석동에서 잡화점을 시작했다. 어린 녀석이 살던 동네는 동작동 국립묘지에서 가까웠다. 녀석의 부모가 얻은 가게는 동네로 들어가는 입구에 위치했다.

녀석의 아버지는 욕심이 대단했다. 아버지는 고향에서도 욕심이 많기로 소문났다. 고향 사람들이 새벽에 일을 시작하려고 할 때, 벌써 녀석의 아버지는 야산에서 소들에게 먹일 풀을 지게에 한가득 짊어지고 내려왔다. 고향의 사촌 형은, 새벽에 녀석의 아버지가 얼마나 많은 짐을 지고 내려오는지 사람은 보이지 않고 풀 더미만 보였다며 혀를 내둘렀다.

욕심 많고 부지런한 녀석의 아버지가 흑석동에서 시작한 잡화점은 손님으로 북새통을 이루었다. 녀석의 부모는 밤늦게 장사를 마치고 안방에 돈을 수북이 쌓아 놓고 세었다. 하루는 외할머니가 방문했다가, 그 광경을 보고 너무 놀라서 창문 틈으로 밖을 멍하니 쳐다볼 정도로 녀석의 부모는 돈을 잘 벌었다. 녀석의 큰아버지는 용산에서 주류 도매상을 했다. 초창기에는, 녀석의 아버지가 돈을 더 많이 벌었다.

K의 아버지는 술을 많이 마셨다. 그리고 어머니는 성격이 매우 난폭했다. 어느 날, 녀석의 어머니가 건물주와 대판 싸웠다. 녀석의 가족은 가게를 비워 주고 이사를 가야 했다. 녀석의 가족은 황급히 영등포구 신길동으로 이주했다.

그 당시에, 녀석은 국민학교 1학년에 다니고 있었다. 녀석의 아버지는 벌어 놓은 돈을 까먹으며 사업을 구상했다.

녀석의 부모가 신길동의 신풍시장에서 포목점을 열었다. 경험도 없이 시작한 포목점은 얼마 못 가서 폭삭 망했다. 이때부터, 녀석의 가족은 단칸방을 전전하며 살게 되었다.

생활이 어려워지자, 녀석은 시골의 조부모님 댁에 맡겨졌다. 어쩔 수 없이, 녀석은 충청북도 영동의 국민학교로 전학을 갔다.

녀석의 할아버지는 미꾸라지를 가장 맛있게 드셨다. 녀석은 틈만 나면 할아버지가 좋아하시는 민물고기를 잡으러 다녔다. 녀석은 할아버지를 기쁘게 해 드리려고 새벽부터 열심히 고기를 잡으러 다녔다.

녀석의 부지런함은 아버지를 쏙 빼닮았다. 아버지를 닮은 또 다른 점은, 왕성한 성욕을 지녔다는 것이다. 녀석은 국민학교 4학년 무렵부터 성욕으로 인하여 스트레스를 많이 받았다. 이 점만 빼고, 녀석은 다른 아이들처럼 매우 건강하게 자랐다.

K는 국민학교 5학년 말에 서울로 올라와서 가족들과 살게 되었다. 그날 저녁에, 녀석은 아버지의 손에 이끌려서 정든 고향을 떠났다. 녀석의 집은 허름한 단칸방이었는데, 천장에는 백열등 하나가 외롭게 매달려 있었다.

녀석은 매우 큰 충격을 받았다. 그러나 어쩔 도리가 없었다. 녀석은 한 달 이상 학교에 나가지 못하다가, 영등포구 신길동의 국민학교 6학년에 편입되었다.

녀석의 아버지는 막노동으로 생계를 이어 갔다. 녀석의 아버지는 걸핏하면 술을 마시고 온 동네를 다니면서 주사를 부렸다. 녀석의 어머니는 간사하고 포악하여 자식들을 버려두고 화투만 치러 다녔다.

녀석과 어린 남동생은 거리에서 담배꽁초를 잔뜩 주워 줄담배를 피워 댔다. 그리고 두 형제는 틈만 나면 고물을 주워 팔아서 허기진 배를 채워야 했다.

1977년, 녀석이 추첨을 통하여 영등포구에 위치한 중학교에 진학했다. 녀석은 도시락을 싸서 중학교를 다녀 본 경험이 거의 없다. 녀석은 영양실조로 머리가 어지러워서 공부를 할 수 없었다.

녀석의 아버지는 두 형제에게 온갖 욕설을 퍼부으며 폭력을 휘둘렀다. 녀석과 남동생은 아버지의 술주정 때문에 추운 겨울에도 거리를 방황했다. 밤늦도록 방황하던 녀석과 남동생이 파출소에 끌려간 적이 있었다. 녀석의 어머니가 연락을 받고 파출소에 찾아와서 소리를 질러 댔다.

"저런 못된 놈들은 모두 감방에 처넣어야 해!"

결국, 녀석과 남동생이 부모의 끈질긴 학대를 견디지 못하고 가출했다. 목적지는 조부모님 댁이었다. 영등포역에서 기차를 타고 충청북도의 영동역에 도착했을 때, 녀석과 남동생이 역무원에게 붙들렸다. 역무원들은 녀석의 신상을 꼬치꼬치 캐물었다. 녀석의 설명을 듣고 역무원은 일행을 보내 주었다.

형제는 고향의 마을로 들어가는 지름길을 피하여, 거리가 두 배나 먼 뒷동산을 넘어서 조부모님 댁으로 몰래 숨어들어 갔다. 녀석은 어린 나이임에도 동네 사람들 보기가 창피하다고 생각했다. 조부모님 댁으로 들어가니 할머니가 계셨다. 할머니는 깜짝 놀라시며 손자들을 반겨 맞아 주셨다. 할머니는 먹을 것을 챙겨 주시며 이렇게 말씀하셨다.

"어미가 워낙 드세니, 너희들이 고생을 하는구나."

할머니는 손자들에게 용돈을 주시면서 서둘러 서울로 돌려보냈다. 하지만 녀석과 남동생은 집에 들어가지 못하고, 며칠 동안 떠돌아다녔다. 이 사건으로, 녀석은 경기도에 위치한 ○○ 중학교로 전학을 가서 3학년 3반에 편입되었다. 그러나 녀석의 남동생은 더 이상 학교에 나가지 않았다.

그 당시에, 중동에는 건설 붐이 한창이었다. 녀석의 아버지도 굳은 결심을 하고 건설 회사에 이력서를 냈다. 몇 달 후에, 아버지가 목수로 취직이 되어 쿠웨이트로 떠났다.

1980년, 녀석이 중학교를 졸업하고 부천에 위치한 공업고등학교의 전자과에 시험을 치러서 당당히 합격했다. 공업고등학교에는 전자과 아이들이 가장 머리가 좋았다. 그다음은 전기과, 건축과, 화공과 순이었다. 녀석이 중학교에 다닐 적에, 수학을 가르쳤던 담임 선생님이 학생들 앞에서 이런 말씀을 하신 적이 있었다.

"개천에서 용이 났구나!"

전에 다니던 중학교에서 꼴찌만 하던 녀석이 전학을 가서 불과 몇 달 만에 26등을 했으니 그럴 만도 했다. 하지만 이는 기적이 아니었다. 녀석은 몇 달 동안 '완전 정복'이라는 문구가 들어간 참고서를 달달 외울 정도로 공부했다. 녀석은 밤낮을 가리지 않고 무서운 집중력으로 공부했다. 녀석의 집중력만큼은 타의 추종을 불허했다. 녀석이 열심히 공부할 수 있었던 것은, 허구한 날 지긋지긋하게 술주정을 하던 아버지가 외국으로 떠났기에 가능한 일이었다.

그러나 녀석은 지지리도 박복했다. 녀석이 고등학교 2학년에 다닐 무렵에, 도박하는 사람들에게 방을 빌려주고 수수료를 챙기는 할머니가 찾아왔다. 도박 하우스 할머니는 혀를 차면서 이렇게 말했다.

"너의 어머니가 돈을 모두 탕진하고 있으니 송금을 중지하도록 해!"

녀석이 큰아버지에게 연락하여 송금을 중단시켰다. 이 사실을 알고, 녀석의 어머니가 난동을 부렸다. 녀석의 어머니가 책가방을 집어 던졌다. 녀석의 책과 노트가 마당에 나뒹굴었다. 녀석은 도박에 미쳐서 날뛰는 어머니 때문에 마음이 들떠서 공부에 집중할 수 없었다.

온순했던 녀석의 성격은 점점 난폭해졌다. 녀석의 분노는 엉뚱하게 학교에서 표출되었다. 녀석은 학교 내의 폭력 서클 두목과 큰 싸움을 벌였다. 이 사건은 예고된 것이었다.

녀석과 같은 반 친구들이 빵집에서 여고생들과 장난을 친 적이 있었다. 그중에 한 여학생이 폭력 서클 두목과 가까운 사이였다. 그 여학생이 폭력 서클 두목에게 연락하여 녀석과 친구들을 험담했다. 녀석의 친구들은 학교의 뒷산으로 끌려가서 폭력 서클 두목과 부하들에게 온몸이 시퍼렇게 멍들도록 두들겨 맞았다.

그날, 녀석은 몸이 아파서 학교를 가지 못했다. 친구들이 찾아와서 학교에 가지 말라고 호소했다. 녀석은 오기가 생겼다. 어머니에 대한 분노가 깡패 두목에게 투영되며 활화산처럼 타올랐다.

다음 날, 녀석은 친구들의 권유를 뿌리치고 학교에 갔다.

학교의 정문에 들어서자 두목의 졸개들이 몰려나왔다.
졸개들은 녀석을 3층의 전자과 2반 교실로 데리고 갔다.

교실의 책상과 의자는, 대부분 뒤로 옮겨져 있었다.
빈 공간에는, 책상 1개와 의자 2개가 놓여 있었다.

두목이 한쪽 의자에 앉아서 녀석을 손가락으로 불렀다.
책상을 사이에 두고, 두목과 녀석의 담판이 시작되었다.

두목이 어떻게 생각하느냐고 물었다.
녀석은 잘못된 일이었다고 대답했다.

두목은 방과 후에 학교 뒷산으로 올라오라고 명령했다.
녀석이 두목을 쳐다보며 일대일로 싸우자고 받아쳤다.

두목은 약간 당황한 기색을 보였다.

두목은 계속해서 뒷산으로 올라오라는 소리만 반복했다.
녀석이 순간적으로 벌떡 일어나면서 두목에게 소리쳤다.

"이 새끼야 따라 나와!"

녀석은 교실을 뛰쳐나와서 2층 계단으로 내려갔다.
깡패 두목도 부하들을 이끌고 줄줄이 따라 나왔다.

당황한 두목과 부하들은 2층 계단에서 머뭇거렸다.

두목이 먼저 내려와서, 녀석에게 주먹을 날렸다.
녀석도 물러서지 않고, 두목에게 반격을 가했다.

뒤따라오던 부하들이 집단으로 싸움에 가담했다.
그 소문이, 삽시간에 학교 전체로 퍼져 나갔다.

싸움에 가담했던 학생들이 교무실로 불려 갔다.
이 사건으로, 녀석은 ○○고등학교를 자퇴했다.

1982년, 녀석의 아버지가 4년 만에 쿠웨이트에서 돌아왔다. 녀석의 어머니는 도박으로 돈을 거의 탕진하고도 당당했다. 녀석의 가족은, 송금을 중단한 돈으로 지하에 단칸방을 얻었다.

녀석은 학교에 나갈 수 없었고, 무작정 집에 있을 수도 없었다. 결국 녀석은 큰아버지가 운영하는 주류 대리점에서 배달 일을 했다. 녀석은 온몸이 쑤시고 아팠지만 어쩔 수 없이 일을 계속했다.

큰아버지가 녀석을 동부이촌동에 있는 아산병원 부설 의원으로 데리고 가서 진찰을 받도록 했다. 늙은 의사가 진찰을 마친 후에, 녀석에게 서류를 내밀며 이런 말을 했다.

"수요일 오후 2시에, 서울대학병원에 가서 이 소견서를 보여주게."

녀석은 서울대학병원의 특별한 건물에서 검사를 받았다. 30대 초반쯤 되어 보이는 남자 의사가 조직 검사를 했다. 잠시 후에, 젊은 의사가 다시 한번 검사해 보자고 했다. 두 번째 검사 결과도 마찬가지였다. 젊은 의사는 어쩔 줄 모르겠다는 표정을 지으며 녀석에게 말했다.

"당신의 병은 결핵의 일종입니다. 혹시 한센병이라고 들어보셨나요?"

"…?"

녀석은 난생처음 들어보는 소리에 어안이 벙벙해서 젊은 의사를 똑바로 쳐다보았다. 그 당시에, 녀석의 나이는 19세였다. 녀석은 서울대학병원을 나서며 현기증을 느꼈다.

'차라리 암에 걸렸다면 얼마나 좋을까….'

녀석은 이런 생각을 하면서, 자신의 병을 남에게 말조차 꺼낼 수 없는 처지를 한탄했다. 이날 이후로, 녀석은 누구 앞에서도 잘난 체할 수 없는 처지가 되었다.

녀석은 가장 먼저 자신을 낳아 준 어머니에게 이 사실을 알렸다. 녀석의 어머니는 잠시 놀란 척하더니 아닐 거라며 이렇게 말했다.

"너는 학생들에게 맞아서 골병이 든 거야!"

녀석의 어머니는 이중인격자였다. 그 후로, 녀석의 어머니는 형제들과 수건을 따로 쓰라고 말했다. 녀석의 어머니는 아들이 병든 것을 이용하여 도박 자금을 구하려고 했다. 나중에 밝혀진 사실이지만, 녀석이 큰아버지로부터 충격적인 얘기를 들었다. 녀석의 큰아버지는 너무 기가 막혔는지 이렇게 말했다.

"네 어미가 미친년이 아니냐? 글쎄, 네가 문둥병에 독하게 걸렸으니 50만 원을 빌려 달라고 하더구나."

짐승도 새끼를 보호하려고 몸부림을 치는데, 녀석의 어머니는 도박 자금을 얻기 위해서 감쪽같이 자식을 팔아먹고 다녔다.

K는, 한 달에 한 번씩 의왕시의 나자로 마을에 가서 무료로 약을 타 왔다. 녀석이 복용한 약은 두 가지였다.

DDS: 나 치료 약. 말라리아, 헤르페스성피부염, 각질화화농성피부염에도 유효하다.

rifampicin: 결핵균, 그람양성균에 강력한 항균 작용을 나타내지만, 그람음성균도 저지한다.

K에게 군 입대 통지서가 날아왔다. 녀석은 논산으로 내려가서 신체검사를 받았다. 녀석이 진단서를 제출했더니 군의관이 소리를 질러 댔다.

"저리 가!"

녀석은 병역이 면제되었다. 녀석은 피눈물을 흘리며 서울로 돌아왔다. 그렇게 2년이 흘러갔다. 녀석은 몸이 아파서 주류 배달을 그만두었다. 녀석은 집으로 돌아와서 자살을 시도했다.

목매달기.
수면제 먹기.
한강에 투신하기.
면도칼로 동맥 자르기.

녀석은 겁이 많아서 번번이 자살에 실패했다. 주변에 거니는 청춘 남녀들은 무엇이 그리도 좋은지 낙엽이 굴러가는 모습만 봐도 깔깔거리며 즐거워했다. 녀석은 자신의 처지를 저주했다.

“어쩌다가 이런 집안에 태어나서 이 모양, 이 꼴이 되었는지….”

한센병은 오랫동안 영양실조에 걸리고 더러운 환경에 노출되어 극도로 몸이 쇠약해져야만 걸리는 후진국 질병이었다.

K는 속세를 떠나고 싶었다. 녀석은 염주를 손목에 차고 다니기도 했다. 그러다 녀석은 고민 끝에 교회에 다니기로 결심했다.

그 무렵에, 녀석은 큰누나의 집에 얹혀살면서 번개탄 장사를 시작했다. 녀석이 번개탄 장사를 하면서 채소 장사를 하는 친구를 사귀게 되었다. 채소 장사를 하는 친구는 교회에 다니고 있었다. 녀석은 그 친구를 따라서 교회에 나가게 되었다. 몇 년 후에, 채소 장사를 했던 친구가 녀석에게 이런 말을 했다.

“너를 만날 당시에, 나는 전도의 동역자를 보내 달라고 작정 기도를 하고 있었어. 그런데, 3일 만에 하나님께서 너를 보내 주신 거야.”

녀석도 친구에게 한센병 약을 먹고 있다는 사실을 고백했다. 채소 장사를 했던 친구는 끝까지 녀석의 비밀을 지켜 주었다.

녀석은 연극을 너무너무 좋아했다. 녀석은 주일학교 아이들을 인솔하여 성극을 자주 공연했다. 녀석은 주일학교와 중·고등부 교사, 청년부 총무, 청년 집사로 봉사했다.

1984년에 286 컴퓨터가 출시되었다. 녀석은 어려운 형편에도 컴퓨터를 샀다. 녀석이 각종 서적들을 읽어 보고 줄거리를 컴퓨터에 저장했다. 책도 읽고 워드 연습도 하게 되니 일석이조의 효과가 있었다.

녀석은 각종 서적의 요약본을 만들어서 주변 사람에게 나누어 주었다. 지금까지도, 녀석이 주변 사람에게 나누어 주는 책의 요약본이 있다. 그 책은 알렌 L.맥긴니스의 《진정한 우정의 비결》이며, 1985년 미국대학 도서에 선정이 되기도 했다.

K는 틈만 나면 기도원에 다녔다. 그 시절은 기도원마다 인산인해를 이룰 정도로 신도들이 넘쳐 났다. 녀석이 충청북도 광혜원에 있는 기도원에 간 적이 있었다. 그 기도원은, 수십 명을 수용할 정도로 매우 작았다.

1986년 8월 6일 밤의 일이다. 녀석은, 지하 기도실에서 땀이 범벅이 되도록 기도했다. 자정 무렵에, 기도하던 녀석이 신비한 경험을 했다. 녀석의 혀가 꼬이더니 기도가 중단되었고, 갑자기 대낮보다 환한 빛이 온몸으로 쏟아져 들어오는 것을 느꼈다. 곧이어, 소리가 아닌 감동으로(생각으로) 이런 메시지가 들려왔다.

'너는 정신을 똑바로 차려라!'

이 메시지가 들려오자마자, 녀석의 혀가 풀렸다. 녀석은 더 열심히 기도했다. 잠시 후에, 또 녀석의 혀가 꼬이면서 기도가 중단되고 빛이 온몸으로 쏟아져 들어왔다. 그리고 두 번째 메시지가 녀석에게 감동으로 들려왔다.

'너는 말을 조심하라!'

이 메시지가 들려오자마자, 녀석의 혀가 또 풀렸다. 녀석은 신이 나서 더 열심히 기도했다. 아니나 다를까, 세 번째도 똑같은 현상이 일어났다. 세 번째로 녀석에게 감동을 주신 메시지는 이것이었다.

'너는 복음을 전파하라!'

녀석은 너무너무 신이 났다. 더 열심히 기도하면, 녀석에게 더 많은 하나님의 계시가 임할 것이라는 생각이 들었기 때문이다. 녀석은 땀이 범벅이 된 상태로 목이 터지도록 기도했다. 그런데, 결과는 의외였다. 녀석이 혼절하여 기도실 문밖으로 꽈당 넘어진 것이다. 이 사건은 30여 년 전에 일어났지만, 지금 겪었던 일처럼 생생하게 느껴진다.

그 당시에, 녀석은 예배당에서 살다시피 하면서 몸과 마음을 바쳐 충성했다. 녀석은 누구에게도 잘난 체할 수가 없었고, 자신의 처지를 잊기 위해서라도 뼈가 부서지도록 교회에서 봉사했다. 그러자 녀석은 교인들로부터 겸손하고 믿음이 좋은 청년으로 인정을 받았다. 녀석이 열심히 봉사하니, 담임 목사도 녀석을 좋아할 수밖에 없었다.

1987년 어느 겨울밤, 녀석이 다니는 교회에서 부흥회가 열렸다. 강사는 기독교 방송에도 나왔던 유명한 권사였다. 40대로 보이는 여강사의 간증은 충격적이었다. 여강사는, 자신이 죽어서 냉동실에 들어갔다가 살아났다고 간증했다. 그 소리를 듣고, 담임 목사를 비롯한 대부분의 교인들이 환호했다.

녀석은 뒷자리의 난로 옆에서 간증을 듣고 있었다. 그런데, 녀석의 눈에는 여강사가 여우로 보였다. 녀석은, 여강사의 간증을 더 이상 들을 수 없었다. 결국 녀석은 중간에 예배당을 살며시 빠져나왔다.

1시간이나 지났을까, 교인들이 간증 테이프와 책을 사 들고 예배당에서 나오기 시작했다. 녀석은 교인들이 떠난 자리를 뒷정리하기 위해서 예배당으로 들어갔다. 난로 앞에 담임 목사와 녀석만 남았다. 담임 목사는 입에 거품을 물며 대단한 부흥회였다고 자평했다. 담임 목사는 녀석에게 소감을 물었다. 녀석은 담임 목사에게 솔직히 말했다.

"저는 중간에 나갔습니다."

담임 목사의 표정이 순간적으로 돌변했다. 담임 목사가 삿대질을 하면서 녀석에게 소리쳤다.

"○ 집사는 너무 교만해! 목사가 믿음이 좋은 강사라고 인정했으면 무조건 순종해야지!"

불과 며칠이 지나지 않아서, 이상한 소문이 들려왔다. 결국, 그 유명한 강사의 간증은 새빨간 거짓임이 드러났다. 모든 사실을 알게 된 교인들은, 목사보다 녀석의 영력을 인정했다.

부흥회 사건으로 인하여, 담임 목사는 녀석을 노골적으로 괴롭혔다. 담임 목사는 녀석이 예배 시간에 피곤해서 졸기라도 하면, 뒤로 가서 손을 들고 서 있으라며 망신을 주었다. 녀석은 더 이상 버티지 못하고, 22살부터 충성을 바쳤던 교회를 떠났다.

녀석은 곧바로, 다른 교회의 청년부에 들어갔다. 녀석은 그 교회에서도 죽도록 충성하였더니, 청년부의 한 부서를 맡게 되었다. 녀석의 부서에만, 10여 명의 청년들이 모여들었다.

1988년 늦가을에, 녀석을 내쫓았던 목사가 찾아왔다. 그 당시에, 녀석은 큰매형의 공장에서 프레스공으로 일하고 있었다. 공장이 쉬는 날, 전에 담임을 맡았던 목사가 녀석을 찾아온 것이다. 전에 담임을 맡았던 목사가, 갑자기 녀석 앞에 무릎을 꿇었다. 그리고 자신이 잘못했다고 사죄하며 돌아와 달라고 애원했다.

녀석은 마음이 아팠다. 22살부터 청춘을 불태우며 열정을 쏟았던 교회를 떠날 때도, 녀석은 가슴이 미어지는 아픔을 겪었다. 오죽 힘들었으면 전에 담임을 맡았던 목사가 녀석에게 무릎까지 꿇을까 생각하니, 또다시 아픔이 밀려왔다. 녀석은 아무리 자신을 모욕했던 목사라도 어머니보다는 낫다고 생각했다.

결국, 녀석이 전에 담임을 맡았던 목사의 요청을 수용했다. 녀석은 정들었던 교회로 다시 돌아갔다. 녀석이 처음 나갔던 교회에 돌아와 보니, 상당수의 교인들이 떠나고 없었다.

채소 장사를 했던 친구는, 녀석이 돌아오는 것을 매우 반대했었다. 녀석은 비로소 친구가 반대했던 사정을 알게 되었다. 녀석의 담임 목사는 Y대를 나온 수재였다. 친구가 교회에 나간 것도, 그럴 만한 사정이 있었다. 채소 장사를 했던 친구가 야학(야간학교)에 다닌 적이 있었는데, 그 학교의 교장이 담임 목사였다. 담임 목사는 수학에 밝았다. 녀석을 데려온 것도 치밀한 계략이었다.

1989년 2월 15일, 녀석이 매형의 공장을 나와서 비닐 포장지를 만드는 회사에 취직했다.

1989년 6월 초에, 담임 목사가 교회를(성도들을) 팔아먹고 떠났다. 어쩔 수 없이 녀석은 새로 부임한 목사의 밑에서 신앙생활을 계속하게 되고, 녀석을 이끌어 주었던 친구는 다른 교회로 떠났다.

1989년 9월 26일, 녀석이 회사의 트럭을 수리하러 갔다가 자동차 도크의 모서리에 옆구리를 심하게 부딪치면서 구덩이에 처박혔다. 비명조차 지를 수 없을 정도로 통증이 몰려왔다. 이틀 뒤에, 녀석은 부천의 대성병원에서 비장 절제 수술을 받았다.

1989년 12월 8일, 녀석에게 산재 보상금이 나왔다. 녀석은, 그 돈으로 집을 사기로 결심했다. 녀석이 아버지에게 집을 사겠다고 말했다. 녀석의 아버지는 미친놈이라는 소리만 했다.

1990년 1월 8일, 녀석이 마침내 빌라를 구입했다. 부족한 돈은 큰아버지에게 빌리고 융자도 얻었다. 녀석의 아버지는, 자신의 이름으로 집을 얻는 즐거움을 맛보았다.

1990년 10월 18일, 녀석이 부천에 위치한 제약회사에 입사해서 생산부 반장을 맡았다. 녀석은, 거기서도 몸이 부서지도록 일했다. 그 제약회사는 관장약과 과산화수소수 그리고 포비돈 요오드를 주로 생산했다. 사장은 돈에 대한 집착이 엄청나게 강했다.

녀석이 다니는 제약회사에 경리가 세 명이 있었는데, 그중에 한 명은 사장의 딸이었다. 녀석이 워낙 열심히 일하다 보니, 사장은 녀석을 무척 좋아했다. 자연스럽게, 사장의 딸도 녀석에게 호감을 가지게 되었다. 이 사실을 사장이 알게 되자, 자신의 딸을 몹시 나무랐다. 사장은 딸에게, 평생 고생을 하고 싶으면 녀석에게 가라고 말했다. 녀석도 자신의 처지를 생각해 보니, 오르지 못할 나무라고 생각했다. 사장의 딸은 번듯하게 대학을 나온 엘리트 사원이었기 때문이다.

1991년 11월 9일, 채소 장사를 했던 친구가 부천역 근처에 있는 교회에서 산부인과 간호사와 결혼식을 올렸다. 그러나 이전의 녀석은 결혼을 꿈도 꿀 수 없는 처지였다.

1997년 2월 28일, 녀석이 제약회사를 퇴사했다. 그해 여름에, 녀석의 아버지가 농약을 마시고 자살하는 사건이 발생했다. 그날, 녀석은 아버지의 술주정을 피하여 건넌방에서 문을 잠근 채 잠을 자고 있었고 남동생은 목욕탕에서 씻고 있었다.

농약을 마신 녀석의 아버지가 건넌방 문을 계속 두드렸다. 녀석이 잠에서 깨어 잠갔던 문을 열고 아버지를 쳐다보았다. 녀석의 아버지는 애절한 목소리로 미안하다고 말했다. 동시에, 술에 만취한 아버지가 엄청나게 구토를 했다.

짙은 녹색의 액체였다.

녀석이 목욕탕에서 씻고 있던 남동생을 급하게 불렀다. 남동생은 알몸으로 나오더니 제초제가 아니냐며 물었다. 녀석은 다급하게 119에 신고하고 집 밖의 차도로 뛰어나갔다.

우연의 일치일까?

녀석의 어머니가 터덜터덜 걸어오고 있었다. 녀석은 어머니에게 흥분된 목소리로 말했다.

"아버지가 농약을 마셨어!"

녀석의 어머니는 눈을 약간 일그러뜨리며 이렇게 말했다.

"아비가 농약을 마시는 것을 보고도, 네놈들이 일부러 말리지 않았지?"

인간의 탈을 쓰고 할 말이 아니었다. 잠시 후에, 119 차량이 도착하여 아버지를 차에 태웠다. 녀석과 어머니도 동승하여 부천의 성모병원 응급실로 갔다. 의사가 농약의 성분을 알아내고 장례 준비를 하라고 말했다. 녀석의 아버지는 얼마나 고통스러웠는지 똥을 싸 뭉갰다. 녀석의 아버지가 극한의 고통 속에서 피맺힌 절규를 했다.

"저년!"
"저년!"

아버지는, 녀석의 어머니를 손가락으로 가리키며 처절하게 소리쳤다. 4년 동안 쿠웨이트의 사막에서 피눈물 나게 번 돈을 탕진한 어머니를 향한 울부짖음이었다. 아버지의 눈에서 시퍼런 빛이 번뜩였다. 녀석의 어머니는, 그런 상황에도 음흉하게 웃었다.

K가 아버지에게 당했던 고통도 엄청난 것이었다. 아버지

는, 녀석과 남동생을 분풀이 대상으로 삼았다. 녀석의 아버지는, 툭하면 도박하러 간 어미를 찾아오라며 행패를 부렸다. 녀석이 한센병에 걸렸을 때는, 천벌을 받았기 때문이라고 말하기도 했다.

녀석은 부모에게 고통을 당할 때마다 통곡하며 기도했다. 녀석은 부모에게 직접 원수를 갚지 않고, 하나님께서 처리해 주시기를 원했다. 아버지가 119 차량에 실려 집에 돌아와서 죽음을 맞이할 때, 녀석은 예배당에 가서 기도했다. 아버지의 임종을 지켜본 사람은, 녀석의 어머니와 남동생이었다.

집에 돌아온 녀석이, 죽은 아버지의 모습을 바라보면서 통곡했다. 녀석은 슬퍼서 통곡한 것이 아니다. 녀석은 분노의 눈물을 흘렸다. 그러나 아버지가 농약을 마시고 죽어 가면서도 미안하다고 말했을 때, 녀석의 마음속에 맺힌 응어리는 대부분 풀렸다.

장례를 치른 후에, 녀석의 어머니가 본색을 드러냈다. 녀석의 어머니는, 이런 어처구니없는 말을 했다.

“그놈(남편)이 자식들 꼴 보기 싫으니까 먼저 선수를 쳤어(자살을 했어)!”

녀석의 어머니는, 자신의 잘못을 자녀에게 뒤집어씌웠다.

K는 예전처럼 신앙생활을 할 수 없었다. 녀석은, 다시 술도 마시고 담배도 피웠다. 그 무렵에, 녀석은 큰 매형의 공장에서 생산한 제품을 트럭으로 배달하며 용돈을 벌고 있었다.

1997년 8월 14일, 녀석이 일을 마치고 집 근처에 있는 가게에서 맥주를 마셨다. 녀석의 옆자리에는, 아주 예쁜 여자아이와 남자 친구가 있었다. 녀석은 아이들과 오랜 시간 대화를 나누며 연락처도 주고받았다.

1997년 8월 16일 오후 10시경, 예배당에서 잠을 청하던 녀석에게 가게에서 만났던 아이로부터 호출이 왔다. 전화를 걸어보니, 아이들이 잠잘 곳이 없다며 예배당에서 하룻밤을 재워 줄 수 있는지 물었다. 오래전부터 아버지의 술주정을 피해 예배당에서 잠을 자던 녀석이, 아이들의 부탁을 흔쾌하게 승낙했다.

가게에서 만났던 남자아이는, 또래 친구를 세 명이나 데리고 나타났다. 아이들은 중학교 3학년에 재학 중이거나 고등학교를 중퇴한 상태였다. 녀석도 큰 싸움을 벌이며 고등학교를 자퇴했었기 때문에, 그들을 이해했다. 떠돌아다니는 아이들의 상황이 어떨지는, 녀석이 누구보다 잘 알고 있었다. 그 당시에, 녀석의 나이는 34세였다. 녀석은 과거의 자신을 떠올리며, 마음속으로 속삭였다.

'너희들 많이 힘들지? 내가 지켜 줄게.'

1997년 8월 25일 오후 10시경, 녀석이 아이들로부터 전화를 받았다.

"형, 저희들이 고양시의 중학교에 있는데 올 수 있어요?"

녀석이 트럭을 타고, 아이들이 모여 있는 중학교로 갔다. 그곳에는, 예쁜 여자아이와 네 명의 남자 친구들이 있었다. 녀석은 학교 근처에 있는 강변으로 내려가서, 아이들과 새벽까지 놀았다. 아이들은, 녀석과 놀러 다니게 된 것이 신기하다면서 즐거워했다.

녀석은 아이들과 거의 매일 만나다시피 했다. 아이들은 자신의 부모보다 녀석을 더 따랐다. 녀석은 아이들에게 좋은 책을 꾸준히 공급해 주었다. 그 책들이 아이들을 변화시킬 것이라고 믿었기 때문이다. 녀석은 아이들의 눈높이로 생각하고, 말하고, 행동했다. 아이들은 자연스럽게 녀석에게 이끌려 왔다. 녀석은 아이들을 따뜻한 눈빛으로 대했다. 아이들은 녀석을 형이라고 불렀다. 예쁜 여자아이도, 녀석을 형이라고 불렀다.

아저씨라고 부르면 친근감이 떨어진다면서….

그래서 녀석은 아이들로부터 기쁨을 누리게 되었다. 녀석은 갈등을 겪는 청소년들의 문제를 잘 알고 있었다. 녀석은, 아이들이 만나자고 하면 어디든지 달려갔다.

1997년 9월 27일 밤 9시경, 녀석의 주변에 아이들이 많이 모여들었다. 평상시처럼 술을 마시고 담배를 피우며 놀았는데, 그날은 분위기가 달랐다. 한 녀석이 예쁜 여자아이를 향하여 공개적으로 사랑한다고 말한 것이다.

아이들의 중심에는 언제나 예쁜 여자아이가 있었다. 나머지 모든 남자아이들은 예쁜 여자아이에게 구애를 하고 있었다. 물론, 다른 여자 친구도 2명이나 있었다. 그러나 예쁜 여자아이만이 남자아이들의 여왕벌이었다. 아이들의 곁에서 지켜보는 녀석도 남자였다. 녀석도 겉으로 드러내지 않았을 뿐, 예쁜 여자아이에게 유혹을 느끼고 있었다.

아이들도 알고 있었으리라. 남자는 평생을 성욕과 치열하게 싸워야 하는 불쌍한 존재라는 사실을.

이후로도, 녀석은 아이들과 다양한 방법으로 놀았다. 노래방 가기, 화투 치기, 해수욕장 가기, 놀이공원 가기, 등등….

녀석은 아이들과 놀러 다니면서, 한 가지를 확실하게 배웠다. 그것은, 여자 친구를 사귀는 기술이었다. 이런 식으로, 녀석의 1997년은 저물어 갔다.

1998년 3월 18일, 녀석이 여동생의 소개로 한남동의 회장님 댁에 운전기사로 취직했다. 회장님 댁의 친척들은 대한민국 상위 1%에 드는 재력을 가지고 있었다. 회장님의 자녀들은 엄청난 권력과 재력과 인맥을 가지고 있었다. 녀석은 최상류층의 세계를 처음으로 경험하게 되었다.

그 무렵에, 녀석이 다니던 교회는 목사가 떠남으로 완전히 문을 닫았다. 녀석은 결혼한 친구가 다니는 교회로 따라갔다. 그리고 녀석은 아이들과 열심히 놀러도 다녔다.

1998년 6월 18일, 녀석이 옮긴 교회의 피아노 반주자와 사귀게 되었다. 그녀가 녀석에게 전화번호를 주면서 데이트가 시작되었다.

녀석은 아이들과 1년 가까이 놀아 봤기 때문에, 그녀와 노는 것은 그다지 어렵지 않았다. 반주자는 한의원의 간호사였다. 그녀는 허약한 녀석의 건강을 염려하여 보약을 꾸준히 보내 주었다.

반주자는, 박상민의 '하나의 사랑'이라는 노래를 무척 좋아했다. 녀석도, 그 노래를 좋아하게 되었다. 녀석은 아이들과 놀러 다녔던 장소를 되짚어가면서 반주자와 여행을 다녔다.

그녀와 데이트를 하면서, 가슴 시린 추억이 있었다.

두 사람이, 어느 화창한 여름에 월미도로 놀러 갔다. 그날, 반주자는 아주 짧은 미니스커트를 입고 나왔다. 녀석은 월미도의 놀이 기구 중에서 디스코 팡팡(원반 위에서 노는 기구)을 무척 즐겼다. 녀석은 반주자를 만나기 전부터 아이들과 디스코 팡팡을 자주 타고 놀았었다.

녀석은 반주자의 미니스커트가 마음에 걸렸지만, 디스코 팡팡이 너무 타고 싶었다. 그녀가 녀석의 표정을 보더니, 함께 타자고 말했다. 예상했던 대로, 반주자가 흔들리는 원반에서 수난을 당했다. 녀석이 필사적으로 그녀를 지켜 주려고 했으나 역부족이었다. 녀석은 미안하기도 했지만, 그녀를 더욱 사랑하게 되었다. 한편으로는, 자신의 병을 숨겨야 한다는 사실이 괴로웠다.

녀석은 반주자에게 포옹을 해 주면서도 키스를 하지 않았다. 녀석과 반주자는 독서를 좋아했다. 둘이 사귀게 된 것도, 녀석이 그녀에게 책을 선물하면서 시작되었다.

1998년 11월 14일, 반주자가 허준의 《동의보감》이라는 책을 소개했다. 녀석이 그 책을 구입하여 읽어 보니, 자신과 같은 한센병에 걸려서 괴로워하는 소년의 이야기가 나왔다. 그 아이는 괴로움을 달랠 길이 없어서 미친 듯이 북을 쳐 댔다. 녀석의 심정도 다를 바가 없었다.

반주자의 입에서 결혼 얘기가 나왔다. 녀석은, 그녀의 가족이 살고 있는 면목동에도 다녀왔다. 그녀는 아버지와 새엄마 밑에서 살다가 고등학교를 졸업하자마자 집을 나와서 자취를 하고 있었다.

반주자는, 다정다감한 녀석을 푸근하게 여기면서 따랐다. 그럴수록, 녀석은 어린 아가씨의 인생을 망치는 것 같아서 괴로웠다. 결국 녀석은 심리적인 중압감을 이기지 못하고 성적으로 불능 상태가 되었다. 반주자보다 더 간절하게 결혼하고 싶었던 녀석은 절망감에 빠져들었다.

녀석이 반주자 앞에서 눈물을 흘렸다.
녀석의 비밀을 모르는 그녀가 말했다.

"무슨 남자가 그래요. 여자가 먼저 자존심을 굽히고 결혼하자고 했으면 강하게 끌어 주어야지. 결혼만 하면 절대로 원망하지 않겠다고 했잖아요."

녀석은 잠시 끊었던 담배를 다시 피웠다.

그리고 그녀를 떠나보내기로 마음먹었다.

K가 다니던 교회에, 어느 여집사가 있었다. 그녀는 어린 두 자녀를 양옆에 앉히고 단정하게 예배를 드렸다. 녀석은, 여집사의 아이들이 부러웠다. 녀석이 반주자에게, 여집사의 남편에 대해 물어보았다. 반주자는, 여집사가 이혼했다는 소문을 들었다고 대답했다. 녀석은 어린 자녀를 돌보는 여집사에게 매력을 느꼈다. 녀석은 여집사와 결혼하면 어떨까 하는 생각을 해 보았다.

이는 반주자를 위한, 마지막 배려이기도 했다.

녀석에게 실망한 반주자는, 다른 청년과 사귀기 시작했다. 녀석은 차라리 잘되었다고 생각했다. 그러나 반주자는 그 청년과도 오래 사귈 수 없었다. 그 청년은 사이코 기질이 있었다.

1999년 7월 15일 오후 3시 10분, 녀석이 반주자로부터 걸려 온 전화를 받았다. 얼마 전부터, 그녀는 사귀었던 청년에게 돈을 뜯기고 폭행을 당하고 있으니 도와 달라고 말했다. 그녀가 두렵다며 떨리는 목소리로 도움을 청했지만, 녀석이 반주자를 도울 수 있는 방법은 거의 없었다. 녀석은 반주자를 안심시키면서 이렇게 말했다.

"내가 밤에도 핸드폰을 켜 놓고 있을 테니, 위험하면 언제든지 전화해."

반주자는 체념한 목소리로, 자기를 그냥 내버려 두라고 말했다. 하지만 녀석은, 그녀를 끝까지 보살펴 주리라고 다짐했다.

비록, 한센병 때문에 그녀와 결혼할 수는 없지만….

1999년 9월 18일, 녀석이 채소 장사를 했던 친구의 도움으로 교회 근처의 다방에서 여집사를 만났다. 녀석은 여집사에게 결혼을 전제로 사귀어 보자고 제안했다. 그녀는 깜짝 놀라서 머리를 움켜쥐었다.

녀석과 여집사는 몇 번의 만남을 통해서 결혼하기로 약속했다. 물론, 녀석은 한센병 약을 먹고 있다는 사실도 고백했다. 여집사는 녀석에게 이렇게 말했다.

"저는 병이 옮는다고 해도 좋아요."

1999년 9월 25일, 녀석이 여집사와 두 자녀를 데리고 롯데월드에 갔다. 아이들은 스케이트를 타고, 녀석은 여집사와 오랜 시간 대화를 나눴다. 그곳에서, 네 사람이 기념 촬영을 하여 네모난 도자기에 사진을 새겼다. 일행은 호수공원 근처에서 갈비를 먹은 후에, 밤늦도록 드라이브를 했다.

1999년 9월 27일, 녀석이 반주자에게 전화하여 내년 봄에 결혼할 것이라고 말했다. 반주자는 결혼 상대가 누구냐고 물었다. 녀석은 마지못해 사실대로 알려 주었다. 그녀는 고생을 사서 한다며 한숨을 푹푹 쉬었다.

그날 밤 8시경, 반주자가 녀석에게 전화를 걸어왔다. 반주자는 피아노 학원에서 연습을 하다가 손이 떨려서 집으로 돌아왔다면서, 녀석에게 질문을 쏟아 냈다.

그녀는, 어떻게 여집사와 결혼을 결심했는지 물었다.
녀석은, 여집사를 사랑하게 되었다고 대답했다.

반주자는 녀석에게 되물었다.

"나를 떠나보내기 위해서 집사님과 결혼하려는 것 아니에요?"

녀석은 여집사를 사랑한다고 힘주어 말했다.
반주자는 무척 화를 내면서 다시 물었다.

"어머니도 결혼을 허락하셨나요?"

녀석은, 모든 것이 하나님의 뜻이라고 대답했다.
그녀는, 더 이상 말을 잇지 못하고 전화를 끊어 버렸다.

반주자는 아픔만 남기고, 녀석으로부터 멀어져 갔다. 그녀가 좋아했던 '하나의 사랑'이란 노래의 애절한 가사처럼 말이다.

얼마 후에, 반주자는 조용히 교회를 떠났다.
녀석을 미워한다는 말조차도 못 하고….

K가 결혼을 준비하면서, 여집사의 자녀도 혼란을 겪을 수밖에 없었다. 어느 날 갑자기, 아빠가 바뀌게 생겼으니 말이다. 특히, 여집사의 딸이 낯을 많이 가렸다.

1999년 12월 7일 밤 9시경, 녀석이 여집사의 집에 놀러 가서 그녀와 살짝 포옹을 하고 있었다. 그런데 초등학교에 다니던 딸이, 그 모습을 보고 갑자기 소리쳤다.

"내 앞에서 그런 모습을 보이지 않았으면 좋겠어요!"

녀석과 여집사는 당황하고 무안했지만, 뭐라고 말을 할 수도 없었다. 여집사가 분위기도 바꿀 겸 과일을 사러 나갔다. 여집사가 없는 사이에, 녀석이 딸에게 미안하다고 사과했다. 그리고 다시는 그러지 않겠다며, 거듭해서 용서를 구했다. 여집사의 딸은 화가 안 풀렸는지, 고개를 돌리고 녀석을 상대조차 하지 않았다.

여집사의 딸도 친아빠와 생이별을 하게 되어 힘들겠지만, 녀석은 더 마음이 무겁고 괴로웠다. 여집사가 돌아와서 과일을 먹는 동안에도, 딸의 태도는 변화가 없었다. 녀석은 더 이상, 그 자리에 머물 수 없었다. 여집사도 중간에서 어쩔 줄 몰라 했다.

녀석이 집을 나와서, 여집사에게 전화하여 참담한 입장을 설명했다. 녀석이 집을 나간 후에, 여집사가 딸을 무척 나무랐다.

"그런 것도 이해하지 못하면 친아빠한테 가서 살아! ○ 집사님이 뭐가 부족해서 우리 집에 왔겠니? 그런 사람을 쫓아내고 나니 속이 시원하냐!"

여집사는 딸을 몰아세웠다. 딸은 그런 뜻이 아니었다고 말했다. 여집사의 딸은, 녀석에게 두 번 메시지를 보내왔다.

「죄송해요. 저는 그런 뜻이 아니었어요.」

녀석은 곧바로 딸에게 메시지를 보냈다.

「○○야, 난 널 사랑한다.」

녀석이 어린 딸에게 전화하여, 왜 그런 행동을 했었는지 설명해 주었다.

"너도 나를 가족으로 생각하는 줄 알았기 때문이야."

딸이 거듭 사과했다. 근처에 있던 녀석이, 다시 돌아왔다. 여집사는 누구든지 녀석을 괴롭히는 사람을 가만두지 않겠다고 말했다. 그리고 한마디를 덧붙였다.

"사랑한다는 것이 바로 이런 것이로구나!"

1999년 12월 13일 새벽 1시경, 녀석과 여집사가 자가용을 타고 남한산성에 놀러 갔다. 그녀는 남편에 대한 이야기를 담담하게 털어놓았다.

여집사는 부푼 꿈을 안고 결혼했다. 여집사와 남편은, 아들을 낳고 몇 년 동안 잘 살았다. 딸을 임신했을 무렵, 남편이 사업을 한다면서 직장을 그만두었다. 여집사의 남편은 사업에 실패하자 술과 도박에 빠져들었다.

결국, 남편은 집을 나가서 술집 여자와 동거를 시작했다.
여집사는 속이 상하고 뒤틀려서 토하는 일이 잦아졌다.

남편이 집을 나간 후에, 여집사는 튀김 장사를 시작했다. 그녀가 튀김 장사를 시작한 것은, 너무 어린 자녀 때문에 공장도 다닐 수 없었기 때문이다. 그녀는 두 아이를 지하의 단칸방에 가두고 바깥에서 문을 잠근 후에, 시장과 집을 들락날락하면서 튀김 장사를 할 수밖에 없었다. 그 당시에, 여집사의 나이는 20대 후반이었다.

여집사가 남편이 살고 있는 술집에 찾아갔다.
어린 딸은 등에 업고, 아들을 손으로 잡아끌면서….

술집에서 나온, 여집사의 남편이 이런 말을 했다.

"아이들을 고아원에 보내 버려!"

술집 여자도, 남편을 따라 나와서 한마디 거들었다.

"네년이 얼마나 못났으면 서방도 챙기지 못하냐!"

여집사는 피눈물을 흘리며 집으로 돌아왔다.
녀석도 그녀의 사연을 들으며 눈물을 흘렸다.

K는 여집사와 두 자녀의 동의하에 결혼을 준비했다.
그런데, 여집사는 법적으로 이혼한 상태가 아니었다.

여집사가 남편에게 내용 증명을 보냈다.
그리고 이혼 소송을 했다.

어느 날, 여집사에게 남편의 누나가 찾아왔다. 남편의 누나는 아이들을 데려가겠다고 협박했다. 여집사는, 자기보다 아이들을 잘 키울 자신이 있으면 데려가라고 말했다. 결국 남편의 누나는, 아무 말도 못 하고 그냥 돌아갔다.

2000년 2월 1일, 녀석이 어머니로부터 전화를 받았다.

녀석의 작은누나가 창피해서 못 살겠다고 했단다.
녀석은 작은누나에게 전화하여 30분 이상 싸웠다.

오래전에, 녀석의 부모는 누나들이 고등학교를 졸업하면 동생들을 뒷바라지해 줄 것이라고 기대했었다. 그러나 녀석의 누나들은 고등학교를 졸업하자마자 시집을 가 버렸다.

녀석은, 누나들을 대신하여 집안의 가장 노릇을 하고 있는 중이었다. 분노한 녀석이, 더 이상 어머니에게 돈을 보내지 않겠다고 말했다. 그리고 작은누나에게 직격탄을 날렸다.

"딸도 자식이니까, 단 10만 원씩이라도 보내!"

2000년 2월 14일, 녀석이 어머니로부터 전화를 받았다. 녀석의 어머니는 다짜고짜 물었다.

"도대체, 누구에게 돈을 주려고 하느냐?"

녀석은, 너무 화가 나서 전화를 끊어 버렸다.

2000년 2월 19일, 녀석이 어머니를 찾아가서 이렇게 말했다.

"더 이상 나를 괴롭히지 말아 줘."

녀석의 어머니는 창피하다며 이렇게 말했다.

"깨끗하게 혼자 살다가 죽어라."

도대체 뭐가 창피하다는 말인가? 녀석의 어머니는 사람이 아니라 돈을 갈취하는 기생충이다. 녀석은 오랫동안 못 얻어 먹고 더러운 환경에 방치되어 한센병에 걸렸다. 녀석은 독한 병과 싸우면서, 가족에게 집을 사 주고 생활비도 부담했다. 그런데도, 녀석의 어머니는 불만이 가득했다.

2000년 2월 24일, 녀석이 여집사를 차에 태우고 서초동 법원으로 갔다. 오전 11시에, 여집사가 재판을 받으러 법정에 들어갔다. 여집사는 재판을 받고 나와서 녀석에게 이렇게 말했다.

"남편이 미안하다고 하네요."

여집사의 남편은 잘 살라는 말을 남기고 떠나갔다.

2000년 4월 22일, 녀석과 여집사가 교회에서 결혼식을 올렸다. 녀석의 눈에 비친 여집사는 선녀처럼 예뻤다. 두 사람은 강원도의 동해부터 부산까지 해안 도로를 따라서 드라이브를 하면서 4박 5일 동안 여행을 다녀왔다. 여행을 다녀와 보니, 녀석의 처제가 교회에서 한바탕 난리가 났었다고 말했다. 그 사연은 이랬다.

사실, 교회에서 녀석을 좋아했던 여자는 반주자 외에 한 명이 더 있었다. 그녀는 교회의 부 반주자로, 녀석보다 14살이나 어렸다. 그녀는 언니만 바라보지 말고 자신과 사귀자고 말했다.

녀석이 주 반주자만 사귀자, 부 반주자는 보험 회사 오빠를 만나기 시작했다. 우여곡절 끝에 녀석이 주 반주자와 헤어지고 여집사와 결혼식을 준비할 무렵, 부 반주자도 보험 회사 오빠와 결혼식을 준비하고 있었다.

원래, 녀석이 결혼식을 올리기로 한 날짜는 2000년 4월 29일이었다. 그런데, 부 반주자가 녀석을 찾아와서 자신들이 그날 결혼식을 올려야겠다며 날짜를 변경해 달라고 요청했다. 녀석이 흔쾌하게 승낙하고 결혼식을 일주일 앞당겼다.

녀석은 어머니를 제외한 가족들에게 2000년 4월 29일에 결혼식을 올린다고 알려 준 상태였다. 녀석은 누나들과 동생들에게 비밀을 지켜 달라고 신신당부를 했다.

그런데, 녀석의 여동생이 어머니에게 결혼식 날짜를 알려주고 말았다. 녀석의 어머니는 식칼을 준비하고 4월 29일 날만 기다리고 있었다. 녀석의 결혼식 날, 교회에 들이닥쳐서 찔러 죽이겠다는 심산이었다.

녀석의 결혼식에는, 형제 중에서 남동생과 작은누나만 참석했다. 녀석을 따르던 몇몇 아이들도 결혼식에 참석하여 축하해 주었다. 이 사실을 꿈에도 모르고 있던 녀석의 어머니는, 나중에 작은누나를 통해서 결혼식을 올린 사실을 알게 되었다. 그러나 녀석과 여집사는 이미 여행을 떠난 뒤였다.

녀석의 어머니는 교회를 찾아가서 목사의 넥타이를 잡아채며 윽박질하여 댔다. 처제는, 어머니가 언니의 두 자녀를 해코지 할까 봐 아이들을 급하게 숨겼다. 녀석의 어머니는 교인들 앞에서 가증스럽게 쇼를 했다.

"아이고, 내가 그놈을 어떻게 키웠는데… 아이고, 원통해라!"

2000년 4월 28일, 녀석이 작은누나로부터 전화를 받았다. 어머니가 녀석의 직장으로 찾아가서 병든 사실을 폭로하여 밥줄을 끊어 놓겠다고 협박을 했단다. 녀석은 사표를 낼 수밖에 없었다. 녀석이 사표를 제출했더니, 회장님께서 어머니 몰래 근무하도록 배려해 주셔서 한남동에서 계속 일을 할 수 있게 되었다.

K와 아내는 월세 단칸방에서 살림을 시작했다. 아이들은 예전에 살던 지하 단칸방에서 따로 살아야 했다.

녀석의 아내는, 오래전에 피임 수술을 받아서 아이를 낳을 수 없는 상태였다. 녀석은 한편으로 아쉽기도 했지만, 다른 한편으로는 다행이라고 생각했다. 녀석은 오랫동안 강력한 항생제를 복용했기에, 아이를 낳는다고 해도 기형아가 나올 확률이 높을 것이라는 두려움이 있었다. 결혼 초에, 아내는 가끔 이런 말을 했다.

"당신이 다른 데서 아이를 낳아 오면, 내가 정성껏 잘 키워 줄게."

녀석의 아내는, 그러고도 남을 사람이었다. 녀석은 말도 안 되는 소리를 한다고 핀잔을 주면서 이렇게 말했다.

"당신은 아내인 동시에, 나의 예쁜 아기야."

녀석은 자신의 유전자를 통하여 자녀를 얻는 것을 포기하고, 여집사가 낳은 두 자녀를 성실하게 키울 것을 다짐했다.

결혼하고 몇 달이 지난 어느 날, 녀석의 아내가 눈시울이 붉어지도록 울면서 사진첩을 보여 주었다. 사진첩 속에는 녀석과 반주자가 주고받은 편지가 들어 있었다. 그리고 노래방에서 반주자와 녹음했던 카세트테이프도 옆에 놓여 있었다. 아내는, 아직도 반주자를 잊지 못하냐며 따졌다. 녀석은 즉시 미안하다고 정중하게 사과하고, 아내가 보는 앞에서 편지를 모두 찢고 테이프를 부숴 버렸다.

2001년 4월 27일, 녀석과 여집사가 열심히 일해서 방 두 개짜리 전세를 얻어 아이들과 함께 살게 되었다.

2001년 5월 1일, 녀석이 한센병 약을 타러 병원에 갔더니 의사가 이런 말을 했다.

"당신은 운이 좋은 사람이에요. 서울대학병원에서 한센병 진단을 받은 후에, 매년 검사를 해도 더 이상 균이 검출되지 않았어요. 이 사실을 미리 알려 주면 약을 끊을 것 같아서 지금까지 말하지 않았지요. 이제 완치 판정을 받았으니 더 이상 약을 먹을 필요가 없어요."

녀석은 의사의 말을 듣고 무척 기분이 좋았다. 그래도 녀석은 약을 조금 더 먹겠다고 말했다.

녀석이 완치된 사실을 미리 알았다면 반주자와 결혼했을 것이다. 그러나 녀석이 반주자와 결혼하지 않은 것은 다행스러운 일이다. 녀석의 성격으로 미루어 볼 때, 반주자와 결혼했다면 평생 무거운 짐을 지고 살았을 것이다. 녀석은 남에게 피해를 주는 것을 극도로 싫어했기에, 그때까지도 자신이 한센병 균을 가지고 있다고 생각하며 대인 관계를 조심했다.

2001년 11월, 녀석이 (20년 동안 먹었던) 한센병 약을 완전히 끊었다.

그 당시에, 우리나라에는 채팅 열풍이 불고 있었다. 녀석도 채팅에 빠져서 매일 날밤을 새우다시피 했다. 녀석은 '딸기'라는 채팅방에서 1963년생 토끼띠 모임을 자주 가졌다. 녀석의 닉네임은 돈키호테였다.

녀석은 딸기방에서 여러 명의 친구를 사귀었다. 상대와 문자로만 대화를 나누다 보면 별별 상상을 다 하게 된다. 녀석은 닉네임이 '하늘 끝 바다'라는 여자 친구와 대화가 잘 통했다. 녀석은 언어의 마술사가 되어 문자로 그 여자 친구를 사로잡았다. 거의 매일, 그녀와 채팅방에서 새벽까지 문자를 주고받았다. 두 사람은, 서로 너무 궁금해서 만나지 않을 수 없었다.

녀석은 '하늘 끝 바다(sfg123)'라는 닉네임을 가진 채팅방 여자 친구를 만나러 자가용을 타고 시흥시의 아파트 단지로 갔다. 그녀를 만나 보니, 녀석이 상상했던 것보다 훨씬 더 예쁘고 날씬한 아이였다. 그녀의 얼굴에는 귀티가 줄줄 흘렀고, 고생을 한 흔적이 전혀 없었다. 지금 돌이켜 생각해 봐도, 그 때의 추억이 너무도 아름다웠다.

2001년 11월 20일 오후 8시경, 녀석이 늦은 저녁 식사를 끝낼 무렵에 전화가 왔다.

"여보세요."

"여보세요."

상대방은 약 10초 정도 녀석의 목소리만 듣고 있다가 전화를 끊었다. 녀석이 급하게 상대방의 전화번호로 연락을 해 봤지만, 수화기를 내려놓았는지 '또또' 소리만 들려왔다. 예감이 조금 이상했지만, 녀석은 상대방이 착각하여 전화를 잘못 걸어온 것이라고 생각했다.

잠시 후에, 메시지가 와서 열어 보니 전화번호가 찍혀 있었다. 급히 전화를 걸어 보니 여자가 전화를 받았는데, 어디서 많이 듣던 목소리였다.

"혹시 ○○○ 씨 아니세요?"

녀석은, 상대방이 반주자가 아닌지 물었다.
그녀는 당황한 듯, 말 대신에 웃음을 터뜨렸다.

"아~"

그녀 특유의 해맑은 웃음소리가 반주자임을 증명했다.

"○○○ 맞구나?"

녀석이 재차 물어보니, 또 웃음을 터뜨렸다.

'그랬구나.'

반주자는 녀석을 잊지 못하고 있었다.
녀석은 가슴을 칼로 도려내는 아픔을 느꼈다.

끝내, 반주자는 정체를 밝히지 않고 전화를 끊었다. 이것이 반주자로부터, 녀석에게 걸려 온 마지막 전화였다. 아마, 반주자는 마지막으로 녀석의 목소리를 듣고 싶었던 것 같다. 지금은 어디서 무엇을 하며 사는지 모르지만, 행복하기를 바랄 뿐이다.

부디, 나보다 더 행복하게 살아 주기를 바랄게.
○○○ 씨 너무 사랑했었고, 고마웠고, 미안해.

미안해….

2001년 12월 21일, 녀석의 아내가 국민학교 동창 모임에 나갔다. 오후 10시경, 녀석이 아내를 데리러 교대역 근처로 자동차를 몰고 갔다. 잠시 후에, 아내로부터 장소를 노래방으로 옮겼으니 녀석을 데리러 오겠다는 전화가 걸려왔다.

녀석이 데리러 온 아내를 따라서 노래방으로 들어갔다. 아내의 친구들은 10여 명이 남아서 노래를 부르고 있었다. 아내는 녀석보다 2살 연상이라, 동창들도 녀석보다 늙어 보였다. 녀석은 원래 음치였다. 하지만 녀석은 반주자를 비롯해서 아이들과 노래방을 수십 번이나 다녀 봐서, 그런대로 노래를 할 수 있게 되었다. 그 당시에, 녀석의 나이는 38세였다. 녀석은 아이들에게 노래를 배워서 젊은 감각이 있었다.

GOD, HOT, SES, 젝스키스, 터보, 핑클 등등….

녀석은, 그 시절에 유행했던 아이돌의 노래를 줄줄 따라서 부를 정도였다. 그러니, 40줄에 들어선 아내의 동창들과 세대차가 많이 날 수밖에 없었다.

아내의 동창들은 트로트만 불러 댔다. 녀석은 아이들이 좋아하는 노래만 골라서 불렀다.

녀석이 마지막 곡으로 '하나의 사랑'을 불렀다. 아내의 친구들은 감정에 몰입되어 뜨거운 반응을 보였다.

2005년, K가 수년 동안 연구한 끝에 특허를 냈다. 몇 달 후에, 녀석은 직장을 그만두고 용감하게 사업을 시작했다.

2006년, 녀석이 개발한 스포츠용품은 KBS와 SBS에도 방영이 되었다. 녀석이 동업자들을 모아서 코엑스 근처에 사무실을 내고 스포츠용품을 판매했다. 최선을 다해서 노력했지만, 녀석의 사업은 2년 만에 실패로 끝나고 말았다.

그 무렵에, 녀석과 아내가 열심히 저축한 돈으로 신축 빌라를 구입했다. 아이들이 너무너무 좋아했다.

녀석과 아내는 성적으로 매우 잘 맞았다. 두 사람은 결혼식을 올리기 전부터 성생활을 즐겼다. 그러나 모든 것이 잘 맞는 것은 아니었다.

녀석은 친어머니로 인한 트라우마가 심각했다.
아내는 전남편으로 인한 트라우마가 심각했다.

녀석은 아내가 어머니처럼 행동할 때 발작을 일으킬 정도로 흥분했다. 아내는 녀석이 전남편처럼 행동할 때 이성을 잃을 정도로 흥분했다. 두 사람은 치열하게 싸우고, 뜨겁게 사랑했다.

K는 사업에 실패한 후에 무엇이라도 해야만 했다. 녀석이 아파트 단지를 돌면서 건어물 장사를 시작했다. 그렇게 4년이 지나갔다.

녀석은 몸이 아파서 장사를 그만두었다. 그 당시에, 아내도 어깨가 아파서 수술했다. 녀석은 사업에 실패하고 장사도 할 수 없게 되자 미칠 지경이 되었다.

엎친 데 덮친 격으로, 녀석이 귀신에 씌워서 기괴한 행동을 했다. 수술을 받고 집에 돌아온 아내의 모습은 처절했다. 아내는 남편의 행동이 이상하다고 생각했다. 아내가 엎드려서 기도하기 시작했다.

"주님 제가 죽일 년입니다. 제가 타락하여 남편이 귀신 들렸나이다."

K의 가족사와 겹쳐서, 녀석과 아내가 다니던 교회에 충격적인 사건이 터졌다. 담임 목사가 여신도들과 오랫동안 성관계를 가진 사실이 드러난 것이다. 녀석은 골치가 아팠다.

녀석은 교인들과 합세하여 목사를 쫓아내는 데 앞장섰다. 그리고 새로운 목사를 초빙했다. 1년이 채 못 되어, 새로 부임한 목사가 신천지라는 사실이 밝혀졌다.

교인들은 여러 패로 갈라졌다. 작은 교회의 비리에 질려 버린 녀석이 대형 교회로 가서 신앙생활을 했다. 아내와 자녀들은 동네 주변의 작은 교회에 등록하고 신앙생활을 계속했다. 그렇게 5년이 흘러갔다.

딸이 고등학교에 다닐 때의 일이다. 녀석은 아이들이 친아빠를 보고 싶어 하지 않을까 궁금했다. 녀석은 가족이 모인 자리에서 조심스럽게 이런 제안을 했다.

"혹시, 친아빠가 보고 싶으면 얼마든지 만나도록 해."

녀석의 말이 끝나기가 무섭게 딸이 소리쳤다.

"이 세상에서 나의 아빠는 단 한 사람뿐이야! 그 사람(친아빠)의 이야기는 꺼내지 말아 줘."

어느 정도는 예상을 했지만, 딸의 감정이 폭발하고 말았다. 그 후로, 녀석은 두 번 다시 이런 말을 입에 올리지 않았다.

K와 아내가 결혼한 지 10년이 지날 무렵이었다. 큰누나의 중재로, 녀석이 어머니와 만나게 되었다. 얼마 후에, 명절을 맞이하여 녀석의 친척이 모였다. 큰누나와 매형이 녀석의 아내를 데려오라고 말했다. 녀석은 아내가 출근하다가 교통사고를 당해서 병원에 입원한 상태이므로 곤란하다고 대답했다. 그래도, 큰누나와 매형이 아픈 아내를 빨리 데려오라고 재촉했다.

녀석의 아내는 머리에 심한 충격을 받아서 골치가 아픈 상태였지만, 링거 주사를 매달고 환자복을 입은 채로 시어머니를 만나러 왔다. 친척들은 아픈 며느리에게 심한 말을 하지 못할 것이라고 기대했다. 그러나 녀석의 어머니는 처음 만난 며느리에게 모진 말을 했다.

"왜 그런 짓을 했어? 깨끗하게 애들 데리고 일부종사를 했으면 나처럼 대접을 받을 텐데."

녀석의 아내가 북받쳐 오르는 설움을 참지 못하고 눈이 시뻘게지도록 울면서, 억장이 무너져 내리는 소리로 절규했다.

"내가 죽일 년이에요!"

녀석은 피가 거꾸로 솟는 느낌을 받았다.
녀석이 자리를 박차고 일어나며 소리쳤다.

"뭐 이런 개 같은 경우가 있어!"

녀석이 통곡하는 아내를 부축하면서, 그곳을 뛰쳐나왔다.

그리고 몇 년의 세월이 지나갔다. 또다시 큰누나가 녀석과 어머니를 화해시켰다. 그래서 녀석의 아내와 아이들도 명절에 왕래하게 되었다.

2012년, 녀석이 아내의 권유로 교회에서 청소를 하게 되었다. 녀석은 교회 건물을 청소하면서 밤낮으로 목이 터지도록 찬송과 기도했다. 찬송과 기도의 결과는 놀라웠다. 녀석이 하나님의 계시를 받기 시작한 것이다. 녀석이 받은 하나님의 계시는 완성된 말씀이 아니다.

가수가 작사와 작곡된 노래를 편곡하여 더 멋지게 부르는 것처럼, 녀석이 4년여 동안 받은 계시의 말씀도 끊임없이 다듬어서 은혜가 넘치는 전도서로 만들어 세상에 전파할 것이다.

이는 하루아침에 이루어진 결과가 아니다. 녀석은 《진정한 우정의 비결》이라는 책을 읽고, 그 내용을 30여 년 동안 다듬어서 사람들에게 나누어 주고 있다. 녀석이 30여 년 동안, 이 한 권의 책을 다듬어서 사람들에게 나누어 주었던 이유가 분명히 있다. 녀석의 아버지는 평생 알코올 중독자였다. 녀석은 견디다 못해, 아버지를 정신병원에 입원시켰다.

오죽했으면 그랬을까?

그 당시에, 녀석은 아픈 몸으로 공장에 다니다 보니 겨우 입에 풀칠할 정도의 월급으로 살아가고 있었다. 그렇지만, 녀석은 집을 팔아서라도 아버지의 정신병을 고쳐 주고 싶었다. 녀석이 아버지를 정신병원에 입원시키자, 엄마라는 작자가 난리를 쳤다.

"왜 아까운 돈을 저런 미친놈한테 쓰는 거야!"

이 사건으로, 녀석은 부모로부터 동시에 공격을 받았다. 결국, 녀석의 아버지는 얼마 후에 농약을 마시고 자살했다. 녀석은 부모처럼 살지 말아야겠다는 생각을 뼈가 사무치도록 간직했다.

녀석의 부모가 이렇게 된 것은, 자라온 환경의 영향이 크다. 녀석의 부모는 온실 속에서 버릇없이 자랐다. 특히, 녀석의 어머니가 문제였다. 녀석의 외할머니는 12살에 시집와서 온갖 시집살이를 겪었고, 외할아버지는 목매달아 죽었다. 과부가 된 외할머니는 막내딸(녀석의 어머니)에게 자신과 같은 고생을 시키지 않겠다고 약속했다. 녀석의 어머니는, 외할머니의 과잉 보호를 받으며 손에 물 한 방울도 안 묻히고 노는 일에만 열중하며 청소년기를 보냈다.

녀석의 어머니는 광대뼈가 튀어나오고 얼굴이 매우 컸다. 하필이면, 녀석이 못생긴 어머니의 얼굴을 빼닮았다. 녀석의 어머니는 자신을 닮은 아들을 싫어했다. 녀석도 어머니를 닮은 것에 불만이 많았다. 어쨌든, 외할머니는 녀석의 어머니를 완전히 망쳐 놓았다. 녀석의 어머니는 시집가는 전날까지도 정신을 못 차리고 놀러 다녔다.

녀석의 부모가 결혼식을 올리던 날, 아버지는 술에 만취하여 오줌을 흠뻑 싸 버렸다. 녀석의 아버지는 매우 잘생겼다. 아마도, 녀석의 아버지는 신부의 얼굴을 보고 크게 실망했을 것이다. 녀석의 어머니와 아버지는 결혼하는 첫날부터 최악의 관계가 되었다. 녀석의 부모는 단점을 극복하지 못하고 잘못된 방향으로만 달려갔다.

자연스럽게, 녀석은 다른 사람들도 자신의 부모처럼 살지 않도록 해야겠다는 사명감을 가지게 되었다. 녀석이 얼마나 뼈에 사무쳤으면, 40년 가까운 세월 동안 '인간관계를 잘 맺을 수 있는 방법을 가르쳐 주는 책'을 편집하여 사람들에게 나누어 주었겠는가.

물론, 녀석이 《진정한 우정의 비결》이란 책만 읽은 것은 아니다. 당시에 베스트셀러가 된 책들은 대부분 구입하여 읽어 보았다. 하지만, 그 책만큼 녀석을 감동시킨 도서는 찾을 수 없었다. 그래서 단 한 권의 책만 편집하여 나누어 주게 된 것이다.

2016년 어버이날, 녀석의 친족들이 모였다. 모임에서, 녀석의 어머니가 이런 말을 했다.

"장남이 어미를 모시지 않으니, 막내딸이 대신 모시느라고 50살이 되도록 시집을 못 가고 있잖아."

녀석은 망치로 뒤통수를 맞은 것처럼 큰 충격을 받고 말았다. 이제는 여동생이 시집가지 못한 책임까지 떠넘기고 있었기 때문이다. 사실, 녀석의 여동생이 시집갈 기회는 여러 번 있었다. 큰누나가 소개시켜 준 남자들도 서너 명이나 되었다. 그러나 녀석의 어머니가 여동생의 결혼을 교묘하게 방해했다. 녀석의 어머니는 막내딸을 추켜세우면서 이런 말을 자주했다.

"우리 딸을 저런 허접한 놈에게는 줄 수 없지."

녀석의 여동생은 교활한 어머니의 말에 현혹되어 결혼하자는 남자들을 모조리 걷어차 버렸다. 어머니는, 녀석을 이용했던 수법으로 여동생의 결혼을 무산시키면서 악착같이 뜯어먹었다. 결국, 녀석의 여동생은 50살이 되도록 결혼도 못 하고 마귀할멈처럼 추한 모습으로 변해 갔다.

그 무렵에, 녀석의 남동생은 술과 담배에 찌들어서 여동생의 집에 빌붙어 살고 있었다. 남동생도 어머니의 나쁜 영향을 받아서 55세가 되도록 결혼하지 못했고, 뇌경색에 걸려 중증 장애인이 되고 말았다.

녀석은 눈칫밥을 먹던 남동생으로부터 놀라운 이야기를 들은 적이 있었다. 여동생이 시집가면 3천만 원을 주겠다고 했더니, 녀석의 어머니가 이렇게 말했다는 것이다.

"이년아 이 집이 네 것이냐, 시집가려면 집을 놔두고 몸뚱이만 나가!"

녀석의 어머니와 여동생은 집을 차지하기 위해서 싸우고 있었다. 그러면서도, 녀석의 어머니와 여동생은 공생 관계를 이루며 산다. 두 사람은, 오래전부터 특별한 관계를 형성하고 있었다. 녀석의 어머니는 어린 여동생을 데리고 노름방에 다녔다. 녀석의 여동생은 어릴 적부터 노름꾼들의 심부름을 하면서 얻어먹고 살았다. 십여 년을 그렇게 살다 보니, 녀석의 여동생은 어머니가 없으면 죽는 줄 안다.

친척들이 모이면, 녀석의 어머니는 여동생이 둘도 없는 효녀라고 추켜세웠다. 그러면, 녀석의 여동생은 어머니의 뒤에 숨어서 형제들의 왕 노릇을 했다. 그 꼴을 보다 못한 녀석의 남동생은 따로 방을 얻어 나가 살게 되었다. 이런 사실을 알고 있는 녀석이 어머니를 조롱하는 말투로 소리쳤다.

"아들이 어머니를 모시기 원한다면 집을 두 채 정도는 사 줘야지."

녀석이 아내를 데리고 급히 식당을 나왔다. 아내도 기가 막혔는지, 고개를 가로저었다. 녀석은 며칠 동안 큰누나를 몰아세웠다.

"왜 자꾸 나를 끌어들여서 분란을 일으키는 거야!"

큰누나는 녀석에게 다시는 모임을 주선하지 않겠다고 다짐했다. 녀석의 어머니는, 끝까지 못된 버릇을 고치지 못하고 아들과 생이별을 했다.

K가 알렌 L.맥긴니스의 《진정한 우정의 비결》(보이스사)이란 책을 수백 번 읽으면서 스스로 터득한 기술을, 이 글을 읽는 독자들에게 서비스하는 심정으로 소개한다.

녀석은 사람들을 만날 때, 반드시 이런 마음가짐으로 임한다. 녀석은 어디에서 누구와 만나든지, 상대방을 가장 사랑하는 아내라고 생각하면서 바라본다. 녀석을 상대해 본 사람들은, 녀석의 눈빛이 예사롭지 않음을 느꼈을 것이다. 그런 눈빛을 가져야, 상대의 마음을 녹이고 따스한 관계가 형성되는 것이다. 하지만, 녀석은 무턱대고 사람들에게 친절을 베풀지는 않는다. 녀석은 호의를 무시하거나 이용하는 사람들을 용납하지 않는다.

녀석이 세상의 책을 30여 년 동안 요약하고 편집했던 기술은, 계시의 말씀을 다듬는 일에도 자연스럽게 적용이 되고 있다. 하나님은 녀석을 30년 이상 훈련(연단)하신 뒤에 계시의 말씀을 주셨다. 계시의 말씀을 기록하게 된 사연은 이랬다.

2013년 3월, 녀석은 직장을 구하기 위해서 여러 곳에 이력서를 제출했다. 녀석이 예배당에서 새벽 기도를 마치고 집에 돌아오자마자 전화가 왔다. 전화를 받아 보니, 병원에서 주차 관리원을 모집한다는 것이다. 녀석은 면접을 통하여, 그 병원에 취직했다.

녀석은 봉사하는 일이 몸에 배어 있었다. 그래서 병원에서도 적극적으로 봉사했다. 몇 달이 지나자, 병원의 어느 직원으로부터 이런 부탁을 받았다.

"우리 병원에 친절 교육이 있는데 발표해 줄 수 있나요?"

그 직원은, 망설이는 녀석에게 크게 부담을 가질 필요는 없다고 말했다. 녀석은 부탁을 받아들이고 발표할 내용을 이틀 동안 작성해 보았다. 녀석이 발표할 내용을 A4 용지 2장으로 만들어서 직원에게 주었다.

며칠 뒤에 병원의 행정원장님이 녀석을 불렀다. 그분은 국어 교사로 오래 근무하셨기 때문에 문장에 관심이 많았다. 행정원장님은 녀석에게 뜻밖의 말씀을 하셨다.

"이 글을 본인이 쓰신 것이 맞나요?"

녀석은 그냥 생각나는 대로 이틀 동안 쓴 것이라고 대답했다. 행정원장님은 녀석에게 되물었다.

"혹시 전에 무슨 일을 하셨나요?"

녀석은 이렇게 대답했다.

"저는 고등학교를 중퇴하고 공장에서 일하거나 자동차 운전을 했습니다."

행정원장님은 놀라는 표정을 지으며 이렇게 말씀하셨다.

"제가 국어 선생이잖아요. 이 정도의 글은 국문학 박사나 쓸 수 있어요. 그래서 전직을 물어본 것입니다."

녀석은 깜짝 놀랐다. 이 사건을 계기로, 녀석의 삶은 완전히 달라졌다. 그분은, 녀석의 재능을 끄집어내는 강력한 역할을 했다.

녀석은 날마다 이런저런 글을 생각나는 대로 써 보기 시작했다. 초기에는 병원의 사원들에게 들려주고 싶은 이야기를 주로 썼다. 그랬더니, 녀석의 글을 읽고 놀라는 사람들이 한두 명씩 생겨났다.

자신감을 가진 녀석은 더 대담해졌다. 녀석이 성경에 대하여 글을 쓰기 시작한 것이다. 이상한 것은, 녀석이 연구를 하지 않아도 글을 쓸 내용이 떠올랐다. 녀석이 그런 식으로 4년여 동안 쓴 글은 A4 용지로 1,200장이 넘었다. 하지만 계속될 것만 같았던 계시의 말씀은, 어느 날부터 갑자기 떠오르지 않았다.

그날은, 2017년 9월 19일이었다. 녀석은, 여기까지가 하나님께서 주신 분량이라고 받아들였다. 녀석이 4년여 동안 두서없이 써 두었던 글을 정리하기 시작했다.

2017년 2월 11일, 녀석의 딸이 결혼했다.
2018년 3월 24일, 녀석의 아들이 결혼했다.
2018년 8월 17일, 녀석이 다니던 교회를 떠났다.

2018년 9월부터, 녀석은 동사무소를 통하여 '이웃 돕기 후원금'으로 소득의 10% 이상을 보내고 있다. 녀석은 직장에서 일하든지 집에서 쉬든지, 날마다 평균 3시간 정도 찬송하거나 기도하면서 알차게 신앙생활을 하고 있다.

녀석은 아내와 함께 자녀들의 효도를 받으며 최상의 기쁨을 누리고 있다. 녀석은 혈육이 아니어도 얼마든지 행복한 가족이 될 수 있음을 증명했다.

2019년에 접어들면서, 녀석의 글(나의 복음)은 A4 용지 1,100여 장으로 줄어들 정도로 많이 다듬어졌다. 녀석이 4년여 동안 기록한 글(나의 복음)은 다이아몬드의 원석과 같다. 이 글을 계속 깎아 내면서 다듬으면 찬란한 다이아몬드 왕관(수준 높은 문장)을 만들 수 있을 것이다.

10여 년 전에, 아내가 녀석에게 신비한 이야기를 들려준 적이 있었다. 아내는, 녀석을 처음 만났을 때 결혼할 생각이 전혀 없었다고 한다. 그런데, 고민하던 녀석의 아내가 이상한 꿈을 꾸었다. 그 꿈의 내용은 이랬다.

녀석의 아내가 사막에 있었다.
사막 위로 푸른 하늘이 펼쳐져 있었다.
사막 위의 하늘 저편에 조그만 점이 보였다.
그 점이 점점 다가오는데, 자세히 보니 헬리콥터였다.
헬리콥터가 가까이 다가오자, 사방으로 모래가 휘날렸다.
모래가 사방으로 퍼지면서, 큰 구덩이가 만들어졌다.
큰 구덩이 속에서 수박만 한 것이 드러났다.
아내가 자세히 보니 다이아몬드였다.
그 다이아몬드는 녀석이었다.

녀석의 아내는, 이런 꿈을 꾼 뒤에 결혼을 결심했다. 아내는, 이 꿈이 하나님의 섭리라고 믿었다. 녀석은, 아내가 오랫동안 꿈 이야기를 하지 않은 이유가 궁금했다. 아내는, 녀석이 교만해질까 봐 오랫동안 말하지 않았다고 대답했다.

지금, 녀석은 세 가지의 글을 동시에 쓰고 있다.

첫째는, 30여 년 동안 녀석이 편집하고 있는 《진정한 우정의 비결》이란 책의 요약본이다. 이 책은 수정할 내용이 거의 없지만, 단어를 세련되게 바꾼다든지 글 자체와 문단 모양을 바꿈으로써 독자들이 수려하게 읽을 수 있도록 만들고 있다.

둘째는, 6년여 동안 편집하면서 집필하고 있는 《나의 복음》이다. 이 책은 사람의 노력만으로는 도저히 쓸 수가 없다. 이 책은 진짜 사랑하는 마음과 투철한 사명감이 있어야 쓸 수 있다.

셋째는, 1년여 동안 쓰고 있는 《발바닥 인생》 1권이다. 이 책은 《나의 복음》과 정반대로 집필이 되고 있다. 《나의 복음》은, A4용지 1,200여 장을 기록한 후에 깎아 내는 방식이다. 《발바닥 인생》 1권은, A4용지 10여 장을 기록한 후에 살을 붙이는 방식이다.

녀석이 쓰고 있는 세 가지의 문장은 끝을 맺을 수 없다. 아마도, 녀석은 죽을 때까지 이 글을 쓰고 있을 것이다.

녀석은 복음을 전하면서 많은 시행착오를 겪고 있다. 특히, 상대의 수준을 고려하지 않고 전도한 것이 문제였다. 녀석이 하나님으로부터 받은 계시의 말씀은 다이아몬드의 원석과 같기 때문에, 일반 사람들이 보면 평범한 돌덩어리로 인식된다. 녀석이 이것을 세공하여 찬란하게 빛나는 왕관을 만들어서 사람들에게 주면, 그제야 가치를 인정하게 되는 것이다.

전문직 중에서 문학 작가의 수명이 가장 짧다고 한다. 작가는 육체도 중노동을 하지만, 정신적인 노동은 상상을 초월하기 때문이다. 전문직 종사자들의 평균 수명을 연구한 보고서를 보면, 작가가 얼마나 힘겹게 살아가는지 확실하게 알 수 있다.

종교인의 평균 수명은 80세가 넘고, 정치인도 평균 70대 후반까지 살 수 있는 것으로 알려졌다. 그러나 작가의 평균 수명은 67세를 넘어가지 못하는 것으로 조사되었다. 그래도 작가가 수명을 단축하며 치열하게 글을 쓰는 이유는, 단 한 가지이다.

제대로 된(의식이 깨어 있는) 작가는, 자신의 죽음보다 값진 것이 문장으로 세상을 변화시키는 일이라는 사실을 잘 알고 있다. 글을 쓰는 일은, 세상을 변화시킬 수 있는 가장 강력한 수단이다. 작가는 처절할 정도로 고달프게 살아가지만, 그 결과(열매)가 너무 크기에 글쓰기를 포기할 수 없다. 녀석의 적성에 딱 맞는 직업이다.

K가 근무하는 병원의 화장실에 이런 글이 부착되어 있었다.

'돈을 잃으면 조금 잃는 것이요, 명예를 잃으면 많이 잃는 것이며, 건강을 잃으면 모든 것을 잃는 것이다.'

녀석도 이 문장에 공감하고, 열심히 수영과 등산을 하면서 체력을 길렀다. 마침내, 노력한 결과가 현실로 나타났다.

2019년 4월 6일, 부천시의 오정구청 스포츠 센터에서 병원이 주최하는 체육대회가 열렸다. 약 100명 정도 참석한 체육대회에서 녀석이 MVP로 선정되었다. 녀석은 사원들의 박수를 받으며 병원장님과 기념사진을 찍고 상품도 받았다. 기쁨도 잠시, 녀석에게 시련이 닥쳐왔다.

2019년 4월 17일 오전 9시경, 녀석이 행정원장님으로부터 호출을 받았다. 그분은, 녀석이 《발바닥 인생》 1권의 원고를 주변 사람들에게 배포한 것이 성희롱 문제가 되었다고 말씀하셨다.

6년 전에, 행정원장님은 녀석에게 글을 많이 써서 병원의 홈페이지에 올려 달라고 부탁했었다. 녀석은 그분의 부탁을 충실하게 수행했다. 그런데 녀석이 《발바닥 인생》 1권의 원고를 사원들에게 나누어 준 것이 문제가 된 것이다.

2019년 4월 23일, 병원에서 5명으로 구성된 징계 위원회가 열렸는데, 녀석에게 1개월 감봉 처분이 내려졌다. 녀석은 더 이상 책자를 배포하지 않겠다는 조건으로 근무를 계속하게 되었다. 행정원장님은, 녀석에게 마지막으로 할 말이 없냐고 물으셨다. 녀석은 이렇게 답변했다.

"저는 지금 이런 문제로 신경을 쓸 겨를이 없습니다. 저는 세계인들에게 영향을 끼칠 수 있는 문장을 남기고 죽는 것이 인생의 목표입니다."

행정원장님은 녀석의 그릇(생각)을 감당할 수 없다고 말씀하시면서, 이런 조언을 해 주셨다.

"차라리 이 글(발바닥 인생 1권)을 정식으로 출판하시면 어떨까요?"

2019년 11월 5일, 녀석이 금천구 가산동 50-3 대륭포스트타워에 위치한 지식과감성# 출판사의 대표와 《발바닥 인생》 1권의 출판 계약서를 작성했다.

이렇게 해서, 녀석의 책(발바닥 인생 1권)이 세상에 출간된 것이다.

K의 아내는 어려서부터 공장의 노동자로 일했었다. 가난에 질려 버린 아내는, 보통 주부들처럼 부자가 되고 싶은 열망이 대단했다. 가끔, 아내가 이런 넋두리를 했다.

"당신은 다 좋은데, 딱 한 가지가 부족해. 그건 당신이 돈 버는 재주가 없다는 거야. 한 달에 100만 원씩만 벌어다 줘도, 나는 소원이 없겠어."

이건 사실이다. 녀석은 최저 임금을 받으면서 불우 이웃 돕기 성금을 냈고, 전도를 위하여 상당한 돈을 지출했다. 그러니 아내에게 100만 원도 줄 여유가 없었다. 녀석이 책을 출판하게 되자, 아내가 격렬하게 반발했다. 직장에서 1개월 감봉 처분을 받은 지 얼마 안 되어, 또다시 출판비로 돈을 지출했기 때문이다. 녀석과 아내가 오랜만에 심각하게 싸웠다.

2019년 11월 10일, 아내가 카카오톡을 보내왔다.

「어제는 미안했다오. 내가 당신한테 못나게 굴어도 너그럽게 이해해 주고 나를 달래 주시오. 일도 힘들고 마음에 여유가 없어서 짜증이 많이 났다오. 그리고 계획을 세워 놓고 나름 열심히 하는데 그게 틀어지니 더 짜증이 났다오. 이해하시오. 그리고 마음 푸시오.」

녀석이 아내에게 카카오톡으로 답장을 보냈다.

「고맙소. 내가 먼저 당신에게 미안하다고 말하고 싶었는데, 사태가 더 악화될까 봐 두려웠다오. 이번 일은 너무 중요하고, 이 시기를 놓치면 평생 후회할 것 같아서 강하게 밀어붙이고 있으니 12월까지 눈감아 주길 바라오. 우리가 헤어지면 똑같이 큰 상처를 입고 패배하는 것이니, 죽을 때까지 그런 마음조차 가지지 맙시다. 당신이 지금까지 곁에 있어 줘서 너무너무 고맙소.」

2019년 11월 15일, 아내가 알뜰하게 모은 돈으로 부천에 있는 신중동역 푸르지오 시티 오피스텔의 매매를 계약했다. 이 날은 비가 엄청나게 쏟아졌다. 그곳에서 만난 두 직원에게 《발바닥 인생》 1권의 원고를 소개했더니, 30여 분 정도 정신없이 읽어 내려갔다. 원고를 읽은 본부장이 이런 말을 했다.

"이 책은 엄청 팔리겠는데요. 선생님은 돈을 많이 버실 것 같아요."

녀석은 본부장에게 이렇게 말했다.

"저는 돈을 벌기 위해서 글을 쓰지 않았습니다. 저는 직장에서 이 책(발바닥 인생 1권)의 원고를 많은 사람에게 공짜로 나누어 주었지요. 더 이상 원고를 나눠 줄 수 없었기에 출판하게 된 것입니다."

그래도 본부장은 녀석이 돈을 많이 벌어야 한다며 응원해 주었다.

K는 어려운 일을 당할 때마다, 종교에서 해답을 찾았다.

종교(宗: 으뜸 종, 敎: 가르칠 교) = 최고의 가르침

이 세상에는 수많은 종교가 있다. 녀석은 기독교를 선택했고, 성경에서 최고의 가르침을 받으려고 노력했다. 녀석이 불교를 선택했다면, 불경에서 최고의 가르침을 받으려고 노력했을 것이다.

녀석이 선택한 기독(예수)교는, 사랑을 최고의 가치로 여기는 종교이다. 녀석이 기성 교회를 떠나게 된 결정적인 이유는, 사랑을 실천하는 종교 지도자를 만나지 못했기 때문이다.

보통 사람들은 힘들고 어려울 때마다 부모를 떠올리며 용기를 낸다. 녀석은 부모를 생각할 때마다 울분이 치솟고 살이 떨렸다. 녀석이 부모로부터 오랫동안 학대를 받은 것은, 우연한 일이거나 재수가 없어 잘못 태어났기 때문이 아니다. 녀석은 부모로부터 학대를 받으며 거짓된 종교 지도자들의 행태를 꿰뚫어 볼 수 있는 눈을 가지게 되었다.

녀석의 부모는 거짓된 종교 지도자들의 만행을 간접적으로 보여 주는 상징적인 인물이다. 거짓된 종교 지도자들은, 자신들이 영적인 부모라고 주장하면서 신도들을 철저하게 망가뜨리고 있다.

녀석은 여자의 마음을 아프게 하면서까지 성욕을 채우지 않았고, 자신을 아껴 주며 결혼하자던 아가씨의 인생을 망칠 것 같아서 스스로 도망친 사람이다. 녀석은 학대하는 부모를 얼마든지 힘으로 보복할 수 있었지만, 끝까지 원수를 갚지 않았다. 녀석은 세상 사람들을 도와주고 싶어서 유익한 책을 30여 년 동안 다듬어서 끈질기게 전파하는 사람이다. 녀석의 일생은 사랑을 실천하기 위한 몸부림의 연속이다.

K는 청년 시절부터 스페인의 대문호 세르반테스가 쓴 《돈키호테》를 무척 좋아했다. 《돈키호테》는 인류의 평화를 위해서 무모하게 싸우는 초라한 인간의 이야기를 다루고 있다. 녀석은 젊은 시절부터 《돈키호테》의 매력에 푹 빠졌다. 그래서 녀석의 닉네임도 돈키호테가 된 것이다. 돈키호테가 인류의 평화를 위해서 칼로 싸우는 초라한 기사였다면, 녀석은 인류의 영적인 평화를 위해서 펜으로 싸우는 흙수저 작가이다.

녀석이 거짓된 종교 지도자들을 응징하기 위하여 《나의 복음》을 전파하는 삶은, 돈키호테가 거대한 풍차를 향하여 칼을 휘두르며 돌진하는 모습과 닮았다. 돈키호테는 망상에 빠져서 젊은 시절을 보냈지만, 다른 사람에게 피해를 주지 않았다. 말년에, 돈키호테는 전 재산을 주변 사람에게 나누어 주고 미련 없이 세상을 떠났다.

돈키호테는 소설에 등장하는 가상 인물이고, 녀석은 세상에서 돈키호테처럼 살아가는 실존 인물이다. 고전 소설 《돈키호테》가 수백 년 동안 독자들의 사랑을 받았듯이, 녀석의 책도 오랫동안 독자들의 사랑을 받으며 읽히기를 기대한다.

사랑은 배워야 한다. 끝이 없이…
배우고 또 배워야 한다.
미움은 가르침이 필요 없고
자극되기만 바란다.

-《진정한 우정의 비결》 중에서 -

《발바닥 인생》 1권의 집필을 마치며

제가 1989년 1월 2일부터 2002년 3월 30일까지 쓴 일기는, 이 책을 집필하는 데 결정적인 재료가 되었습니다. 저는 수십 년 동안 다른 작가들이 써 놓은 글을 베끼면서 문장력을 키웠습니다. 저는, 크게 두 가지의 글쓰기 방식이 있음을 깨달았습니다.

첫째는 문장 분열식 글쓰기입니다. 문장 분열식 글쓰기는, 하나의 사건을 여러 가지 문장으로 부풀리는 기술입니다. 이는 원자 폭탄이 폭발하면서 수많은 원소들이 쪼개지는(분열하는) 원리와 같습니다. 장편 소설은, 대표적인 문장 분열식 글쓰기입니다.

둘째는, 문장 융합식 글쓰기입니다. 문장 융합식 글쓰기는, 수많은 사건들을 짧은 문장으로 압축시키는 기술입니다. 이는, 수소 폭탄이 폭발하면서 수많은 원소들이 하나로 달라붙는(융합하는) 원리와 같습니다. 시는, 대표적인 문장 융합식 글쓰기입니다.

원자 폭탄과 수소 폭탄은 엄청난 폭발력을 가지고 있습니다. 수소 폭탄은, 원자 폭탄보다 수백 배나 폭발력이 크다고 합니다.

《발바닥 인생》 1권은, 철저하게 문장 융합 방식으로 썼습니다. 이 책은 시처럼 쓴 실화 소설이지요.

제가 거짓말을 싫어하다 보니, 글도 사실적인 이야기만 쓰게 됩니다. 허구적인(상상력으로) 글을 쓸 수 없다는 것은, 작가로서 치명적인 약점입니다. 현실에서는 환상적인 이야기를 만들어 내기가 거의 불가능하기 때문이지요. 힘들겠지만, 저는 현실에서도 환상적인 이야기를 쓸 수 있다는 사실을 증명해 보겠습니다. 《발바닥 인생》 2권도 많이 기대해 주세요. 감사합니다.

K가 《발바닥 인생》 1권의 집필을 마친 후에,
여름이 가고 …

가을도 가고 …

겨울도 가고 …

2021년 봄을 맞이하여,

《발바닥 인생》 2권의 집필을 마쳤다.

발바닥 인생 2

SOLE LIFE: SECOND BOOK

K는 《발바닥 인생》 1권의 집필을 마친 후에, 독자들에게 《발바닥 인생》 2권도 기대하시라고 공언했다. 그러나 어떻게 이야기를 끌어가야 할지 막막했다. 《발바닥 인생》 1권은 서양의 고전 《돈키호테》를 빗대어 글을 마무리 지었다. 녀석은 중국의 대문호 나관중이 쓴 동양의 고전 《삼국지연의》를 빗대어 《발바닥 인생》 2권의 이야기를 풀어나가기로 했다.

《삼국지》의 초반부에 기록된 황건적의 난은 거짓된 종교 지도자들이 세상을 어떻게 어지럽히고 있는지 명쾌하게 보여 준다. 2천 년대에 접어들면서, 거짓된 종교 지도자들이 사회적으로 골치를 아프게 하는 사건들이 종종 발생했다. 특히 기독교를 빙자한 거짓된 종교 지도자들의 횡포는 황건적에 버금갈 정도로 사회를 어지럽히고 있다. 세상에는 거짓된 종교 지도자들에게 현혹되어 황건적처럼 세상을 어지럽히는 무리들이 우글우글하다.

녀석은 돈키호테처럼 처세하면서, 한편으로는 《삼국지》에 등장하는 유비처럼 살아가려고 노력한다. 유비는 오래된 고목처럼 시들어 가는 한조(한나라의 조정)에서 벗어나 새로운 세력을 길러 천하를 얻으려는 야망을 가지고 있었다.

녀석은 엉망진창이 된 기독교 세력에서 벗어나 은밀하게 찬송과 기도하면서 신앙생활을 하고 있다. 이는 노아가 주변 사람들의 조롱과 무시를 당하면서도 방주를 지었던 것에 비유할 수 있다. 노아가 조롱을 받은 이유는, 산꼭대기에 올라가서 거대한 방주(네모진 모양의 배)를 만들었기 때문이다.

사람들이 우주 만물을 바라보면서도, 어떤 전능하신 존재를 생각할 수 없다는 것은 안타까운 일이다. 사람들에게 종교가 절대적으로 중요하지만, 종교 활동을 잘못하면 비참한 결과가 초래된다. 성경 속에 등장하는 인물 중에서, 최초로 종교 활동을 한 사람은 아담이다. 이 세상에 오직 한 사람만 존재할 때는 종교 활동에 아무런 문제가 없었다. 그런데, 아담의 짝이 생기면서 문제가 발생했다. 누구든지 신앙생활을 은밀하게(홀로) 하면 문제가 발생하지 않는다.

녀석의 영적인 멘토는 사도 바울이다. 참된 종교 지도자는 수많은 사람들을 살리고, 자신은 철저하게 희생한다. 사도 바울은 복음을 위하여 철저하게 자신을 희생하면서 사람들을 섬겼다. 그는 유대교를 탈퇴하고, 예수님을 믿는 사람(기독교인)이 되었다. 그는 천막을 만드는 일을 하면서 복음을 전했다.

모든 종교인들이 사도 바울처럼 신앙생활을 하면 아름다운 세상이 될 것이다.

누가 뭐라고 해도, 녀석의 꿈은 매우 크다. 이미 녀석은 《나의 복음》을 기록했다. 그 내용은 대단히 파격적이다. 나중에 《나의 복음》이 출판되면, 무료로 배포할 것이다. 산꼭대기에서 노아가 방주를 완성했을 때, 그 배에 올라탄 사람들은 겨우 8명뿐이었다. 녀석이 《나의 복음》을 전할 때도, 받아들이는 사람들은 극소수에 불과할 것이다. 녀석은, 어떤 세력을 얻기 위해서 전도하지 않는다. 녀석은, 내일 지구가 멸망할지라도 한 그루의 사과나무를 심겠다는 각오로 전도하고 있다.

2019년 4월 22일 오전 8시 30분경, 녀석에게 병원 앞을 지나가던 중년 여성이 다가와서 반갑게 인사를 했다. 그 부인은 함박웃음을 지으며, 녀석이 나눠준 《발바닥 인생》 1권의 원고를 읽고 큰 감명을 받았다고 말했다. 그리고 중년 여성이 명함을 건넸다. 녀석도 너무 반가워서 이렇게 말했다.

"저는 선생님 같은 분을 만날 때, 죽어도 여한이 없을 정도로 기뻐요."

중년 여성은 더욱 허리를 굽히며 겸손하게 말했다.

"저는 선생님이 될 만한 그릇이 못 돼요."

녀석은, 중년 여성에게 유익한 글을 카카오톡으로 더 보내 줄 것이니 주변에 널리 전파해 달라고 부탁했다. 그녀는 무척 기뻐하면서 그렇게 하겠다고 대답했다. 이날은, 녀석의 20주년 결혼기념일이라서 감동이 더욱 컸다.

이 외에도, 녀석의 글을 읽은 많은 독자들이 격려와 감사의 뜻을 전해 왔다. 특히 병원에 입원했던 60대 초반의 여성 환자가 가장 적극적으로 녀석을 응원해 주었다. 그녀는, 녀석에게 책을 출간할 것을 강력하게 요청했다. 그리고 녀석의 책이 출간되었을 때, 그녀가 여러 권을 구입했다.

K와 함께 근무했던 직원 중에 암에 걸린 사람이 있었다. 그분은 병세가 악화되어 암세포가 여기저기 전이되었고, 서둘러 집 근처의 병원에 입원했다. 일주일 후에, 녀석이 동료 직원이 입원한 병동으로 찾아갔다. 그분의 마음이 나약해져 있음을 알 수 있었다. 녀석은 동료 직원의 침울한 기분을 풀어주기 위해서 너스레를 떨었다.

"저는 형님 앞에서 기도하지 않겠어요. 이미 기도하고 왔기 때문이지요. 그러니, 기도해 주지 않는다고 섭섭해하지는 마세요. 3년 전에, 형님이 제게 이력서를 들고 왔었지요. 직장 선배는 하나님 다음으로 무서운 거 아시죠?"

동료 직원은 폐에 호스를 꽂고 있으면서도 키득키득 웃었다. 녀석은 침울한 분위기를 바꾸는 데 완전히 성공했다. 녀석과 동료 직원은 도저히 어울릴 수 있는 상대가 아니었다. 녀석은 고등학교를 자퇴하고 밑바닥을 전전하며 평생을 살아왔다. 동료 직원은 굵직한 기업의 부장으로 수천 명을 거느렸던 인재였다.

정년퇴직한 동료 직원은 90세가 넘으신 부모님을 돌봐 드리기 위해서, 먼 거리를 거의 매일 오다시피 했다. 그 와중에, 용돈이라도 벌 목적으로 녀석에게 이력서를 가지고 왔던 것이다. 녀석은 인상이 좋은 그를 적극적으로 추천했다. 두 사람은 극과 극의 상황임에도 대화가 잘 통했다. 두 사람은 3년 동안이나 크게 다투지 않고 근무했다.

녀석은 감성적인 부분에 강점이 있었고, 동료 직원은 논리적인 부분에 강점이 있었다. 두 사람은 서로에게 보탬이 되는 구조를 가지고 있었다. 녀석은 풍부한 감성으로 동료 직원의 마음을 풍족하게 채워 주었고, 동료 직원은 녀석이 모르는 사회법과 계산하는 문제를 시원하게 풀어 주었다. 녀석은 동료 직원에게 도움이 될 얘기를 조목조목 꺼내기 시작했다.

"형님이 우리 병원에 오신 것은 우연이 아니지요. 하나님께서 형님을 내 밑에서 비서 노릇 하라고 부르셨잖아요."

동료 직원은, 또다시 키득키득 웃었다. 녀석이 다시 말을 이어 갔다.

"성경에 보면 나아만 장군의 이야기가 나와요. 그는 큰 나라의 엄청난 군대를 거느리는 총사령관이었지요. 남부러울 것 없는 나아만 장군은 문둥병에 걸렸어요. 온 나라의 의원을 불러서 치료해도 병이 낫질 않았지요. 그런데, 나아만 장군의 주변에 하찮은 여종이 있었어요. 그녀는 이스라엘의 선지자가 병을 고쳐 준다고 말했지요. 나아만 장군은 여종의 말에 순종하여 선물을 가지고 이스라엘로 갔어요. 이스라엘의 선지자는, 나아만 장군에게 심부름꾼을 보내어 요단강물에 7번 몸을 담그면 병이 낫는다고 알려 주었지요."

녀석은 계속 말을 이어 나갔다.

"이 말씀은, 형님에게도 적용이 돼요. 나아만 장군이 아무리 위대해 보여도 초라한 병자일 뿐이었던 것처럼, 형님도 지금의 현실은 나약한 병자일 뿐입니다. 저는 형님에게 신앙생활을 하는 방법을 알려 주기 위해서 여종처럼 왔어요."

녀석의 이야기는 계속 이어졌다.

“하나님은 우주 만물을 쥐락펴락하시는 엄청난 능력을 가지고 계십니다. 사람이 할 수 있는 치료는 하나님께서 사람에게 맡겨 주십니다. 그러므로 현존하는 최상의 치료를 모두 받으세요. 그런데도, 치료가 안 되는 병은 하나님 앞으로 가지고 나와야 합니다.”

녀석은 한 번 쉬었다가, 계속 말을 이어 갔다.

“그러면 하나님을 어떻게 믿을 수 있는지 설명해 주겠습니다. 하나님을 믿는 방법은 간단해요. 하나님을 믿으려면 먼저 회개해야(하나님을 무시했던 죄를 뉘우쳐야) 합니다. 그리고 회개한 사람이 하나님과 소통해야 되지요.”

녀석의 말은 줄기차게 이어졌다.

“하나님은 은밀하게 찬송과 기도하는 사람을 만나 주십니다. 기도는 예수님의 이름으로 끝을 맺어야 합니다. 이는 문서의 마지막에 인감도장을 찍는 것과 같은 이치입니다. 이것은 하나님의 법입니다. 묻고 따질 필요도 없지요.”

녀석은 실타래가 풀리듯이 계속 이야기를 쏟아 냈다.

"은밀하게 찬송과 기도를 열심히 하다 보면, 하나님의 사랑을 느끼게 됩니다. 이때부터 신앙생활이 시작되는 것입니다."

녀석의 이야기가 지루할 법도 했지만 형님은 심각하게 듣고 있었다.

"형님이 병실에서 하루 종일 뭘 하겠어요? 멍하니 있으면, 잡생각만 들고 나약해질 뿐이지요. 그러나 은밀하게 찬송과 기도하면 강력한 마음을 얻습니다. 마음이 나약해지면 질병과 싸울 수 없어요. 그러나 마음이 강력해지면 큰 병도 이길 수 있지요. 신앙생활은 마음을 강력하게 만들어 줍니다. 제가 끈질기게 찬송하는 모습을 형님도 가끔씩 보셨지요. 저도 강한 마음을 얻기 위해서 그랬던 것입니다."

녀석은 이야기를 듣는 동료 직원이 깊은 생각에 잠기는 것을 보았다. 그리고 동료 직원은 녀석이 시키는 대로 실천하겠다고 다짐했다. 두 사람은 3년 동안, 단 한 장의 사진도 같이 찍은 적이 없었다. 녀석과 동료 직원은 병실에서 활짝 웃으며 사진을 찍었다. 그리고 녀석은 기쁜 마음으로 병실을 나왔다.

K가 복음을 전하게 된 것은 기적에 가깝다. 녀석은 한센병에 걸리기 전까지 무신론자였다. 과거에 녀석은 고등학교 친구들에게 이런 말을 한 적도 있었다.

"예수를 믿느니, 내 주먹을 믿겠다."

녀석은 목숨을 스스로 끊을 지경이 되어서야 예수님을 믿게 되었다. 솔직히 말해서, 큰 어려움 없이 살아온 사람들은 예수님을 믿기가 거의 불가능하다. 녀석도 이런 사실을 잘 알기에, 진짜 어려움에 빠진 사람들에게만 집중적으로 복음을 전한다. 녀석이 본격적으로 《나의 복음》을 전하게 된 사연은 이랬다.

2013년, 녀석이 근무하는 병원에 외과 의사가 부임해 왔다. 어느 날, 녀석이 외과 의사를 대신하여 카센터에 차를 맡겨 준 적이 있었다. 외과 의사의 차 안에는 성경책이 놓여 있었다. 자연스럽게, 녀석은 외과 의사와 신앙적인 대화를 나누는 사이가 되었다. 외과 의사는 장로님이셨다. 그분의 집안은, 3대가 장로님이시다.

외과 의사는, 녀석에게 성령 충만한 교회를 소개해 달라고 부탁했다. 녀석이 두 군데의 대형 교회를 추천했지만, 외과 의사는 마음에 들지 않는다고 말했다. 마지막으로, 녀석이 다니는 교회에 다녀 볼 것을 제안했다. 외과 의사는 순순히 응했다.

그날 이후로, 녀석과 외과 의사가 함께 새벽 기도회에 참석했다. 새벽 기도회가 끝나면, 지하 기도실에서 성경 말씀을 읽고 은혜를 받은 내용을 발표했다. 시간이 지날수록, 녀석이 일방적으로 말씀을 전하게 되었다. 녀석이 외과 의사에게 말했다.

"장로님도 저에게 은혜를 받은 말씀을 들려주세요."

외과 의사가 말했다.

"저도 영적인 세계를 알 만큼 압니다. 저에게 계속 말씀을 전해 주세요."

4개월 후에, 외과 의사는 ○○의원 원장으로 부임하여 갔다. 녀석은 외과 의사에게 꾸준히 카카오톡과 우편으로 《나의 복음》을 전했다.

녀석이 외과 의사가 보고 싶어서 자가용을 타고 ○○의원에 간 적이 있었다. 녀석은 그곳에서도 말씀을 전했고, 외과 의사는 녀석을 극진히 대했다. 외과 의사는, 해마다 녀석에게 김을 선물로 보내 주셨다. 어느 날, 녀석이 외과 의사와 통화하면서 이렇게 말했다.

"그동안 장로님께서 보내 주신 선물은 감사하게 잘 받았습니다. 앞으로는 어떤 선물도 보내지 마시기 바랍니다. 복음은 대가를 받지 않고 전해야 하니까요."

녀석은, 6년 동안 장로님에게 《나의 복음》을 우편으로 보내 주었다.

2020년 1월 14일 오전 7시 20분경, 녀석이 병원의 식당에서 산부인과 여의사와 마주 앉아 식사를 했다. 여의사는, 녀석이 소개한 《발바닥 인생》 1권을 인터넷 서점에서 구입하여 모두 읽었다고 말했다. 녀석은, 《발바닥 인생》 2권에서 종교 개혁의 내용이 중점적으로 소개될 것이라고 알려 주었다. 녀석의 책은, 특히 의사들에게 좋은 반응을 얻었다.

녀석이 주장하는 종교 개혁의 핵심은, 종교 단체에 돈이나 노동을 착취당하지 않고 개인적으로 신앙생활을 하는 것이다. 녀석이 기록한 《나의 복음》은 개인적으로 신앙생활을 할 수 있는 방법을 자세하게 소개하고 있다.

어느덧, 녀석이 근무하는 병원이 발전을 거듭하여 종합 병원으로 확장 이전했다. 이전한 병원에서, 녀석이 10여 권의 책(발바닥 인생 1권)을 직원들과 환자들에게 판매하거나 선물했다. 이 사실을 알게 된 행정원장님이 대노했다. 녀석이 약속을 정면으로 위반했기 때문이다. 그분은 밤늦게 퇴근하다가, 녀석을 만나서 이런 말씀을 하셨다.

"저도 반장님이 종교적인 신념으로, 그 책을 직원들에게 나누어 준다는 사실을 잘 압니다. 신념은 반드시 지켜야 합니다. 그러나 병원에 피해가 됩니다. 앞으로 보름 정도 시간을 드릴 테니, 그 책을 돌리지 않을 자신이 있으면 근무하세요. 그럴 수 없으시다면 다른 직장을 알아보세요."

며칠 후에, 녀석이 사표를 제출했다. 다음 날, 관리과장이 녀석을 찾아와서 시말서를 쓰고 함께 일하자고 회유했다. 녀석도 마음을 돌이키고 행정원장님의 상심한 마음을 달래는 시말서를 썼다.

시 말 서

본인은 종교적인 신념이 도를 넘어서 병원에 피해가 된다는 사실도 모르고 책(발바닥 인생 1권)을 배포한 점을 인정합니다. 이런 일이 또다시 발생한다면, 어떠한 상황에도 퇴사하도록 하겠습니다. 다시 한번, 물의를 일으켜서 죄송합니다.

○○병원 시설 관리팀 사원

○○○ 드림.

그 무렵에, 큰누나로부터 어머니에 대한 소식이 들려왔다. 어머니의 췌장에 물혹이 생겨서 엄청난 고통을 당하는데, 수술을 할 수도 없고 치료약도 없단다. 그나마 고통을 조금이라도 줄일 수 있는 방법은 음식을 먹지 않는 것뿐이라고 했다. 녀석은 어머니가 돌아가셔도 장례식장에 갈 수 없다고 말했다. 큰누나는, 녀석의 말을 당연하게 받아들였다.

녀석의 어머니는 철저한 무신론자다. 녀석이 어머니의 잘못을 지적하면, 이를 갈면서 분노했다. 어머니는, 녀석이 믿는 하나님에 대하여 적개심을 품은 나머지 손가락으로 하늘을 가리키며 이런 말도 했다.

"하나님 ××놈아, 살아 있으면 내려와 봐!"

2020년 5월 11일, 녀석이 재활용 우산 커버와 거치대를 개발했다. 아이디어는 순식간에 떠올랐다. 며칠 전부터 송풍기를 이용하여 우산의 빗물을 털어 내는 연구를 하다가 실패한 직후에 떠오른 아이디어라 더욱 기뻤다. 한 달 후에, 녀석이 실용신안 특허를 출원했다.

녀석은, 수십 년 전부터 발명에 특별한 관심을 가지고 살아왔다. 녀석이 공고 1학년에 다닐 때, 전교생을 운동장에 집합

시키고 발명에 대한 강의를 한 적이 있었다. 강사의 연설 내용은 대충 이랬다.

우리나라는 국토가 작고 자원이 부족하여, 전 국민이 발명을 해야 잘살 수 있습니다. 발명이란 대단한 것이 아닙니다. 발명은 누구나 할 수 있는 것입니다. 철조망은 미국의 게으른 양치기 소년에 의해서 발명되었습니다. 소년은 가시나무 울타리 사이로 양들이 빠져나가서 골머리를 앓고 있었습니다. 게으른 양치기 소년은, 가시나무 울타리에 빈틈이 많다는 사실을 발견했습니다. 가시나무를 심어서 빈틈을 메우려면, 오랜 시간이 걸리는 일이었습니다.

"어떻게 하면 양들이 빠져나가지 못하게 하여 낮잠을 실컷 잘 수 있을까?"

문뜩, 게으른 소년에게 간단한 아이디어가 떠올랐습니다.

"가시를 인공적으로 만들어서 구멍을 메우면 양들이 도망칠 수 없겠구나!"

게으른 양치기 소년은 즉시 철사를 가져와 날카롭게 잘라서 가시처럼 만들었습니다. 양치기 소년은, 날카로운 철사 조각을 엮어서 수많은 울타리의 구멍에 설치해 보았습니다. 소년이 예상했던 대로, 양들은 단 한 마리도 울타리를 벗어나지 못했습니다. 양치기 소년은 미국의 특허청으로부터 철조망의 특허권을 획득했습니다. 그 당시에, 2차 세계 대전이 발발하여 수많은 전쟁 포로들이 발생했습니다. 짐승을 가두는 데 사용되던 철조망은 전쟁 포로를 가두는 데도 유용하게 쓰이게 되었습니다. 전 세계에서 철조망을 사용하게 되자, 게으른 양치기 소년은 어마어마한 부자가 되었습니다.

강연자는 발명의 중요성을 다음과 같이 강조했다.

"발명을 하면 여러 사람이 제품을 만들어야 하므로 일자리가 늘어납니다. 일자리가 늘어나면 나라가 부강해집니다. 발명은 애국하는 일입니다."

Gold Medal
Award of Merit

Presented to
Kang, Sin-Mook (Tayo Sports Co., Ltd.)
For the Display of
Jumpski
At
INPEX 2006
June 7-10, 2006
Pittsburgh, PA USA

Jennifer A. Lawlor
Tradeshow Director

David J. Wardell
International Jury President

녀석은, 발명 특허도 획득했었다. 국내 특허 출원 번호는 제0545485호다. 녀석이 설립한 회사의 정식 명칭은 '(주) TAYO SPORT(타요 스포츠)'였다. 이 책의 뒤표지에 쓰인 사인은 '타요'라는 글자를 형상화한 것이다.

녀석이 개발한 상품은 외국인 모델을 기용하여 홍보했다. 그리고 삼성동 코엑스에서 열린 스포츠 박람회와 미국의 피츠버그에서 열린 스포츠 박람회까지 출품하여 금상도 받았다. 하지만, 돈을 벌 정도의 상품이 되지는 못했다. 녀석의 사업에 투자했던 사람은, 수억 원의 손실을 입었다. 그 투자자는, 녀석의 고종사촌 형이었다. 그분이 녀석의 사업에 투자하게 된 사연은 이랬다.

녀석이 스포츠용품을 개발하여 사업을 준비한다는 소문을 남동생이 들었다. 그 사실을, 남동생이 고종사촌 형에게 알렸다. 고종사촌 형이, 녀석에게 전화하여 시제품을 보여 달라고 말했다. 녀석이 고종사촌 형의 사업장으로 가서 시제품을 소개했다. 얼마 후에, 고종사촌 형이 투자 의사를 밝혀왔다.

곧바로, 두 사람이 동업을 시작했다. 녀석은 특허를 제공했고, 고종사촌 형은 사업에 필요한 자본과 법적인 문제를 책임졌다. 고종사촌 형은, 녀석을 대표 이사 자리에 앉혔다. 회사를 만드는 방법도 모르는 녀석이 대표 이사가 된 것이다. 그야말로, 녀석은 얼굴마담이었다. 어쨌든, 녀석이 데려온 직원 서너 명과 고종사촌 형이 데려온 직원 대여섯 명이 팀을 이루어 사업을 시작했다.

녀석은, 고종사촌 형을 만나기 전에 중견 기업의 대표와 협상 중에 있었다. 협상 조건은 좋았다. 중견 기업의 대표는 제품의 생산을 책임지고, 녀석은 제품의 판매와 서비스를 책임지기로 계약서를 작성했던 것이다. 그런데, 고종사촌 형이 반대하고 나섰다. 고종사촌 형은, 우리가 직접 제품을 만들어서 판매하지 않으면 손을 떼겠다고 말했다. 녀석은 고종사촌 형의 의견을 따랐다. 곧바로, 녀석이 맺었던 계약을 파기하고 제품을 만드는 작업에 착수했다.

회사의 사무실은 삼성동 코엑스 건너편에 얻었다. 녀석이 드라마에서나 보던 사업을, 그곳에서 시작한 것이다. 녀석이 개발한 제품을 생산하고 광고하고 판매하는데, 2년이나 걸렸다. 그동안, 녀석은 수많은 경험과 교훈을 얻게 되었다. 돈을 못 벌었으니, 녀석의 사업은 실패로 끝났다. 그러나 녀석이 겪었던 수많은 경험과 교훈은, 억만금을 주고도 바꿀 수 없는 자산이 되었다.

K가 연구했던 수많은 아이디어는 직장에서 빛을 발했다. 녀석은 직장에서 기술적인 문제가 발생할 때마다 손쉽게 해결책을 제시했다. 녀석이 네 번이나 사표를 제출했지만 반려된 것도, 이런 이유 때문이었다. 행정원장님이, 녀석에게 이런 말씀을 하신 적이 있었다.

"반장님이 일을 잘하시니까 붙잡는 것이지요. 그렇지 않았다면 이때다 싶어서 얼른 사표를 수리했을 겁니다."

녀석의 직장 생활은 파란만장했다. 회사의 규모가 크든 작든 사람들이 모이는 조직에는 항상 다툼이 일어나기 마련이다. 녀석도 직장에서 모함을 당하거나, 시기와 질투를 받는 일이 종종 있었다. 본데없이 자란 녀석은, 그때마다 분노가 폭발했다.

녀석이 화를 참을 수 있게 된 것은, 병원에 시설관리팀장님이 부임해 오면서부터였다. 그분은 대한민국 상위 10%에 해당되는 경제력과 학력을 소유하고 있었다. 그분은 대학병원에서 오랫동안 시설관리팀장을 역임한 베테랑 기술자였다.

시설관리팀장님은 녀석보다 12살이나 연배가 높았다. 그분은, 녀석이 저술한 《발바닥 인생》 1권을 구입하여 읽고 절대적인 지지를 보내 주었다. 녀석이 《발바닥 인생》 2권을 집필하면서 힘들어할 때, 팀장님은 이런 말로 용기를 북돋워 주셨다.

"다른 사람들이 뭐라고 하든, 나 같은 사람이 인정해 주면 된 것 아닙니까?"

팀장님의 격려를 받고, 녀석은 큰 위로와 용기를 얻으며 글을 쓸 수 있었다. 팀장님은 평생 어머니로부터 존댓말을 들었다고 한다.

반대로, 녀석의 부모는 욕을 하지 않으면 말이 되지 않았다. 녀석은 부모로부터 저주와 악의가 담긴 욕설을 밥 먹듯이 들으며 청소년기를 비참하게 보냈다. 특히, 녀석의 어머니가 뱉어 내는 욕설은 상상을 초월했다. 그 흉악한 내용은 차마 글로 표현할 수 없다.

그야말로, 팀장님은 녀석과 정반대의 인생을 살아왔다. 그분은 청년 시절에 외국 서적들을 원문으로 읽었다고 한다. 팀장님이 녀석에게 몇 권의 책을 추천해 주셨다. 그중에서, 녀석은 데즈먼드 모리스의 《털 없는 원숭이》를 읽어 보았다. 책의 저자는 영국의 옥스퍼드대에서 동물학 박사 학위를 받은 과학자다. 그 책의 주제는 사람도 원숭이 과에 속하는 하찮은 동물에 불과하다는 것이다.

녀석은 청년 시절부터 수십 년 동안 기독교 사상에 심취하여 살았기 때문에, 팀장님이 추천한 책의 내용에 거슬리는 부분도 많았다. 하지만 끝까지 읽었다. 팀장님도 기독교인이지만, 과학을 전공한 사람답게 종교적인 색채를 배제한 과학 서적을 추천해 준 것이다. 덕분에, 녀석은 자신과 다른 의견을 가진 사람들도 포용하는 능력을 조금이나마 키울 수 있게 되었다.

이 책(털 없는 원숭이)의 후반부에 전이 활동에 대한 이야기가 나왔다. 동물들은 극도의 스트레스를 받으면 똑같은 행동을 반복하게 된다고 한다. 쇠사슬에 묶여 있는 코끼리가 반복해서 고개를 끄덕이거나, 좁은 울타리 안에 갇혀 있는 동물이 반복해서 빙글빙글 도는 것은 대표적인 전이 활동이라고 했다. 전이 활동은 사람에게도 자주 나타난다고 한다.

전이 활동(정신적 압박을 받는 순간 긴장을 풀기 위해 대수롭지 않지만 엉뚱한 행동을 하는 것)은 잘못된 행동이 아니다. 극단적인 스트레스를 받는 사람은 전이 활동을 함으로써 최악의 사태를(살인, 자살, 자해 등을) 막을 수도 있다.

어떤 유명 가수는, 매일 2시간씩 손을 벌리고 빙글빙글 돈다고 한다. 그는, 이런 행동을 반복하면 무엇인가 이루어질 것으로 믿는다고 말했다. 그는 20여 년 동안 반복해서 빙글빙글 도는 전이 활동을 하면서 엄청난 스트레스를 해소하고 국보급 가수가 되었다.

남에게 피해를 입히지 않고 전이 활동을 하는 사람들은 축복을 받은 것이다. 우리는 독특한 방식으로 전이 활동을 하는 사람들을 무시하거나 비난하면 안 된다.

그들이 반복해서 노래를 하든지, 반복해서 빙글빙글 돌든지, 반복해서 절을 하든지, 반복해서 고개를 흔들든지….

녀석은 잠을 자는 것도 전이 활동에 속한다고 생각한다. 건강한 사람은 날마다 8시간 정도 잠자는 행동을 반복한다. 사람이 잠을 잘 수 있다는 것은 축복이다. 가장 견디기 힘든 고문은 잠을 잘 수 없도록 괴롭히는 것이라고 한다. 엄청난 스트레스를 풀 수 있는 방법이 없는 사람들은 극심한 고통에 시달린다. 전이 활동은, 모든 동물의 본능이며 위기를 극복할 수 있는 지혜로운 행동이다.

정신적인 압박을 받는 사람들이 할 수 있는 최고의 전이 활동은 신앙생활이다. 녀석은 (특별한 사정이 있는 경우를 제외하고) 매일 2시간 30분 이상 반복해서 찬송한다. 이는, 하루의 10%에 해당하는 시간이다.

전이 활동은 불에 덴 사람이 소리를 지르며 펄쩍펄쩍 뛰는 행위와 같다. 자기의 몸이 불에 타들어 가도 가만히 있는 사람은 감각이 마비된 중증 환자다. 자기의 마음이 극심한 괴로움을 당해도 가만히 있는 사람은 감정이 마비된 중증 환자다. 모든 동물은 전이 활동을 하면서 살아야 스트레스를 풀고 참된 행복을 누릴 수 있다.

녀석의 청소년 시절은 불안과 초조와 두려움과 좌절에 빠져서 살던 시기였다. 녀석이 고통의 굴레를 벗어나기 위해서, 첫 번째로 시도한 방법은 자살이었다. 그러나 녀석은 겁이 많아서 뜻을 이루지 못했다. 녀석이 시도한, 두 번째 방법은 종교 활동이었다. 녀석은 종교에 깊이 심취하여 모든 고통과 괴로움을 이겨 나갔다.

녀석은 대폭발을 일으켜서 우주 만물이 생겨났다는 과학적인 이론보다, 어떤 전능하신 존재가 우주 만물을 창조했다는 성경의 가르침에 설득되었다. 현존하는 최고의 과학 지식은 빅뱅 이론이다. 그렇다면, 도대체 빅뱅을 일으킨 물질은 어디에서 왔다는 말인가. 과학으로 풀 수 없는 모든 문제는 종교에서 해답의 실마리를 찾아야 한다.

녀석은 기독교 서적만 탐독했기 때문에 확증 편향(자기가 보고 싶은 것만 보고 믿고 싶은 것만 믿는 현상)이 심각했다. 그 결과, 녀석은 극단적인 행동을 많이 했다. 그 행동이 옳은 방향으로 나아간다면 엄청난 능력을 발휘할 수 있다. 그러나 잘못된 방향으로 나아간다면 큰 위험을 초래할 수도 있다. 장기판에서 외통수에 걸리면 꼼짝없이 패배한다. 사회에서도 극단적으로 행동하면 외통수에 걸린다.

녀석이 《발바닥 인생》 1권의 초판을 출간할 때도 그랬다. 녀석은 과격하고 극단적인 단어를 사용하여 타락한 종교인들을 비판했다. 그 결과, (녀석의 주장이 옳다고 해도) 대중들은 거부 반응을 일으킬 수밖에 없었다. 녀석이 《발바닥 인생》 1권의 둘째 판을 출간할 때는, 과격한 내용을 대부분 삭제하고 부드럽고 재미있는 이야기를 추가했다.

세상에는 여러 가지 종교가 있다. 녀석은, 더 이상 특정 종교만 옳다고 주장하지 않기로 작정했다. 다른 종교에 심취한 사람들도 존중해야 한다는 사실을 깨달았기 때문이다.

K는 성생활도 자유를 누리면서 살아간다. 녀석이 자유롭게 다른 여성들의 영상을 보면서 성욕을 해소하다 보니, 이런 일도 생기게 되었다. 몇 년 전에, 녀석을 좋아했던 여성이 있었다. 녀석도, 그 여성의 매력에 끌렸다. 그녀는 다복한 가정이 있었다. 서로가 이루어질 수 없는 사랑이라는 사실을 알고 있었지만, 막상 만나면 가슴이 설레는 것은 어쩔 수 없었다.

두 사람이 좋아한다는 사실을, 주변 사람까지 눈치를 챌 무렵이었다. 그녀가, 녀석에게 지방으로 이사를 가야 한다고 말했다. 몇 달 후에, 그녀는 아름다운 추억만 남기고 떠나갔다.

그 무렵에, 우리나라에는 서울시장을 비롯하여 몇몇 지도층 인사들이 성범죄에 휘말려 자살하거나 재판에 넘겨지는 사건이 발생했다. 녀석도, 그들을 비난할 처지는 못 되었다. 녀석이 그들과 다른 점이 있다면, 좋아했던 여성에게 집적거린다거나 물질적인 피해를 입히지 않고 은밀하게(혼자) 성욕을 충족했다는 것이다.

녀석의 성적인 성향은, 카사노바가 아니라 돈 주앙(후안)을 닮았다. 카사노바는 이탈리아의 유명한 바람둥이였고, 돈 주앙은 스페인의 전설적인 바람둥이였다.

카사노바는 키가 크고 잘생겼으며 6개국 언어를 구사했다. 그는 고전문학, 신학, 법학, 자연과학, 예능 등에서 뛰어난 지식과 재능을 소유했던 실제 인물이다. 이는, 그가 훗날 다양한 분야의 엘리트들과 교류할 수 있는 밑거름이 되었다. 그는 유럽 전역을 돌아다니며 122명의 여성들과 성적인 관계를 맺었다. 그는 수많은 여성을 성적인 대상으로 농락했다. 카사노바는 육체적인 연애를 추구했던, 대표적인 인물이다.

녀석은 카사노바와 정반대의 조건을 가졌다. 녀석은 외국어를 하나도 구사하지 못했고, 다방면에 해박한 지식도 없으며 외모도 못생겼다. 당연한 얘기지만, 수많은 여성이 녀석을 좋아할 가능성은 전혀 없었다.

돈 주앙은 전설적인 인물이다. 그는 외모가 못생겼지만, 글을 잘 쓰고 말도 잘했다. 그는 성적인 욕망을 가지고 수많은 여성을 아름답게 만들어 주었다. 그의 빛을 받은 여성들은 더욱 아름다운 자태를 발산했다. 돈 주앙은 여성의 심리를 꿰뚫어 볼 수 있는 사람이었다. 그는 수많은 여성을 유혹했지만, 성관계를 맺지 않고 헤어졌다. 돈 주앙은 정신적인 연애를 추구했던, 대표적인 인물이다.

녀석도 많은 여성을 아름답게 만들었다. 녀석은, 돈 주앙처럼 글을 잘 쓰는 능력이 있었다. 또한, 여성들의 심리를 꿰뚫어 볼 수 있는 능력도 가지고 있었다. 녀석도 많은 여성을 유혹했지만, 성관계를 맺지 않고 헤어졌다.

녀석은 아내가 원하지 않으면, 절대로 성관계를 갖지 않았다. 녀석이 아내와의 부부 관계를 절제하는 이유는 따로 있었다. 녀석의 큰어머니는 자궁암에 걸려서 온갖 고생을 하다가 56세의 젊은 나이에 세상을 떠나고 말았다. 큰어머니는, 녀석의 아내와 체형이 비슷했다.

녀석은, 이미 갑상선암 수술과 위 선종 시술을 받았던 아내가 자궁암에 걸리지 않도록 성관계의 횟수를 줄이기 위해서 최선을 다했다. 그 결과, 60세의 아내가 산부인과에서 검사를 받아 보니 자궁이 깨끗하다는 진단이 나왔다. 녀석이 무리하게 성관계를 요구하지 않으니, 아내는 무척 고맙게 생각했다. 두 사람은 성생활에 자유를 누리면서 행복하게 살아가고 있다.

K가 아내와 갈등을 겪는 경우는, 대부분 경제적인 문제였다. 아내는 가난에 대한 트라우마가 심각했다. 그 여파로 이런 사건도 벌어졌었다.

녀석의 딸이 결혼식을 올리기 직전에, 두 집안의 어른이 만나서 상견례를 가질 때의 일이다. 축하객에게 제공될 음식을 미리 맛보면서 덕담을 나누던 중에, 녀석의 아내가 안사돈의 면전에 대고 이런 어처구니없는 말을 했다.

"우리 딸이 싫다는 것을 억지로 달래서 결혼식을 올리게 되었지만, 사돈댁이 이렇게 가난한 줄은 몰랐네요."

순간, 녀석은 귀를 의심했다. 얼핏 보니, 안사돈의 눈에 눈물이 고이고 있었다. 안사돈은 결혼이 깨질까 봐 억지로 웃음을 지으며 아내를 달랬다. 그 모습은, 녀석이 보기에도 애처로웠다. 곧바로, 녀석이 아내를 질책했다.

"당사자들만 좋으면 그만이지, 부모가 가난한 것을 탓하면 어떻게 해!"

여기서 끝냈으면 좋으련만, 아내가 한술 더 뜨는 폭탄 발언을 하고 말았다.

"없어도 너무 없으니까(가난해도 너무 찢어지게 가난하니까) 그러지요. 우리 딸이 고생할 것을 생각하니 속이 상해서 그래요."

"아이쿠!"

초토화된 분위기에 핵폭탄이 터지고 말았다. 결국, 상견례는 엉망진창이 된 채로 끝났다.

사실, 녀석의 딸이 처음부터 사위를 좋아하지는 않았다. 그러나 아내가 딸을 계속 설득하여 만남을 지속하도록 만들었다. 몇 달이 지나자, 딸이 사위에게 호감을 갖기 시작하더니 결혼을 결심했다. 결혼식을 코앞에 두고, 아내가 사위의 집안이 몹시 어렵다는 사실을 뒤늦게 알았다. 아내는 딸이 고생할까 봐 속이 상해서 미칠 지경이 되었다. 이런 이유로, 아내가 이성을 잃고 사돈댁에 결례를 저지른 것이다.

모임이 끝난 직후에, 사위가 가족들에게 불려 갔다. 자신의 어머니가 당하는 모습을 옆에서 똑똑히 지켜본 안사돈의 딸이 결혼을 강력하게 반대했다. 누가 봐도, 파혼이 될 수밖에 없는 상황이었다.

그 와중에, 아내와 사위가 함께 한복을 찾으러 가기로 약속한 날짜가 되었다. 그런데, 사위가 나타나지 않았다. 녀석은, 아내가 사돈댁에 큰 결례를 저지른 것을 인정한다. 그러나 사위가 장모와의 약속을 무시한 것에 대하여, 녀석이 크게 분노했다. 녀석은 딸에게 사위를 데려오라고 명령했다.

며칠 후에, 사위가 푸줏간에 끌려가는 소처럼 부들부들 떨면서 나타났다. 집안 식구들의 등쌀에 못 이겨서 장모와의 약속을 어겼지만, 사위는 너무너무 착했다.

녀석이 분노를 삭이며 사위에게 말했다. 녀석은 먼저 사위 가족에게 결례를 범한 것을 진심으로 사과했다. 그리고 딸과 사위에게 스마트폰의 녹음 기능을 켜 놓으라고 명령했다. 이윽고, 녀석이 사위에게 물었다.

"자네는, 우리 딸을 사랑하나?"

사위가 부들부들 떨면서 더듬거리는 목소리로 대답했다.

"예. 사, 사랑합니다."

녀석은 떨고 있는 사위에게 말을 이어 갔다.

"나는 집사람과 결혼하면서, 반대하는 가족들과 10년 동안이나 연락을 끊고 살았어. 그런데, 자네는 어떻게 했나?"

녀석은 격앙된 목소리로 사위를 크게 꾸짖었다.

"장모가 섭섭한 말을 했다고, 감히 어른과의 약속을 어겨!"

"무슨 사랑이 그따위야!"

사위가 거듭 사죄했다. 녀석은 감정을 추스르고 말을 이어 갔다.

"아내는 세상에서 가장 소중한 사람이야. 아내를 사랑한다면, 무조건 아내의 편이 되어야 해."

녀석은, 또다시 딸을 가슴 아프게 하면 가만두지 않겠다는 경고의 말도 잊지 않았다. 사위는 하염없이 흐느껴 울었다. 마지막으로, 녀석이 사위를 끌어안고 등을 토닥여 주었다. 그 후로, 두 집안의 관계도 좋아졌다.

2020년에 접어들면서, 가요계도 엄청난 변화가 일어났다. 노인이나 좋아하는 음악으로 치부했던 트로트가, 전 국민의 열광적인 사랑을 받게 된 것이다. 트로트 가수들은 부모님을 향한 애틋한 사랑의 노래도 많이 불렀다. 녀석은 전 국민의 99%가 공감하는 부모님을 향한 사랑 이야기에 감동을 받지 못하는 감정 파탄자다. 녀석은 찬송가를 부르다가도, 부모님의 사랑 이야기가 나오면 거부 반응을 일으켰다.

어쩌다가 이 지경에 이르렀을까?

녀석이 한센병에 걸린 결정적인 이유는, 아버지 때문이었다. 어느 날, 녀석의 아버지가 엉뚱한 일을 벌였다. 녀석의 아버지는 동네에서 공동으로 사용하는 재래식 화장실에, 솜으로 입구를 틀어막은 유리병을 담가 놓았다. 그 공동 화장실은 구더기가 들끓어서 가구를 만드는 공장에서 독한 약품을 수시로 뿌려 놓았다. 아버지는, 몸이 아픈 녀석에게 독극물로 범벅이 된 똥물을 강제로 먹였다. 녀석의 목구멍이 타들어 가면서 팔까지 뒤틀렸다. 아버지는, 녀석을 이불로 뒤집어씌워 놓고 질병이 낫기를 기다렸다. 그 후유증으로, 녀석은 한센병 균에 감염되는 대가를 치르게 되었다고 확신한다.

이 사건 외에도, 해괴한 일이 계속 벌어졌다. 한번은, 녀석의 아버지가 길거리에서 죽은 개를 비닐에 싸 들고 왔다. 아버지는 신이 나서 죽은 개의 내장을 식칼로 떼어 내고 국을 끓여서 녀석에게 먹였다. 차라리 아버지가 술과 담배로 허비하는 돈을 조금만 아껴서 돼지고기라도 사다가 먹였다면, 녀석이 영양실조에 걸리지는 않았을 것이다. 녀석의 아버지는 성적 도착증도 심각했었다.

미련하고 무식하고 포악한 아버지는, 이런 식으로 어린 녀석의 몸과 마음을 송두리째 망가뜨려 놓았다. 성경에 보면, 새끼 잃은 암곰을 만날지언정 미련한 자를 만나지 말라고 기록되어 있다. 이는, 성난 곰을 만나서 찢기는 고통보다 미련한 자에게 시달리는 고통이 더 크다는 뜻이리라.

문제를 일으키는 아이들의 뒤에는, 반드시 잘못된 부모가 있다. 심은 대로 거두는 법이다. 녀석과 남동생은 친부모를 저주하면서, 이런 말을 입버릇처럼 되뇌었다.

"우리가 자녀를 낳지 않음으로써, 더러운 씨를 말려야 해!"

아버지가 자살한 직후에, 녀석이 기분 나쁜 꿈을 꾼 적이 있었다. 꿈속에서 아버지가 나타났기 때문이다. 녀석이 식은땀을 흘리면서 꿈에서 깨어났을 때, 아버지가 실제로 살아 돌아오지 않은 것에 대하여 감사하고 감사했다. 녀석에게, 아버지가 없는 세상은 지상 낙원과 같았다.

녀석은 부모의 사랑을 느낄 수 있는 감정을 송두리째 도둑맞았다. 녀석이 30대 중반의 나이에 어린아이들과 어울려서 놀았던 것은, 부모로부터 사랑받지 못한 보상 심리가 크게 작용한 결과이다.

녀석의 아버지가 죽기 전에, 어머니가 가끔씩 집에 들어오는 경우가 있었다. 그날은 아버지가 노동일을 한 대가로 주급을 받는 날이었다. 녀석의 어머니는 막걸리나 소주를 사 들고 와서 아버지에게 먹인 후에 하룻밤을 잤다.

다음 날 새벽에, 녀석의 어머니는 돈을 몽땅 가지고 노름방으로 도망쳤다. 그러면, 아버지는 분을 삭이지 못하고 미쳐서 날뛰었다. 아버지의 분풀이 대상은 남아 있는 녀석과 남동생뿐이었다.

"빨리 네 어미년을 찾아와, 씨발 놈들아!"

녀석의 어머니는, 일부러 알코올 중독자인 아버지에게 술을 계속 먹였다. 아버지가 술에 취해서 난동을 부려야만, 그 핑계를 대면서 마음껏 도박을 할 수 있는 명분이 생기기 때문이다. 녀석이 성장하여 알코올 중독에 빠진 아버지를 치료해 주려고 했을 때, 가장 극렬하게 반대한 사람이 어머니였다. 그 수법이 너무나도 교활해서, 딸들은 어머니를 불쌍하게 생각했다.

어느 날, 녀석과 남동생이 아버지의 성화에 못 이겨서 노름방을 찾아간 적이 있었다. 그곳에는, 녀석의 어머니와 노름꾼들이 둘러앉아 짬뽕이나 자장면을 시켜 먹으며 화투 패를 돌리고 있었다. 녀석은, 어머니가 유부남들과 혼숙하며 음란하게 도박을 하던 모습을 잊을 수가 없다.

오래전에, 큰누나가 어머니와 녀석을 칼국수 집으로 초대한 적이 있었다. 식사를 마친 후에, 큰누나가 조심스럽게 입을 열었다.

"엄마가 ○○(K)에게 미안하다고, 한마디만 해 주면 안 돼?"

보통의 엄마라면 미안하다고 말했을 것이다. 그러나 녀석의 어머니는, 큰누나의 따귀를 때리려고 했다. 큰누나도 엄마가 너무 싫다고 했다. 그러나 포악한 어머니가 해코지할까 봐 겁이 나서, 어찌할 도리가 없다는 것이다. 큰누나가, 녀석의 편을 드는 이유는 따로 있었다.

큰누나는, 어머니의 나쁜 영향을 받아서 자녀를 잘못 키웠다. 큰누나의 자녀는, 성인이 되면서 거칠게 반발했다. 큰누나의 아들은 결혼을 거부하면서, 이런 말도 거침없이 뱉어 냈다.

"우리 집안의 씨를 말려야 해!"

큰누나의 아들은 녀석의 청년 시절처럼 분노로 가득 차 있었다. 큰누나의 딸도 정신병자가 되기 일보 직전의 상태였다. 큰누나의 가족은, 부모의 악영향이 대물림되고 있는 형국이었다. 큰누나의 자녀는, 부모를 증오했다. 큰누나는, 자녀로 인하여 엄청난 고통을 당하고 있었다. 큰누나는 스트레스로 머리카락이 한 움큼이나 빠졌다며, 녀석에게 하소연하기도 했다.

녀석은, 큰누나의 자녀가 반발하는 이유를 누구보다 잘 알고 있었다. 우선, 큰누나의 자녀가 당한 엄청난 고통을 공감해주면서 위로하는 일이 시급했다. 안타까운 마음에, 녀석이 조카를 설득했다. 큰누나의 아들은, 외삼촌의 말도 들으려 하지 않았다. 당연한 일이다. 수십 년 동안 쌓인 분노가 쉽게 풀릴 수는 없기 때문이다. 녀석은, 자신이 살아온 이야기를 조카에게 조목조목 털어놓았다.

"네가 부모로부터 당했던 고통이 얼마나 큰 것인지, 외삼촌도 이해한다. 그러나 너는 부모로부터 대학교를 졸업할 때까지 지원을 받았다. 외삼촌은 알코올 중독자와 도박 중독자인 부모로부터 밥도 제대로 얻어먹지 못하고, 온갖 질병에 시달려야 했다. 외삼촌은 공부를 하고 싶어도, 도박에 미쳐서 날뛰는 외할머니 때문에 고등학교도 졸업하지 못했다. 하지만, 외삼촌은 최악의 조건을 이겨 내고 결혼했다. 네가 보듯이, 외삼촌은 너무 행복하게 살고 있다."

녀석의 말을 듣고 있던 조카가 입을 열기 시작했다. 아무리 생각해 봐도, 외삼촌이 당한 고통이 훨씬 크다는 사실을 인정할 수밖에 없었기 때문이다. 녀석은, 조카의 질문에 막힘없이 대답해 주었다. 그리고 조카를 살짝 꾸짖었다.

"어차피, 부모는 먼저 세상을 떠날 것이다. 너의 인생을, 부모의 탓만 하다가 비참하게 만들지 말거라. 너의 가족은 좋은 아파트에 살고 있고, 아버지는 중소기업의 사장이다. 너보다 못한 청년들이 주변에 널려 있다. 그러니, 마음을 고쳐먹고 결혼해라. 결혼만 하면, 아내와 알콩달콩 엮어 가는 삶이 얼마나 행복한지 알게 될 것이다. 외삼촌이 증인이다."

큰누나는, 아들이 변화되는 모습을 보고 깜짝 놀랐다. 그때부터, 큰누나는 녀석에게 도시락을 싸 주며 아들을 설득해 달라고 부탁했다. 녀석이, 큰누나에게 이렇게 공언했다.

"아마도, 올해를 넘기기 전에 아들이 결혼하는 모습을 볼 수 있을 거야."

6개월 후에, 큰누나의 아들이 은행 간부의 딸과 맞선을 보고 결혼식을 올렸다. 큰누나는 뛸 듯이 기뻐했다. 큰누나는, 녀석에게 최고급 양복과 100만 원의 사례금을 주었다.

큰누나는, 자신의 딸도 설득해 달라고 부탁했다. 녀석은, 큰누나의 딸도 적극적으로 설득했다. 약 3년이 지난 후에, 큰누나의 딸이 하와이로 유학을 가서 사귄 일본 청년과 국제결혼을 했다. 현재까지, 큰누나는 두 명의 손자와 한 명의 외손녀를 얻었다. 이런 까닭에, 큰누나가 녀석을 무시할 수 없었던 것이다.

K와 아내는 노년에 접어들면서 신바람이 났다. 녀석은 아들을 매우 강하게 키웠다. 아들이 대학교 1학년 때의 일이다. 녀석의 자녀는 장난이 무척 심했다. 아들이 대학교에 진학해서도 여동생과 짓궂게 장난을 치는 것을, 녀석은 그냥 넘기지 않았다. 녀석이 가족을 모아 놓고 아들을 질책했다.

"네가 대학에 들어가서도 정신을 못 차리고 여동생과 장난을 치니, 더 이상 봐 줄 수가 없다. 너는 방을 얻어서 따로 나가 살아라. 만약 못 나가겠다면, 내가 나가겠다!"

그 소리를 듣고 딸이 통곡하며, 한 번만 용서해 달라고 애원했다. 그러나 녀석은 단호하게 거절했다. 결국, 아들이 대학교 근처에 자취방을 얻어서 아르바이트를 하며 혼자 살게 되었다.

몇 년 후에, 아들이 녀석에게 이런 말을 했다.

"아빠, 세상에 나가 보니 돈을 벌기가 얼마나 어려운지 절실하게 깨달았어요. 그때 저를 쫓아내지 않았으면, 아직도 정신을 못 차리고 살았을 거예요. 고마워요."

녀석의 아들은 가천대학교 경제학과를 졸업하고 사업을 시작했다. 10여 년 후에, 아들은 직원 5명을 거느리는 사업가가 되었다. 아들 회사의 연 매출은 60억 원에 달했다. 아들은 부모에 대한 효심이 지극했다. 아들은 아내에게 매달 20만 원씩 용돈을 보냈고, 녀석에게 중형 SUV 차량을 선물했다.

2020년 7월 17일(제헌절) 오전 11시 21분에, 녀석의 손녀가 태어났다. 녀석은 아기를 키워 본 경험이 전혀 없었다. 비로소 녀석도 손녀를 품에 안고 교감하면서 육아의 짜릿한 즐거움을 맛보았다.

녀석도 유년 시절에는 할아버지의 사랑을 듬뿍 받았다고 한다. 할아버지는, 어린 녀석이 툇마루에서 떨어지지 않도록 그물망을 쳐 놓을 정도로 애정을 쏟았다. 손녀는, 녀석의 유년 시절을 어렴풋이 비춰 주는 거울과 같은 소중한 존재다.

다른 한편으로, 녀석은 학대를 당하는 아동들을 생각해 보았다. 요즘, 우리 사회에는 어린아이를 잔인하게 학대하거나 죽이는 부모가 점점 늘어나고 있다. 아동을 학대하는 부모들은 가장 악질적인 범죄자다.

인류의 역사는 '도전'과 '응전'의 법칙을 통하여 발전하는 것이라고, 영국의 유명한 역사가가 주장했다. 개인의 경우도 마찬가지다. 시련을 겪어보지 못한 사람들은 나약해진다. 학대를 당하는 것은, 엄청난 시련이다. 학대를 당해 본 사람들은, 평범하게 사는 사람들보다 강인하게 살 수 있는 확률이 훨씬 높다.

유대인들은, 인류 역사상 가장 큰 시련을 겪은 민족이다. 그 결과, 유대인들은 세계에서 가장 뛰어난 능력을 발휘하며 살아가고 있다. 그러므로 학대를 당했다고 좌절하면 안 된다. 녀석도 엄청난 시련을 버텨 냈더니, 노년에 어마어마한 행복이 찾아왔다. 최후에 웃는 자가 승리자다.

2020년 9월 12일, 녀석과 아내가 SUV 차량을 타고 김포 아파트에 살고 있는 아들 집으로 놀러 갔다. 녀석과 아내는, 아들이 독일에서 직수입한 차를 타고 대명항에 가서 각종 수산물을 구입했다. 녀석과 아내는 황제처럼 대접을 받는 호사를 누렸다. 그곳에서, 아들이 속마음을 털어놓았다.

"아빠가 오시기 전에, 엄마가 혼자서 저희를 키우느라 고생한 것을 생각하면 지금도 마음이 아파요."

녀석도 아들의 말을 듣고 가슴이 찡했다. 아들은 3층 집을 지을 땅을 알아보고 있다고 했다. 1층은 손님 접대용 거실로 꾸미고, 2층에는 부모님을 모시고, 3층에서 아들 가족이 살고 싶다는 것이다. 녀석은, 아들의 이야기를 듣기만 해도 배가 불렀다.

녀석의 어머니는 피가 섞이지 않은 자식을 키워 봐야, 친아버지를 찾아서 떠날 것이라고 장담했었다. 그러나 장성한 두 자녀는, 녀석을 극진하게 예우했다.

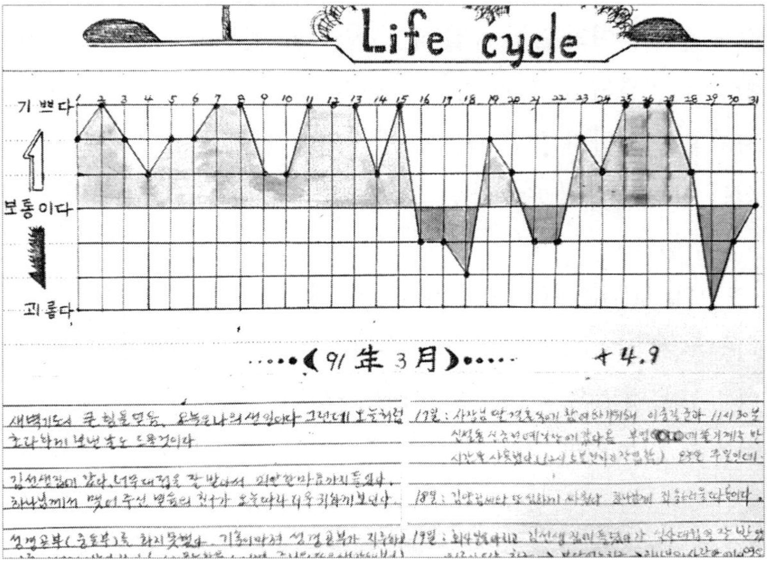

최고 기쁠 때 +3점

매우 기쁠 때 +2점

약간 기쁠 때 +1점

기쁘지도 괴롭지도 않을 때 0점

약간 괴로울 때 -1점

매우 괴로울 때 -2점

최고 괴로울 때 -3점

K는 행복에 대한 명확한 기준을 가지고 살아간다. 어제보다 오늘이 조금이라도 나아질 때, 사람들은 행복을 느낀다. 녀석은 청년 시절부터, 자신의 마음과 몸의 상태를 관찰하며 살아왔다. 자기를 관찰하기 위한 대표적인 작업이 일기를 쓰는 것이다. 녀석은 감정 상태를 나타내는 그래프(life cycle)도 만들었다.

그래프(life cycle)에는, 심리 상태를 7단계로 표시했다. 녀석은, 날마다 기쁠 때의 점수와 괴로울 때의 점수를 분석했다. 어떤 경우에 기뻤으며, 어떤 상황에 괴로움을 겪었는지 알아보기 위해서다. 이렇게 노력한 결과, 녀석은 행복하게 살 수 있는 기술도 터득할 수 있었다.

녀석은, 아내에게도 최상급의 행복을 누릴 수 있도록 배려하고 있다. 아내는 전남편을 만나서 두 자녀를 낳고 살았던 기억을 평생 잊지 못할 것이다. 녀석은, 아내가 과거를 의식하지 못할 정도로 다정하게 보듬어 준다. 남녀가 사랑을 대하는 관점은 매우 다르다. 이런 말이 있다.

"남자는 여자의 첫사랑이길 원하고, 여자는 남자의 마지막 사랑이길 원한다."

녀석은, 아내의 마지막 사랑이 되어 가고 있다. 두 사람은 세월이 흐를수록 가마솥같이 묵직하고 은근한 사랑을 나누며 살고 있다. 녀석은, 60세가 된 아내와 손을 맞잡고 산책을 자주 한다. 가끔 아내가 녀석 앞에서 신나게 춤을 추는데, 그 모습이 귀엽기만 하다.

아내의 헌신적인 사랑은, 녀석의 아픈 상처를 치유하는 특효약이 되었다. 그 결과, 58세가 된 녀석은 청년 시절보다 건강해졌다. 아내도 마찬가지다. 녀석으로부터 꾸준한 사랑을 받으니, 아내도 나날이 건강해졌다. 한센병에 걸린 녀석을 부모가 저주했지만, 아내는 어루만져 주었다. 아내는 천상의 복을 받기에 충분하다.

노벨 문학상을 수상한 라빈드라나트 타고르라는 인도의 작가가 쓴 《환상》이라는 단편 소설이 있다. 그는 한국을 소재로 《동방의 등불》이라는 시집을 낸 것으로도 유명하다. 그의 단편 소설에 등장하는 여주인공은 의사의 부인이었는데, 중도에 실명하게 된다. 그녀의 맑고 깨끗한 영혼에서 우러나오는 환상적인 언어들은, 갈등하던 남편의 마음을 완전히 사로잡았다. 몸이 천 냥이라면, 눈은 구백 냥이라고 했다. 그 소설 속의 여주인공은 육체의 90%를 상실하는 아픔을 겪었지만, 신실한 신앙으로 남편의 마음을 감동시키며 평생을 행복하게 살았다. 그녀의 삶은, 녀석과 많이 닮았다. 녀석도 꽃다운 나이에 한센병에 걸렸었지만, 이웃을 도우면서 신앙생활을 하였더니 다복한 가정을 이루게 되었다.

공부하기에 바빠서, 돈을 벌기에 바빠서, 권력을 쟁취하기에 바빠서, 자신을 돌아보지 못하고 정신없이 살아가는 사람들이 많다. 그들은 정신없이 살다가 허무하게 죽어갈 것이다. 사람이 죽으면, 남는 것은 자서전(자신이 살아온 이야기)뿐이다. 이 책을 읽는 독자들도 자서전을 꼭 써 보기 바란다.

자서전의 내용이 풍성하고 감동을 준다면 성공한 인생이다. 반면에, 자서전의 내용이 빈약하고 감동도 없다면 실패한 인생이다. 자서전은 그 사람의 성적표이기 때문이다.

녀석이 글을 쓰는 방식은 매우 단순하다. 이 책을 읽은 독자들은 대부분 눈치를 챘을 것이다. 녀석은 일상생활 속의 이야기들을 실마리 삼아서, 가볍게 글쓰기를 시작한다. 그러면, 저절로 거창한 이야기가 엮어져 나온다. 녀석은, 이 기술을 시설관리팀장님에게도 가르쳐 주었다. 그분이, 스스로 자서전을 쓰시도록 도와주기 위해서다.

《발바닥 인생》의 전집은, 녀석의 일기를 소설로 만든 책이다. 《안네의 일기》가 세계인에게 감동과 교훈을 주었듯이, 녀석의 책도 많은 사람에게 퍼져 나가서 좋은 영향을 끼쳤으면 좋겠다.

2020년 10월 8일, 녀석이 엘리자베스 퀴블러 로스와 데

이비드 A. 케슬러의 《상실 수업》(인빅투스, 김소향 역)이라는 책을 구입하여 읽기 시작했다. 그 책의 초반부에 소개된 글이, 녀석의 눈길을 끌었다.

'자신이 쓴 글에 심취되어 밤을 지새울 수 없다면, 그 글은 결코 다른 누군가의 밤을 지새우게 할 수 없다.'

녀석도 이런 생각을 수없이 하면서 자전 소설을 써오던 터라, 크게 공감이 되었다. 녀석은 평범하게 살다가 죽음을 맞이하는 것을 원하지 않았다. 녀석의 마음속에는 언제든지 대폭발을 일으킬 수 있는 엄청난 마그마가 들어 있다.

《상실 수업》의 저자는 철저하게 분노하는 것이 아픈 상처를 치유할 수 있는 최선의 방법이라고 강조했다. 녀석은 부모로부터 상처를 받은 사실을 주변 사람에게 지속적으로 언급했다. 그 결과로, 녀석의 상처가 거의 치유된 것 같다. 녀석은 부모의 악행에 대하여 분노했지만, 누나들과 여동생은 그러지 못했다. 녀석의 어머니는, 틈만 나면 이런 말을 했다.

"나는 어디에 가도 우리 딸들을 자랑하지. 우리 딸년들은 내가 무슨 말을 해도 절대로 말대꾸를 하지 않는 효녀야."

녀석의 어머니는, 자신이 어떤 악행을 저질러도 딸들이 말대

꾸조차 못 하도록 효녀 타령을 읊어 댔다. 딸들은, 어머니의 효녀 타령에 세뇌가 되어 온갖 악행을 눈으로 뻔히 보고도 말 한마디 못 하는 처지가 되고 말았다. 이는 거짓된 종교 지도자들이 신도들을 옭아매는 수법과 동일했다. 거짓된 종교 지도자들은 신도들의 믿음을 치켜세우면서, 틈만 나면 이런 설교를 한다.

"나는 어디에 가도 우리 교인들을 자랑합니다. 우리 교인들은 주의 종이 무슨 말을 해도, 무조건 순종하는 훌륭한 믿음을 가졌지요."

이제는 지긋지긋한 악연을 끊어 버려야 한다. 그래야만, 녀석의 남은 인생도 평탄할 것이다. 녀석은 싸울 만큼 싸웠다. 이제는 과거의 상처받은 기억을 잊어야 한다. 녀석은 '죄는 미워도 죄인은 미워하지 말라'는 속담을 되새기며, 그렇게밖에 살 수 없었던 부모를 불쌍하게 생각하기로 결심했다.

2020년 10월 19일, 녀석이 서울대병원에 전화하여 시신 기증 의사를 밝혔다. 전화를 받은 담당자는, 관련 서류를 보내주겠다고 약속했다. 이틀 후에, 기증에 필요한 서류가 우편으로 도착했다.

물론, 녀석이 갑자기 시신을 기증하기로 결심한 것은 아니다. 몇 년 전부터, 녀석은 아내에게 시신 기증의 뜻을 밝혔었다.

막상, 시신 기증 서류를 받아 든 아내는 마음이 무척 심란하다고 말했다. 녀석은 시신 기증 서류 봉투를 개봉하지 않고, 10일 동안 거실에 방치해 두었다.

2020년 10월 30일, 녀석이 쉬는 날 시신 기증 서류 봉투를 개봉하여 서약서를 작성했다.

시신 기증 서약서

나 ○○○은(는) 다른 사람의 강요나 권유에 따르지 않고 나 자신의 뜻에 따라 내가 사망했을 경우 나의 시신을 서울대학교 의과대학에 기증할 것을 서약합니다. 나의 시신을 대학의 합법적인 교육, 연구 또는 대학에서 필요로 하는 그 밖의 정당한 목적을 위하여 제공하는 것입니다. 만약 내가 서울대학교의 소재지인 서울에서 멀리 떨어진 다른 곳에서 사망할 경우에는 나의 시신을 서울대학교 의과대학이 요청하는 가장 가까운 다른 대학으로 옮기는 데 동의하겠습니다.

기증자 서명: ○ ○ ○ (인)
서명한 날짜: 2020. 10. 30. 생년월일: (남·여)
서명할 때의 주소지:
연락 전화번호:

녀석의 아내가 동의서에 서명했다.

동 의 서

나는 기증을 서약한 ○○○(이)가 자신의 뜻과 판단에 따라 죽은 뒤 시신을 서울대학교 의과대학에 기증하는 데 동의합니다.

동의하는 사람 이름: ○○○ 생년월일:
관 계: (기증자의) 처 서명 또는 지장
동의한 날: 2020. 10. 30. 연락처:
주 소:

녀석이 시신 기증 서약서와 동의서를 서울대학교 의과대학 시신 기증 상담실로 보냈다. 며칠 후에, 답장이 왔다.

감사의 글

의학 교육과 연구의 발전을 위하여 시신 기증 등록을 해 주셔서 감사합니다. 보내 드리는 등록증은 항상 휴대해 주시고, 분실하셨을 경우 언제라도 연락 주시면 재발급하여 보내 드리겠습니다.

서울대학교 의과대학

'Well-Dying'

잘 죽는 것이 영원히 사는 것이다. 녀석은 모세처럼 죽고 싶다. 모세의 무덤은 어디에 있는지도 모른다. 그러나 모세는 하나님의 존재와 천지 창조의 비밀을 알려준 인물이다. 모세가 없었다면, 유대교와 기독교와 이슬람교도 존재할 수 없다.

녀석은 모세가 기록한 성경을 읽으며 영적인 세계에 눈을 뜨게 되었다. 녀석이 성령의 감동을 받아서 기록한 《나의 복음》은 모세 오경을 중심으로 해석된 말씀이다. 녀석이 악조건을 극복하고 살 수 있었던 배경에는 모세라는 영적인 작가가 있었다. 녀석이 죽으면 흔적을 남기지 말라고 아내에게 유언한 것도, 모세처럼 죽고 싶었기 때문이다.

누구든지 죽음과 맞닥뜨릴 때, 삶의 소중함을 절실하게 깨닫는다. 녀석은 청소년 시절에 수차례 자살을 시도했었다. 그 중에서, 수면제로 자살을 시도했던 사건이 가장 기억에 남는다. 그 사연은 이랬다.

녀석이 무작정 버스를 타고 종착역에 도착해 보니 오산이었다. 주변에 조그만 야산이 보였다. 녀석은 밤이 되기를 기다렸다가, 다량의 수면제와 소주를 가지고 산기슭으로 올라갔다. 인적이 드문 장소에 자리를 잡은 후에, 녀석이 입안에 수면제를 털어 넣고 소주를 마셨다. 땅바닥에 누워서 잠들기를 기다리는데, 벌레가 녀석의 등을 물어뜯었다. 순간 겁이 덜컥 났다.

"혹시, 내가 죽으면 뱀이 칭칭 감는 거 아냐?"

녀석은 산을 내려와서 여인숙에 투숙하여 배가 터지도록 수돗물을 들이켰다. 녀석은 이틀 만에 깨어났다. 그것도 여인숙 주인이 방문을 마구 두들겼기 때문에 겨우 깨어난 것이다. 녀석이 창백한 몰골로 집에 돌아왔지만 현실은 암담할 뿐이었다.

그로부터 40년의 세월이 흘렀다. 녀석이 젊은 시절에 엄청난 고난을 당한 것은, 결국 노년을 값지게 보낼 수 있는 자양분이 되었다. 녀석은 빌빌거리다가 인생을 마감하고 싶지 않았다. 그러나 녀석이 성공하기에는 학문적인 지식이 너무 부족했다.

무식하면 용감하다고 했던가?

녀석이 내세울 것이라고는, 우격다짐으로 글을 쓰는 패기뿐이다. 녀석의 글은 사랑과 증오, 비범함과 우매함이 뒤섞여 있다. 이는, 녀석이 체계적으로 글쓰기를 배우지 못했기에 벌어지는 현상이다. 녀석도, 이런 사실을 잘 안다. 그럼에도 불구하고, 녀석이 용감하게 글을 쓰는 목적은 병들고 가난하고 상처받은 사람들에게 위로와 용기와 희망을 주기 위해서다.

홀아비의 심정은 과부가 안다고 했다. 병든 사람들의 심정은 병들어 본 사람이 잘 안다. 가난한 사람들의 심정은 굶주려 본 사람이 잘 안다. 학대받는 사람들의 심정은 학대를 당해 본 사람이 잘 안다.

녀석은 오랫동안 가난과 질병에 시달렸으며, 마음의 상처가 커서 자살을 시도했던 사람이다. 험악한 일들을 많이 겪으면, 할 얘기도 풍성해진다. 이는, 녀석이 자전 소설을 쓸 수 있는 원동력이 되었다. 녀석은 자신의 삶을 소설로 만드는 스토리텔러다.

모든 존재는 이야기로 표현이 될 수 있다. 녀석은 가장 수준이 높은 이야기를 말씀이라고 생각한다. 성경에 보면, 말씀이 하나님이라고 기록되어 있다. 또한, 하나님은 사랑이라고 기록되어 있기도 하다. 가장 수준이 높은 이야기는 사랑이다. 지금은 피 튀기는 투쟁의 시대라고 해도 과언이 아니다. 이럴 때일수록, 사랑을 이야기할 수 있는 사람들의 가치가 올라갈 것이다.

2020년 11월 26일, 부천시의 행정복지센터에서 기부자들을 초청했다. 녀석도 초청이 되어 동장님을 비롯한 관계자들을 만났다. 그러나 녀석의 아내는 못마땅하게 생각했다. 아내는 녀석에게 이런 말을 자주 했다.

"요즘은 나라에서 세금으로 취약 계층을 돌보기 때문에 당신이 기부하지 않아도 굶어 죽는 사람은 없어."

녀석은 아내의 의견을 절대로 받아들일 수 없다. 왜냐하면, 아내도 가난했던 시절의 설움을 누구보다 잘 아는 사람이기 때문이다. 사람의 욕심은 한계가 없는 것 같다. 밑 빠진 독에 물을 붓는 것처럼, 영원히 채워도 채워지지 않는 것이 사람의 욕심일 것이다. 녀석은 욕심의 결과가 어떤 것인지, 잘 알고 있다. 욕심의 종착역은 비참한 죽음이다.

아내의 단점은, 쓸데없이 욕심을 부리는 것이다. 예를 들어, 아내는 음식이 썩어 문드러질지언정 남에게 나누어 주는 것을 싫어했다. 그 결과, 매년 김장 김치가 썩어서 대량으로 버려지는 사태가 벌어졌다. 그럴 때마다, 녀석은 아내를 질책했다.

"음식을 썩혀서 버리는 것도 죄야. 음식이 맛있을 때 조금이라도 이웃에게 나누어 주면 환경 오염도 줄어들고 얼마나 좋아."

영국의 대문호 토머스 하디가 쓴 단편 소설《아내를 위하여》에 나오는 여주인공의 이야기는, 현대인들에게 의미심장한 교훈을 준다. 소설에 나오는 여주인공은 가난한 선장과 결혼했고, 그녀의 단짝 친구는 부잣집 상인과 결혼했다. 여주인공은, 부잣집에 시집간 친구를 몹시 질투했다. 욕심이 과하면 화를 부르기 마련이다. 단짝 친구처럼 부자가 되고 싶었던 여주인공은, 남편과 두 아들까지 돈벌이에 내몬다. 결국, 큰돈을 벌기 위해서 배를 타고 떠난 여주인공의 가족들은 실종되고 만다. 소설 속의 여주인공은 돈을 탐내다가 남편과 두 아들까지 잃어버렸다. 결국, 여주인공은 정신이 나가 버렸다.

안타깝게도, 녀석은 아내를 위하여 큰돈을 버는 재주가 없었다. 아내가 돈에 집착하는 행동을 탓할 생각은 전혀 없다. 녀석은 아내가 돈에 집착하면 불행해질까 봐 염려하는 것뿐이다.

성경에 보면, 보화를 천국에 쌓아 두라고 기록되어 있다. 천국에 쌓아둔 보화는, 누구도 빼앗아 갈 수 없기 때문이다. 녀석이 소득의 10%를 지역 사회에 기부하는 것은, 보화를 천국에 쌓아 두는 일이라고 믿기 때문이다.

녀석은 대한민국 상위 1%에 해당하는 재력을 가진 한남동의 회장님댁에서 살아 봤다. 그분은 대학교 교수로 정년퇴직하셨고, 정·관계에서 활약하는 제자들도 많았다. 지금도 마찬가지지만, 과거에도 도시 개발 사업의 정보를 미리 알면 돈방석에 앉는 것은 시간문제였다. 미리 개발 지역의 토지를 싼값에 사들이기만 하면, 엄청난 차익을 얻을 수 있었기 때문이다.

몇 년 전에, 한남동의 회장님이 94세를 일기로 세상을 떠났다. 녀석은 장례식장으로 가서 조문했다. 녀석이 갑부들의 일생을 지켜보면서 절실하게 깨달은 점은, 이웃과 나누며 사는 것이 진정한 부자라는 사실이다. 어느 은퇴한 재벌 총수가 이런 말을 한 적이 있었다.

"자기가 번 돈을 기계로 세어 봐야 알 수 있을 정도라면, 이미 자기의 재산이 아닙니다."

그 재벌 총수는 농부가 되어 땅을 일구며 살다가 세상을 떠났다. 녀석도, 그 재벌 총수의 생각에 공감했다. 그리고 재산에 대한 정의를 이렇게 내렸다.

"다른 사람들을 위해서 사용한 돈만, 자기의 재산이 된다."

이는, 고차원적이고 역설적인 얘기다.

얼마 전에, 우리나라의 최고 부자가 세상을 떠났다. 그의 사무실에, 이런 문구가 쓰여진 액자가 걸려 있었다고 한다.

'공수래공수거!'

인간은 빈손으로 왔다가 빈손으로 간다. 세계 최고의 부자도, 육신이 죽는 순간부터 빈털터리가 되고 마는 것이다.

진짜 부자는 겸손하다. 어마어마한 돈을 벌어 본 사람은, 자기의 재물이 하나도 없다는 사실을 깨닫기 때문이다.

호랑이는 죽어서 가죽을 남기고, 사람은 죽어서 이름을 남긴다는 속담이 있다.

사람은 죽어서 이름을 남기되, 영광스러운 이름을 남겨야 한다. 죽어서 영광스러운 이름을 남기는 사람이, 최고의 성공자이며 승리자다.

녀석은 갑부들보다 영광스러운 이름을 남기게 될 것이다. 왜냐하면, 녀석이 살아온 이야기가 갑부들보다 더 영광스럽기 때문이다.

지금은 녀석의 주장이 허무맹랑한 소리로 들리겠지만, 오랜 세월이 지나면 갑부들의 이름보다 녀석의 이름이 후세에 널리 기억될 것이다.

2020년 12월, 녀석의 집필 활동에 문제가 생겼다. 계속 이야기를 끌어 나갈 밑천이 바닥난 것이다. 녀석이 하고 싶은 이야기를 글로 옮겨 보면, 조잡스럽고 유치하기 짝이 없었다. 결국, 밤잠을 설쳐 가며 공들여 써놓았던 수많은 문장을 삭제할 수밖에 없었다.

"이런 식으로, 무기력하게 한 해를 보내기는 정말 싫은데…."

녀석은 재미있게 글을 쓰려고 무척 노력한다. 지루한 글을 읽으면 짜증이 나기 때문이다. 군더더기 없이 써 내려간 문장은, 여러 번 읽어도 지겹지 않다. 녀석도, 이런 문장을 후세에 남기고 싶다.

2021년 1월 12일, 녀석이 살고 있는 동네에 함박눈이 내렸다. 녀석이 태어났을 때도, 고향의 시골 마을에 함박눈이 펑펑 내렸었다. 그날 오후 6시경, 녀석이 아내를 데리고 집 근처의 벚꽃 동산으로 놀러 갔다. 산의 정상에는 천문 과학관이 있고, 그 주변에는 축구장만 한 잔디밭이 조성되어 있었다.

녀석과 아내는, 벚꽃 동산의 정상에 올라가서 팝송을 들으며 함박눈이 쌓인 잔디밭을 걸었다. 천문 과학관 앞에는 눈사람도 만들어져 있었다. 녀석은, 눈사람을 배경으로 아내의 사진을 찍어 주었다.

두 사람이 벚꽃 동산을 내려오면서 재미있는 추억이 만들어졌다. 벚꽃 동산을 내려오는 길은 급경사의 도로인데, 함박눈이 수북이 쌓여서 스키장처럼 변했다. 아내가 미끄럼 타기 놀이를 하자고 제안했다. 아내는, 미끄럼을 타는 녀석의 모습이 '고릴라' 같다며 짓궂게 놀렸다. 아내의 장난 섞인 말을 들으니, 녀석이 오래전에 읽었던 사랑의 체험 수기가 생각났다. 체험 수기의 제목은 '산울림'이며, 책의 저자는 고등학교 3학년에 다니던 중소기업 사장의 딸이었다. 그 책의 내용은 대충 이랬다.

어느 고등학교의 3학년 친구들이 겨울 등산을 갔다. 그런데 일행 중에, 중소기업 사장의 딸이 설사가 마려워서 뒤처졌다가 실종된다. 동상에 걸려서 실신한 그녀를 업고 동굴로 피신한 학생이 있었다. 그는 칠장이의 아들이었다. 산에 오르기 직전에, 그녀는 칠장이의 아들을 미련한 곰이라고 놀렸었다. 그가 두꺼운 복장에 큰 배낭을 메고 나왔기 때문이다. 두 학생은 모닥불을 피워 놓고 동굴에서 하룻밤을 지내게 되었다. 칠장이의 아들은, 성적인 충동이 엄청났지만 무례한 행동을 하지 않았다. 그녀는, 믿음직한 칠장이의 아들에게 감동했다.

이 수기의 클라이맥스는, 칠장이의 아들과 중소기업 사장의 딸이 동굴에서 모닥불을 쬐며 밤새도록 환상적인 대화를 나누는 장면이었다. 녀석은, 이 수기의 내용을 40년이 지나도록 기억하고 있다.

30대의 녀석이 한의원의 간호사를 끝까지 보호해 주었던 것도, 이 수기의 영향을 받았기 때문이다. 이 수기는, 녀석의 마음속에 영원한 베스트셀러로 남아 있다.

분위기에 취한 녀석은, 자신이 칠장이의 아들로 빙의되었다. 당연히, 녀석의 눈에 비친 아내는 중소기업 사장의 딸처럼 보였다. 벚꽃 동산에서, 녀석과 아내가 찍은 사진과 동영상을 가족 카카오톡 채팅방에 올렸다. 잠시 후에 며느리와 딸로부터 답장이 왔다.

딸: 「신혼부부가 여기 있네 ㅋㅋㅋㅋ」
며느리: 「ㅋㅋㅋㅋㅋㅋㅋㅋ 신혼부부」

녀석의 가정 교육 철학은 훈계보다 행동으로 보여 주는 것이다. 녀석은, 자녀에게 잔소리를 하지 않는다. 다만, 부모가 행복하게 살아가는 모습을 보여 줄 뿐이다.

4일 후에, 녀석의 가족들이 김포에 모여서 파티를 열었다. 가족들은, 손녀의 재롱을 보면서 마냥 즐거웠다. 파티가 끝날 무렵, 온 나라를 떠들썩하게 만든 입양아 살해 사건을 주제로 토론이 벌어졌다.

잔인하게 살해된 아이의 나이는 1년 6개월밖에 안 되었다.

뉴스를 접한 수많은 시민들이 분노했고, 살해된 입양아의 추모 행렬도 이어졌다.

학대로 사망한 입양아는, 녀석의 손녀와 너무 닮았다. 그런데, 범죄 혐의로 조사 중인 양부모의 출신 배경이 기가 막혔다. 양부의 아버지가 목사였기 때문이다. 이 사건으로 인해, 기독교인들에 대한 평판은 더욱 나빠졌다. 부모를 잘못 만나면, 이런 비참한 꼴을 당하게 된다.

물론, 대부분의 부모는 자녀를 너무너무 사랑한다. 그러나 세상에는 극소수의 악독한 부모도 있다는 사실을 인정해야 한다. 당해 보지 않은 사람들은 모른다. 부모로부터 배신을 당한 아이의 고통이 어떤 것인지….

〈노끈〉이라는 단편 소설이 있다. 이 작품은, 19세기 프랑스의 유명한 소설가인 기 드 모파상이 썼다. 그 내용을 요약하면 다음과 같다.

어느 날, 구두쇠 영감이 길을 가다가 노끈 하나를 줍는다. 그 모습을 멀리서 지켜본 목격자가, 구두쇠 영감이 길거리에 떨어진 지갑을 훔쳐 갔다고 모함한다. 삽시간에, 구두쇠 영감이 지갑을 훔쳤다는 소문이 온 동네에 퍼진다. 구두쇠 영감은 누명을 벗기 위해서, 만나는 사람마다 붙잡고 변명한다. 그러나 구두쇠 영감이 변명을 하면 할수록, 동네 사람들의 조롱거리가 되고 만다. 결국, 구두쇠 영감은 충격을 이겨 내지 못하고 시름시름 앓다가 죽는다. 구두쇠 영감은 죽어 가면서도, 자신이 주운 것은 '한 오라기의 노끈'뿐이었다고 중얼거렸다.

녀석의 인생도, 이 소설에 나오는 구두쇠 영감과 비슷한 처지였다. 녀석이 부모로부터 억울한 일을 당했다고 말해도, 듣는 사람들은 속으로 비웃었다.

"쯧쯧, 얼마나 못났으면 자기 부모를 욕할까?"

결혼 초에는, 아내도 녀석의 말을 도무지 믿으려 하지 않았다. 아내는, 녀석에게 이렇게 말했다.

"세상의 모든 어머니는, 친자식에게 절대로 그럴 수 없어. 나도 아들을 키우는 입장이라, 당신의 어머니를 이해할 수 있을 것 같아. 우리 아들이 애 둘 딸린 여자와 결혼하겠다고 주장하면, 나도 반대했을 거야."

녀석의 억울한 심정은 아내마저 이해하지 못했다. 아내도 그러는데, 남들이야 오죽할까? 자기가 직접 당해 보지 않으면, 남의 사정을 알기가 쉽지 않다. 아내는 결국 녀석의 어머니와 첫 대면을 하고 나서 진실을 깨닫게 되었다. 녀석의 고통과 상처가 얼마나 큰 것인지….

2021년 1월 17일, 녀석이 암에 걸려서 퇴직한 옛 동료 직원에게 카카오톡으로 문자를 보냈다. 사실 녀석은 퇴직한 동료 직원이 세상을 떠났을 것이라는 불길한 생각도 했었다. 그런데 퇴직한 동료 직원의 손녀로 추정되는 사진이 카카오톡에 올라온 것을 보고 반가운 마음에 문자를 보낸 것이다.

「안녕하세요. 형님이 전화를 안 받아서 걱정이 많았는데, 손녀의 사진을 보고 너무 반가웠습니다. 투병이 힘드셨을 텐데~ 저는 형님을 위해서 열심히 기도하고 있습니다. 하나님의 은혜로, 저도 손녀를 얻었습니다. 작년 제헌절 날 태어났거든요. 《발바닥 인생》 1권은, 작년에 출간했습니다. 《발바닥 인생》 2권은, 60% 정도 집필 중에 있어요. 내년 1월에 출간할 예정입니다. 하나님의 은총이 ○○○ 님과 영원히 함께하시기를~」

그리고 녀석의 손녀가 재롱을 부리는 귀여운 동영상을 추가로 보냈다. 약 10분 후에, 퇴직한 동료 직원으로부터 답장이 왔다.

그는 여행을 하며 건강을 잘 돌보고 있다는 문자를 보내왔다. 옷깃만 스쳐도 인연이라는데, 녀석은 퇴직한 동료 직원과 교류하게 된 것이 감사하다. 퇴직한 동료 직원은, 녀석의 입장을 이해하고 지지해 주신 고마운 분이다.

K는 병원에서 환자들과 대면할 기회가 많다. 녀석은 환자들로부터 이런 하소연을 종종 듣는다.

"이제 먹고살 만하니, 병이 들어서 억울해요."

참으로 가슴 아픈 일이다. 잘 먹고 잘 살기 위해서 노력했는데, 남은 것은 아픈 몸뚱이라니. 녀석이 만나 본 환자들은, 대부분 자포자기했다. 환자들은 가뜩이나 몸이 안 좋은데, 술과 담배를 끊지 못했다.

누구라도 생로병사의 수레바퀴를 거꾸로 돌릴 수는 없다. 녀석도 예외는 아니다. 녀석은 청소년 시절부터, 온갖 질병에 시달리며 살아왔다. 그러나 녀석은 몸이 아플수록 보람된 일에 몰두하면서 살았다. 그래야만, 죽어도 후회가 남지 않을 것이라고 생각했기 때문이다.

녀석은 환자들에게 《진정한 우정의 비결》 요약본을 열심히 나누어 주었다. 그중에는, 녀석의 글을 읽고 새사람이 된 여성 환자도 있었다. 그녀는, 녀석을 찾아와서 요약본을 더 달라고 요청했다. 이유를 물으니, 주변 사람에게 나누어 주고 싶다는 것이다. 녀석으로부터, 이 책의 요약본을 읽은 사람들은 수천 명에 이른다. 지금도, 이 책을 통해서 사람들이 변화되고 있다는 사실은 놀라운 일이다.

만 시간의 법칙이 있다. 이는, 어느 미국의 심리학자가 발표한 논문에서 처음 등장한 개념이라고 한다. 만 시간의 법칙이란, 어떤 분야의 전문가가 되려면 최소한 만 시간 정도의 훈련이 필요하다는 것이다. 30년 동안 매일 1시간씩 훈련해야, 만 시간이 된다. 자신이 좋아하는 일이 아니라면 절대로 30년이 넘도록 훈련할 수 없다. 녀석은 책을 읽고 요약하고 편집하는 작업이 너무 좋았다. 이런 작업을 수십 년 동안 반복하다 보니, 녀석은 종교 관련 서적과 자전 소설까지 쓰게 되었다.

녀석은 전문적으로 글쓰기를 배우지 못했다. 그러나 녀석이 무작정 써 내려간 글은, 어느 정도의 짜임새가 있다. 녀석도, 자신의 글을 읽고 놀랄 때가 많다. 녀석은 다독을 하지 않고, 평생 동안 불과 몇 권의 책을 집중적으로 읽었다. 열두 가지 재주를 가진 놈이 밥을 굶는다는 속설이 있다. 녀석은 다방면에서 활약하는 것보다, 한 가지라도 똑 부러지게 일하는 것이 낫다고 생각한다.

녀석은 세상에서 출세하는 것보다 명예롭게 죽는 길을 선택했다. 그리고 자랑거리를 만들기 위해서 노력했다. 자랑거리가 많아질수록, 녀석의 자존감도 올라갔기 때문이다. 이는 유아적인 행동이다. 앞으로도 녀석은 철이 들 것 같지 않다. 녀석의 마음속에는, 부모로부터 학대를 받아서 칭찬에 굶주린 아이가 살고 있다. 녀석은 그 아이의 자존감을 세워 주기 위해서 자랑거리를 늘어놓고 있는 것이다.

2021년 1월 24일 오후 9시경, 녀석의 딸이 카카오톡 채팅방에 여러 장의 사진을 올렸다. 그중에는, 녀석과 아내가 카네이션을 달고 찍은 사진도 있었다. 사진 속의 녀석과 아내의 모습은 너무 젊고 멋져 보였다. 녀석의 뇌리에 20년 전의 추억이 주마등처럼 스쳐 지나갔다. 지난 세월은, 녀석에게 축복의 시간이었다.

녀석의 추억 속에는 첫사랑도 있었고 가슴 아픈 사랑도 있었고 스쳐 지나가는 사랑도 있었고 뜨거운 사랑도 있었다. 지금, 녀석은 마지막 사랑을 하고 있다. 사랑하는 아내와 함께….

사랑 이야기는, 녀석의 영원한 관심사다. '사랑하기 위해서' 녀석은 유익한 책의 요약본을 나눠 주고, 돈을 기부하고, 몸을 기증하고, 글을 쓰고, 전도하는 것이다. 계속 연구하면, 더 많은 수단으로 사랑할 수 있을 것 같다. 앞으로도, 녀석은 자전소설을 통해서 사랑하는 방법을 지속적으로 소개할 계획이다.

녀석이 수십 년 동안 읽었던 교양서적 《진정한 우정의 비결》에는, 이런 명언도 기록되어 있다.

'행복은 찾는다고 해서 찾아지지 않습니다. 행복은 주로 부산물로 다른 사람에게 자신을 주는 가운데 다가오는 것입니다.'

녀석은, 이 명언을 성서처럼 여기고 실천하면서 살아간다. 이제는 주변 사람들도, 녀석이 선행을 했기에 복을 받는다고 덕담을 한다. 돌이켜 보니, 녀석이 살아온 방식은 결코 나쁘지 않았다.

지금은, 가·붕·개(가재, 붕어, 개구리)가 용이 되기 힘든 세상이 되었다. 이는 대다수의 국민들이 태어나면서부터 신분이 정해지는 것을 뜻한다. 녀석은 가재도 못 되는 처지였다. 녀석의 지긋지긋한 밑바닥 생활은, 좀처럼 벗어나기 힘든 늪이었다. 녀석이 큰돈을 벌거나 권력을 얻을 확률은 0%다. 녀석은 세상에서 용이 될 꿈도 꾸지 않는다. 현실의 벽에 부딪친 녀석은 다른 곳에서 용이 되기로 작정했다. 그곳은 천국이다.

천국이란 무엇인가?

녀석은 사랑이 있는 곳이 천국이고, 사랑이 없는 곳이 지옥이라고 믿으면서 살아간다. 사랑이 있는 곳에는, 기쁨과 평안과 온유함과 겸손과 희생과 섬김이 충만할 것이다. 사랑이 없는 곳에는, 불평과 시기와 질투와 속임수와 탐욕과 살기가 가득할 것이다. 녀석은 천국에서 영원히 살고 싶다. 사랑이 충만한 곳이라면, 어디든 천국이다. 이는, 녀석의 변함없는 신념이다.

사랑은 죽음을 초월할 수 있는 능력이다. 사랑할 줄 아는 사람이 진정한 성공자다. 녀석은 사랑을 위하여, 모든 것을 투자했다. 녀석은 죽을 때까지 사랑하면서 살아갈 것이다. 성경에 보면, 말로만 떠들지 않고 능력을 나타내는 자가 천국에 들어간다고 기록되어 있다. 최고의 능력은 사랑하는 것이다. 다시 말하면, 사랑하는 것이 능력이다.

사랑하자! 우리 마음을 합하여.
가짜 사랑 말고, 진짜 사랑하자.

K처럼 시련을 겪은 사람도, 별로 없을 것이다. 지금 이 순간에도, 눈물겹게 시련을 견뎌 내고 있는 사람들이 많다. 그들은, 녀석을 보면서 용기를 얻기 바란다. 시련이 무엇인지 설명해 주는 명언이 있다.

'신은 인간에게 선물을 줄 때마다, 시련이라는 포장지에 싸서 준다.'

녀석도 어마어마한 시련을 견뎌 냈기에, 대단한 선물을 받았다. '대단한 선물'이란, 풍부한 얘깃거리를 얻은 것이다. 녀석은, 그 선물을 가지고 책을 출간하여 작가의 반열에 올랐다. 비록, 삼류 소설가에 불과하지만.

인생을 음악에 비유해 보자. 시련이 없이 사는 사람은 하나의 음정으로 노래를 부르는 가수와 같다. 그 노래를 듣는 청중들은 따분하고 짜증이 날 것이다. 시련을 많이 겪은 사람은 수없이 많은 음정으로 노래를 부르는 가수와 같다. 그 노래를 듣는 청중들은 지루할 틈도 없이 박수갈채를 보낼 것이다. 여기에, 인생의 묘미가 있다.

전쟁 영웅에게는 숱한 무용담이 있다. 무용담은 재미있지만, 그 무용담이 만들어지기까지는 죽을 고비를 수없이 넘겨야 했을 것이다. 관광 명소에는 기암괴석과 화려한 수목과 폭포와 호수가 펼쳐진다. 기암괴석이 화려하지만, 그 모양이 만들어지기까지는 수십억 년 동안의 풍파를 견뎌야 했을 것이다.

젊어서 고생은 사서도 한다고 했다. 인생의 성공자가 되려면, 일부러 시련을 겪어서라도 풍부한 얘깃거리를 만들면서 살아야 한다. 하물며, 저절로 굴러 들어온 시련이라면 괴로워할 이유가 전혀 없다. 도전자가 생겼다면, 상대해 주는 것이 챔피언의 도리다. 모든 시련을 이겨 내야만, 인생의 챔피언이 될 수 있다.

2021년 1월 27일, 녀석이 행정원장님을 만나서 근로 계약서를 작성했다. 녀석이 서명을 마친 후에 감사의 인사를 정중하게 건넸다.

"지난 한 해 동안, 제가 일할 수 있도록 배려해 주셔서 감사합니다. 앞으로 더욱 열심히 하겠습니다."

행정원장님은 오래전부터, 녀석에게 (일할 능력만 있으면) 평생 근무하라고 말씀하셨다. 참으로 고마운 일이다. 더 고마운 일은, 녀석의 재능을 키워 주신 것이다. 그분이 아니었다면, 녀석이 작가가 될 꿈도 꾸지 못했을 것이다. 7년 전에, 행정원장님의 부탁으로 녀석이 병원의 인터넷 게시판에 올렸던 한 토막의 글을 소개한다.

〈왼손잡이〉

요즘에는 그런 일이 거의 없지만, 과거에는 왼손잡이들이 부모님께 야단을 맞는 경우가 많았습니다. 대다수의 오른손잡이들은, 왼손잡이가 글씨를 쓰는 모습을 보면 눈에 거슬립니다. 그래서 많은 부모들은 어린아이에게 왼손을 사용하지 못하도록 가르칩니다. 왼손잡이는 타고나는 것이기 때문에 바뀔 수가 없습니다. 입장을 바꾸어 생각해 보세요. 오른손잡이에게 왼손으로만 일을 시킨다면 재능의 절반도 사용하지 못하게 될 것입니다. 어떤 조직이든지, 고정관념에 빠져서 일을 강요하면 생산성이 떨어지게 될 것입니다. 인류 역사를 돌아보면 독재 국가는 철저하게 망했다는 사실을 알 수 있습니다. 가정이나 회사도 마찬가지라고 생각합니다. 자기주장만 내세우는 가정은 파탄이 납니다. 개성을 존중하면서 용기를 북돋워 주는 가정은 행복합니다. 자기주장만 내세우는 회사는 부도가 납니다. 각자의 재능을 인정하고 칭찬해 주는 회사는 성공합니다. 남들이 하지 못하는 일을 할 수 있다는 것은 큰 장점입니다. 비록 왼손잡이가 일하는 모습이 눈에 거슬려도 용납하고 품어 주어야 합니다. 더 나아가서 칭찬하고 격려해 주어야 합니다. 오른손잡이는 오른손으로 일하는 것이 옳고, 왼손잡이는 왼손으로 일하는 것이 옳습니다. 사람마다 재능이 다릅니다. 무거운 물건을 손으로 옮기는 것도 일이지만, 무거운 물건을 옮길 수 있는 기계를 연구하는 것은 더 큰일입니다. 지능이 낮은 동물은 자기 몸으로만 일합니다. 지능이 조금 높은 원숭이과 동물들은 나무나 돌을 사용하여 간단한 일을 할 줄 압니다. 지능이 아주 높은 사람들은 정교한 기계를 만들어서 대부분의 일을 처리합니다. 비행기나 잠수함 같은 기계는 불과 100여 년 전에 만들어졌습니다. 이런 기계들은 인간의 상상력이 발휘되어 개발된 것입니다. 그 이전에 살았던 모든 인류는 고정관념에 사로잡혀서, 사람은 하늘을 날거나 물속에서 살 수 없다고 생각했지요. 고정관념을 깨뜨리는 것이 상상력입니다. 상상력은 자유롭게 생각할 수 있는 힘입니다. 상상력을 키우는 대표적인 방법은 책을 읽으며 깊은 생각을 하는 것입니다. 상상력이 발휘되지 못하는 조직에는 희망이 없습니다. 지도층에 있는 사람이 부하 직원들의 상상력을 가로막으면, 전체 조직에 큰 손실을 입히는 것입니다. 우리의 주변 사람들이 놀라운 상상력을 발휘할 수 있도록, 서로 칭찬하고 격려해 주면 좋겠습니다.

그 당시에, 녀석은 교훈을 주는 내용의 글을 많이 썼다. 돌이켜 보니, 녀석이 주제넘는 짓을 했다. 세상에는 교훈을 주는 내용의 글이 차고도 넘친다. 어설프게 교훈을 주는 글은 '지적인 공해(잔소리)'와 다를 것이 없다. 차라리 실패담을 늘어놓는 것이, 독자들의 호감을 살 수 있을 것이다. 이런 사실을 깨달은 녀석은, 실패와 부끄러움과 좌절을 겪었던 체험담을 집중적으로 부각하면서 자전 소설을 쓰게 되었다. 녀석이 《발바닥 인생》 1권을 출간했을 때, 행정원장님이 웃으며 이런 말씀을 하신 적이 있다.

"반장님이 일부러 재미있게 글을 쓰신 것이 맞지요?"

그분의 질문에 녀석이 대답했다.

"그렇게 쓰지 않으면, 누가 저의 책을 거들떠보겠어요."

어느덧, 녀석이 쓰고 있는 《발바닥 인생》 2권도 종착역을 향하여 치닫고 있다. 지금은 정보의 홍수 시대다. 독하게 글을 쓰지 않으면 독자들의 눈에 띄지도 않는다. 이번에도, 녀석은 지독한 내용의 글을 쓸 수밖에 없었다.

녀석은 《발바닥 인생》 2권을 예정보다 빨리 출간하기로 결심했다. 왜냐하면, 계획했던 분량의 집필이 거의 완료되었기 때문이다. 녀석은, 이렇게 판이 커질 줄은 정말 몰랐다. 그저 손 편지나 쓰던 녀석이, 벌써 두 권의 책을 낼 줄이야.

2021년 2월 4일, 녀석이 병원에 출근하여 오전 근무를 마치고 사내 식당으로 갔다. 식당의 입구에는, 설문 조사 용지가 놓여 있었다. 설문 조사는, 사원들이 '손·위·생'이라는 단어로 삼행시를 지어 응모함에 넣는 방식으로 진행되었다. 녀석도, 5분 만에 삼행시를 지어 응모함에 넣었다.

손: 손에 묻은 세균이
위: 위장까지 들어가면
생: 생명이 위태롭다.

내친김에, 녀석이 난생처음으로 작사도 해 보았다. 녀석은, 자신의 삶을 돌아보면서 가사를 써 내려갔다.

고달픈 인생살이 너무나 힘들어도
견디고 견디니 웃을 날도 오는구나

흙탕물 속에서 연꽃이 피어나듯이
어지러운 세상에 영웅이 나타나네

엄마 찬스, 아빠 찬스 내겐 없지만
견디고 견디니 큰 행운도 오는구나

잘 먹고 잘 사는 게 성공이 아니라
눈 감을 때 웃는 것이 성공이라네

(후렴)
지나온 긴 세월을 가만히 돌아보니
피맺힌 설움도 보석처럼 빛이 나네

녀석이 급하게 가사를 쓰다 보니, 마땅한 제목을 찾지 못했다. 나중에 제목이 정해지면, 작곡가에 의뢰해서 노래도 만들어 볼 생각이다. 가사가 촌스럽지만, 멋진 멜로디에 실리면 들어줄 만한 노래가 될 것 같다.

인생이 별거더냐. 제멋에 사는 것이 인생이지. 굼벵이도 구르는 재주가 있다고 했다. 이 책을 읽는 독자들도 자신만의 재능을 발견하고 발산하면서 살았으면 좋겠다.

올겨울에는, 아주 신기한 현상이 직장에서 벌어졌다. 녀석이 근무하는 날만 피하여, 여러 차례 폭설이 내린 것이다. 녀석과 교대하는 근무자는, 큰 눈이 올 때마다 짜증 섞인 농담을 자주 했다.

"하나님을 믿든가 해야지, 내가 근무할 때만 폭설이 내리네."

녀석도 눈을 치우느라 고생한 직장 동료에게 농담을 건넸다.

"형님도 하나님을 믿고 열심히 기도하세요."

우연의 일치라고 하기에는 몇 달 동안 지속된 현상이 신기하기만 했다. 녀석은 과거에 직장에서 갈등을 겪었던 동료 직원들과 매우 화목하게 지낸다. 녀석과 교대하는 동료 직원과의 관계도 그랬다. 그럴 수밖에 없는 이유는 녀석의 처세술이 남다르기 때문이다. 처세술이란 사람들과 사귀며 살아가는 방법이나 수단을 뜻한다.

녀석은 자신을 속이고 배신한 사람을 원수라고 생각하지 않는다. 물론, 녀석도 상대방의 악행을 철저하게 비판한다. 그러나 녀석의 마음속에는 그들을 미워하는 감정이 없다. 이런 경지에 이르려면, 숱한 고난과 시련을 이겨 낸 경험이 축적되어야 한다.

어린 아기는 경험이 매우 부족해서, 새로운 환경에 노출되면 두려워하거나 당황한다. 나이가 많은 사람도 경험이 부족하게 되면, 어린 아기처럼 미숙하게 살게 된다. 경험이 풍부해지려면, 과감하게 도전할 수 있는 패기가 있어야 한다. 어느 대기업 회장의 명언이 있다.

"이봐, 해 봤어?"

어쨌든, 경험을 해 봐야 결과가 나온다. 꼭, 경제적인 이득을 위해서 도전하는 것만이 능사는 아니다. 어떤 분야든지, 끈질기게 도전하는 사람이 뛰어난 능력을 발휘한다.

녀석은 어려서부터 호기심이 대단했다. 그 호기심은 수많은 도전으로 이어졌다. 물론, 녀석의 도전은 대부분 실패로 끝났다. 그 결과, 녀석은 실패한 이야기들을 마음속에 산더미처럼 쌓아 놓을 수 있었다.

도전에 실패해도 '실패한 이야기'라는 보화를 얻게 된다. 이는 엄청난 소득이다. 아직도 실패가 두려워서 도전하지 않는 사람들은 생각을 바꾸는 것이 좋을 것이다.

상대방이 웃으면서 잘 먹고 잘 산다는 소리만 하면, 정말 재수가 없다. 상대방이 눈물을 흘리며 실패담을 들려주면, 귀가 솔깃해진다. 자기가 실패한 이야기를 모아서 글을 쓰면, 모두에게 감동과 교훈을 주는 자서전이 만들어지는 것이다.

2021년 2월 6일 오후 5시경, 녀석의 큰누나가 안부 전화를 걸어왔다. 큰누나는 요즘 몸이 자꾸 아프다고 했다. 녀석은 이렇게 대답했다.

"나도 온몸이 쑤시고 아파. 그래도 지금이 가장 건강할 때지. 세월이 지나면 건강이 좋아질 거라는 생각은 버리는 것이 좋을 거야. 자동차도 시간이 지날수록 고장이 더 많아지잖아. 지금이 가장 좋은 때인 줄 알고 후회 없이 살자구."

녀석은 큰누나를 위로하는 대신에 현실을 직시하는 말을 했다. 큰누나는 건강 관리를 철저하게 하면서 살아왔다. 그러나 늙어서 병드는 것은, 누구도 막을 수 없다.

녀석은 10대에 영양실조 및 더러운 환경에서 한센병에 걸렸다는 진단을 받고, 20대에 목 디스크 진단 및 비장 절제 수술을 받고, 30대에 축농증 수술을 받고, 40대에 척주관 협착증 진단을 받고, 50대에 치질 수술과 백내장 수술까지 받았다.

녀석이 결혼하고 건강이 무척 좋아진 것은 사실이다. 그러나 청소년 시절에 너무 심하게 몸을 망가뜨려서 오래 살지는 못할 것 같다. 식물로 말하면, 녀석의 몸은 떡잎부터 짓밟혀진 상태다. 녀석이 축농증 수술을 받을 때, 의료진이 이런 말을 한 적이 있었다.

"환자분의 축농증이 너무 심해서 시신경 주변에 손상을 입었습니다. 나이가 들면서, 환자분의 시력은 급속히 나빠질 것입니다."

의료진의 말대로, 녀석의 시력은 급속도로 나빠지고 있다. 시력이 나빠지면, 글 쓰는 데 막대한 지장을 받는다. 녀석은 시력이 더 나빠지기 전에 책을 출간하려고 안간힘을 쓰고 있다.

조금은 알 것 같아요
사랑이 무언지

내가 소유하고 있다고
느끼는 모든 것은
사랑이 아니랍니다

그대를 사랑하기에
소유하고 싶지 않습니다

다만, 그대를 자랑스럽게
바라볼 뿐입니다

K가 앨범을 보다가 특별한 사진을 발견했다. 그 사진에는, 붉은 색종이로 접어서 만든 장미꽃 다발을 바구니에 정성스럽게 담아 놓은 영상이 찍혀 있었다. 이 장미꽃 바구니는 반주자가 녀석에게 선물한 것이었다. 사진 아래는, 반주자를 향한 녀석의 애틋한 시가 쓰여 있었다.

21년이 지난 후에, 녀석이 쓴 시를 읽어 보니 속이 오글거렸다. 지금의 녀석은, 반주자를 향한 욕망이 전혀 없다. 반주자는 녀석의 추억 속에 아름답게 자리 잡고 있을 뿐이다. 녀석의 마음은 아직도 청춘이다.

지금까지도, 녀석의 사랑관은 변하지 않았다. 녀석은 아내를 소유물로 생각하지 않는다. 아내는 녀석의 가장 친한 친구다. 녀석이 먼저 죽는다면, 아내가 다른 남자 친구와 만나기를 진심으로 원한다. 녀석이 살아 있는 동안에도 아내를 더 행복하게 만들어 줄 남자가 나타난다면 미련 없이 물러설 용의가 있다. 쇼윈도 부부로 사느니 혼자 사는 것이 낫다. 녀석은, 이 세상에서 아내를 가장 사랑한다. 그렇기 때문에 아내와 살을 맞대고 사는 것이다.

2021년 2월 7일, 녀석의 사업에 투자했던 고종사촌 형으로부터 전화가 왔다. 그분은 둘째 형이 식도암으로 방금 사망했다고 말했다. 코로나 사태로 인하여 녀석이 장례식장에 갈 수는 없었다. 곧바로, 녀석이 고종사촌 형이 살고 있는 아파트를 방문하여 조의금을 전달했다.

고종사촌 형은 녀석의 사업에 투자하여 수억 원을 날리고도 반가워했다. 고종사촌 형은 독실한 불교 신자다. 고종사촌 형이 불교 방송을 보면서 녀석에게 물었다.

"요즘도 열심히 교회에 나가니?"

녀석은 개인적으로 신앙생활을 하고 있다고 대답했다. 고종사촌 형은 녀석과 닮은 점이 많았다. 고종사촌 형은 어린 나이에 한쪽 눈을 실명했다. 두 사람은 서로의 아픔을 공감해 주었다. 이런 관계였기에, 고종사촌 형이 녀석의 사업에 과감한 투자를 했던 것이다.

요즘은 세계적으로 코로나 전염병의 확산이 지속되어 고통을 당하는 사람들이 넘쳐 나고 있다. 우리나라도, 전 국민에게 재난지원금을 지급하고 있는 실정이다. 이럴 때일수록, 베풀기를 좋아하는 사람들의 진가가 발휘된다. 남들이 배고플 때, 빵 한 조각이라도 나눠 주어야 한다. 녀석은 더 많은 분야에서 베풀 수 있는 방법을 연구하고 있다.

경제적인 도움을 주는 것도 중요하지만, 정신적인 도움을 주는 것은 더 중요한 일이다. 세계인에게 정신적인 도움을 주는 것이 녀석의 꿈이다. 살벌한 경쟁 사회에서 그저 먹고살기 위하여 몸부림치는 사람들을 보면 안타까운 마음을 금할 수 없다. 우리나라의 자살률은, 세계를 통틀어 1위를 놓친 적이 거의 없다.

왜 이런 현상이 벌어지는 것일까?

우리나라는 선진국에 속한다. 잘 먹고 살게 되었는데 자살률이 높은 근본적인 이유는, 정신적으로 빈곤하기 때문이다. 정신(마음)은 몸을 다스리는 역할을 한다. 마음이 극도로 불안해지면 자살 충동을 느끼게 된다. 반대로, 마음이 평안해지면 행복을 느낀다.

사람의 마음이 불안해(괴로워)지는 조건은 무엇일까?

가장 큰 조건은, 주변 사람에게 따돌림이나 무시를 당할 때이다. 녀석은 부모로부터 무시를 당할 때 자살 충동을 가장 크게 느꼈다. 청소년들은 친구로부터 따돌림을 당했을 때 자살 충동을 느끼는 경우가 많다.

마음이 평안(행복)해지려면, 어떻게 해야 할까?

이 책을 읽은 독자들은, 이미 해답을 알고 있다. 행복은 다른 사람에게 베풀 때(자신을 주는 가운데) 다가온다는 사실을 말이다.

2021년 2월 11일, 아내가 일하는 요양원의 동료가 코로나 확진 판정을 받았다. 물리 치료사는 며칠 전에 헬스클럽을 다녀왔다고 한다. 녀석과 자녀들은 짜증이 나서 그의 행동을 비난했다. 설날을 하루 앞두고, 녀석의 아내는 격리 조치가 되어 가족 모임에 참석하지 못했다.

한 사람의 개념 없는 행동으로, 여러 사람이 피해를 보는 경우가 있다. 반대로, 한 사람의 슬기로운 행동으로 살맛 나는 세상을 만드는 경우도 있다. 성경에 보면, 한 사람의 그리스도께서 희생하심으로 인류의 죄악을 씻을 수 있게 되었다고 기록되어 있다.

사람들이 좋은 생각을 가지고 있다고 해도 정작 실행에 옮기지 않으면 소용이 없다. 신중함도 필요하지만, 신속함이 더 중요할 때가 많다. 장고 끝에 악수를 둔다는 속담도 있지 않은가. 화살같이 빠른 세월이다. 어영부영하다 보면, 허무하게 죽음을 맞이하게 될 것이다. 녀석은 이런 생각을 가지고 치열하게 도전하며 살아가고 있다.

싸우면서 닮는다는 속담이 있다. 어쩔 수 없이, 녀석도 부모의 기질을 닮고 말았다. 녀석의 아버지는 술과 담배와 성적인 중독 증세가 심각했고, 어머니는 다른 사람의 돈을 갈취하여 도박을 하는 중독 증세가 심각했다. 녀석도 어떤 일이든지 시작하면 끝장을 봐야 직성이 풀리는 중독 증세가 심했다. 아내는 녀석의 성격에 혀를 내두르며 이런 말을 자주 했다.

"당신은 삘(feel)이 꽂히면 끝장을 봐야 직성이 풀리는 성격이야. 도저히 말릴 수가 없어."

유전은, 누구도 거부할 수 없는 운명이다. 그러나 운명도 얼마든지 바꿀 수 있다. 똑같은 유전자를 받은 쌍둥이라도 각자의 노력에 따라서 운명이 달라지는 것이다. 아무리 극악무도한 부모의 유전자를 받은 자녀라도, 그 기질을 선용하면 훌륭한 사람이 될 수 있다.

녀석은 아버지로부터 물려받은 중독적인 성격을 가지고 글을 쓰는 데 선용했고, 어머니로부터 물려받은 놀기를 좋아하는 성격을 가지고 발명하는 데 선용했다. 녀석이 아버지로부터 물려받은 성적인 중독 증세(성 도착증)도, 꾸준한 독서를 통하여 해결 방법을 찾아냈다. 그 결과, 녀석은 성범죄에 휘말리지 않고 노년을 맞이할 수 있었다.

50세를 가리켜 지천명(知天命)이라고 했다. 녀석은 50세에 접어들면서, 하늘의 뜻을 깨닫고 《나의 복음》을 전파하며 살아간다. 내년이면 녀석의 나이가 60세가 된다. 말로만 듣던 이순(耳順)이 되는 것이다. 녀석의 귀도 온순해져서 사람들의 이야기를 잘 듣고, 그들에게 정신적인 도움을 주면서 살고 싶다.

2021년 2월 22일 오후 6시 23분, 녀석이 외과와 소아과 의원을 운영하시는 장로님으로부터 걸려온 전화를 받았다. 장로님은 ○○의원을 그만두고, 요양 병원을 운영하고 싶다고 말했다. 녀석이 사업을 하는 재주는 없지만, 얼마든지 정신적인 도움을 줄 수는 있었다. 그래서 녀석은 장로님에게 영적인 감각으로 진심 어린 조언을 해 드렸다.

장로님은 어려운 문제가 생길 때마다, 녀석에게 조언을 구했다. 과거에 장로님은 수술을 집도하고 경과가 좋지 않거나 부인이 수술을 받을 때도, 녀석에게 중보 기도를 부탁했었다.

K가 자전 소설을 쓰게 된 결정적인 이유는, 《나의 복음》을 전파하기 위해서다. 신약 성경에 보면, 사도 바울이 그리스도인이 된 사연을 자세하게 설명하는 내용이 나온다. 녀석도 그

리스도인이 되어서 전도하게 된 사연을 《발바닥 인생》 1권과 2권에 자세하게 설명했다.

녀석이, 이 책의 제목을 '발바닥 인생'으로 지은 이유가 있다. 지금으로부터 9년 전에, 녀석은 두 번째로 특별한 계시를 받았다. 그 내용은, 녀석이 그리스도의 발바닥이 되어 전도하라는 말씀이었다.

핵폭탄이 터지려면, 먼저 재래식 폭탄이 터져서 충격을 주어야 한다. 《나의 복음》이 전파되려면, 먼저 《발바닥 인생》의 전집이 세상에 널리 알려져서 충격을 주어야 한다. 이는, 권총의 방아쇠를 당겨야 총알이 튀어 나가는 원리와 같다. 《발바닥 인생》의 전집이 방아쇠라면, 《나의 복음》은 총알이라고 할 수 있다.

구약 성경에 보면, 하나님은 모세를 영적인 지도자로 세우시고 아론을 동역자로 보내 주셨다. 아론은 모세의 친형이다. 하나님은 녀석을 전도자로 세우시고, 녀석보다 나이가 많은 외과 의사를 동역자로 보내 주셨다.

이 책(발바닥 인생 1&2)에 기록된 종교적인 이야기는, 녀석의 일방적인 주장이다. 그러므로 공감하지 못하는 독자들은, 그냥 무시하면 된다. 종교의 자유는, 모든 인간의 기본적인 권리이기 때문이다.

녀석이 '가나안 신자'가 된 지 어언 2년 6개월이 흘러갔다. 녀석은 은밀하게 신앙생활을 하는 것이, 너무 은혜롭고 행복하다. 종교 문제가 해결되니, 녀석의 가정과 경제와 사회적인 문제도 저절로 풀려나갔다. 농부의 손에 붙잡힌 고구마 줄기가 줄줄이 끌려오듯이….

그런데, 이 책(발바닥 인생 1&2)을 출판하는 데 심각한 문제가 발생했다. 근래에 성적인 범죄가 빈발하여 출판 심사 기준이 강화된 것이다. 출판사의 편집 담당자는 이미 출간된 《발바닥 인생》 1권도 교정해야 될 것 같다고 알려 왔다.

《발바닥 인생》 1권에는, 노골적인 표현이 무척 많았다. 그 내용을 대폭 삭제하고 순화해야 출판이 가능했다.

2021년 3월 8일 새벽 1시경, 녀석이 문제가 될 만한 문장을 수정하여 출판사로 보냈다. 그리고 녀석의 책을 교정하는 담당자에게 감사의 문자를 보냈다.

「선생님 덕분에, 제가 2류 작가로 승격이 될 것 같습니다.
수고하세요.」

돌이켜 생각해 보니, 녀석의 생각이 짧았다. 녀석은 노골적인 문장을 삭제하면서, 이런 사실을 깨달았다.

음식에 소금이 절대적으로 필요하지만, 너무 많이 넣으면 먹을 수가 없다. 문장에 재미있는 표현이 절대적으로 필요하지만, 너무 노골적으로 표현하면 읽어 줄 수가 없다.

2021년 3월 9일, 우리나라의 분노한 농민들이 LH(한국 토지 주택 공사)의 본사로 몰려가서 표지석에 오물을 뿌리고 유리창에 달걀을 던지며 격렬하게 항의하는 사태가 벌어졌다. 농민들이 분노한 이유는, 고액의 연봉을 받는 LH 공사 소속의 일부 공직자들이 개발 정보를 가지고 농지 투기를 일삼았기 때문이다. 부정으로 얻은 투기꾼들의 소득은 저주의 씨앗이 될 뿐이다.

고액의 연봉도 모자라서, 가난한 농민을 속이는 인간들에게는 사랑이 있을 리가 없다.

녀석은 큰돈을 버는 기술이 없지만, 진짜 큰 기술(사랑하면서 행복하게 사는 기술)을 충분히 가지고 있다. 이는 인간의 탈을 쓴 돼지들이 감히 흉내 낼 수 없는 수준 높은 기술이다.

녀석은 정치적인 이야기를 쓰지 않으려고 무척 노력한다. 그 이유는, 녀석이 정치에 대해서 잘 모르기 때문이다. 그러나 국민의 한 사람으로서, 우리나라의 탐관오리들에게 사이다 발언을 하지 않을 수 없다.

이 나라의 탐관오리들이여, 너 자신을 알라!

2021년 3월 11일 오후 2시경에, 녀석과 아내가 산책을 나갔다. 아내는 주로 땅만 바라보면서 걷고, 녀석은 하늘을 보면서 걸었다. 녀석이, 아내에게 한마디 했다.

"자기야, 땅만 바라보지 말고 하늘도 쳐다봐."

아내는, 녀석에게 이렇게 대답했다.

"땅을 바라봐야 돌부리에 걸려서 넘어지지 않지. 하늘만 쳐다보다가 넘어지면 어떡해."

녀석은 이상주의자고, 아내는 현실주의자다. 아내는 먹고 사는 문제에 관심이 집중되어 있고, 녀석은 정신(영)적인 문제에 관심이 집중되어 있다. 어찌 보면, 녀석이 마음껏 꿈을 펼칠 수 있었던 것은 아내의 공로라고 할 수 있다. 그러므로 이 책의 절반은 아내가 쓴 것이나 다름없다.

이 책(발바닥 인생 1&2)의 인세가 나오면 아내에게 절반을 주고, 나머지 절반은 녀석이 불우 이웃 돕기 후원금과 전도비로 사용하기로 약속했다.

K는 음악을 듣는 것도, 너무너무 좋아한다. 녀석의 일상은, 하루 종일 음악을 들으며 글을 쓴다고 해도 과언이 아니다. 음악은 문장(생각을 글로 표현한 것)에 생동감을 불어넣는 마력이 있다. 별 볼 일 없는 가사(문장)도 거기에 곡조만 잘 붙이면 감동적인 이야기가 된다.

문학 작가는 글자로만 독자에게 감동을 주어야 한다. 이는 결코 쉬운 일이 아니다. 그런 면에서, 작가는 음악가보다 대중들의 인기를 끌기에 불리하다. 음악은 소리로 표현하는 예술이기 때문에, 오랜 세월이 지나면 거의 사라지게 된다. 반면에 문학은 글자로 표현하는 예술이기 때문에 수천 년이 지나도 많이 남아 있게 된다. 지금도 성경이나 불경을 비롯하여 주옥같은 고전이 현대인의 정신세계를 지배하고 있다.

영국이 낳은 위대한 작가가 있다. 그 작가는 《햄릿》, 《리어 왕》, 《베니스의 상인》 등 세계적인 작품을 많이 썼다. 영국의 어느 여왕은 그 작가를 인도와도 바꾸지 않겠다고 말했다. 위대한 작가는 한 국가보다 소중할 수도 있다. 그런 관점에서, 녀석도 작가의 반열에 든 것을 영광스럽고 감사하게 생각한다.

녀석이 추구하는 문학을 음악에 비유하면, 요즘 대세인 트로트보다는 랩(rap)에 가깝다. 랩은 강렬하고 반복적인 리듬에 맞춰서 읊조리듯이 노래하는 대중음악이다. 녀석의 문장을 자세히 살펴보면, 강렬한 이야기들을 단순하고 반복적인 글쓰기 방식에 맞춰서 담담하게 표현하고 있다.

랩은 특히 10대들이 좋아한다. 기성세대가 랩을 들으면, 정신병자가 발광하는 것으로 착각할 수도 있다. 그러나 랩은, 다음 세대의 주류 음악이 될 것이다. 랩을 더 쉽게 설명하면, 최소한의 형식으로 노래하는 것이다. 기승전결의 순서가 필요 없이, 자기가 하고 싶은 이야기를 거침없이 노래하는 것이 랩이다.

요즘 청소년들은, 배워야 할 지식이 너무나 많다. 골치가 아파 죽겠는데, 기승전결을 따져 가며 음악을 들을 여유가 없다. 그래서 요즘 청소년들은 단순하고 강렬한 음악에 깊이 심취하는 것이다. 녀석의 문장도 매우 단순하고 강렬하다. 녀석의 문장은 골치 아프게 살아가는 청소년들이나 의사들이 좋아할 수밖에 없는 구조를 가지고 있다.

예술가는 시청자들에게 정서적으로 충격을 줄 수 있어야 한다. 쉽게 말하면 시청자들의 단조롭고 따분한 기분을 끌어올려 주어야 한다는 뜻이다. 시청자들은, 예술가들의 도발을 기대한다.

격투기를 즐기는 관중들은 통쾌하게 KO 되는 장면을 보기 원한다. 그때, 가장 희열을 느끼기 때문이다. 음악을 듣는 관객이나,

책을 읽는 독자들도 마찬가지 심정이다. 그들은 정서적인 희열을 느끼게 만들어 주는 예술가에게 아낌없이 시청료를 지불한다.

시청자들이 노래를 듣다가 실신할 정도로 감동을 받았다면, 최고의 공연을 본 것이다. 독자들이 책을 읽다가 하염없이 눈물을 흘리거나 소름이 돋을 정도로 감동을 받았다면, 최고의 독서를 한 것이다. 시청자들은, 자신들이 정서적으로 느낄 수 있는 희열의 강도가 클수록 좋아한다.

녀석은 힘겹게 살아가는 현대인들의 답답한 가슴을 통쾌하게 뚫어 주고 싶어서 몸살이 날 지경이다. 사람들이 너무 좋으면 이런 말을 자주 한다.

'정말로, 죽여주네!'

녀석도, 독자들을 '죽여주는' 문장을 쓰고 싶다. 이는, 모든 작가의 간절한 소망일 것이다. 이 책이 독자들을 죽여주지는 못할망정, 실신시킬 정도는 되었으면 좋겠다.

《발바닥 인생 1&2》 집필을 마치며

저는 《발바닥 인생》 1권과 2권을 집필하면서, 흥미를 유발하기 위하여 노골적인 문장을 많이 썼습니다. 그 내용은, 전체 문장 중에서 5% 정도 되었지요. 그러나 출판 심사 기준이 강화되어, 노골적인 문장을 삭제할 수밖에 없었습니다.

이 책(《발바닥 인생》 1&2)의 후반부에 쓰인 내용은, 노골적인 문장을 삭제한 분량만큼 보충하여 쓴 것입니다. 재미있는 얘깃거리를 급하게 만들어서 쓰다 보니, 완성도가 조금씩 떨어졌다고 생각합니다.

《발바닥 인생》의 3권은, 긴 호흡을 가지고 써 볼 작정입니다. 비록 시간이 오래 걸릴지라도, 다듬고 다듬어서 불후의 명작을 만들어 보고 싶습니다. 그러나 어설프게 흥미나 유발하는 책이 된다면, 출간을 포기할 것입니다.

높이 나는 새가 멀리 본다는 속담처럼, 저도 높은 뜻을 가지고 세계인들의 평화를 위하여 살아갈 것입니다. 저의 생각이, 한낱 꿈으로 끝날지라도….

저의 책을 읽어 주신 독자님들께 진심으로 감사드립니다.

발바닥 인생 3(A)

SOLE LIFE: THIRD BOOK(A)

녀석이 병원에서 일한 지도, 어느덧 10년이 되었다. 10년이면 강산도 변한다는 속담처럼, 병원에서 녀석의 위상도 달라졌다. 녀석이 일하는 모습을 보아온 환우들로부터, 가끔 이런 질문을 받는 경우가 있다.

"혹시 병원에서 반장님에게 특별한 대우를 해 주나요?"

그럴 때마다, 녀석은 이런 식으로 답변했다.

"저는 이미 특별 대우를 받고 있습니다. 오히려 병원은, 저에게 맘껏 봉사할 수 있는 옥상(하늘 정원)을 공짜로 제공하고 있지요. 저의 봉사를 통하여 하늘 정원을 명소로 만들면, 입원 환자와 가족까지 병원을 홍보하는 역할을 자청하게 됩니다. 그러면, 그 소문을 듣고 입원하는 환자가 늘어나서 병원의 매출도 덩달아 올라갑니다. 저는 병원이 얻는 이익보다 훨씬 큰 보물을 얻고 있습니다. 입원한 환자와 가족들에게, 저의 자전 소설을 소개하여 독자층을 늘려가고 있기 때문이지요. 시간이 흐르면, 저의 독자도 급속도로 늘어날 것입니다. 저의 꿈은, 세계에 좋은 영향을 끼치는 작가로 올라서는 것입니다."

녀석이 하늘 정원을 본격적으로 관리하게 된 이유가 있다. 약 3년 전에, 병원에 입원한 남자 환자분이 녀석에게 다가와서 분노에 찬 목소리로 이런 넋두리를 했었다.

"도대체, 이 병원은 입원 환자들을 배려하지 않아요. 답답해서 옥상에 올라와 보면, 높은 콘크리트 벽으로 둘러싸여서 숨이 막힐 지경이에요. 여기는 포로수용소 같아요. 제발 부탁인데, 높은 벽에 구멍을 뚫어서 바깥세상이라도 구경할 수 있도록 만들어 주세요!"

녀석은, 그 소리를 듣고 큰 충격을 받았다. 녀석은, 환우들의 불만을 해결할 방법을 찾기 위해서 깊은 고민에 빠졌다.

"어떻게 하면, 입원하신 환우들이 만족할 수 있을까?"

녀석은 벽에 다트를 설치하여 환자들이 즐길 수 있도록 하고, 여름에는 벽에 튜브를 걸어서 해수욕장 분위기를 내기도 했다. 그러나, 이런 정도로는 환자들의 불만을 잠재울 수 없었다. 녀석은 병원 옥상의 잔디를 모두 갈아엎고, 잘 꾸며진 주말농장처럼 만들기로 계획했다. 곧바로 녀석이 행정원장님에게 이런 부탁을 했다.

"이 병원의 옥상(하늘 정원)은, 제가 자비를 들여서 마음껏 꾸며 보겠습니다."

행정원장님도, 녀석의 제안에 흔쾌히 동의해 주셨다. 녀석은 마음을 다하고 힘을 다하고 목숨을 다하여 하늘 정원을 잘 가꾸어서, 병원에 입원하는 환자가 10% 이상 늘어나는 것을 목표로 삼았다.

녀석과 병원의 관계는, 연가시와 사마귀의 먹이사슬에 비유할 수 있다.

녀석이 병원에서 자비를 들여가며 전심전력으로 봉사하는 것은, 연가시가 사마귀의 먹잇감이 되는 것에 비유된다.

녀석이 병원에서 독자층을 늘려가는 것은, 사마귀의 먹이가 된 연가시가 죽지 않고 뱃속에서 성장하는 것에 비유된다.

사마귀가 연가시의 조종을 받아서 자살하는 것은, 병원의 직원과 환자들이 녀석의 영향을 받아서 변화를 일으키는 것에 비유된다.

이런 현상을, 기독교적으로 표현하면 거듭난다고 말한다. 녀석도 과거의 이기적인 삶을 버리고 거듭난 사람이다. 녀석의 가장 큰 사명은, 다른 사람들도 정신적으로 거듭나도록 돕는 것이다.

병원의 직원들과 환자들이 하늘 정원에서 즐거워하는 모습을 바라보면, 녀석도 덩달아 즐거워진다. 녀석은 직장에서 일하면서 봉사할 수 있다는 사실에 깊이 감사한다. 녀석이 하늘 정원에서 일하다 보면, 입원한 환우들이나 직원들을 마주치게 된다. 한번은, 녀석보다 연배가 높은 입원 환자와 대화를 나눈 적이 있었다. 녀석은, 그분에게 발바닥의 역할이 얼마나 중요한지를 설명했다.

"발바닥은 몸을 지탱하는 기초이며, 식물의 뿌리에 비유할 수 있습니다. 머리는 식물의 열매에 비유할 수 있지요. 엄밀히 말하면, 몸이 지면에 닿는 모든 부위가 발바닥이 되는 것입니다. 식물의 뿌리가 살아 있으면 열매를 맺을 수 있지만, 뿌리가 없다면 열매를 맺을 수 없습니다. 몸이 건강해지려면, 먼저 하체를 강하게 만들어야 합니다. 발바닥에서부터 기운이 올라와야 머리까지 건강해지지요. 발바닥은, 모든 지체를 떠받쳐 줍니다. 발바닥이 모든 지체를 떠받치는 것처럼, 저도 주변 사람들을 섬기고 봉사하면서 살 것입니다."

2021년 3월 25일, 녀석이 40년이 넘도록 다니는 한센인 협회 전문병원에서 진료를 받았다. 아직도 녀석이 한센인 협회 전문병원에 다니는 것은, 국가에서 평생 무료로 진료해 주고 각종 혜택도 주기 때문이다. 그 병원에는 녀석을 응원해 주는 여직원이 있다. 그녀에게 《발바닥 인생》 2권의 원고를 선물했더니, 완성된 책을 받은 것보다 더 좋다면서 뛸 듯이 기뻐했다. 그녀는, 녀석이 병원에 갈 때마다 요청하지 않은 의약품까지 풍성하게 챙겨주었다. 그녀는, 과거에 한의원에 근무하면서 녀석에게 보약을 건네주던 반주자를 연상케 했다. 녀석은 진료를 받으러 장승배기에 갈 때마다, 과거의 추억을 떠올릴 수 있어서 기분이 무척 좋아진다.

녀석이 19세에 한센인으로 등록이 되었을 때, 같은 처지의 여자 친구를 사귀어보려고 시도한 적도 있었다. 그러나 녀석이 한센인 소녀가 쓴 책을 읽어 보고 사귀고 싶다는 편지를 보냈으나, 끝내 답장은 오지 않았다. 장승배기에 있는 한센인 협회 전문병원에는, 예리한 메스로 녀석의 몸에서 살점을 떼어내 검사해 주는 여의사가 있다. 앳된 모습으로 녀석을 검사해 주던 여의사는, 40년이 지난 지금까지 근무하고 있다. 녀석이 20대 중반이 되었을 때, 그녀는 이런 말을 자주 했었다.

"요즘은 약이 좋아져서 정상인과 결혼해도 아무런 문제가 없어요. 사귀는 여자가 있다면, 조금도 염려하지 말고 결혼하세요."

그 여의사는, 녀석의 투병 생활을 지켜본 산 증인이다. 두 사람은, 만날 때마다 수다를 떨 정도로 친하게 지내면서 함께 늙어가고 있다.

2021년 3월 26일 새벽 3시경, 녀석이 이메일로 《발바닥 인생 1&2》의 최종 교정본을 지식과 감성 출판사에 보냈다. 출판사의 교정 담당자는, 녀석이 보낸 최종 원고를 출판부로 넘겼다는 답장을 이메일로 보내왔다. 녀석도 홀가분한 마음으로 답장을 보냈다.

「감사합니다. 제가 할 수 있는 최선을 다했으니, 좋은 결과가 있으리라 생각합니다. 함께 고생하신 ○ 선생님께 하나님의 은총이 가득하시길 축복합니다.」

곧바로, 교정 담당자로부터 답장이 왔다.

「감사합니다. 저자님! 좋은 책 나오길 기원하겠습니다. 그동안 정말 고생 많으셨습니다. 감사합니다.」

2021년 4월 29일 오후 2시경, 녀석의 집필을 적극적으로 응원해 주는 시설관리팀장님이 《발바닥 인생 1&2》의 책값을 주시면서 사인해 달라고 부탁했다. 녀석은, 기꺼이 시설관리팀장님이 구매한 책에 사인해 주면서 돈은 받지 않겠다고 말했다. 팀장님은 녀석에게, 이런 말씀을 하셨다.

"남의 지식을 공짜로 얻으려고 하면 안 되지요. 값을 치르고 지식을 얻어야 내 것이 되는 것입니다."

몇 달 후에, 녀석에게 큰 힘이 되어 준 시설관리팀장님이 퇴사했다. 녀석이 선물한 《나의 복음》까지 받들고 퇴직하신 팀장님께 감사와 경의를 표한다.

2022년에 접어들면서, 녀석은 거의 1년 동안 집필을 중단하고 손녀와 노는 일에 집중했다. 손녀는 장난꾸러기다. 가끔 손녀는 어른들에게 과일이나 과자를 주는 척하다가, 얼른 자기 입으로 쏙 집어넣곤 했다. 어른들은, 그 모습을 보면서 배꼽을 쥐고 웃었다. 녀석은 손녀가 재롱부리는, 약 2분짜리 동영상을 수백 개나 찍었다. 그 동영상들은, 온 가족의 초강력 엔돌핀이 되었다. 녀석의 아들이 경영하는 사업체도 갑절로 성장했다. 녀석의 사위는 삼성 계열 회사에 다니다가, 작년에 그만두고 아들의 사업에 동참했다. 그야말로, 가화만사성이다.

한편으로, 녀석은 집필을 쉬는 동안 법륜 스님의 즉문즉설을 많이 시청했다. 녀석은, 법륜 스님이 상담하는 내용 중에서 99%를 공감한다. 딱 한 가지, 녀석이 법륜 스님의 상담에 공감하지 못하는 내용이 있다. 그것은, 악행을 저지른 부모라도 좋게 말하라는 내용이다. 녀석은, 친부모라도 악행을 저지르면 단호하게 비판해야 옳다고 믿는다. 그 이유는, 기독교와 불교의 인식 차이에서 비롯된다. 기독교인은 육신의 자녀가 거듭나서 하나님의 자녀가 되어야 한다고 믿는다. 기독교인이 볼 때, 육신의 부모도 영적으로는 형제나 이웃에 불과한 것이다. 불교도는 육신의 부모와 자녀의 관계를 끊을 수 없는 천륜이라고 생각한다. 그들은 육신의 부모가 살인범이면, 그 자녀도 살인범의 자녀라는 굴레에서 벗어날 수 없다고 믿는다. 그러니 불교도는 아무리 부모가 친자녀를 강간하고 죽여도 나쁘게 말할 수 없는 것이다. 녀석은 기독교인이 된 후부터, 하나님을 진정한 부모로 섬기며 살고 있다.

2022년 4월 28일 오후 6시 59분, 녀석이 병원의 정원에서 일하다가 40세의 여성 환자를 만났다. 두 사람은, 무척 대화가 잘 통했다. 녀석이 “흙수저 작가”라는 타이틀이 담긴 명함을 주었더니, 그녀가 눈을 동그랗게 뜨고 환호성을 질렀다.

“어머! 내가 작가님을 직접 보게 될 줄이야!”

며칠 후에, 그녀가 퇴원하면서 녀석에게 문자를 보내왔다.

「작가님~ 작가님 덕분에 좋은 기억과 추억을 남기고 퇴원을 원활히 했어요~ 감사드립니당~ 건강하시고 행복하신 모습이 너무 보기에 좋았어요. 항상 건강하시고 행복하세요.」

약 3시간 후에, 녀석이 문자를 확인하고 답장을 보냈다.

「직접 만나 작별 인사를 하지 못해서 아쉽네요. 짧은 만남이었지만, 저도 매우 행복했어요. 부디~ 아름다운 사랑 많이 하고, 항상 건강하고 행복하세요. ♡♡」

다음 날, 근처의 피부과에 근무하는 여직원이 녀석을 감동시켰다. 그녀는 원무과에서 일하고 있었다. 녀석이 피부과에 갔더니, 그 여직원이 얼굴에 홍조를 띠며 반갑게 맞아 주었다. 녀석이 당황한 기색을 보이자, 원무과 여직원이 말했다.

"그 책을 쓰신 분이 맞지요?"

약 1년 전에, 녀석이 그녀에게 《발바닥 인생》 2권의 원고를 준 적이 있었다. 당시에, 그녀는 뾰로통한 표정으로 원고를 받아 들었다. 오랜만에, 녀석이 피부과를 방문했더니 그녀의 반응은 정반대로 변해 있었다. 원무과 여직원은 흥분한 표정으로 녀석에게 말했다. 그녀의 반응을 보고, 녀석은 스타가 된 것 같은 착각마저 들었다. 잠시 후에, 녀석이 진료를 받아보니 엄지손가락에 주부습진이 생겼다는 진단 결과가 나왔다. 녀석은 진료비를 내며, 원무과 여직원에게 너스레를 떨었다.

"집에서 설거지를 도맡아 하다 보니, 주부습진이 생겼네요."

그녀가 앙증맞은 표정으로 맞장구를 쳤다.

"진짜 아내 사랑꾼이 맞네요. 너무 보기 좋아요."

녀석이 《발바닥 인생》 3권도 출간할 계획이라고 했더니, 그녀가 눈을 반짝이며 말했다.

"그 책이 무척 기다려지네요."

독자가 열정적으로 응원해 줄 때, 작가는 최고의 기쁨을 얻는다. 녀석은 독자들이 행복해질 수 있도록 도와주는 작가가 되기를 원한다. 앞서 소개한 두 여성은, 녀석의 영향을 받아서 반드시 인생 역전을 이룰 것이다.

그 무렵에, 녀석과 교대근무를 하던 직원이 퇴사하고 새로운 직원이 입사했다. 새로 입사한 직원은, 처음부터 녀석에게 반말을 지껄여댔다. 녀석은, 새로 입사한 직원의 무례하고 오만방자한 태도를 도저히 용납할 수 없었다. 그의 언행은 시간이 갈수록 무식함을 드러냈다. 녀석은, 새로 입사한 직원과 대면하는 것조차 창피하고 자존심이 상해서 대화를 단절해 버렸다. 녀석은 속으로 탄식했다.

"왜 나의 주변에, 이런 화상이 자꾸 꼬이는 것일까?"

녀석이 집에 돌아와서 푸념을 늘어놓았더니, 아내가 이런 말을 했다.

"당신이 직장에서 잘난 직원들에게 눌려 지내는 것보다는, 조금 모자라는 직원들과 비교되어 돋보이는 것이 훨씬 좋은 거 아냐?"

네이버에서 공자님의 유명한 일화를 읽은 적이 있다. 그 내용은 이랬다.

「공자가 제자들과 걸어가던 중에 길가에서 똥을 누는 백성을 만났다. 즉시 공자는 제자들을 시켜 그 백성을 잡아다가 볼기를 친 후 훈계하여 돌려보냈다. 다시 길을 가던 중에, 이번에는 길 한가운데서 똥을 싸는 놈을 보게 된다. 제자들은 아까처럼 공자께서 혼쭐을 낼 것으로 생각했다. 그런데, 공자께서는 '저놈을 피해서 길을 가라'고 지시한다. 도무지 이해할 수 없는 제자들이 공자에게 물었다. "스승님, 길가에서 똥을 싸는 놈은 혼내셨는데, 길 한가운데서 똥을 싸는 놈은 피해 가라고 하신 이유가 무엇입니까?" 공자가 대답했다. "길가에서 똥을 싼다는 것은, 마음 한구석에 부끄러움이 있는 것이다. 길 한가운데서 똥을 싼다는 것은, 인간으로서 부끄러워하는 마음이 전혀 없다는 것이다. 부끄러움이 남아 있을 때는 가르칠 수 있지만, 그러한 마음이 없는 인간은 때려도 가르칠 수 없다. 가르칠 수 없는데도 때리고 훈계하는 것은, 어리석은 시간 낭비일 뿐이다."」

새로 입사한 직원은, 길 한가운데서 똥을 싸는 놈보다 더 심각한 상태였다. 그러니 녀석이 직장을 그만두든가, 새로 입사한 직원과 상종하지 말아야 험한 꼴을 당하지 않을 상황이었다. 녀석은 오만방자한 신입 사원을 뽑은 행정원장님의 안목에 크게 실망했다. 과거에 녀석이 《발바닥 인생》 1권의 원고를 나누어 주다가 감봉 처분을 받았을 때, 주차장 앞에서 행정원장님에게 당돌한 말을 한 기억이 난다. 지금 생각해도 소름이 돋는 말이다.

"제가 일하는 만큼 급여를 주시려면, 이 병원을 팔아도 모자랄 것입니다!"

독자들은 믿어지지 않겠지만, 이는 분명한 사실이다. 더 놀라운 것은, 녀석의 말을 들은 행정원장님의 태도였다. 그분은 눈을 크게 뜨고 쳐다보기만 할 뿐, 녀석에게 불이익을 주지 않았다. 녀석은 속으로 이렇게 생각했다.

"참 대단한 사람이로구나!"

녀석이 쫓겨날 각오로 행정원장님에게 당돌한 말을 한 이유가 있다. 녀석은 정신적으로 가난하고 몸이 병들고 소외된 사람들의 영혼(정신)을 살리는 일을 하고 있다. 녀석은, 그 가치를 돈으로 환산할 수 없다고 믿는다.

반면에, 8개월 전에 입사한 주차관리원은 녀석과 호흡이 너무 잘 맞았다. 그분은 녀석보다 10살이 많았는데, 평생을 한 직장에서만 사무직원으로 근무하다가 정년퇴직하였다고 한다. 그분은, 녀석이 《발바닥 인생》 2권을 집필할 때 큰 도움을 주고 퇴직하신 시설관리팀장님과 아주 비슷한 상류층 인사였다. 그분은 직장에서 사소한 문제가 생겨도, 녀석에게 보고하고 일을 처리할 정도로 겸손했다. 그분은 신기할 정도로, 녀석을 높이 평가하면서 참모의 역할을 자청했다. 녀석은 속으로, 이렇게 생각했다.

"유비에게 관우가 찾아온 격이로구나."

K는, 20여 년 전에 한남동에서 일하던 시절을 회상해 보았다. 당시에, 녀석은 운전기사 겸 집사로 일했다. 밤마다 녀석은 회장님 옆 좌석에 앉아서 스포츠 경기를 관람하며 잡담을 나누는 사이가 되었는데, 처음부터 그런 대접을 받은 것은 아니었다. 초창기에, 녀석은 회장님과 사모님으로부터 심한 갑질을 당했다. 가장 기억에 남는 슬픈 에피소드를 소개한다.

녀석이 해외여행을 다녀온 회장님을 모시러 김포공항에 간 적이 있었다. 회장님은, 자신이 전화할 때까지 공항주차장에서 꼼짝 말고 대기하라는 지시를 내렸다. 그런데, 아무리 기다려도 회장님으로부터 전화가 오질 않았다. 녀석이 답답하게 기다리고 있는데, 회장님으로부터 전화가 걸려왔다.

"벌써 다른 기사들은 사장들을 모시러 나왔는데, 너는 정신을 어디에 두고 있는 거야!"

녀석이 허겁지겁 차를 몰고 김포공항 대합실로 갔더니, 회장님이 다짜고짜 녀석의 따귀를 때렸다. 한남동으로 돌아오는 길에, 녀석이 회장님의 가족에게 조목조목 자초지종을 설명했다. 녀석이 회장님의 가족들을 바라보니, 무안해서 어찌할 바를 모르는 눈치였다.

회장님의 부인(사모님)은 갑질이 더욱 심했다. 사모님은 녀석에게 돈을 줄 때마다, 땅바닥에 내팽개치기 일쑤였다. 그렇게 1년이 가고, 2년이 흘러갔다. 사모님이 70세를 넘기면서, 온갖 질병에 시달리기 시작했다. 녀석은, 사모님의 간병을 도맡았다. 전세는 역전되어, 사모님이 녀석의 눈치를 보는 처지가 되었다. 사모님은, 녀석을 가장 편하게 여기고 절대적으로 의지했다. 그렇게 보낸 세월이 10여 년이나 되었다. 녀석은 한남동에서 일하며 결혼을 했고, 집도 살 수 있었다.

돌이켜 보니, 그 시절이 청춘이었다.

K는, 1년여 만에 자전소설을 다시 쓰기 시작했다. 그 결정적인 계기는, 녀석이 큰집의 넷째 형수와 통화하면서부터였다. 수개월 동안, 두 사람은 신앙적인 대화를 주로 나눴다. 약 10년 전, 녀석이 외과 의사에게 나의 복음을 전했던 방식도 이와 같았다. 녀석이 자전소설을 쓰게 된 주목적은 나의 복음(녀석이 깨달은 성경 말씀)을 전파하기 위해서였다. 녀석은 넷째 형수와 교류했던 이야기를 《발바닥 인생》 3권에 기록하여, 나의 복음을 자연스럽고 설득력 있게 전파하기로 마음을 먹었다. 몸에 좋은 약은 입에 쓰다는 속담처럼, 종교적인 이야기에 거부감을 느낄지라도 조금씩 읽다가 보면 마음의 양식을 얻게 될 것이다.

2022년 10월 18일 오후 4시 34분, 큰집의 넷째 형수가 녀석에게 전화를 걸어왔다.

"여보세요?"

"저… ○○ 도련님이세요? 저 넷째예요. 제가 누군지 알죠?"

"아예. 큰집의 넷째 형수님이잖아요."

"근데, 잠깐 통화해도 돼요? 안 바쁘세요?"

"예, 바쁘기는 해도 괜찮으니 말씀해 보세요."

"남편이 마약 세력에게 얽혀 있거든요. 남편이 등산 가서 어떤 여자를 사귀었는데, 약 3년 정도 되었나 봐요. 그 세력들이 작년 가을부터 남편에게 마약을 먹인 것 같아요."

"형님이 마약 중독이 되었나요? 증세가 심한가요?"

"근데, 지금은 초기 증상을 보이는 것 같아요. 마약을 먹인 세력은 남편을 꼬드겨, 저와 이혼시키고 재산을 빼앗으려고 계획하고 있어요. 남편은 아니라고 말하는데, 스스로 빠져나올 수 없는 상태예요. 도련님은 기도를 많이 하잖아요. 그래서 기도를 부탁하려고 전화를 드렸어요."

"형수님 성함이 ○○○이시지요."

"예. 맞아요."

"저는 하루도 빼놓지 않고 형수님의 이름을 부르며 기도하고 있어요."

"그랬군요. 그래서 남편이 마약 세력에서 벗어나게 해달라는 기도를 도련님에게 부탁드리려고요."

"지금의 상황은 큰일 난 것이 아니고, 하나님께서 구원 사역을 이루시는 과정이라고 봅니다."

"저도 그렇게 생각해요. 저에게도 하나님께서 가끔 말씀을 들려주시거든요."

"하나님의 말씀이 들려오는 것은 참으로 감사한 일이지요."

"저 혼자 기도하기가 너무 힘들었는데, 며칠 전에 도련님이 생각난 거예요. 기도 부탁을 할까 말까 하다가 용기를 내어 전화를 드렸어요."

"잘하셨어요. 저는 이런 일을 위해서 기도하는 사람이고, 형수님도 중보기도 대상에 들어가 있어요. 셋째 형님과 고종 사촌 형도 중보기도 해드리고 있지요. 그러니 너무 걱정하지 마세요."

"좀 더, 강력하게 기도해 주세요."

"평상시에 기도를 꾸준히 했다면, 큰 어려움이 닥칠 때는 가만히 있어야 합니다. 하나님은 성도들이 평상시에 기도했던 내용을 기억하시고, 어려움을 당하게 되면 도와주시지요. 지금 기도하는 것은 미래에 닥칠 환란을 대비하는 것이고, 과거에 했던 기도는 지금의 환란을 대비하는 것입니다. 초보 신자들은 큰 문제가 닥치면 몸부림을 치면서 간절하게 기도하지요. 그러나, 큰 환란이 닥치면 가만히 있어야 합니다. 큰 어려움이 닥칠 때 허둥대며 기도하면, 정욕으로 기도하게 되거든요. 장성한 그리스도인은 평상시에 간절히 기도하고, 막상 큰 환란을 당하면 하나님이 역사하시는 모습을 가만히 구경만 합니다. 엘리야 선지자가 수백 명의 바알 선지자들과 맞닥뜨려서 사느냐 죽느냐의 영적인 싸움을 할 때도 그랬지요. 바알 선지자들은 몸에 상처를 내면서까지 기도했지만, 아무런 역사가 나타나지 않았어요. 그러나 바알 선지자들의 모습을 구경만

하던 엘리야에게는, 하나님께서 크게 역사하셨지요. 성령 충만한 성도에게 큰 환란이 오는 것은, 하나님께서 더 큰 복을 주시려는 신호입니다. 저도 친부모로부터 엄청난 괴로움을 당했기에, 날마다 찬송과 기도에 전심전력하지 않을 수 없었어요. 그 결과로, 제가 전도자가 되어 쓰임을 받고 있지요."

"아, 예예."

"지금부터 형수님은 하루에 2시간 30분 이상 찬송하거나 기도하세요. 그리고 당분간은 성경을 읽지 마세요. 믿음이 클수록 말씀을 두려워하고, 설령 하나님의 말씀이 들려와도 신중하게 처신합니다. 기드온은 하나님의 음성을 들었지만, 두세 번씩 확인한 후에 말씀을 믿었지요. 성도가 성숙할수록 말씀을 과식하지 않고, 한 말씀이라도 신중하게 받아먹습니다. 사실, 하나님의 말씀은 한 구절도 소화하기 힘든 것입니다. 형수님이 평상시에 기도했다면, 지금은 기도하지 말고 하나님께서 어떻게 역사하시는지 구경만 하세요."

(중략)

녀석과 형수의 통화는 35분 45초 동안 이어졌다. 그리고 몇 시간 후에, 형수로부터 카톡이 왔다.

「○○○ 도련님!!! 반갑습니다. 오늘 귀한 말씀과 기도해 주심을 감사드립니다. 저도 도련님께 힘이 되어드리고 싶습니다. 도움이 될지 모르지만 미약하나마 매일 기도해 드리겠습니다. 감사합니다~~」

녀석도 기쁜 마음으로 형수에게 답장을 보냈다.

「카카오톡으로 나의 복음을 조금씩 보내 드릴게요. 형수님께 조금이나마 도움이 되었으면 좋겠습니다. 할렐루야!」

2022년 9월 29일, 형수로부터 카톡이 왔다.

「○○○ 도련님!! 요즘 계속 저의 남편이 저녁도 안 먹고 일찍 잔다고 하고 잠이 안 오면 밤마다 술 마시고 괴성을 지르고 합니다. 기도 부탁합니다.」

곧바로, 녀석이 답장을 보냈다.

「형수님보다 형님이, 더욱 힘들고 괴로울 것입니다. 이제 마지막 고비입니다. 형수님도 찬송과 기도에 전심전력하셔서 시험에 들지 말고 승리하시기 바랍니다.」

몇 시간 후에, 녀석이 형수에게 카톡을 보냈다.

「— 하나님께 선택받은 성도의 삶 —

너는 여호와 네 하나님의 성민이라 네 하나님 여호와께서 지상 만민 중에서 너를 자기 기업의 백성으로 택하셨나니 - 여호와께서 너희를 기뻐하시고 너희를 택하심은 너희가 다른 민족보다 수효가 많기 때문이 아니니라 너희는 오히려 모든 민족 중에 가장 적으니라 (신명기 7장 6~7절)

본문 6절의 말씀을 보니 너는(이스라엘은) 여호와 네 하나님의 성민이라 네 하나님 여호와께서 지상 만민 중에서 너를 자기 기업의 백성으로 택하셨다고 했습니다.

왜 하나님은 이스라엘(야곱)의 후손들을 만민 중에서 택하셨을까요?

야곱은 기도의 사람입니다. 야곱은 자기의 몸이 크게 상할지라도, 하나님의 응답을 받을 때까지 끈질기게 기도했던 사람입니다. 야곱의 후손은 찬송과 기도를 잘하는 성도들을 상징합니다. 하나님은 찬송과 기도를 열심히 하는 성도들을 선택하시고, 그들에게 기업을(전도하는 일을) 맡기십니다.

본문 7절의 말씀을 보니 여호와께서 너희를 기뻐하시고 너희를 택하심은 너희가 다른 민족보다 수효가 많기 때문이 아니니라 너희는 오히려 모든 민족 중에 가장 적다고 했습니다. 이는, 하나님께서 선택하시는 기준이 사람의 숫자에 있지 않다는 뜻입니다. 하나님은 사람들의 숫자에 영향을 받지 않으십니다.

너희는(이스라엘 자손은) 모든 민족 중에 가장 적다는 것은, 세상에서 쉬지 않고 찬송과 기도하는 성도들이 매우 적다는 뜻입니다. 귀한 보물일수록 희귀하듯이, 진짜 하나님과 동행하는 성도들은 매우 적습니다. 하나님은 이스라엘 자손의 숫자가 모든 민족 중에서 가장 적을지라도, 그들이 기도를 잘 했기에 선택하셨습니다. 기도라고 해서 다 같은 기도가 아니지요. 하나님의 뜻대로 행하는 기도가 진짜 기도입니다.

구약시대에 구원받는 모습을 상징적으로 보여준 사람은 노아입니다. 하나님은 노아를 의인이라고 하셨습니다. 노아는 하나님의 명령만 순종하였기에 의인이 되었습니다. 노아는 하나님의 뜻(명령)대로 구원의 방주를 지었습니다. 노아가, 약 100년 동안 산꼭대기에서 만든 방주의 재료는 잣나무와 역청입니다. 잣나무는 물 위로 뜨게 하고, 역청은 나무 사이를 접착합니다. 잣나무로만 방주를 만들면, 물 위로 뜨기는 하지만 방주 안으로 물이 새어 들어옵니다. 잣나무 사이에 역청을 칠하면 방주가 썩지 않고 물이 스며들지도 않습니다.

잣나무는 십자가(십자가의 도)를 상징합니다. 십자가의 도란, 예수님의 가르침을 뜻합니다. 사도 바울은 십자가의 도(예수님의 가르침) 이외에는 알지 아니하기로 작정했습니다. 십자가의 도는, 율법을 완성하는 지상 최고의 가르침입니다.

예수께서 가라사대 네 마음을 다하고 목숨을 다하고 뜻을 다하여 주 너의 하나님을 사랑하라 하셨으니 - 이것이 크고 첫째 되는 계명이요 - 둘째도 그와 같으니 네 이웃을 네 몸과 같이 사랑하라 하셨으니 - 이 두 계명이 온 율법과 선지자의 강령이니라 (마태복음 22장 37~40절)

하나님을 사랑하는 것은, 쉬지 않고 찬송하는 삶입니다. 이웃을 사랑하는 것은, 쉬지 않고 기도하는 삶입니다. 쉬지 않고(항상) 찬송하거나 기도하는 것이 십자가의 도를 따르는 삶입니다. 십자가의 도가 미련해 보여도, 막상 실천해 보면 하나님의 능력이 실제로 나타나는 신앙생활임을 확실히 깨닫게 됩니다.

십자가의 도가 멸망하는 자들에게는 미련한 것이요 구원을 얻는 우리에게는 하나님의 능력이라 (고린도전서 1장 18절)

하나님은 사람들의 숫자에 영향을 받지 않으십니다. 하나님의 뜻에 순종하며 신앙생활을 하는 성도들만 천국으로 인도하신다는 사실을 믿으시기 바랍니다. 성도들이 큰 어려움을 겪게 되면, 누가 시키지 않아도 미친 듯이 기도하는 모습을 봅니다. 이런 신앙생활은 발등에 불이 떨어지고 나서야 허둥대는 어리석은 행위입니다. 그러므로, 평상시에 찬송과 기도하여 만사가 형통하는 형수님이 되시기 바랍니다.」

오후 3시 11분에, 형수로부터 답장이 왔다.

「주옥같은 말씀 제게 힘이 됩니다. 야곱과 도련님처럼, 은밀한 곳에서 기도 찬송 말씀 묵상을 이어가는 참 성도가 되도록 힘쓰겠습니다. 제가 기도한다고 했으나 하나님 방식이 아닌 내 방식대로 기도한 것 같습니다. 저의 잘못을 회개하고 보이지 않는 곳에서 기도 찬송 말씀 생활을 믿음으로 이어 가도록 힘쓰겠습니다. 주옥같은 귀한 말씀 주셨는데 보고 또 보며 자신을 점검하겠습니다. 감사합니다~~」

오후 4시 46분에, 또 형수로부터 카톡이 왔다.

「제가, 도련님이 주신 말씀을 제대로 깨닫지 못했다면 직선적으로 말씀해 주십시오. 제가 영적으로 깨닫길 원합니다. 부탁합니다.」

2022년 9월 30일 오전 9시 24분, 녀석이 형수에게 답장을 보냈다.

「나의 복음의 핵심은, 하나님을 향하여(은밀하게) 하루 평균 2시간 24분 이상 찬송하거나 기도하면 천국에 들어간다는 것입니다. 은밀하게 찬송하거나 기도하면 성령 충만 받고, 성령 충만 받으면 하나님의 말씀을 깨닫고 묵상하게 됩니다. 날마다 은밀하게 찬송과 기도와 말씀을 묵상하는 성도는 누구도 흔들 수 없는 마음의 평안을 얻습니다. 이런 상태가 되어야 장성한 그리스도인입니다.」

2022년 10월 1일 오후 1시 22분, 녀석이 형수에게 카톡을 보냈다.

「— 찬송이란 무엇인가? —

이 백성은 내가 나를 위하여 지었나니 나를 찬송하게 하려 함이니라 - 그러나 야곱아 너는 나를 부르지 아니하였고 이스라엘아 너는 나를 괴롭게 여겼으며 - 네 번제의 양을 내게로 가져오지 아니하였고 네 제물로 나를 공경하지 아니하였느니라 나는 제물로 말미암아 너를 수고롭게 하지 아니하였고 유향으로 말미암아 너를 괴롭게 하지 아니하였거늘 - 너는 나를 위하여 돈으로 향품을 사지 아니하며 희생의 기름으로 나를 흡족하게 하지 아니하고 네 죄짐으로 나를 수고롭게 하며 네 죄악으로 나를 괴롭게 하였느니라 - 나 곧 나는 나를 위하여 네 허물을 도말하는 자니 네 죄를 기억하지 아니하리라 (이사야 43장 21~25절)

이스라엘 백성은, 하나님을 위하여 지음을 받았습니다. 하나님을 위하는 일은, 오직 찬송뿐입니다. 거짓 전도자들은, 하나님을 위해서 돈을 바치라고 강요합니다. 온 세상에는, 이런 삯꾼 목자들이 차고 넘칩니다.

하나님의 백성이 된다는 것은, 찬송으로 충만한 성도가 되었다는 뜻입니다. 찬송은 곡조(멜로디)를 붙인 기도입니다. 찬송은, 가장 수준이 높은 기도입니다. 그러므로 쉬지 않고 찬송하는 성도는, 따로 기도하지 않아도 천국에 넉넉히 들어갑니다. 하나님은, 자신을 위해서 찬송하는 성도들을 눈동자처럼 지키시기 때문이지요.

(중략)」

오후 9시 52분에, 형수로부터 답장이 왔다.

「찬송의 중요성을 알려주셔서 감사합니다. 찬송하는 천사

루시엘이 교만해짐으로써 쫓겨나서 루시퍼 마귀가 되고, 그의 빈자리에 우리 예수 믿는 자들을 찬송하는 자로 불렀다는 것을 유튜브를 통하여 ○○○ 목사님께 들었습니다~ 하나님께서 우리를 찬송자로 부르셨네요~ 귀한 말씀 감사합니다~」

2022년 10월 3일 오후 6시 23분, 녀석이 형수에게 카톡을 보냈다.

「— 기도란 무엇인가? —

그들이 예수를 끌고 갈 때에 시몬이라는 구레네 사람이 시골에서 오는 것을 붙들어 그에게 십자가를 지워 예수를 따르게 하더라 - 또 백성과 및 그를 위하여 가슴을 치며 슬피 우는 여자의 큰 무리가 따라오는지라 - 예수께서 돌이켜 그들을 향하여 이르시되 예루살렘의 딸들아 나를 위하여 울지 말고 너희와 너희 자녀를 위하여 울라 (누가복음 23장 26~28절)

본문 26~27절의 말씀을 보니, 예수께서 십자가를 지기 위하여 끌려가실 때 백성과 및 그를 위하여 가슴을 치며 슬피 우는 여자의 큰 무리가 따라왔다고 했습니다.

백성과 및 그를 위하여 가슴을 치며 슬피 우는 여자의 큰

무리는 그리스도인들을 뜻합니다. 대부분의 그리스도인은 주님을 위하여 기도하는 것으로 착각합니다. 기도는 주님을 위해서 하는 것이 아니고, 자신과 이웃을 위해서 하는 것입니다. 하나님께서 그리스도인들에게 기도하라고 명령하신 이유는, 그들을 도와주시기 위함입니다. 하나님은 모든 문제를 해결하실 능력이 충만하십니다. 전지전능하신 하나님을 위해서 성도들이 기도해 줄 이유는 전혀 없지요.

본문 28절의 말씀을 보니, 예수께서 돌이켜 그들을 향하여 이르시되 예루살렘의 딸들아 나를 위하여 울지 말고 너희와 너희 자녀를 위하여 울라고 했습니다.

기도는, 자기 자신과 이웃의 가련한 처지를 생각하면서 울어주는 행위입니다. 이 세상에 의인은 하나도 없습니다. 모든 사람은 죄에 얽매여 고통을 당하고 있습니다. 그들을 위해서 눈물을 흘리며 기도해 주는 것보다, 더 큰 이웃 사랑은 없습니다.

저도 온 세상 만민을 위하여 중보기도하고 있지만, 저의 문제도 만만치 않습니다. 특히, 어린 시절에 오랫동안 담배를 주워 피우고 독극물을 먹은 후유증으로 눈과 코와 식도에 염증이 매우 심각하지요. 그러니, 저 자신을 위해서도 간절하게 기도할 수밖에 없습니다.

기도는 사람들을 도와주기 위한 목적으로 하는 것입니다. 성도가 기도를 쉬는 것은, 이웃을 사랑하지 않는 죄를 짓는 행위입니다. 선지자(남들보다 먼저 하나님의 말씀을 깨달은 자) 사무엘은, 자신을 따르는 무리를 위하여 기도하기를 쉬는 죄를 범하지 않겠다고 했습니다. 전도자는 깨달은 말씀을 전하면서, 따르는 무리를 위해 기도해야 합니다. 전도자가 성도를 사랑하는 마음이 충만해야, 그들에게 말씀을 전해도 은혜를 받습니다.

(중략)

하나님의 응답을 받지 못하는 성도들을 살펴보면, 그야말로 신앙생활이 엉망진창입니다. 하나님의 응답을 받지 못하는 성도들은, 온갖 문제에 얽매여 요동할 수밖에 없지요. 하나님의 응답을 받는 성도들은 엄청난 환란이 닥쳐와도 요동하지 않습니다. 평상시에 은밀하게 기도하는 신앙생활은, 언제 닥칠지 모르는 문제들을 해결 받는 비결입니다.」

2022년 10월 5일 오후 11시 41분, 형수로부터 카톡이 왔다.

「친정 엄마께서 월요일에 저희의 집에 오셔서, 지금 함께 있어서, 좀 바빠서 답글도 제대로 못 달았어요. 저도 도련님을 위해 기도를 어떻게 할까 하다가 축복해 달라고 기도하고 있었어요. 저도 어떤 도움을 드릴 수 있을까 생각하다가 — 하나님 ○○ 도련님이 저를 위해 기도하고 있습니다. 중보기도 하는 도련님께 축복해 주세요. — 라고 기도하고 있었어요. 근데 도련님의 눈, 코, 식도에 염증이 있다는 것을 위해 기도해야겠다고 생각했어요. 그러고 저의 부모님이 오셔서 기도할 시간이 여의치 않네요. 며칠 후에, 엄마가 집에 가시면 열심히 감사하는 마음으로 중보기도를 드리겠습니다. 기도 제목 있으면 보내 주세요~ 그것이 하나님께서 기뻐하시는 일이라고 생각됩니다. 감사합니다~」

2022년 10월 10일 오후 2시 35분, 녀석이 형수님에게 카톡을 보냈다.

「— 뜨겁게 신앙생활을 하라! —

내가 네 행위를 아노니 네가 차지도 아니하고 더웁지도 아니하도다 네가 차든지 더웁든지 하기를 원하노라 - 네가 이같이 미지근하여 더웁지도 아니하고 차지도 아니하니 내 입에서 너를 토하여 내치리라 - 네가 말하기를 나는 부자라 부요하여 부족한 것이 없다 하나 네 곤고한 것과 가련한 것과 가난한 것과 눈 먼 것과 벌거벗은 것을 알지 못하도다 - 내가 너를 권하노니 내게서 불로 연단한 금을 사서 부요하게 하고 흰 옷을 사서 입어 벌거벗은 수치를 보이지 않게 하고 안약을 사서 눈에 발라 보게 하라 - 무릇 내가 사랑하는 자를 책망하여 징계하노니 그러므로 네가 열심을 내라 회개하라 (요한계시록 3장 15~19절)

본문 15절의 말씀을 보니, 내가(예수님이) 네(성도들의) 행위를 아노니 네가 차지도 아니하고 뜨겁지도 아니하도다 네가 차든지 뜨겁든지 하기를 원한다고 했습니다.

하나님은 대충 신앙생활을 하는 성도들을 책망하십니다. 미지근한 신앙생활을 하는 성도들은 불신자와 다를 게 없습니다. 세상의 일도 미친 듯이(뜨겁게) 하는 사람이 큰 성과를 내지요. 세상의 일은 조금만 노력해도 성과가 나타나지만, 신앙생활은 마지막까지 최선을 다할 때 엄청난 성과가 나타납니다. 마지막까지 최선을 다하는 신앙생활이란, 죽을 때까지 은밀하게 찬송과 기도하는 삶을 뜻합니다.

본문 16절의 말씀을 보니, 네가 이같이 미지근하여 뜨겁지도 아니하고 차지도 아니하니 내 입에서 너를(미지근한 성도를) 토하여 버리신다고 했습니다.

내(예수님의) 입에서 너를(미지근한 성도들을) 토하여 버리신다는 것은, 대충 신앙생활을 하는 성도들이 생명의 말씀을 깨닫지 못하게 하신다는 뜻입니다. 성도들은 말씀을 먹어야(깨달아야) 영혼이 생명을 얻고 독수리가 날개를 치듯이 힘차게 살아갈 수 있습니다. 성도들이 말씀을 먹지 못하면, 청년이라도 영혼이 기갈에 빠져서 죽고 맙니다. 세상에는 하나님의 말씀이 넘쳐나지만, 그 말씀을 깨닫는 성도는 매우 적습니다. 그 이유는 대부분의 성도가 신앙생활을 미지근하게 하기 때문이지요.

본문 17절의 말씀을 보니, 네가(미지근한 성도들이) 말하기를 나는 부자라 부요하여 부족한 것이 없다 하나 네 곤고한 것과 가련한 것과 가난한 것과 눈먼 것과 벌거벗은 것을 알지 못한다고 했습니다.

이는 자만에 빠져서 신앙생활을 미지근하게 하는 성도들이 많지만, 그들은 영적으로 불행한 사람이라는 뜻입니다. 영적으로 곤고하고 가련하고 가난하고 눈멀고 벌거벗게 된 성도들은, 마음에 평안과 기쁨이 사라지고 생지옥을 맛보게 됩니다. 그리스도인들은 평상시에 영적인 부요를 쌓아 놓아야, 어떤 상황에서도 당황하지 않습니다.

본문 18절의 말씀을 보니, 내가(예수님이) 너를(미지근한 성도들을) 권하노니 내게서 불로 연단한 금을 사서 부요하게 하고 흰옷을 사서 입어 벌거벗은 수치를 보이지 않게 하고 안약을 사서 눈에 발라 보게 하라고 했습니다.

내게서 불로 연단한 금을 사서 부요하게 하라는 것은, 예수께서 가르쳐 주신 대로 순종하여 성령 충만한(금 같은) 믿음을 가진 성도가 되라는 뜻입니다. 금은 변질하지 않습니다. 성도가 금 같은 믿음을 갖고 있으면, 어떤 문제가 생겨도 하나님께서 해결해 주십니다.

하나님께서 성도들의 문제를 해결해 주시는 방법은 여러 가지입니다. 병든 자가 고침을 받는 것만이 하나님의 응답은 아닙니다. 때로는 성도들의 질병을 고쳐주시지 않는 것도 하나님의 응답입니다. 사도 바울은, 하나님께서 인정하시는 정금 같은 믿음을 가진 성도였습니다. 사도 바울이 기도하면 죽은 자가 살아나기도 했지요. 그러나 정작 자신의 질병을 낫게 해 달라고 간절히 기도할 때는, 하나님께서 거절하셨습니다. 사도 바울은 자신의 병을 낫게 해달라고 세 번이나 기도했지만, 하나님의 응답은 정반대였습니다.

"내 은혜가 네게 족하도다!"

신앙생활을 잘하는 성도들의 병이 낫지 않는 것도, 하나님의 은혜입니다. 그들은 사도 바울처럼 쓰임을 받을 확률이 높지요. 형수님이 나의 복음을 받아들이는 것도, 하나님께서 형님의 병(알코올 중독)을 고쳐주시지 않았기 때문입니다. 형님의 고통을 바라보면서, 형수님은 자동적으로 정금 같은 믿음을 가지게 된 것이지요. 이것도 하나님의 은혜입니다. 저도 알코올 중독자인 아버지로부터 수십 년 동안 고통을 당했습니다. 아버지의 술주정이 너무 심하니, 예배당에서 살다시피 하면서 찬송과 기도했지요. 저의 청년 시절은, 날마다 찬송과 기도에 미쳐서 살 수밖에 없는 절박한 환경이었습니다. 저의 인생을 돌이켜 보니, 육신적으로는 고달팠지만 영적으로는 부요하게 살아온 것 같습니다. 고난을 당하는 것이 나쁜 것만은 아닙니다. 오히려 고난을 슬기롭게 대처하면, 하나님의 뜻을 깨닫는 축복을 받습니다.

본문 19절의 말씀을 보니, 무릇 내가 사랑하는 자를 책망하여 징계하노니 그러므로 네가 열심을 내라 회개하라고 했습니다.

누가 하나님의 사랑을 받을까요?

나의(예수님의) 계명을 지키는 자라야 나를 사랑하는 자니 나를 사랑하는 자는 내 아버지께(하나님께) 사랑을 받을 것이요 나도 그를 사랑하여 그에게 나를 나타내리라 (요한복음 14장 21절)

예수님의 계명은 무엇입니까?

새 계명을 너희에게 주노니 서로 사랑하라 내가 너희를 사랑한 것 같이 너희도 서로 사랑하라 - 너희가 서로 사랑하면 이로써 모든 사람이 너희가 내 제자인 줄 알리라 (요한복음 13장 34~35절)

항상 하나님을 사랑하고(찬송하고) 이웃을 사랑하는(기도하는) 것이, 예수께서 가르쳐 주신 새 계명입니다.」

오후 8시 24분, 형수님으로부터 답장이 왔다.

「도련님~ 저를 위해 장구한 말씀을 작성해서 보내 주셔서 감사합니다. 눈물 나도록 은혜가 됩니다. 말씀을 묵상하며 감사히 받으며 현실에 적용하여 찬송과 기도로 주님께 날마다 기쁨으로 마음과 예배와 삶을 드리기를 힘쓰겠습니다~ 오늘 친정 엄마가 집으로 가셨어요. 제가 일을 잘 못해서 일주일간 좀 바빴어요. 그러나 제가 15년 전에, 친정 부모님을 전도하여 예수님을 믿으셔서 교회에 같이 다녔어요. 아버지는 예수님 믿고, 5년 후인 2013년에 돌아가셨구요, 엄마가 예수님을 믿는데 신앙의 뿌리가 약하고 흔들려서, 이번에 저희의 집에 오셨을 때 기도하시라고 천국이 확실히 있다고 말씀도 전하고 밥해 드리느라 바빠서 새벽 시간에 조금 기도하고 자곤 했어요~ 귀한 말씀 잘 보고 묵상하고 적용하겠습니다. 진심으로 감사하고요. 오늘부터 기도 열심히 하겠습니다~」

오후 8시 35분, 녀석이 형수님에게 답장을 보냈다.

「그랬군요. 형편상 형수님이 새벽 시간에 조금 기도한 것은, 하나님께서 쉬지 않고 기도한 것으로 인정해 주십니다. 일이 너무 바쁘거나, 몸이 너무 아파서 조금 기도를 했더라도 염려하지 마세요. 하나님께서 계산하시는 시간은, 사람들이 생각하는 것과 매우 다릅니다. 하루가 천년처럼 길 수도 있고, 천년이 하루처럼 짧을 수도 있지요. 저도 성령께서 감동을 주시는 대로, 형수님께 나의 복음을 전해드리겠습니다. ♡」

오후 8시 44분, 형수님으로부터 답장이 왔다.

「아멘, 감사하게 받습니다.」

2022년 10월 12일 오후 6시, 녀석이 형수님에게 카톡을 보냈다.

「— 전도란 무엇인가? —

원컨대 너희는 나의 좀 어리석은 것을 용납하라 청컨대 나를 용납하라 - 내가 하나님의 열심으로 너희를 위하여 열심 내노니 내가 너희를 정결한 처녀로 한 남편인 그리스도께 드리려고 중매함이로다 - 뱀이 그 간계로 이와를 미혹케 한것 같이 너희 마음이 그리스도를 향하는 진실함과 깨끗함에서 떠나 부패할까 두려워하노라 (고린도후서 11장 1~3절)

그리스도인의 전도란, 예수님의 가르침을 세상 사람에게 널리 전파하는 일입니다. 예수님의 가르침을 전파하려면, 전도자가 예수님과 가장 친하게 지내야 합니다. 이 세상에서 가장 친한 관계는, 부부관계지요. 예수님과 그리스도인의 관계도 부부처럼 친해져야 정상입니다.

본문 2절의 말씀을 보니, 내가(사도 바울이) 하나님의 열심으로 너희를 위하여 열심을 내노니 내가 너희를 정결한 처녀로 한 남편인 그리스도께 드리려고 중매한다고 했습니다.

사도 바울은, 성도들이 예수님의 신부가 되도록 중매(전도)했습니다. 이 정도는 되어야, 진정한 전도자이지요. 전도는, 예수님과 성도들을 금실 좋은 부부처럼 끈끈하게 맺어 주는 일입니다. 금실 좋은 부부의 특징은, 서로 대화가 잘 통하고 상대방의 심정을 잘 알고 있지요. 예수님과 금실 좋은 부부처럼 지내는 성도는, 찬송과 기도를 잘하고 말씀을 잘 깨닫습니다.

부부라고 해서, 다 같은 부부가 아닙니다. 처음에 금실이 좋았던 부부라도, 나중에 바람을 피우거나 폭행을 일삼으면 철천지원수(하늘에 사무치도록 한이 맺히게 한 원수)가 되지요. 가룟 유다가, 그런 사람입니다. 가룟 유다는 처음부터 잘못된 사람이 아니었습니다. 그는 예수님의 제자들 중에서 돈을 맡아 관리할 정도로 믿음이 좋았던 성도였지요. 가룟 유다가 주님을 배신한 결정적인 원인은, 마귀의 유혹에 넘어갔기 때문입니다. 예수님은 성도들을 끝까지 사랑하시는데, 성도들이 주님을 배신하는 것이 문제입니다. 가룟 유다가 마귀의 시험에 빠진 원인은, 찬송과 기도에 힘쓰지 않고 탐욕에 빠져서 돈을 훔치는 일에 집중했기 때문입니다.

본문 3절의 말씀을 보니, 뱀이(마귀가) 그 간계로 하와를 미혹한 것같이 너희 마음이 그리스도를 향하는 진실함과 깨끗함에서 떠나 부패할까 두려워한다고 했습니다.

예수님의 제자라도 마귀의 미혹에 빠져서 멸망하는 것이 영적인 세계입니다. 성도가 그리스도를 향하는 진실함과 깨끗함에서 떠나 부패하는 징조는, 찬송과 기도를 싫증 내는 것입니다. 전도라고 해서 다 같은 전도가 아니지요. 올바른 전도는, 사람들을 예수님의 신부(제자)로 만드는 것입니다. 잘못된 전도는, 사람들을 지옥 자식이 되게 하는 것입니다.

(중략)

예수님이 세상에 오신 목적은 전도하기 위해서였지요. 전도는 예수님의 일입니다. 전도는 예수님의 일이기 때문에, 주님께서 가르쳐 주시는 방식대로 해야만 됩니다. 예수님은 새벽부터 한적한(은밀한) 곳으로 가셔서 간절하게 기도하신 후에 전도하셨습니다. 아무리 바빠도, 먼저 은밀한 곳으로 가서 간절하게 찬송과 기도해야만 전도할 수 있는 능력이 생기는 것입니다.

자기도 알지 못하는 예수님을, 어떻게 다른 사람에게 소개(중매)할 수 있겠습니까?

자신은 날마다 1시간도 찬송하지 못하는 주제에, 다른 사람들을 예수님의 신부로 만들겠다며 설치는 전도자들이 많습니다. 소경이 소경을 인도하면, 둘 다 실족하게 되지요. 그저 사람들을 꼬드겨서 예배당에 앉히는 것을 전도로 착각하지 마세요. 전도는, 자신이 낳은 아기를 돌보듯이 하는 것입니다. 선한 부모는, 자신의 아기에게 온갖 좋은 것을 공짜로 주면서도 대가를 바라지 않지요. 대가를 바라고 전도하면 삯꾼 목자가 되고, 자기의 것을 아낌없이 내어주면서 전도하면 선한 목자가 됩니다.

(중략)

사도 바울은 그리스도인이 되면서부터, 유대교의 지도자들로부터 엄청난 박해를 당했습니다. 그에 비하면, 저는 너무 편하게 나의 복음을 전파하고 있지요. 지난 10여 년 동안, 저는 복음을 전하면서 너무너무 행복했답니다. 십자가의 도를 따르면서 전도하는 신앙생활은 아무나 할 수 없지만, 매우 영광스러운 삶입니다. 형수님도 저를 본받아서, 평생 행복한 전도자로 살아가시기를 간절히 축원합니다.」

다음 날 오후 12시 55분, 형수님으로부터 답장이 왔다.

「저는 이 고난이 오기 전에, 여건이 되는 한 새벽기도로 신앙생활을 시작하면서 오후에는 성경 말씀을 읽고 살았습니다. 제가 예수 믿은 지 얼마 되지 않았을 때는 신앙 인격이 부족하여 말로 실수할 때도 여러 번 있었는데, 그때마다 즉각적으로 하나님께 징계를 받으며 신앙생활 했지요. 그러나 저의 믿음의 기도에 하나님께서 많은 응답으로 저의 삶을 이끌어 오셨지요. 남편이 지방 근무를 많이 하고 자동차 운전을 싫어해서, 아이들이 고등학교 다닐 때는 서울 일주일 지방 일주일씩 왔다 갔다 하며 신앙생활 하다 보니 교회도 여러 번 옮겼습니다. 도련님처럼 주님과 더 가까워져야 하는데, 새벽기도를 한 후에 낮에 성경을 읽는 걸 게을리하였습니다. 믿음이 없고 술주정뱅이에, 까다롭고 신경질이 많은 남편께 나의 삶을 맞추다 보니 하나님께 소홀해졌나 봅니다. 나름대로 구역예배를 드리고 열심히 신앙생활 했는데, 하나님 보시기에 부족한 게 있었나 봅니다. 유튜브에서 세 시간 기도하는 부모님 밑에서 자란 마이클 조 목사님의 간증을 두 달 전에 보며, 이렇게 기도하면 하나님이 기뻐하시겠구나 하고 뒤늦게 깨달아서 실천하려고 했는데 예배와 찬양과 말씀을 제외한 순수한 기도 3시간은 정말 힘들어서 할 수가 없었습니다. 예배를 제외한 말씀과 기도 합쳐 한 시간 30분 정도도 벅찬 걸 느꼈답니다. 차츰 예배와 기도와 말씀 시간을 늘려가고 있어요. 하나님께서 기뻐하시는 걸 오늘 아침 느꼈습니다. 도련님이 전하는 "나의 복음"으로 많은 도전을 받고 있습니다. 보내 주신 말씀은 저도 다 알던 말씀인데, 이제는 가물가물하여 다시 읽고 연구하고 기억해야 할 것 같습니다. 주님과 날마다 친밀해져야 전도자로 쓰임을 받게 된다는 말씀은 도전이 됩니다. 감사합니다~~~」

녀석의 어머니는, 과거에 이런 말을 자주 했었다.

"이 병신아, 왜 남 좋은 일만 하고 다녀!"

녀석이 전도하면서 남 좋은 일만 한 것은 아니다. 가장 혜택을 많이 받은 대상은, 바로 녀석의 가족이었다. 이런 어머니를, 녀석은 너무너무 싫어했다. 녀석의 어머니가 빈둥빈둥 놀면서 남 좋은 일하는 것을 싫어했다면, 녀석의 아내는 악착같이 일하면서 남 좋은 일하는 것을 싫어했다. 녀석은 욕심에 사로잡힌 아내를 단호하게 꾸짖었다. 지금은 녀석의 아내도 주는 자가 받는 자보다 복되다는 사실을 조금씩 깨닫고 있다. 전도는, 세상에서 가장 좋은 것(복된 소식)을 공짜로 나누어 주는 일이다. 가장 좋은 전도는, 베풀어가면서 복된 소식을 나누어 주는 것이다. 그러므로 "남 좋은 일" 하는 것을 좋아하는 사람만이 전도할 수 있다.

2022년 10월 20일 오전 12시 59분, 녀석이 형수님에게 카톡을 보냈다.

「— 가장 먼저 준비해야 할 것? —

오늘 있다가 내일 아궁이에 던져지는 들풀도 하나님이 이렇게 입히시거든 하물며 너희일까보냐 믿음이 작은 자들아 - 그러므로 염려하여 이르기를 무엇을 먹을까 무엇을 마실까 무엇을 입을까 하지 말라 - 이는 다 이방인들이 구하는 것이라 너희 천부께서 이 모든 것이 너희에게 있어야 할 줄을 아시느니라 - 너희는 먼저 그의 나라와 그의 의를 구하라 그리하면 이 모든 것을 너희에게 더하시리라 (마태복음 6장 30~33절)

그리스도인들이 가장 먼저 구해야 할 것은 천국입니다. 천국을 우습게 여기는 것은, 하나님을 우습게 여기는 행위와 같습니다. 천국을 소망하는 것은, 성령 충만 받기를 간절하게 원하는 마음입니다. 성도가 성령 충만 받아야 천국에 들어갈 자격이 있지요. 성령 충만 받으면, 반드시 마음에 평안이 찾아옵니다. 믿음이 좋은 성도들은, 떼돈을 버는 것보다 마음에 평안이 임하는 것을 더 기뻐합니다. 돈이 아무리 많은 사람도 마음이 괴롭다면 실패한 인생이지요. 마음이 괴로움을 당하는 곳이 지옥입니다. 육체의 괴로움은, 누구나 당하는 것입니다. 모든 인간은 생로병사의 괴로움을 피할 수 없지요. 그래서 육체는 무익한 것입니다. 우리가 추구해야 할 것은, 영혼이 잘되는 삶이지요.

육체의 연단은 운동하는(쓰지 않던 근육을 움직이는) 것이지요. 운동하면 육체가 건강해지는 것처럼, 영혼도 운동해야 경건하게 됩니다. 사람의 영혼도 평소에 하지 않던 경건에 이르는 활동을 해야만 건강하게 됩니다. 경건에 이르는 활동을 영혼의 운동이라고 합니다. 사람들의 영혼(마음) 속에는, 세상의 것을 얻으려는 욕망으로 가득 찼습니다. 세상에 의인은 한 사람도 없지요. 저 자신도 예외는 아닙니다. 죄를 짓는 사람들은, 모두 율법 아래 있는 것입니다. 육체를 가지고 사는 동안 죄를 짓지 않는 사람은 없지요. 이는 세상에 100%의 순금이 존재할 수 없는 것과 같은 이치입니다. 그러므로 죄를 짓지 않으려고 발버둥을 치는 것은 헛수고입니다.

누구나 죄를 지을 수밖에 없다면, 날마다 죄 사함을 받는 사람들만 거룩하게 되지요. 날마다(항상) 죄 사함을 받고 마음에 평안을 얻는 것이 경건한 삶입니다. 사람의 육체가 건강하게 살려면 열심히 운동해야 하듯이, 경건하게 살려면 영혼도 열심히 운동해야 됩니다. 영혼의 운동이란, 열심히 찬송과 기도하는 것입니다. 영혼의 운동만 열심히 하면, 죄 사함을 받고 경건해져서 마음에 평안(천국)이 이루어집니다.

육체의 운동처럼, 영혼의 운동도 적당한 분량을 채우는 것이 중요합니다. 육체가 건강해지려면, 날마다 두세 시간 정도는 운동해야 효과가 나타납니다. 찔끔찔끔 운동하면 효과가 거의 없지요. 영혼의 운동도, 날마다 두세 시간 정도는 해야만 경건하게 살 수 있습니다. 찔끔찔끔 찬송과 기도하는 것은 효과가 거의 없습니다.

(중략)

육신이 건강하게 살기 위해서는, 날마다 적당한 음식을 먹고 적당한 운동을 꾸준히 하는 것이 중요하지요. 영혼이 평안하게 살기 위해서는, 날마다 적당한 분량의 찬송과 기도를 하여 성령 충만 받고 적당한 분량의 깨달은 말씀을 묵상하는 것이 중요합니다. 이것이 영적인 방주를 짓는(마음에 영원한 평안을 얻는) 방법이지요.

(중략)

다이아몬드는 굴러다니는 돌덩이보다 훨씬 가치가 높지요. 사람도, 어떻게 마음을 가꾸느냐에 따라서 다이아몬드처럼 살 수도 있고 돌덩이처럼 살 수도 있지요. 하나님께서 천국에 들어갈 성도를 모으시는 것은, 굴러다니는 하찮은 돌 중에서 다이아몬드를 캐내는 작업과 같습니다. 천국에 들어가기를 원하는 그리스도인은 평범한 삶을 포기해야 합니다. 이 세상은 고해(괴로움의 바다)와 같다고 했습니다. 이 세상에서 괴로움을 벗어나는 유일한 방법은, 쉬지 않고 찬송과 기도하는 삶임을 믿으시기 바랍니다. 누구든지 선한 목자(전도자)의 가르침을 받고 순종하면, 반드시 마음에 평안이 찾아오고 모든 일이 잘 풀리게 됩니다. 나의 복음이 형수님의 선한 목자가 되어, 마음에 평안을 얻고 만사가 형통하는 신앙생활을 하시기 바랍니다.」

약 9분 후에, 형수님으로부터 답장이 왔다.

「아멘~ "나의 복음"으로 저의 신앙생활을 바로잡아 주셔서 감사합니다~~」

다음 날 오후 5시에, 녀석이 형수님에게 카톡을 보냈다.

「— 나의 복음이란? —

나의 복음과 예수 그리스도를 전파함은 영세전부터 감취었다가 - 이제는 나타내신바 되었으며 영원하신 하나님의 명을 좇아 선지자들의 글로 말미암아 모든 민족으로 믿어 순종케 하시려고 알게 하신바 그 비밀의 계시를 좇아 된 것이니 이 복음으로 너희를 능히 견고케 하실 - 지혜로우신 하나님께 예수 그리스도로 말미암아 영광이 세세무궁토록 있을찌어다 아멘 (로마서 16장 25~27절)

본문 25절의 전반부에 기록된 말씀을 보니, 사도 바울이 나의 복음과 예수 그리스도를 전파한다고 했습니다.

복음은 예수님의 말씀을 뜻합니다. 본문에서의 나의 복음은, 사도 바울이 깨달은 예수님의 말씀을 뜻합니다. 전도는 예수님(복음)을 전파하는 일입니다. 그런데, 사도 바울은 나의 복음과 예수 그리스도를(복음을) 전파한다고 했습니다. 성령 충만한 전도자는 자신만이 깨달은 복음이 있습니다. 이것이 나의 복음입니다.

남에게 들은 복음은, 누구든지 전파할 수 있습니다. 그러나 나의 복음은, 체험한 사람만이 전파할 수 있지요. 대부분의 전도자는 신학자들에게 배운 예수 그리스도만 전파하고 있습니다. 모세는 여호와 하나님의 부르심을 받고, 이스라엘 백성들을 전도하게 되었습니다. 모세가 전도하기를 두려워하니, 여호와께서 특별한 말씀을 주셨지요.

모세가 하나님께 아뢰되 내가 이스라엘 자손에게 가서 이르기를 너희의 조상의 하나님이 나를 너희에게 보내셨다 하면 그들이 내게 묻기를 그의 이름이 무엇이냐 하리니 내가 무엇이라고 그들에게 말하리이까 - 하나님이 모세에게 이르시되 나는 스스로 있는 자이니라 또 이르시되 너는 이스라엘 자손에게 이같이 이르기를 스스로 있는 자가 나를 너희에게 보내셨다 하라 - 하나님이 또 모세에게 이르시되 너는 이스라엘 자손에게 이같이 이르기를 나를 너희에게 보내신 이는 너희 조상의 하나님 곧 아브라함의 하나님, 이삭의 하나님, 야곱의 하나님 여호와라 하라 이는 나의 영원한 이름이요 대대로 기억할 나의 표호니라 (출애굽기 3장 13~15절)

"스스로 있는 자"라는 칭호는, 모세에게만 주신 하나님의 말씀입니다. 이런 말씀을 나의 복음이라고 하는 것입니다. 모세가 여호와께서 주신 특별한 말씀이 없이 이스라엘 백성들을 전도했다면, 그들은 80세가 넘은 초라한 노인의 말을 무시했을 것입니다.

하나님께서, 모세를 이스라엘 백성의 전도자로 부르신 이유는 무엇일까요?

모세는 젊은 시절부터 불의를 보면 참지 못하는 성정을 가지고 있었습니다. 그는 하나님의 백성들이 애굽에서 핍박을 받는 것을 묵과할 수 없었지요. 하나님은, 모세가 이스라엘 백성을 불쌍히 여기며 구출하려는 행동을 의롭게 보셨습니다. 모세는 예수님의 그림자와 같은 존재입니다. 그림자를 따라가면 실체가 보이듯이, 모세의 행적을 따라가면 예수님을 알 수 있습니다. 이처럼 대단한 모세였지만, 그가 평생 전도해서 가나안 땅으로 인도한 사람은 여호수아와 갈렙뿐입니다. 모세는 평생 수백만 명을 전도했지만, 두 사람(여호수아와 갈렙)밖에는 전도의 열매를 맺지 못했지요. 전도자가 구름떼처럼 사람들을 끌어모은다고 해서, 다 구원을 받는 것은 아닙니다. 전도자가 죽기 전에, 단 한 사람만 전도해도 대성공을 거둔 것이지요.

(중략)

어떤 성도가, 저에게 이런 질문을 했습니다.

"우리 목사님도 날마다 두세 시간을 찬송하거나 기도하지 못하는데, 어떻게 평신도가 그런 신앙생활을 할 수 있나요?"

그리고, 이런 넋두리도 합니다.

“평신도는 헌금이나 잘 바치면 되지요. 먹고 살기 위해서 뼈 빠지게 일하다 보면, 기도할 시간이 없어요.”

저도 직장 생활을 하지만, 날마다 2~3시간 찬송하거나 기도하는 데 지장이 없습니다. 오히려, 한가한 성도들이 놀러 다니기에 바빠서 찬송과 기도할 시간이 없지요. 어린 다윗이 생과 사의 갈림길에서 전쟁터를 누빌 때는, 죽을 각오로 찬송과 기도했지요. 그러나 다윗이 이스라엘의 왕이 되어 한가한 시간이 늘어나게 되자, 음란한 죄에 빠지기 시작했습니다. 우리가 신앙생활을 하다 보면, 나태해질 수도 있지요. 찬송과 기도가 힘들거나 지겨워질 때마다, 문제의 심각성을 깨닫고 하나님 앞에 엎드려서 회개해야 지혜로운 성도입니다.

(중략)

형수님도 수십 년 동안 가까운 사람으로부터 속박당하며 포로 생활을 한 줄 압니다. 그 속박에서 벗어나기 위하여 형수님은 밤낮으로 눈물을 흘리며 기도했을 것입니다. 이제는 나의 복음(자신이 성령 충만 받고 깨닫는 말씀)을 듣고 순종하여 평안과 기쁨이 넘치는 신앙생활을 하세요.」

나의 복음을 전하고 약 30분 후에, 녀석이 가족들과 함께 찍은 재미있는 동영상을 형수님에게 보냈다.

다음 날 오전 10시 45분, 형수님으로부터 답장이 왔다.

「화목하고 행복한 가정이네요. 손녀도 너무 귀엽고 이런 가정이 천국인 것 같아요~

영상 감사하구요. 말씀은 좀 있다가 볼게요~ 축복의 말씀 감사하구요. 도련님도 하나님께서 더 많은 축복을 주시길 기도합니다.」

오전 11시 27분, 형수님이 카톡을 보내왔다.

「성경 말씀을 바울과 같이 다 기억하고 계시는군요. 저도 충만할 때는 그랬어요. 그때 더 많이 말씀을 연구하고 노력했다면, 도련님 같은 수준은 아니라도 십 분의 일은 될 것 같은데 교회를 옮겨 다니고 전도는 잘 안되고 낙심되어 언제부턴가 말씀 연구를 하지 않게 되면서 하나님의 사랑이 서서히 식어졌나 봅니다. 조금 일찍 말씀을 가까이하는 도련님을 만났더라면 제 인생이 달라져 있겠지요. 제가 그렇게 말씀을 보고 연구할 때는 같은 제자 중에서도 제가 이상한 사람이었어요. 그렇게 말씀을 가까이하고 연구하는 사람이 주변에 거의 없었어요. 나의 복음을 읽으며 말씀의 깊이가 바울의 수준이라는 것을 느꼈어요. 정말 하나님 한 분께만 열심히 시간과 마음과 노력을 드리며 살아온 것 같습니다. 감동받았습니다. 저도 조금씩이라도 노력해서 말씀을 내 것으로 만들어서 복음의 빛이 되고 싶습니다~~ 감사 감사 감사~~~」

2022년 10월 28일 오후 7시 29분, 형수님으로부터 카톡이 왔다.

「시간 되시면 말씀 주세요~~ 도련님이 보내 주신 것, 처음 내용을 큰형님과 셋째 형님께 카톡으로 보냈습니다. 두 분 다 지금은 신앙생활을 쉬고 있거든요. 큰형님은 허리 수술 후에 나사가 빠져나와서 2, 3번 척추 수술하고, 마지막엔 아주대병원의 중환자실에서 일주일간 무의식 상태에 있다가 돌아가실 줄 알았는데, 살아나셔서 집에서 거의 누워서 생활하다가 지금은 요양병원에 계셔요. 셋째 형님은 20여 년 전에 이혼하고 ○○이와 같이 살고 있었는데, 곤지암에서 화초 키운다고 거기서 거의 살고 있어요. 보내 주신 글 잘 보고 형님들께 보내겠습니다~」

오후 7시 58분, 녀석이 형수님에게 답장을 보냈다.

「알겠습니다. 저는 성령께서 감동을 주셔야만 나의 복음을 전할 수 있어요. 내일쯤, 형수님께 나의 복음을 전해드릴 수 있을 것 같습니다.」

오후 8시 28분, 형수님으로부터 답장이 왔다.

「감사합니다. 성령께서 제게 필요한 말씀을 주신 것이군요~ 주신 말씀을 저 한 사람을 위해 성령님의 감동하심에 따라 힘들게 작성하셨네요~ 너무 감사하게 받았습니다. 감사하게 제 삶에 잘 적용하여 찬송과 기도와 예배로 살려고 힘쓰고 있습니다~ 수고하신 것 모두 하나님께서 도련님께 축복으로 기도응답으로 갚아 주시길 기도드리며 주실 줄 믿습니다~~」

오후 9시 38분, 녀석이 답장을 보냈다.

「이해해 주셔서 감사합니다. ♡♡」

다음 날 오후 9시 10분, 녀석이 형수님에게 카톡을 보냈다.

「— 믿음이란 무엇인가? —

네가 만일 네 입으로 예수를 주로 시인하며 또 하나님께서 그를 죽은 자 가운데서 살리신 것을 네 마음에 믿으면 구원을 얻으리니 - 사람이 마음으로 믿어 의에 이르고 입으로 시인하여 구원에 이르느니라 - 성경에 이르되 누구든지 저를 믿는 자는 부끄러움을 당하지 아니하리라 하니 - 유대인이나 헬라인이나 차별이 없음이라 한 주께서 모든 사람의 주가 되사 저를 부르는 모든 사람에게 부요하시도다 - 누구든지 주의 이름을 부르는 자는 구원을 얻으리라 (로마서 10장 9~13절)

기독교는, 예수님을 믿어야 천국에 들어갈 수 있다고 주장하는 종교입니다. 믿음을 쉽게 설명하면, 어떤 대상을 알게 되는 것입니다. 기독교에서 믿음이 좋다는 것은, 예수님에 대하여 잘 안다는 뜻입니다. 베드로는, 예수님이 누구신지 확실하게 알고 고백했습니다. 예수님을 알지 못하고 믿는 것은 맹신(덮어 놓고 믿는 행위)입니다. 예수님은, 하나님 아버지께서 알게 해 주십니다.

하나님은, 누구에게 예수님을 알 수 있도록 역사하실까요?

너무도 당연한 이야기지만, 하나님의 뜻대로 사는 성도에게 알려주시지요. 하나님의 뜻도 모르고 신앙생활을 하는 것은, 목적지도 모르고 여행을 떠나는 것과 같습니다. 하나님의 뜻은 명확합니다. 항상 기뻐하고 감사하면서, 쉬지 않고 찬송과 기도하는 것이 하나님의 뜻이지요.

항상 기뻐하라 - 쉬지 말고 기도하라 - 범사에 감사하라

이것이 그리스도 예수 안에서 너희를 향하신 하나님의 뜻이니라 (데살로니가전서 5장 16~18절)

본문 9절의 말씀을 보니, 네가 만일 네 입으로 예수를 주로 시인하며 또 하나님께서 그를 죽은 자 가운데서 살리신 것을 네 마음에 믿으면 구원을 받으리라고 했습니다.

믿음은 마음으로 이루어지는 것입니다. 그러므로, 성도들이 마음을 먹기에 따라서 믿음이 천차만별로 변하지요. 믿음이라고 해서, 다 같은 믿음이 아닙니다. 예수님의 제자 야고보는 행함이 없는 믿음은, 그 자체가 죽은 것이라고 했습니다. 이 말씀을 문자적으로만 바라보면 가난한 사람에게 물질적인 도움을 주어야 행함이 있는 믿음이라고 해석되지요. 가난한 사람들을 구제하는 것은, 타 종교 신자들이나 기업인들도 합니다. 형제나 자매가 헐벗고 굶주린다는 것은, 육체가 아니라 영혼의 상태를 뜻합니다.

주 여호와께서 가라사대 보라 날이 이를찌라 내가 기근을 땅에 보내리니 양식이 없어 주림이 아니며 물이 없어 갈함이 아니요 여호와의 말씀을 듣지 못한 기갈이라 (아모스 8장 11절)

인류의 근본적인 문제는, 양식이 없어서 주림이 아니며 물이 없어 갈함이 아닙니다. 인류의 근본적인 문제는, 말씀다운 말씀을 듣지 못하여 영혼이 죽어가는 것입니다. 그리스도인들의 행함이란, 영적인 양식과 음료를 나누어 주는 것입니다. 영적인 양식과 음료란, 영혼에 힘을 주는 하나님의 말씀을 뜻하지요.

(중략)

사람이 지어낸 혼잡한 말씀을 들으면, 도대체 무슨 말인지 알 수도 없고 골치만 아픕니다. 사람이 지어낸 혼잡한 말씀은, 아무 때나 전파할 수 있습니다. 여기저기 종교 서적을 뒤져서 베끼면 되니까요. 그러나 성령께서 깨닫게 해 주시는 말씀은, 아무 때나 전파할 수 없습니다. 엄청난 분량의 찬송과 기도를 통해서 성령 충만 받아야만, 주옥같은 말씀을 들을 수 있기 때문이지요. 제가 나의 복음을 전파할 수 있게 된 것도, 특별한 비법이 있어서가 아닙니다. 저는, 날마다 평균 2시간 30분 이상 찬송하거나 기도한 것밖에 없지요.

어제는, 딸의 생일이라서 분주하게 준비하다 보니 찬송과 기도의 분량이 부족했습니다. 그래서, 저는 오늘 새벽부터 열심히 찬송과 기도했지요. 회사에 출근하여 일하면서도 열심히 찬송하여, 어제 부족했던 분량을 채웠습니다. 그 결과로, 오늘 나의 복음을 형수님께 전하는 것입니다. 이처럼 치열하게 신앙생활을 해야만, 다른 사람들의 영혼을 살려주는 전도자가 될 수 있다는 사실을 믿으시기 바랍니다.

본문 10절의 말씀을 보니, 사람이 마음으로 믿어 의에 이르고 입으로 시인하여 구원에 이른다고 했습니다.

우리는 마음으로 믿되, 행함이(깨달은 말씀을 전파할 수) 있어야 합니다.

본문 13절의 말씀을 보니, 누구든지 주의 이름을 부르는 자는 구원을 받으리라고 했습니다.

주의 이름을 부르는 자란, 쉬지 않고 찬송과 기도하는 성도를 뜻합니다. 찬송과 기도는 주님의 이름을 부르는 확실한 행동입니다. 우리는 날마다, 자신의 믿음을 점검하고 또 점검해야 합니다. 과거의 믿음은 중요하지 않습니다. 현재의 믿음이 중요합니다. 자신의 믿음을 점검하는 방법은 간단합니다. 항상 마음이 평안하면 올바른 믿음을 가진 것이고, 항상 마음이 불안(요동)하면 잘못된 믿음을 가진 것이지요. 예수님을 믿는 주목적은, 영원한 평안과 기쁨을 얻기 위함입니다. 이는 천국에 들어가는 삶을 뜻하지요.」

다음 날 오전 7시 24분, 형수님으로부터 답장이 왔다.

「저 한 사람을 위하여 나의 복음을 작성하고 전해 주심이, 제게 큰 은혜입니다. 도련님께 큰 은혜를 입고 삽니다. 내 안에 평안이 있는지 스스로 점검하며 믿음 생활을 잘할 수 있도록 찬양과 기도로 힘쓰겠습니다. 나의 복음을 보내 주셔서 감사합니다. 성령 하나님의 감동하심과 충만하심으로 영혼의 생명이 필요한 주변의 사람에게 생명수와 같은 말씀으로 전도하는 자들에게 폭포수와 같이 살아나는 역사가 충만하기를 기도합니다. 제게 수고하는 도련님께, 그 수고를 많은 축복으로 건강으로 평강의 복으로 갚아 주시길 기도드리며 감사의 마음을 드립니다.」

2022년 11월 1일 오전 9시 12분, 녀석으로부터 나의 복음을 가장 많이 들으셨던 외과 및 소아과 의사이신 장로님이 문자를 보내왔다.

「아들 결혼합니다~ 위해서 기도해 주세요 ~♡~」

20분 후에, 녀석이 장로님에게 답장을 보냈다.

「존경하는 장로님, 아들의 결혼을 진심으로 축하합니다. 장로님 내외분뿐 아니라, 자녀를 위해서도 기도하겠습니다.」

오전 11시 30분, 녀석이 형수님에게 카톡을 보냈다.

「— 사랑이 제일이라 —

내가 사람의 방언과 천사의 말을 할찌라도 사랑이 없으면 소리나는 구리와 울리는 꽹과리가 되고 - 내가 예언하는 능이 있어 모든 비밀과 모든 지식을 알고 또 산을 옮길만한 모든 믿음이 있을찌라도 사랑이 없으면 내가 아무 것도 아니요 - 내가 내게 있는 모든 것으로 구제하고 또 내 몸을 불사르게 내어 줄찌라도 사랑이 없으면 내게 아무 유익이 없느니라 (고린도전서 13장 1~3절)

그런즉 믿음, 소망, 사랑, 이 세 가지는 항상 있을 것인데 그 중에 제일은 사랑이라 (고린도전서 13장 13절)

본문 1절의 말씀을 보니, 내가 사람의 방언과 천사의 말을 할지라도 사랑이 없으면 소리 나는 구리와 울리는 꽹과리가 된다고 했습니다.

사람의 방언은 외국어를 뜻하고, 천사의 말은 하늘의 언어인 성경 말씀을 뜻합니다. 외국어 하나를 배우려고 해도 엄청난 시간과 노력이 필요하고, 풍부한 성경 지식을 얻는 것도 엄청난 시간과 노력이 필요합니다. 그러나 수십 개국의 언어를 통달하고, 성경 전체를 달달 외우며 가르칠지라도 사랑이 없으면 울리는 꽹과리에 불과합니다. 사랑은 하나님이십니다. 믿음과 소망과 사랑은 영원히 존재하지만, 그중에 제일은 사랑입니다.

신앙생활은 천국에 대한 소망을 가지면서 시작됩니다. 모든 사람은, 자신만이 간절하게 소망하는 천국이(유토피아가) 있습니다. 어떤 사람은 돈을 많이 벌기 위해서, 어떤 사람은 운동을 잘하기 위해서, 어떤 사람은 노래를 잘 부르기 위해서, 어떤 사람은 춤을 잘 추기 위해서, 어떤 사람은 악기를 잘 연주하기 위해서, 어떤 사람은 그림을 잘 그리기 위해서, 어떤 사람은 글을 잘 쓰기 위해서, 자신이 가진 모든 것을 아낌없이 쏟아붓습니다.

그러나 세상의 것을 소망하는 삶은, 헛되고 헛될 뿐입니다. 사람들이 해 아래(세상)에 있는 것을 얻으려고 몸부림치는 행위는, 자신을 피곤하게 만들 뿐입니다. 천국에 대한 소망을 가진 사람은, 반드시 예수님을 만나게 됩니다. 예수님은 천국을 알려 주시려고 세상에 오셨지요. 천국을 알려주는 것이 전도의 핵심입니다. 천국에 대한 소망을 가진 자들은 많지만, 그 비밀을 아는 자는 많지 않습니다. 천국의 비밀을 아는 것은, 곧 예수님을 아는(믿는) 것을 뜻합니다.

예수님을 믿으려면, 어떻게 해야 하나요?

그리스도의 말씀을 들을 때, 예수님을 믿을 수 있습니다. 이미 그리스도의 말씀은, 온 세상에 널리 퍼졌습니다. 만물을 보면서 그리스도의 말씀을 들을 수도 있습니다. 어떤 방법으로든지, 예수님을 믿는 것이 중요합니다. 그러나 천국 소망을 가지고 예수님을 믿었더라도, 사랑을 잃어버리면 아무 소용이 없습니다. 가룟 유다는 예수님의 제자로 선택될 만큼 믿음이 있었지만, 사랑을 잃어버렸기에 실패자가 되었습니다. 천국을 소망하며 성경 말씀을 달달 외우면서 신앙생활을 할지라도, 사랑이 없으면 아무것도 아닙니다.

사랑이라고 해서, 다 같은 사랑이 아닙니다. 하나님께서 성도들에게 요구하시는 사랑은, 쉬지 않고 찬송과 기도하는 삶입니다. 나의 복음의 핵심은, 쉬지 말고 사랑하라는 것입니다. 아무리 맛있는 음식도 매일 먹으면 질리게 되지요. 사랑이 제일이지만, 질리지 않고 사랑하기는 매우 어렵습니다. 나의 복음을 전파하는, 저도 찬송과 기도가 지겨워질까 봐 두렵습니다.

맹수가 우글거리는 정글에서 연약한 동물이 살아남으려면 쉬지 않고 뛸 수 있는 지구력이 필요합니다. 맹수에게 추월당하는 연약한 동물들은 죽음을 면할 수 없지요. 이 세상은 마귀가 울부짖는 사자처럼 삼킬 자를 찾아 돌아다니고 있습니다. 마귀는, 우리 주변에 있습니다. 가족이라도 찬송과 기도를 방해하면 피하는 것이 상책입니다. 부모와 형제들 때문에 찬송과 기도하지 못했다면, 바로 그들이 원수입니다. 모든 사람에게 미움을 받을지라도, 끝까지 견디는(찬송과 기도하는) 자는 구원(천국)을 받습니다.」

오후 3시 28분, 형수님으로부터 답장이 왔다.

「맹수가 우글거리는 정글에서 연약한 동물이 살아가려면 쉬지 않고 뛰는 지구력이 필요한 거네요~ 사랑을 겸비한 인내 지구력~ 지혜가 풍성한 예수님께 받은 사랑의 힘으로 인내하며 예수님의 성품을 닮아가는 것~ 어렵지만, 이것이 진정한 승리라는 말씀이지요~ 성령 하나님 감사합니다. 도련님께도 감사합니다~~」

다음 날 오후 5시 12분, 녀석이 형수님에게 카톡을 보냈다.

「— 어떻게 신앙생활을 할 것인가? —

그 녹명된 자 중 엘닷이라 하는 자와 메닷이라 하는 자 두 사람이 진에 머물고 회막에 나아가지 아니하였으나 그들에게도 신이 임하였으므로 진에서 예언한지라 - 한 소년이 달려와서 모세에게 고하여 가로되 엘닷과 메닷이 진중에서 예언하더이다 하매 - 택한 자 중 한 사람 곧 모세를 섬기는 눈의 아들 여호수아가 말하여 가로되 내 주 모세여 금하소서 - 모세가 그에게 이르되 네가 나를 위하여 시기하느냐 여호와께서 그 신을 그 모든 백성에게 주사 다 선지자 되게 하시기를 원하노라 (민수기 11장 26~29절)

모세는 예수님의 그림자와 같은 인물입니다. 모세의 기록(모세 오경)은, 나중에 오시는 예수님에 대하여 설명한 내용입니다. 모세가 예수님을 상징하는 인물이라는 사실을 미리 알면, 구약 성경을 깊이 깨달을 수 있습니다.

모세가 여호수아를 꾸짖고 집에서 제단을 쌓고 전도하는 엘닷과 메닷을 칭찬했듯이, 예수님은 어디에서나 열심히 예배(찬송과 기도)하며 전도하는 성도를 칭찬하십니다.

그리스도인들이 예배할 때, 돈은 필요가 없습니다. 오히려 그리스도인들이 예배를 드리면, 하나님께서 영적인 권세와 물질과 건강까지도 충분히 공급해 주시지요. 이런 예배가, 진짜 예배입니다. 가짜 예배란, 형식(예배 순서)만 갖추고 모여든 사람들의 돈을 갈취하는 행위입니다. 예수님은 따르는 제자들에게 돈을 받지 말고 전도하라고 말씀하셨지요.

제가 다니던 예배당을 떠난 지도, 어언 4년이 훌쩍 지났습니다. 저도 예배당을 떠나기까지 고민이 많았습니다. 예배당에 다닐 때, 저 혼자 끝까지 기도실에 남아서 울부짖으며 찬송과 기도했지요. 시간이 흐를수록, 제가 하나님께 올려드리는 찬송과 기도의 분량이 주변의 성도들보다 월등하게 많아졌습니다. 그 결과, 저는 나의 복음을 전파하는 자가 되었습니다. 제가 예배당에 나가면 목사님의 설교를 듣고 순종해야 되는데, 나의 복음과 충돌이 생겼습니다. 제가 외과 의사 장로님께 나의 복음을 전파하면서부터, 다니던 예배당을 떠나기로 결심했습니다.

제가 근무하는 병원의 외과 의사였던 장로님은, 지금도 나의 복음을 묵상하면서 신앙생활을 하고 있습니다. 그 후로, 저는 1년여 동안 《발바닥 인생》 2권을 집필하는 데 집중했습니다. 그 와중에, 저의 손녀가 태어났지요. 손녀는, 온 가족을 기쁘게 했습니다. 제 평생에, 이런 엄청난 행복은 처음으로 맛보고 있습니다. 이는 욥의 고난이 끝났을 때, 갑절의 축복을 받은 것과 비견될 겁니다.

제가 병든 몸을 이끌고 남몰래 눈물을 흘리며 찬송과 기도했던 시간이 얼마던가?

저의 젊은 시절은 고난 속에서 지나갔지만, 노년은 너무너무 행복하게 보내고 있습니다. 본문에 나오는 엘닷과 메닷도, 저와 비슷한 신앙생활을 했을 겁니다. 그들은 신도들과 모여서 찔끔찔끔 찬송과 기도하는 것에 만족하지 않고, 골방에 들어가서 시간이 가는 줄도 모르고 찬송과 기도했겠지요. 엘닷과 메닷은, 여호수아도 시기할 정도로 신앙생활을 잘했습니다. 모세는 시기하는 여호수아를 꾸짖으며, 모든 백성이 엘닷과 메닷처럼 선지자가 되어 살기를 원한다고 했지요.

여호수아는, 예수님의 수제자와 비교될 정도로 신앙생활을 잘했던 인물입니다. 그러니 엘닷과 메닷이 얼마나 신앙생활을 잘했는지, 미루어 짐작할 수 있지요. 엘닷과 메닷도 노년이 행복했을 겁니다. 우리도 형식적인 예배를 드리는 행위를 버리고, 각자 흩어져서 영과 진리로 예배합시다!」

나의 복음을 전하고 4분 후에, 녀석이 형수님에게 카톡을 보냈다.

「형수님의 열정은, 정말 대단하십니다. 저보다 더한 것 같아요. ^^ 형수님이 초심만 잃지 않고 신앙생활을 한다면, 저보다 더 큰 은혜와 복을 받을 줄 믿습니다!」

약 2시간 후에, 형수님으로부터 답장이 왔다.

「저는 도련님의 발바닥을 따라가기도 힘든 지경입니다. 오늘부터는 오전 11시부터 12시까지 찬송하고, 밤에 찬송 소리가 밖으로 나가면 신경 쓰이니 낮 11시에 한 시간 찬송 시간으로 정하고, 밤에는 예배와 말씀을 묵상합니다. 도련님의 도우심이 너무나 감사합니다. 기도가 아직도 부족하네요~ 나에게 복음 전하시는 도련님은 엘닷과 메닷 이상의 축복과 상급이 있기를 기도할게요~~」

2022년 11월 7일 오후 1시경, 형수님이 문자를 보내왔다.

「내일은 법원에 남편이 이혼 신청한 것에 대하여 2차로 상담을 받는 날입니다. 아무 자료도 준비하지 못했습니다. 자료를 준비하려니 있던 믿음도 흐릿해집니다. 믿음으로 법원에 출두하고 하나님께 맡기겠습니다.」

약 1시간 후에, 녀석이 형수님에게 답장을 보냈다.

「그런 일이 있었군요. 저도, 형수님처럼 힘든 일을 수없이 겪으며 살아왔습니다. 제게 그런 고난이 없었다면, 지금까지 쉬지 않고 찬송과 기도할 수 있는 영력을 가질 수 없었겠지요. 지금 형수님이 당하는 고난도 유익하다고 믿으세요. 좌절은 마귀가 주는 마음입니다. 절대로 마귀에게 농락을 당하면 안 됩니다. 마귀를 대적할 수 있는 최고의 무기는, 오직 찬송과 기도입니다. 다른 방법은 없습니다. 찬송과 기도하는 힘을 잃어버리면, 영원한 실패자가 됩니다. 저도 중보기도를 하고 있으니, 형수님도 죽으면 죽으리라는 각오로 찬송과 기도하세요. 그러다 보면, 어느 순간부터 마음에 평안이 찾아옵니다. 그런 상태가 되었다면, 아무 걱정하지 말고 하나님께 모든 문제를 맡기세요. 저는 아내와 전남편을 이혼시키고 가정을 이루었습니다. 그런데도, 참으로 행복한 가정이 만들어진 것은 우연이 아닙니다. 하나님의 뜻대로 살면, 반드시 승리합니다.」

약 2시간 후에, 형수님으로부터 답장이 왔다.

「감사합니다. 지금 몸이 아픈데 많은 위로가 되어요~ 감사히 받습니다~~」

2022년 11월 9일 오후 8시 16분, 녀석이 형수님에게 카톡을 보냈다.

「— 최후의 승리 —

욥이 여호와께 대답하여 가로되 - 주께서는 무소불능하시오며 무슨 경영이든지 못 이루실 것이 없는줄 아오니 - 무지

한 말로 이치를 가리우는 자가 누구니이까 내가 스스로 깨달을 수 없는 일을 말하였고 스스로 알 수 없고 헤아리기 어려운 일을 말하였나이다 - 내가 말하겠사오니 주여 들으시고 내가 주께 묻겠사오니 주여 내게 알게 하옵소서 - 내가 주께 대하여 귀로 듣기만 하였삽더니 이제는 눈으로 주를 뵈옵나이다 - 그러므로 내가 스스로 한하고 티끌과 재 가운데서 회개하나이다 - 여호와께서 욥에게 이 말씀을 하신 후에 데만 사람 엘리바스에게 이르시되 내가 너와 네 두 친구에게 노하나니 이는 너희가 나를 가리켜 말한 것이 내 종 욥의 말 같이 정당하지 못함이니라 - 그런즉 너희는 수송아지 일곱과 수양 일곱을 취하여 내 종 욥에게 가서 너희를 위하여 번제를 드리라 내 종 욥이 너희를 위하여 기도할 것인즉 내가 그를 기쁘게 받으리니 너희의 우매한대로 너희에게 갚지 아니하리라 이는 너희가 나를 가리켜 말한 것이 내 종 욥의 말 같이 정당하지 못함이니라 - 이에 데만 사람 엘리바스와 수아 사람 빌닷과 나아마 사람 소발이 가서 여호와께서 자기들에게 명하신대로 행하니라 여호와께서 욥을 기쁘게 받으셨더라 - 욥이 그 벗들을 위하여 빌매 여호와께서 욥의 곤경을 돌이키시고 욥에게 그전 소유보다 갑절이나 주신지라 (욥기 42장 1~10절)

(중략)

욥의 신앙생활에서 부족했던 점은, 이웃을 위한 기도였습니다. 자신과 가족만 위하는 신앙생활을 하면 곤경에 빠지게 됩니다. 욥은 온전하고 정직하여 하나님을 경외하며 악에서 떠난 자였습니다. 성도가, 이 정도로 신앙생활을 하는 것은 대단한 일입니다. 그러나 하나님께서 보실 때, 욥에게 단점이 있었지요. 욥은 이웃에게 해를 끼치지는 않았지만, 이웃을 위해서 적극적으로 신앙생활을 하지는 못했습니다. 자신과 가족만 위해서 신앙생활을 하면, 아무리 열심히 해도 결과가 좋지 못합니다. 욥이 어려운 상황에 빠지게 되자, 그의 아내부터 저주하고 떠났습니다. 가족만을 위하고 이웃을 돌아보지 않으면, 그 가족이 원수가 된다는 사실을 믿으시기 바랍니다.

병들고 가난한 이웃을 사랑하고 돌보는 것은 주님을 사랑하는 일입니다. 이웃을 돌보는 가장 중요한 행동은, 그들을 위하여 간절하게 중보기도를 하는 것이지요. 다음으로 중요한 행동은, 병들고 가난한 이웃에게 물질적인 도움을 주는 것입니다. 성도가 먼저 주님을 사랑하면, 그의 가족이 화목하게 되는 복을 받습니다. 성도가 먼저 이웃을 도와주면, 그의 가족이 더욱 풍성한 복을 받습니다. 저도 이런 이치를 잘 알기 때문에, 4년 전부터 병들고 가난한 이웃에게 기부하고 있습니다. 저는 최저 임금을 받고 있지만, 스스로 청빈하게 살면서 기부하고 있지요. 제가 이렇게 사는 이유는, 주는 자가 받는 자보다 복이 있다는 말씀을 확실하게 믿기 때문입니다.

범사에 여러분에게 모본을 보여준 바와 같이 수고하여 약한 사람들을 돕고 또 주 예수께서 친히 말씀하신 바 주는 것이 받는 것보다 복이 있다 하심을 기억하여야 할지니라 (사도행전 20장 35절)

형수님도 가족만 위해서 신앙생활을 했던 것을 회개하시고, 이제부터는 이웃을 위하는 신앙생활에 집중하시기 바랍니다. 정신적으로나 물질적으로 이웃(남)을 돕기 위해서 연구하고 실천하다 보면, 자신의 문제는 저절로 해결되는 것을 깨닫습니다. 이는 저의 경험을 말씀드리는 것입니다. 과거에, 저는 수십 년 동안 십일조를 비롯한 각종 명목의 헌금을 종교 단체에 바치면서 신앙생활을 했습니다. 지금은 진짜 주님께(가난하고 병든 자에게) 십일조를 바치면서 너무너무 행복하게 신앙생활을 하고 있습니다. 욥은 하나님의 책망을 들을 때, 즉시 잘못된 신앙생활을 중단하고 회개했습니다. 그 결과, 욥은 새로운 가정을 이루고 갑절의 축복을 받았습니다. 지금, 욥의 축복이 형수님에게도 임하시기를 축원합니다.」

2022년 11월 10일 오전 8시 53분, 형수님으로부터 답장이 왔다.

「욥의 고난이 얼마나 극심했는지 잘 느끼고 있습니다. 욥의 고난에 비유하면 저는 감사하지요. 말할 수 없는 어려움과 두려움이 있었지만, 그때마다 성령님께서 제게 강력하게 꿈으로 생각으로 두려워하지 말라는 찬송을 주셨고 말씀으로도 주셔서 두려워하지 말라고 하셨지요. 환경은 두려울 수밖에 없는 일이 많았지만, 환경보다 크신 하나님께서 주신 위로와 마음으로 극한 두려움을 이겨낼 수 있었습니다. 저는 코로나 전에 교회 새벽기도에 오랜 시간 기도하던 습관이 있어서 집에서는 기도가 집중이 잘 안되어서 힘들었어요. 이웃을 돕는 것은, 저도 넉넉지 않아 교회에 하다 보면 이웃에 도울 수 있는 여력이 못되었어요. 저도 넉넉지 않게 살아왔어요. 내게 있는 돈은 조금 모이면 다 나갈 데가 생겼고, 하나님께 뭔가 잘못한 것이 있는 것 같습니다. 기도하면서 고치고 회개하고 부르짖고 작은 것부터 찾아야지요. 저의 고난에 기도로 중보해 주심을 감사드립니다. 작은 나의 잘못된 습관부터 고칠 것은 성령님을 의지하며 고쳐나가야겠지요. 오늘도 감사드립니다. 저도 도련님 가정을 위해 기도를 더 열심히 해서 보답하겠습니다. 도련님이 돕는 이웃 중에 저도 작은 것이라도 동참해도 되면 알려주세요. 여건이 될 때 저도 힘이 되겠습니다. 가능하면 알려주세요. 도련님 계좌번호를 주시면, 저를 대신해서 도련님이 보낼 때 함께 보내도록 해 주세요.」

곧바로, 녀석이 형수님에게 답장을 보냈다.

「이웃이란, 본인이 활동하는 지역의 사람들을 뜻합니다. 저는 원미 구청에 이웃돕기 후원금을 내고, 한편으로 근무하는 병원에서 환자들을 돕고 있습니다. 형수님의 이웃은, 형수님이 활동하는 지역의 사람들입니다. 적은 액수일지라도, 형수님이 사시는 지역에 정기 이웃돕기 후원금 계좌를 개설하시고 자동이체 하시면 좋을 것 같습니다. 구청에 가시면 안내를 잘해줍니다.」

곧바로, 형수님으로부터 답장이 왔다.

「그런 게 있었네요. 저는 잘 몰랐어요. 감사합니다~」

곧바로, 녀석이 형수님에게 답장을 보냈다.

「이제부터 형수님에게도, 하나님께서 주시는 갑절의 복이 임하게 될 것입니다. 축하드려요. ♡」

곧바로, 형수님으로부터 답장이 왔다.

「감사합니다~ 제가 잘못 산 것도 있고, 돈 관리는 남편이 하고 있고, 그래서 나는 애들이 명절 때 주는 돈을 모아서 교회에 헌금하고 이웃을 위해서 쓰기도 하고, 사는 게 누구나 비슷한데 쪼개서 이웃을 돕는 게 맞아요. 좋은 말씀 감사해요.

도련님도 물질적 축복과 영적 자손을 얻는 축복이 가득하도록 기도하겠습니다~ ♡」

곧바로, 녀석이 형수님에게 답장을 보냈다.

「며칠 전에, 아내의 생일을 축하하는 자리에서 딸이 임신했다는 소식을 들었습니다. 우리 가족을 위해서 기도를 해 주시면 감사하겠습니다.」

곧바로, 형수님으로부터 답장이 왔다.

「아멘~ 축하합니다. 지난번 손녀딸 사진 보내 주셨는데, 그 사진 보며 어쩜 그렇게 야무지고 자신감이 넘치고 귀여운지 감탄하며 보게 되었는데, 내 얘기만 하느라고 표현을 못 하고 마음에 둔 걸 지금 말하게 되어요. 딸의 임신을 축하합니다. 태아가 건강하고 지혜롭고 다스리는 자로 사는 축복이 임하도록 기도하겠습니다. 부족한 제 기도라도 하나님께서 응답하실 줄 믿습니다.」

2022년 11월 12일 오전 11시, 청년 시절에 녀석을 이끌어 주었던 친구의 큰딸이 구로동에서 결혼식을 올렸다. 녀석도 아내와 함께 결혼식에 참석했다. 당시에 함께 신앙생활을 했던 사람들을 만나서, 녀석의 자전소설(발바닥 인생 1&2)을 나눠 주고 집으로 돌아왔다.

오후 6시경, 딸과 사위가 녀석의 집을 방문했다. 저녁 식사를 마치고, 녀석과 아내와 딸과 사위가 집 근처의 카페에서 차를 마셨다. 처음에는 분위기가 좋았는데, 녀석이 아내에 대한 불만을 이야기하면서부터 안 좋은 방향으로 흘러갔다. 녀석과 아내가 다툰 사연은 이랬다.

그 당시에, 녀석은 이틀에 한 번씩 쑥떡을 먹었다. 녀석이 쑥떡을 찔 때는 콩을 한 사발 넣는데, 그때마다 아내가 너무 많이 넣는다며 타박했다. 콩 한 사발의 가격은, 약 3천 원에 불과했다. 녀석은 한 달 동안 먹는 쑥떡에 한 사발의 콩을 넣는 것도 아까워하는 아내의 태도를 도저히 용납할 수 없었다. 돈에 대한 탐욕과 집착이 지속되면 무서운 결과를 가져온다. 이를 방치할 경우, 어떤 결과가 생길지는 불을 보듯이 뻔했다. 녀석이 잘못을 지적해도, 아내는 고치려고 노력하지 않았다. 이는 남편에 대한 학대이며 정신병을 의심할 문제였다. 녀석은, 특단의 조치가 필요했다. 녀석이 취한 특단의 조치는, 이런 사실을 딸과 사위에게 알려서 아내에게 충격을 주는 것이었다. 딸이, 녀석의 이야기를 모두 듣고 무안한 표정을 지으면서 말했다.

"엄마가 잘못했네. 아무리 엄마를 두둔하고 싶어도 이건 너무 심했어."

오후 8시 40분경, 딸과 사위는 집으로 돌아가고 아내는 요양원으로 출근했다. 녀석의 마음도 편치 않았다. 상처받은 아내를 생각하니, 녀석은 골치가 아팠다. 그리고 편히 잠을 잘 수도 없었다.

다음 날 새벽 1시경, 녀석이 침대에서 일어나서 옷을 껴입고 밖으로 나왔다. 새벽의 찬 바람이 매서웠다. 녀석은 스마트폰을 들고 동네 주변을 걸어가면서 찬송가 50곡을 부르고, 새벽 3시 30분경 집으로 돌아와 잠자리에 들었다.

녀석의 충격요법이 효과가 있었는지, 그 후로는 아내가 돈에 집착하는 행동을 자제하려는 모습이 역력했다.

2022년 11월 28일 오후 5시 35분, 형수님으로부터 카톡이 왔다. (유튜브 설교 동영상과 함께)

「찬송 예배로 하나님께 드려서 내가 응답받고 내가 하나님의 음성을 들어야 하는 이유가 이 설교 말씀에 다 있어요. 도련님이 앞서가신 겁니다. 실천하려고 힘쓰고 있습니다. 감사합니다.」

약 1시간 후, 녀석이 형수님에게 답장을 보냈다.

「저는 주로 한가할 때 기도하고, 괴로울 때 찬송을 많이 합니다. 악한 영들과 주변 사람들이 괴롭힐 때는, 정신이 혼미해서 기도에 집중할 수 없지요. 그래서 새벽이나 깊은 밤(한가한 시간)에 기도를 많이 하는 것입니다. 악한 영들과 주변 사람들이 괴롭힐 때는, 무조건 찬송해야 합니다. 찬송을 시작하면 혼미했던 정신이 맑아지고, 견디기 어려운 괴로움도 사라지게 됩니다. 야곱은 밤새워 기도를 많이 했고, 다윗은 온갖 어려움을 당할 때마다 찬송을 많이 했지요. 지혜로운 성도는 찬송과 기도할 때를 알고, 적시에 실천함으로써 승리하는 신앙생활을 합니다. 형수님께 저의 간증이 도움이 되었으면 정말 좋겠습니다.」

약 3시간 후, 형수님으로부터 답장이 왔다.

「많은 도움이 됩니다. 찬송을 부르며 집안일할 때, 예전에 부르던 찬송 가사를 들으며 많은 은혜를 받고 있어요. 요즘 교회들이 복음성가 부르느라 제가 찬송의 힘을 잃은 것 같아요. 봄에 그걸 깨달았고, 실천한다는 게 확신이 없었고, 상황이 급하다 보니 실천을 못 하고 발만 동동 구르던 상황이어서 놓쳤는데 도련님이 내게 회복시켜 주고 있습니다. 감사합니다.」

2022년 12월 15일, 전날부터 내린 눈이 산에도 길에도 수북이 쌓였다. 오후 3시경, 녀석과 아내는 비닐 한 장을 들고 도당산에 올라갔다. 작년에 놀던 방식대로, 두 사람은 눈 덮인 급경사 도로에서 비닐 썰매를 타면서 동영상을 촬영했다. 아내는 신이 나서, 녀석에게 산꼭대기로 올라가자고 재촉했다. 그곳에는 순백의 눈꽃 송이가 수북하게 피어난 나무들이 자태를 뽐내고 있었다. 이런 광경을 사진에 담아서 가족 단톡방에 올렸더니, 딸의 댓글이 올라왔다.

딸:「부천은 눈이 진짜 많이 왔네 ㅎ」

아내:「도당산 눈꽃 축제 – 우리 둘만
너무너무 신나 ㅋㅋㅋㅋ ㅋㅋㅋㅋ」

분위기에 취한 녀석과 아내가 함박눈이 쌓인 숲속의 오솔길을 걸으며 동영상을 찍기 시작했다. 샹송「눈이 내리네(Tombe La Neige)」를 들으면서….

호사다마라고 했던가?

녀석과 팔짱 끼고 걷던 아내가, 순간적으로 앞으로 고꾸라졌다. 크게 넘어진 것도 아니었는데, 아내는 꼼짝하지 못했다. 순간, 녀석은 아내가 장난치는 줄 알았다. 그러나 아내의 표정을 보니 심상치 않았다. 아내가 넘어진 원인은, 눈 속에 감춰진 커다란 돌에 신발이 미끄러졌기 때문이었다.

며칠 후에, 녀석이 근무하는 병원의 정형외과에 아내를 데리고 가서 엑스레이를 찍어보니 수술해야 한다는 진단을 받았다.

2022년 12월 29일, 지난 1년 동안 녀석을 헐뜯고 모함하던 사원이 사직서를 내고 퇴사했다.

다음 날, 녀석과 교대 근무할 신입 사원이 출근했다. 그는 녀석보다 다섯 살이 많았는데, 겸손하고 소심한 성격의 소유자였다. 새로 입사한 직원은, 녀석의 지시를 잘 따르고 복종했다. 녀석은 속으로 이렇게 생각했다.

"이는 유비에게 장비가 찾아온 격이로구나!"

온 우물을 흐리던 미꾸라지 한 마리가 사라지니, 녀석이 근무하는 시설관리팀에 참 평화가 찾아왔다. 녀석과 호흡이 맞는 두 사람의 직원은, 병원에서 봉사하는 일에 동참했다.

2023년 1월 3일, 아내가 어깨 수술을 받았다. 마취에서 깨어난 아내는 3층 병동에 입원했다. 아내의 어깨 수술을 집도한 정형외과 의사는 녀석과 친했다. 녀석은 그에게 자전소설(발바닥 인생 1&2)을 선물하기도 했다. 정형외과 의사는, 녀석에게 VVIP급 수술을 집도했다고 자랑스럽게 말했다.

며칠 후에, 정형외과 의사가 41번째 생일을 맞이했다. 녀석의 참모 역할을 자처하는 동료 직원이 특별한 아이디어를 제안했다. 그 아이디어는 생일 케이크와 음료수를 정형외과 진료실에 미리 준비한 후에, 원무과 여직원과 간호사들이 촛불을 켜고 대기하다가 출근하는 의사가 진료실 문을 여는 순간 생일 축하 노래를 불러 주자는 것이었다. 녀석은 동료 직원의 말대로 이벤트를 준비했다. 이벤트를 마친 후, 아내의 수술을 집도했던 정형외과 의사가 녀석에게 전화를 걸어와서 큰 감명을 받았다며 감사의 뜻을 표시했다.

2023년 1월 12일 오후 3시경, 녀석의 형수님으로부터 카톡이 왔다.

「도련님!!! 제가 고마운 마음의 표현을 못 하고 있습니다. 기회가 오겠지 하고 때를 기다리고 있습니다. 제가 동생에게 소개받은 제주도에 맛있는 귤이 있네요. 비싸지 않은 것이니 도련님 집 주소를 알려주세요. 조그만 것이니 알려주셔요~ 저도 감사하고 살아야지요~ 작은 것이라도~~ 꼭요~」

2023년 1월 17일 오후 4시경, 형수님이 보내 주신 감귤이 도착했다. 녀석이, 형수님에게 카톡을 보냈다.

「감귤 잘 받았습니다. 감사합니다.」

약 10분 후에, 형수님으로부터 답장이 왔다.

「더 좋은 걸 보내드려야 하는데~ 앞으로도 쭉 기회가 있으리라 봅니다. 항상 감사합니다~ ♡」

2023년 2월 7일 오후 6시 33분, 녀석의 형수님으로부터 카톡이 왔다.

「잘 계시지요!! 항상 감사합니다~ 오늘 한라봉을 주문했어요. 목요일에 발송한다고 합니다. 맛있게 드시고 건강하세요~ ♡」

약 10분 후에, 녀석이 형수님에게 답장을 보냈다.

「형수님의 중보기도 덕분에, 넘치는 은혜를 받으며 살고 있습니다. 형수님이 영적으로 완전히 회복되신 것 같아 눈물이 날 정도로 기쁩니다. 보내 주시는 한라봉은 온 가족과 감사하는 마음으로 먹겠습니다. 여건이 허락된다면, 형수님을 집으로 초대하여 식사라도 대접하고 싶습니다. ♡♡♡」

그리고 녀석의 환갑을 맞이하여 사위가 촬영한 동영상을 추가로 보냈다.

잠시 후에, 형수님으로부터 답장이 왔다.

「축하합니다~ 가족들이 다복해 보이네요. 도련님이 주님께 드린 믿음의 선물들이겠지요~ 그동안 주님 안에서 행하신 열매인 줄 믿습니다. 거듭 축하합니다~ ♡」

다음 날, 형수님이 카톡을 보내왔다.

「아직 많이 힘들어요. 언제까지 견디어야 할지 주님께서 회복시켜 주시겠지요? 허리가 아파 지난 토요일 왼쪽 다리에 마비가 왔어요. 왼쪽 다리에 평소대로 걸으면 푹 주저앉아요. 월요일 병원에 가니 허리가 약간 휘고 근육이 너무 없어서 신경이 눌려 그렇다네요. 약 먹고 금요일에 와보라는데 하나님께서 회복하게 하실 줄 믿습니다. 남편은 아직 제게 돌아오지 않았어요. 2월 23일에 법원에서 이혼 판결 내릴 건데 — 집을 팔아 절세하기 위한 것이라고 말하는데 — 그건 사실인 것 같은데 변수가 없도록 하나님께 기도만 해야겠지요. 왜 내게 이와 같은 고통이 많은지~」

2023년 2월 13일 오후 5시 28분, 녀석이 형수님에게 카톡을 보냈다.

「— 십자가의 도는 하나님의 능력입니다 —

그리스도께서 나를 보내심은 세례를 주게 하려 하심이 아니요 오직 복음을 전케 하려 하심이니 말의 지혜로 하지 아니함은 그리스도의 십자가가 헛되지 않게 하려 함이라 - 십자가의 도가 멸망하는 자들에게는 미련한 것이요 구원을 얻는 우리에게는 하나님의 능력이라 (고린도전서 1장 17~18절)

본문 18절의 말씀을 보니, 십자가의 도가 하나님의 능력이라고 분명하게 기록되어 있습니다. 전지전능하신 하나님의 능력을 받으면, 어떤 문제도 해결이 됩니다.

종교지도자가 십자가의 도를 따르면 영적인 부흥이 일어나고, 정치지도자가 십자가의 도를 따르면 국가가 부흥하고, 가장이 십자가의 도를 따르면 가정이 화목하고, 병든 자가 십자가의 도를 따르면 대부분 고침을 받습니다. 십자가의 도는 만사형통하는 지름길입니다. 하나님의 능력을 받지 못하는 성도들은, 십자가의 도가 무엇인지 모르거나 알고도 무시하기 때문입니다. 십자가의 도란, 예수께서 십자가를 지신 목적을 뜻합니다. 주님이 십자가를 지신 목적은, 하나님과 죄인들을 화목하게 만들기 위해서입니다. 이는, 가장 위대한 사랑의 실천입니다.

하나님을 사랑하면 찬송하게 되고, 이웃을 사랑하면 기도하게 되지요. 쉬지 않고 찬송과 기도하는 것은, 목숨을 바쳐서 하나님과 사람들을 사랑하는 행위입니다. 사도 바울은 십자가의 도를 따르는 것 외에는 알지 아니하기로 작정했습니다. 목숨 걸고 십자가의 도를 따르기로 작정한 성도에게는, 하나님께서 찬송과 기도할 수 있는 충분한 여건을 만들어 주십니다. 세상에서 십자가의 도를 따르는 삶은 천국에 들어가는 예행연습입니다. 천국은 성도들이 영원토록 찬송과 기도하여 하나님께 영광을 돌리는 곳이기 때문이지요.

신앙생활은 여가 활동이 아니고, 죽느냐 사느냐를 결정짓는 거룩한 전쟁입니다. 예배당에 나가서 쭈그리고 앉아 있다가 돌아오는 것은, 신앙생활을 하는 흉내만 내는 것입니다. 언제 어디서나 하나님의 뜻대로 사는 것이, 진짜 신앙생활입니다. 신앙생활을 흉내만 내면, 약간의 위안을 받을지 모르나 영원한 행복을 얻을 수는 없습니다. 하나님의 뜻대로 신앙생활을 하면, 약간의 고난이 따르겠지만 시간이 지나갈수록 행복해집니다. 여기저기 다니면서 혼잡한 말씀을 듣지 마시고, 은밀한 곳에서 끈질기게 찬송하며 기도하다가 성령님이 감동을 주시는 말씀만 들으세요. 허탄한 이야기는(혼잡한 말씀은) 귀신의 속삭임입니다. 허탄한 이야기를 따르면 마귀의 앞잡이 노릇을 하게 됩니다.

(중략)

제가 행복하게 사는 비결은 십자가의 도만 따라서 살기로 작정했기 때문입니다. 저는 오늘도 형수님의 이혼 소송 문제와 건강이 회복되기를 바라며 기도했습니다. 형수님은 스트레스를 많이 받아서, 몸의 기능이 약해진 것 같아요. 저도 수십 년 동안 엄청난 스트레스를 받아서, 청소년 시절부터 투병하면서 살아왔습니다. 저 같은 사람도 행복한 가정을 이루고 사는데, 형수님이 못 살 이유가 없지요. 저를 보면서 위로도 받고 힘을 내세요!」

약 20분 후에, 형수님으로부터 답장이 왔다.

「진심으로 감사합니다~ ♡」

K가 형수님에게 나의 복음을 전한 분량은 매우 적지만, 핵심적인 내용은 거의 담겨 있다. 그동안 녀석에게 나의 복음을 들은 형수님이, 이런 제안을 했다.

"저에게 보내 주신 말씀을 《발바닥 인생》 3권에 기록해 주세요. 그러면 많은 그리스도인에게 경종을 울리는 계기가 될 것입니다. 다만, 저의 이름은 밝히지 말아 주세요."

녀석이 형수님에게 나의 복음을 전하는 가운데, 또 한 사람의 귀중한 독자가 생겼다. 그 독자는, 20여 년 전에 녀석을 좋아했던 부반주자의 친언니였다. 그녀와 만나게 된 사연은 이랬다.

약 2년 전에, 녀석이 병원 주차관리실 입구에서 부반주자의 언니와 마주쳤다. 녀석은, 그녀에게 《발바닥 인생》 1권을 선물했다. 그리고 약 1년의 세월이 흐른 뒤에, 녀석이 또 그녀와 마주쳤다. 부반주자의 언니는, 녀석의 자전소설을 감명 깊게 읽었다고 말했다. 자신감이 생긴 녀석은, 그녀에게 두 번째 자전소설(발바닥 인생 1&2)도 선물했다. 그로부터 한 달이 지날 무렵, 녀석과 부반주자의 언니가 또 마주쳤다. 그녀는 딸과 동행하는 중이었다. 녀석이 반갑게 인사를 건넸다.

"요즘 자주 뵙네요. 근처에 사시나 봐요?"

부반주자의 언니도 반갑게 대답했다.

"네, 몇 년 전에 윗동네로 이사했어요. 우리 딸 아시죠. 옛날에 주일학교 다니던 아이가 이렇게 컸어요."

녀석이 대답했다.

"너무 예쁘게 컸네요. 이제는 아가씨가 다 되었네."

부반주자의 언니가 대답했다.

"우리 딸도 집사님의 책을 읽고 팬이 되었어요. 지금도 신앙생활을 잘하고 계시죠?"

부반주자의 언니와 딸은, 녀석에게 고급 도넛과 커피를 선물하고 싱글벙글 웃으면서 집으로 돌아갔다.

"누구나 해병이 될 수 있다면, 나는 결코 해병을 택하지 않았을 것이다."

이는, 우리나라 해병의 자긍심을 보여 주는 명언이다. 이 명언은, 아무나 해병이 될 수 없다는 뜻도 담겨 있다. 해병대는 훈련이 세기로 유명하다. 그 과정을 통과하지 못하면 해병이 될 수 없다.

그리스도인이 되는 것도 쉬운 일이 아니다. 그리스도인이 되려면, 하나님의 뜻대로 살아야 한다.

나더러 주여 주여 하는 자마다 다 천국에 들어갈 것이 아니요 다만 하늘에 계신 내 아버지의 뜻대로 행하는 자라야 들어가리라 (마태복음 7장 21절)

그리스도인에게 명령하신 하나님의 뜻은 무엇인가?

항상 기뻐하라 - 쉬지 말고 기도하라 - 범사에 감사하라 이는 그리스도 예수 안에서 너희를 향하신 하나님의 뜻이니라 (데살로니가전서 5장 16~18절)

항상 기뻐하고 감사하면서 쉬지 말고 기도(찬송)하는 것이, 그리스도인을 향하신 하나님의 뜻이다. 쉬지 말고 기도(찬송) 하는 방법을 자세히 가르쳐 주는 말씀이, 녀석이 전파하는 나의 복음이다.

하나님의 뜻대로 살면 무슨 유익이 있는가?

우리가 알거니와 하나님을 사랑하는 자 곧 그 뜻대로 부르심을 입은 자들에게는 모든 것이 합력하여 선을 이루느니라 (로마서 8장 28절)

모든 것이 합력하여 선을 이루는 것은, 일반 대중이 흔히 하는 말로 만사형통하게 되는 것이다. 이는 모든 일이 뜻대로 잘 풀린다는 것이다.

이 책을 읽는 독자님도, 부디 만사형통하셨으면 좋겠다.

녀석은 신앙생활이 최고의 전이 활동이라고 생각한다. 전이 활동(정신적 압박을 받는 순간 긴장을 풀기 위해 반복된 행동을 하는 것)은 불안한 마음을 안정시켜주고 창조적인 생각을 할 수 있도록 돕는다. 녀석이 기록한 나의 복음은 개인적인 신념으로 쓴 책이다. 그러므로, 나의 복음에 동의하지 않는 분들은 무시하면 된다. 다만 녀석과 뜻을 같이하여 그리스도인이 되기를 원하시는 분들은 나의 복음을 참고하면서 신앙생활을 하면 좋은 결과를 얻을 것이다.

발바닥 인생 3(B)

SOLE LIFE: THIRD BOOK(B)

K가 병원에 입사하여 8개월이 지날 무렵, 약 100명 정도 모인 사원들 앞에서 10여 분간 발표했던 적이 있었다. 당시에 행정원장님은 연설문을 미리 읽어 보고, 녀석에게 허리를 숙이며 감사하다고 말했었다. 녀석이 발표했던 내용은 다음과 같다.

— 친절 교육 —

“안녕하세요. 저는 주차관리실에서 근무하고 있는 ○○○이라고 합니다. 이런 자리가 처음이라서 많이 떨리네요. 저는 지난 8개월 동안 여러분의 배려와 염려 덕분에 즐겁게 일할 수 있었습니다. 여러분과 함께 일할 수 있게 된 것을 영광으로 생각합니다. 여러분도 일을 잘하고 계시는데, 제가 주제넘게 드릴 말씀은 없는 것 같아요. 다만, 제가 근무하면서 느낀 점만 말씀드리도록 하겠습니다.”

녀석은 잠바 속주머니에 넣어둔 연설문을 꺼내면서 농담을 던졌다.

"제가 말주변이 없어서 원고를 써 왔어요."

순간, 여기저기서 웃음소리가 들려왔다.

녀석이 연설문을 펼쳐 드니, 손이 부들부들 떨렸다. 녀석은 용기를 내어 말문을 열었다.

"저는 본성이 급한 성격이고, 무척 다혈질이었습니다. 그래서 친절과는 거리가 멀었고, 대인 관계도 좋을 리가 없었고, 주변 사람들과 무척 많이 싸우면서 살아왔습니다. 저는 20대 중반을 지나면서, 이런 방식으로 살아서는 안 되겠다는 결심을 했습니다. 그 이후로, 저는 대체로 행복한 삶을 누리고 있습니다."

녀석은 잠시 연설문을 읽는 것을 중단하고, 청중에게 질문을 던졌다.

"여러분에게, 한 가지 묻겠습니다. 여러분은 세상에서 가장 중요한 것이 무엇이라고 생각하시나요?"

녀석이 갑자기 던진 질문에, 여기저기서 웃음소리와 함께 답변하는 소리가 들려왔다.

"건강?"

"사랑?"

녀석이 범위를 좁혀서 청중에게 질문을 던졌다.

"그러면, 친구들 사이에 가장 중요한 것이 무엇일까요?"

"의리?"

녀석은 더욱 범위를 좁혀서 질문을 던졌다.

"아니, 의리 말고 다른 말로?"

그런데, 누군가가 녀석이 원하는 답변을 했다.

"우정! 우정이요."

녀석이 활짝 웃으면서, 주머니에 숨겨둔 박카스 1병을 꺼내며 말했다.

“우정이라고 말씀하신 분, 이거 제가 선물로 드릴게요.”

녀석이 원하는 대답을 한 직원은, 수술실 수간호사였다. 분위기를 바꾼 후에, 녀석이 우정에 대한 개인적인 의견을 간단하게 설명했다.

“제가 우정에 대하여 드릴 말씀은 많은데요. 우정은 사회생활을 하는 데 가장 중요한 요소인 것 같습니다.”

그리고 녀석이 준비한 연설문을 읽어 내려갔다.

“그럼 제가 근무하는 하루의 일과를 소개하겠습니다. 저는 아침에 일찍 일어나서 따뜻한 물로 샤워를 합니다. 그러면 상쾌한 기분이 들고 일할 의욕도 생기는 것 같습니다. 다음에는, 저의 마음을 다듬는 시간을 갖습니다. 저는, 이런 생각을 하면서 하루를 시작합니다.

‘오늘 내가 만나는 사람에게 사랑하는 애인을 대하듯이 열정을 가지고 상대해야지. 나의 욕심만 채우지 않고 남 좋은 일도 하면서 살아야지. 나에게 누군가가 도움을 요청하면 그 이상의 일도 도와드려야지.’

그리고 나무꾼이 나무하러 가기 전에 연장을 갈고 닦듯이,

저는 마음에 양식이 되는 책도 읽고 중요한 내용은 메모도 하고 출근을 준비합니다.”

녀석은 청중들과 눈을 마주치면서 차분하게 연설문을 읽어 내려갔다.

“제가 출근하면 만나는 사람들에게 감사하는 마음으로 인사를 합니다. 그리고 우리 병원의 구급차를 세차합니다. 세차하면서, 이런 생각을 합니다.

‘구급차는 우리 병원의 얼굴이고, 근무하는 사람의 정신상태를 나타낸다. 구급차가 지저분하면 우리 병원에 나쁜 이미지를 줄 것이기 때문에, 내 얼굴을 닦듯이 매일 닦아야 한다.’

그런 다음에는, 근무하는 사무실과 주변을 청소합니다. 제 마음속으로는, 이런 생각을 합니다.

‘깨끗해진 병원 앞을 지나가는 사람들도 기분이 상쾌해지겠지.’

그리고 주차관리 업무를 볼 때, 저는 단순히 차를 입출차하는 일이 전부라고 생각하지 않습니다. 저는 병원에 오시는 환자분이나 방문객과 행인들에게 몸과 마음을 낮추고 섬기려고 애를 씁니다. 그래야, 그분들이 또 병원에 오고 싶어질 것이기 때문입니다. 이런 삶의 방식은 가정에서 더욱 빛나는 것 같습니다.”

직원들은 귀를 쫑긋 세우며, 녀석의 이야기를 듣고 있었다.

“얼마 전에, 아내가 이런 말을 한 적이 있습니다. 제가 예정 시간보다 2시간이나 늦게 퇴근한 적이 있었는데, 집에 도착하자마자 이 못난 남편이 보고 싶어서 아내의 눈이 짓물렀다고 그러더라고요. (청중 웃음) 물론, 아내가 농담으로 그런 말을 했지요. 그래도, 저는 며칠 동안 기분이 좋았습니다. 제가 평상시에, 아내에게 서비스해 준 덕분이 아닌가 생각합니다. 저는 누구를 만나든지 좋은 친구가 되려고 노력합니다. 가끔 저에게 사소한 부탁을 하는 분들이 있습니다. 그럴 때, 저는 귀찮게 생각하지 않고 감사한 마음을 갖습니다. 부탁하는 분도, 저를 편하게 여기고 친근하게 생각했을 테니까요. 어떨 때는, 상대방이 부탁하지 않아도 눈치껏 서비스를 해 줍니다. 이럴 때, 저는 이런 생각을 합니다.

‘나의 진심 어린 서비스를 받은 사람들은 하루가 즐거워질 것이고, 그가 하는 일도 능률이 오를 것이다.’

이보다 더 중요하게 생각하는 것은, 따로 있습니다. 이런 일들이 많아질수록, 저의 주변에는 친구가 늘어나는 것 같습니다. 그들은, 제가 좋은 일이 생기면 배 아파하지 않고 진심으로 기뻐해 줄 것이며 슬픈 일이 생기면 위로해 줄 것을 믿습니다. 우리도, 이런 친밀한 우정을 나누는 사이가 되었으면 좋겠습니다."

녀석의 이야기를 듣는 직원들의 눈동자가, 더욱 빛났다. 녀석은 마지막으로 연설문의 원고를 읽어 내려갔다.

"제가 어렸을 때, 시골에서 경운기의 시동을 거는 모습을 보았습니다. 때로는 경운기의 손잡이를 힘겹게 돌려도 시동이 안 걸리는 모습도 보았습니다. 그러나 경운기의 시동이 걸리기만 하면, 산과 들로 돌아다니면서 엄청난 능력을 발휘하는 것을 보았습니다. 우리에게는 마음이라고 하는 경운기가 있다고 생각합니다. 처음에는 힘이 들겠지만, 용기를 내서 마음의 경운기에 시동을 걸어 보세요. 여러분의 마음속에 있는 경운기가 시동이 걸리기만 하면, 주변 사람에게 유익을 주며 칭찬받는 인생을 살 것이라고 믿습니다. 여러분도, 하루하루가 행복에 겨워서 주체할 수 없는 삶을 누리시면 좋겠습니다. 끝까지 경청해 주신 여러분께 진심으로 감사드립니다."

녀석은 과거를 돌이켜 보면서 초심을 잃어가고 있음을 깨달았다. 녀석은 속으로, 이런 다짐을 했다.

‘조금 더 사랑하고, 조금 더 겸손하고, 조금 더 베풀면서 살자!’

2023년 3월 22일 오전 11시 17분, 병원에 입원했던 여성 환자가 녀석에게 전화를 걸어왔다. 그녀는 작년 4월 28일에, 녀석을 만나서 이렇게 말한 적이 있었다.

“어머! 내가 작가님을 직접 보게 될 줄이야!”

그녀는 녀석을 작가님이라고 부르며 무척 따랐다. 녀석도 41세 된 여성 환자를 딸처럼 아끼며 보살폈다. 그녀는 《발바닥 인생》 2권도 읽고 싶다고 말했다. 그녀는 녀석에게 먼저 손을 내밀어 악수를 청했고, 너무 좋아서 어쩔 줄 몰라 했었다. 그녀의 손은 매우 차가웠는데, 아마도 혈액순환이 잘 안되는 것 같았다. 녀석이 그녀의 카톡 프로필을 보니 98장의 사진이 담겨 있었다. 그중에는, 그녀가 결혼식을 올릴 때 찍은 사진도 있었다. 녀석도 어느 정도 짐작했지만, 지금 그녀는 이혼한 상태라고 말했다.

다음 날 오후 6시 53분, 그녀로부터 카톡이 왔다.

「작가님 감사합니당~ 《발바닥 인생》 잘 읽겠습니다.」

곧바로, 녀석이 답장을 보냈다.

「나의 독자가 되어 줘서 고마워요.」

그리고 녀석이 그녀에게 우정의 비결 요약본 중에서 일부를 카톡으로 보냈는데, 3일 후에 답장이 왔다.

「점심 맛있게 드셨어용~? 전 지금 이런저런 일보다도, 지금 책(발바닥 인생 1&2) 완독했네용~ 너무 감동과 실감 나게 잘 보았어요. 전 아까 병실에서 안 좋은 일이 있었어요. 그렇지만 지금 다 해소했어요. 신경 안 쓰려고요. ㅋ 그냥 흥! 찟! 뿡! 하고 지나가 버릴 거예요. 잠깐 지나간 폭풍이었다고 생각하고요. 책 읽을 게 없어서 심심하네요. 주문하려고요. 아니다. 다시 (발바닥 인생 1&2) 재독할 생각을 못 했다. 재독하렵니당~」

녀석이 답장을 보냈다.

「완독하신 거 축하해요. 저자와 독자의 관계로 꾸준히 대화를 나누다 보면, 서로에게 시너지 효과가 있을 것입니다. 카톡으로 우정의 비결 요약본을 계속 보내 줄 테니, 틈틈이 읽으면 대인 관계에 도움이 될 겁니다~」

그녀가 맞장구를 쳤다.

「넹~ 감사합니당. 작가님. 그런데요, 저는 잘하려고 하면 할수록 피해를 봐요. 그래서 속상하고 새로운 반복이 되고, 제 인생이 그래요. 《우정의 비결》과 저의 상황은 거리가 먼 걸까요? 이런 문자 자꾸 해서 죄송해요. 앞으로 기분 좋을 때나 기쁠 때 문자 해야겠죠? 오늘 오전에 감사했어요. 걱정해 주셔서요.^^ 작가님이 항상 아프지 않고 건강하셨으면 좋겠어요. 아까 작가님 가시고 할머니와 얘기 좀 나눴는데, 먼저 친해진 사이였거든요. 작가님과 대화하는 모습을 보시고 할머니도 모태신앙이어서 교회를 17살까지 빠짐없이 다녔고, 성경 말씀과 찬송가 모두 머릿속에 있다고 하셨어요. 항상 응원합니다.^^ 우정의 비결 요약본 또 보내 주세요.」

곧바로 녀석이 답장을 보냈다.

「그저 감사할 따름입니다. 우정의 비결 요약본을 더 보내드릴게요.」

약 30분 후에, 그녀로부터 답장이 왔다.

「정말 감동이에요. 제 친한 친구 한 명이 떠올라서 너무 감동적이에요. 22년 지기 내 친구한테 고맙고 정말 정말 감사합니다. 왜냐하면, 제 얘기를 정말 잘 들어주거든요. 본인도 바쁜데…. 이 글을 보니 통화는 매일 해도 너무너무 보고 싶네요. 감사합니다. 작가님 오늘 기분 좋은 날 될 것 같아요. 작가님 오늘도 파이팅이에요~ 그냥 막연히 당연하다고 생각한 것들이 너무 뜻깊고, 이렇게 일부러 할 수 없는 고귀한 시간으로 자연스럽게 만들어졌다는 우정을 느끼지 못한 제가 부끄러워요. 깊이 더 생각하고 더 사랑하며 친구를 맞이할 수 있을 것 같아요. 뜻깊은 글로, 제 머리를 정화시켜 주셔서 감사합니다. 친구한테 문자 발송했어요.^^ 항상 고맙고 사랑한다고요. ♡」

곧바로, 녀석이 답장을 보냈다.

「정말 잘했어요. 독자님의 미래가 그려지네요. ♡♡♡♡♡♡♡」

약 2시간 후에, 녀석이 도당산에서 꺾어 온 개나리꽃을 주차관리실 옆 화분에 심어 놓은 사진을 그녀에게 보냈다.

곧바로, 그녀가 답장을 보내왔다.

「우왕~ 작가님 개나리 너무 아름다운데요? 파란 통도 정말 예뻐 보여요. 보기 좋아요. 저 퇴원할 때쯤, 얼마나 더 아름다워질지 머릿속에 그려볼래요.^^ 노란 개나리와 파란 통이 이렇게나 잘 어울리다니~ 이건 작가님만이 생각해 낼 수 있는 조합인 거 같아요.」

「독자님 마음이 아름다우니, 세상이 아름답게 보이는 것 같아요. 이젠, 제 마음을 꿰뚫고 있네요. ㅎㅎ」

「헤헷 작가님. 저만 그러는 거 아닐걸요? 작가님의 마음을 한 번 보고서, 제가 어떻게 알겠어용. 두세 번 시간이 지나서 읽고 평정심을 잃으면 또 읽어야 작가님의 마음을 볼 수가 있죠. 감사하고 또 감사합니당~ ♡」

「우리는, 천국 가는 그날까지 절친으로 지내요~ ♡」

「네~ 꼭 약속해용~」

오후 5시경, 그녀에게 손녀와 찍은 3개의 동영상을 보냈다.

약 1시간 후, 그녀로부터 답장이 왔다.

「작가님 미소가 절로 나오네요. 아기가 어쩜 그리 사랑스러운가요. 귀여워요. 아장아장 걸으며 한 손으로 할아버지가 타신 장난감 자동차를 밀어주다니~ 힘도 엄청난데요? 할아버지 닮았나 봐요. ㅋ 너무너무 행복해 보여요. 미소가 내내 떠나질 않네요. 가정이 너무 화목하십니다. 그게 느껴집니당~」

「독자님도, 저처럼 사시면 행복한 가정을 이룰 수 있어요.」

「아기가 아장아장 걸으며 할아버지가 타고 있는 장난감 자동차를 밀어주는 거 보고 놀랍기도 하지만, 너~~~~무 귀엽고 사랑스러워요. 그리고 춤추는 거 보니 정말 발레를 가르쳐야 할 거 같은데요? 아기가 영리하네용. 애교 만점이에요. 행복하시겠어용~ ♡」

「이젠 믿어지지요?」

「가족애가 정말 돈독하세요. 정말이지 미소가 떠나질 않아요. 전 처음부터 믿었어요. ㅋ」

「진정한 우정의 비결 요약본을 40년 가까이 반복해서 읽고 실천한 결과지요.」

「항상 지금처럼 행복하세요~ ♡」

「우리 함께 행복하게 삽시다~ ♡」

2023년 4월 3일 오후 12시경, 그녀에게 우정의 비결 요약본을 추가로 보냈다.

다음 날 오전 8시 21분에, 그녀로부터 답글이 왔다.

「작가님은 제가 가진 감정을 모두 꿰뚫어 보시는 거 같아요.^^ 글 감사합니다~ 오늘도 즐거운 하루 되시고 파이팅입니다~」

녀석이 곧바로 답장을 보냈다.

「독자님도 파이팅 하세요.」

나흘 후에, 그녀로부터 전화가 왔다.

"작가님! 저 퇴원했어요. 지금 어디세요?"

"지금 병원에서 근무하고 있지."

"아~"

"작가님, 병원에 입원했을 때 알고 지내던 언니에게 작가님의 책 선물해 줬어요. 제가 두 번 읽고, 내용을 다 아니까 다른 사람도 읽으라고요."

"너무 잘했네."

녀석이 아끼는, 또 한 명의 젊은 독자가 있다. 그 남학생의 나이는 18세이며, 편두통이 심해서 병원에 입원했다. 젊은 독자를 보니, 녀석의 뇌리에 한센병 진단을 받고 절망하던 청소년 시절의 모습이 떠올랐다. 녀석은, 그 학생에게도 자전소설을 선물했다. 녀석이 사귄 학생은 서울의 고등학교 권투부 선수로 활동하고 있는데, 두통으로 입원했다고 한다. 녀석이 학생에게 물었다.

"권투를 하다가 머리에 충격을 받아서 입원한 거니?"

그 학생이 대답했다.

"아뇨, 제가 원래 편두통이 심해서 가끔 입원해요."

환갑이 된 녀석이 날렵하고 멋지게 생긴 고등학생과 친구가 된 것은 영광이 아닐 수 없다. 그 학생은 어릴 때 부모가 이혼했는데, 작년에 새엄마를 맞이했다고 한다. 녀석이, 그 학생에게 위로와 격려의 말을 건넸다.

“나도, 마찬가지 입장이야. 네가 자전소설(발바닥 인생 1&2)을 읽어 봐서 알겠지만, 진정한 부모는 자신을 키워준 사람을 뜻하지.”

녀석의 말에 학생도 공감했다. 녀석은, 이런 패턴으로 새로운 독자를 사귀어 나갔다.

2023년 6월 7일 오전 11시 19분, 녀석의 외손녀가 세상에 태어났다. 산부인과에서 분만할 경우, 태아의 몸무게가 2㎏을 넘지 않으면 인큐베이터에서 체중을 늘린 후에 퇴원하게 된다. 녀석의 외손녀도 미숙아로 태어나서, 약 2주 동안 퇴원하지 못했다. 녀석의 외손녀는, 온 가족에게 또 하나의 큰 기쁨을 주었다. 그 무렵에, 녀석이 집필한 자전소설(발바닥 인생 1&2)을 12부작으로 파일을 만들어서 카카오톡이나 문자로 독자들에게 보내 주기 시작했다.

6월 30일 오전 8시 30분경, 녀석이 하늘 정원에서 나무를 정리하고 있는데 여직원이 다가와서 인사했다. 그녀는 병원의 홍보담당 직원이었다. 녀석은, 그 여직원에게 환자들의 반응을 알려 주었다. 녀석은, 그 여직원에게 방울토마토를 따 주면서 등나무 벤치로 데리고 갔다. 그곳에는, 두 여성 환자분이 앉아서 담소를 나누고 있었다. 녀석이 30대의 여성 환자분을 바라보며, 여직원에게 말했다.

"먼저 입원하신 저쪽 환자분이 하늘 정원이 너무 좋다고 소개하여, 이쪽 환자분께서 입원했답니다. 우리 병원을 홍보해 주신 환자분께 사은품이라도 드렸으면 좋겠습니다."

녀석의 설명을 들은 여직원은, 즉시 메모지를 꺼내어 필요한 정보를 수집해 갔다. 6월에만, 녀석의 독자가 20여 명으로 늘어났다. 이는 녀석이 찾아다니면서 홍보한 결과가 아니다. 오히려 환자분이나 병문안 온 가족들이, 정원을 관리하는 녀석에게 찾아와서 말을 건네면서 독자가 된 경우가 많았다. 지금은 녀석의 열성적인 독자들을 통해서, 또 다른 독자들이 생겨나고 있다.

녀석은 보리껍질과 주방에 남겨진 밥과 황토와 마사토 등을 섞어서 퇴비를 만들었다. 그 양은, 거의 수백 포대에 달했다. 녀석이 만든 엄청난 양의 퇴비는, 하늘 정원에 몽땅 쏟아부었다. 그리고 하늘 정원에 포도나무, 감나무, 사과나무, 체리 나무와 토마토, 옥수수, 오이, 수박, 참외, 여주, 호박, 토란, 고추, 부추, 쑥갓, 등의 채소와 각종 꽃을 심었다. 각종 식물은 윤기를 내면서 멋진 풍경을 만들어 냈다. 그 광경을 지켜본 병원의 직원들과 환자들은 벌어진 입을 다물지 못하며 감탄사를 연발했다. 녀석이 관리하는 병원 옥상의 하늘 정원은, 자전소설을 전파하는 데 중요한 매개체가 되었다. 하늘 정원은 환자들의 입소문을 타고 주변에 알려지기 시작했다. 하늘 정원 덕분에 병원에 입원하는 환자도 늘어났다. 녀석이 4년여 동안 하늘 정원에 쏟아부은 노력의 결실은, 병원의 환자들뿐 아니라 일부 직원들도 인정하기 시작했다.

2023년 7월 7일 오전 7시 30분경, 녀석이 병원의 식당에서 산부인과 여의사와 마주 앉아 식사하면서 《발바닥 인생》 3권을 카카오톡으로 보내 주겠다고 말했다. 그리고 12시 30분에 우정의 비결 요약본을 카카오톡으로 먼저 보내 주었다. 잠시 후에 여의사로부터 답장이 왔다.

「감사합니다!」

「발바닥 인생 3권은, 며칠 후부터 연재하여 보내드릴게요. 항상 저를 응원해 주셔서 감사해요.」

「3권까지 내시고, 대단하십니다~」

다음 날 오전 9시 12분, 병원에서 만난 어느 여성 환자로부터 카카오톡이 왔다.

「좋은 글 매번 감사드립니다.」

「끝까지 읽어 주셔서 감사합니다. 두 권의 책을 주변에 널리 전파해 주시면, 큰 복을 받을 것입니다.」

「예. 좋은 글이어서 이미 지인에게 전달했어요. 감사합니다.」

2023년 7월 12일, 큰집의 넷째 사촌 형으로부터 전화가 걸려왔다.

"○○이냐, 나 넷째 형이다."

"아, 형님 어쩐 일로 전화를 주셨어요?"

"우리 큰형수가, 오늘 돌아가셨어."

"예, 부고장 보내 주시면 조문하러 가겠습니다."

큰집의 넷째 사촌 형과 형수는 법적으로 이혼한 상태였지만, 함께 살고 있었다. 잠시 후에, 넷째 사촌 형이 카카오톡으로 부고장을 보내왔다. 돌아가신 큰형수의 나이는, 향년 70세였다. 녀석은, 넷째 형수와 통화하여 삼성서울병원 장례식장으로 가겠다고 말했다. 넷째 형수는, 서로 왕래가 없었던 터라 오지 않아도 된다고 말했다. 녀석은, 계속 만류하는 넷째 형수의 말에 따르기로 했다. 녀석은, 혹시 몰라서 큰누나에게 카톡으로 부고장을 전달했다.

다음 날, 큰누나로부터 조문하겠다는 문자가 왔다. 녀석이 근무 중이라 함께 갈 수 없다고 문자를 보냈더니, 큰누나가 대표로 다녀오겠다고 화답했다. 녀석은, 곧바로 큰집의 넷째 형수에게 전화를 걸었다.

"여보세요."

"형수님, 저희 큰누나가 조문하고 싶다고 하네요."

"오면 좋죠. 오면 좋은데 너무 비가 많이 와서…."

"과거에 큰매형이 큰아버지께 신세를 진 것도 있고, 그때를 생각해서 큰누나가 조문이라도 하고 싶은가 봐요."

"아, 예."

"그런데, 큰형수님은 어떻게 돌아가신 거예요?"

"10년 전에 형님이 허리 수술을 했어요. 형님의 키는 작은데 살이 너무 쪄서, 허리가 너무 아프다며 수술을 했대요. 허리 수술을 하면, 나중에 나사가 풀어지더라고요. 그래서 형님이 재수술을 몇 번 했어요. 마지막에는 걷지도 못하게 되고…. 결국은, 치매까지 생겨서 요양원에 계시다가 돌아가셨어요."

"(넷째) 형수님은 열심히 운동하면서 몸 관리를 잘하세요. 우리 몸은 나이가 들수록 악화가 되면 되었지, 좋아지지는 않지요. 시간이 지나면 몸이 좋아질 것이라고 기대하는 것은 욕심이고, 그저 현상을 유지하면 좋아졌다고 생각해야지요."

"맞아요, 맞아요."

"욕심을 버리면 행복이 오는데…. 늙어서도 청년 시절처럼 건강해지려고 발버둥 치면 불행하게 되지요. 그러니까, 지혜롭게 생각하고 사시면 좋을 것 같아요. 어차피 70대가 되면 죽을 날이 얼마 남지 않았잖아요. 하루하루 아프더라도 행복하다고, 이만하면 매우 건강하다고 말하면 좋을 것 같아요. 이것이 믿음의 말이지요."

"예, 도련님. 조금만 기다려 주세요. 나중에 기회가 되면, 제가 도련님 집으로 놀러 갈게요. 몇 달만 기다려 주세요."

"하여튼, 제가 넷째 형수님 사랑하고 존경하고요…."

"아유, 저도 도련님 이야기를 많이 해요. 우리 시누이에게도 도련님 칭찬을 많이 했어요."

"저도, 옛날에 큰집의 ○○이 누나와 친했어요. 그 누나도 두 명의 사위가 목사님이고 믿음의 집안을 이루었으니 성공한 것이지요. 어떻든, 장례 잘 치르시고 다음에 만나요."

"그래요. 고맙습니다."

큰집의 첫째 형님이 당뇨합병증으로 50대 초반에 돌아가셨을 때, 녀석은 강원도 횡성의 화장터까지 따라가서 조문했었다. 그 당시에, 큰형수님이 관뚜껑을 붙들고 통곡하면서 뜨거운 불구덩이에 남편을 태우지 말라고 애원하던 모습이 생생하다. 그 화장터는 재래식이라서, 고인의 관을 불구덩이에 넣고 태운 뒤에 남은 뼈를 절구로 찧으며 귀금속을 골라내는 모습까지도 볼 수 있었다. 결국, 큰집의 첫째 형님이 가신 길을 큰형수님도 뒤따라갔다.

2023년 7월 16일 오후 12시 22분, 지금까지 써놓은 《발바닥 인생》 3권의 내용을 과거에 녀석을 좋아했던 부반주자의 언니에게 카톡으로 보내 주었다.

29분 후에, 그녀로부터 답장이 왔다.

「이렇게 많은 글을 쓰시고 보내 주시다니, 감사합니다~^^ 집에 가서 읽어 보겠습니다~」

약 40분 후에, 녀석이 답장을 보냈다.

「다듬지 않은 글이라, 거슬리는 부분이 많을 것입니다. 참고해서 읽어 주세요. ♡」

오후 6시 28분, 그녀가 카톡을 보내왔다.

「보내 주신 글 잘 읽었습니다~^^ ㅎ 저의 얘기도 글에 있어서 감동했어요. 다 읽고, 주님께 기도드렸습니다. 하나님의 선한 도구의 삶을 감당하시고 수고하시는 집사님을 축복해 주세요. 아멘♡」

그녀는, 자신의 이야기를 《발바닥 인생》 3권에 기록해 준 것에 대하여 영광스럽게 생각하면서 기뻐했다.

약 2시간 후, 녀석이 근무하는 병원의 하늘 정원에 들렀다.

그곳에서 여성 3명과 남성 1명이 녀석을 무더기로 반겨주었다. 일행 중에 남성은, 과거에 녀석이 나눠 준 《발바닥 인생》 1권의 원고를 읽었다고 말했다. 나머지 여성 중에 1명은, 병원에 입원하여 카톡으로 녀석의 자전소설을 읽고 있다고 말했다.

그들의 반응은 뜨거웠다. 작가와 애독자의 만남은, 언제나 가슴이 설레는 일이다. 독자들이 존경과 사랑의 마음을 담아서 작가에게 이야기해 줄 때, 그 황홀함을 말이나 글로는 완벽하게 표현할 수 없다. 그들은, 녀석에게 부모를 잘못 만나서 얼마나 힘들었느냐며 안타까워했다. 녀석은 그들에게 이런 말을 해 주었다.

"제가, 그런 부모를 만나지 않았다면 작가가 되지 못했을 것입니다. 그리고 제가 날마다 2~3시간씩 찬송하거나 기도할 수도 없었을 것입니다. 지금은, 그런 부모를 만나게 된 것을 감사하게 생각하고 있습니다."

녀석의 말을 듣고 있던 남성 독자님이, 의미 있는 한마디를 건넸다.

"날마다 작가님이 미친 듯이 찬송과 기도했기 때문에, 부모에게 당한 고통을 떨쳐 버리고 살아올 수 있었던 것 같아요."

다음 날 새벽, 녀석은 찬송가를 50곡이나 불렀다. 잠시 눈을 붙인 후에, 녀석이 하늘 정원에 올라가 보니, 어제 만났던 애독자가 휠체어를 타고 있었다. 녀석이, 먼저 인사를 건넸다.

"일찍 나오셨네요."

"예. 밤에 잠이 안 와서 뜬눈으로 지새우다가, 방금 나왔어요."

"저도 밤에 잠이 안 와서, 새벽 3시까지 좋아하는 일을 했어요. 그리고 잠시 눈을 붙인 후에, 올라온 거예요."

"그러게 말이에요. 저는 피곤하고 짜증이 나서 힘들었어요."

"저는 잠이 안 오면, 오히려 한가한 시간에 좋아하는 일을 할 수 있게 되어서 잘되었다고 생각합니다. 새벽에 좋아하는 일을 미리 해 놓으면, 온종일 얼마나 뿌듯하겠어요. 제가 독자님을 볼 때, 어떤 심정인지 아시나요?"

"글쎄요?"

"저는 누구와 만나든지, 사랑하는 아내를 대하는 심정으로 바라봅니다. 제가 독자님을 바라볼 때, 뭔가 반짝이는 눈빛이 느껴지지 않나요?"

“정말, 그런 것 같네요.”

“저의 마음속에 사랑하는 아내를 만나는 것과 같은 감동이 생겼기 때문에 나타나는 현상이지요. 저는 미국의 정신과 의사가 저술한 《진정한 우정의 비결》이란 책을 40년 동안 읽으면서 마음에 새기고 있지요. 저는, 그 책을 통해서 우정을 쌓는 기술을 배웠습니다. 그 책의 저자는 미국의 작가지만, 그 책을 재해석하고 편집하고 요약하여 현대인들에게 보급하는 것은 저의 역할입니다. 그 책을 40년 동안이나 읽으면서 다듬고 다듬어서 현대인들에게 보급하고 있으니, 저의 책이 된 것이라고 말해도 과언이 아닙니다. 저는 청소년 시절에 그 책을 읽고, 평생 그 책의 내용대로 살려고 결심했지요. 지금도, 저는 그 책을 읽으며 현대인에게 맞지 않는 내용을 수정하면서 많은 사람에게 전파하고 있어요. 그러니 이제는, 제가 그 책의 내용을 원작자보다 더 잘 알고 실천하면서 사는 것이지요. 원곡자가 있더라도, 그 노래를 원곡자보다 더 깊은 감성과 기교로 부를 수 있는 가수가 나타나면 주인이 바뀌게 되는 것입니다. 스승보다 더 나은 제자가 나타난다면, 그 스승은 크게 기뻐합니다. 진정한 우정의 비결(The Friendship Factor)을 쓰신 알렌 로이 맥긴니스 작가님도, 천국에서 저를 많이 응원하고 계실 것입니다.”

녀석의 말을 듣고 있는 애독자의 눈빛이, 더욱 빛났다.

"보통은, 제가 독자님들에게 자전소설을 널리 전파해 달라고 부탁합니다. 그런데, 독자님은 자발적으로 저의 책을 전파하고 있습니다. 이는, 저와 독자님과의 공감대가 크다는 증거지요. 제가 카톡으로 두 권의 책을 전파하면서, 중간에 손녀와 노는 모습과 생일을 축하하는 모습을 찍은 동영상을 올리는 이유가 뭔지 아세요? 저의 자전소설을 읽다 보면, 제가 실제로 그렇게 살고 있는지 궁금해지지요. 저는 자전소설의 내용이 진실하다는 증거를 보여주기 위해서 동영상을 올리는 것입니다. 이런 사실을 모르면, 제가 자랑질하기 위해서 동영상을 올리는 것으로 오해할 수 있지요."

"(끄덕끄덕)"

"저는 오해를 받아도 아무런 영향을 받지 않아요. 성경에 보면 개가 토한 음식을 다시 먹고, 돼지를 씻겨 놓았더니 다시 더러운 구덩이에 드러눕는다는 내용이 나오지요. 개나 돼지에게 다이아몬드를 준다면 좋아할까요?"

"?"

"개나 돼지에게 다이아몬드를 주면, 먹을 것이라고 착각하면서 물어뜯지요. 그러면 이빨이 부러져요. 이빨이 부러진 개나 돼지는, 다이아몬드를 준 사람을 향하여 짖어댑니다. 저의 자전소설은 다이아몬드와 같습니다. 저는 독자들에게 자전소설을 쓴 목적을 알려주지요. 이는 다이아몬드의 사용법을 알려주는 것에 비유할 수 있습니다. 다이아몬드는 먹는 것이 아니고, 비싸게 판매해서 온갖 좋은 것을 구매할 수 있지요. 저의 책도 다이아몬드와 같습니다. 그냥 한 끼의 식량 정도로 생각하고 읽으면, 별로 유익이 없습니다. 최소한 1년 정도, 저의 책을 반복해서 읽으면 엄청난 유익을 얻게 됩니다."

"저도 좋은 줄은 알지만, 계속 지속하기가 힘들어요."

"그런 현상은 사랑하는 힘이 부족하기에 일어나는 것입니다. 생각해 보세요. 서로 사랑하는 젊은 남녀는 밤새도록 대화를 나눠도 아쉽지요. 그 이유는, 서로를 사랑하는 힘이 너무너무 강하기 때문이에요. 저는, 지금도 그런 사랑을 실천하면서 살고 있어요. 지금 독자님과 대화할 때도, 그런 사랑을 느끼고 있지요. 그러니, 가족들은 얼마나 사랑하겠어요. 저는, 날마다 수많은 사람과 찐한 사랑을 나누며 살고 있답니다. 저 혼자 짝사랑하는 것이 아니고, 서로 교감하면서…. 그런데, 저를 의심하는 사람도 있을 것 같아요. 저를 바람둥이 취급하는 사람도 있겠지요?"

"아마, 그런 사람도 있을 거예요."

"저는, 오해하는 사람들을 탓하거나 원망하지 않아요. 그들이 몰라서 그러니까요. 독자님도, 저처럼 주변 사람들을 사랑하면 좋겠습니다. 거기에 행복이 있거든요. 사람들은 나이가 들수록 마음이 더러워지지요. 어린 아기는 순수한 마음을 가지고 있어서, 자기를 사랑하는 사람들을 정확하게 알아봅니다. 저는 손녀와 놀아줄 때, 지치지 않습니다. 제가 손녀를 사랑하는 마음이 너무너무 크기 때문이지요. 손녀도 저의 마음을 알지요. 그러니, 생후 1년 6개월밖에 안 된 아기가 장난감 자동차에 타고 있는 할아버지를 밀어주며 즐거워하는 거예요. 성인들은 속일 수 있을지 몰라도, 어린아이의 눈은 속일 수 없어요. 사랑의 크기만큼 지치지 않습니다. 저와 독자님의 관계도, 서로 사랑하는 만큼 지치지 않고 사귈 수 있어요."

녀석이 사랑과 우정에 대하여 열정적으로 말할 때, 그녀도 눈을 맞추며 인내심을 가지고 1시간 남짓 이야기를 들었다. 이는 기적과 같은 일이다. 그녀는, 녀석의 책을 3명의 친구에게 카톡으로 보내 주었다고 말했다.

2023년 7월 17일, 녀석의 손녀가 태어난 지 3년째 되는 날이다. 이렇게 좋은 날, 녀석은 36세 된 여성 환자를 사귀었다. 그녀가 하늘 정원을 둘러본 후에, 녀석에게 말을 걸어왔다.

"아저씨가 정원을 관리하는 거예요?"

"네."

"우와! 너무 좋은 일을 하신다."

녀석은, 그녀에게 하늘 정원을 가꾸게 된 사연을 말해 주었다. 그리고 녀석이 사랑과 우정에 대한 주제로 대화를 이끌어 나갔다.

"제가 이런 일을 하는 것은, 환우들을 사랑하기 때문이에요. 자세한 내용은, 제가 쓴 책에 기록되어 있지요."

"어머, 아저씨가 작가예요?"

"책을 썼으니, 저도 작가라고 할 수 있지요."

"어떤 책인데요?"

"네이버의 검색창에, 저의 이름을 쳐 보세요. 아니, 내가 보여 드릴게요."

"우와! 정말 대단하시다."

"이 책을 읽어 보면, 왜 내가 이렇게 살고 있는지 알 수 있어요."

"그 책을 사고 싶어요. 1권과 2권 모두."

"아닙니다. 저는 올해부터 책을 팔지 않기로 했어요. 그 대신, 책의 내용이 담긴 파일을 카톡으로 나누어 주고 있지요. 《발바닥 인생》 1권과 2권은, 12개의 파일로 만들었어요. 이미 3권도 파일로 만들어서 연재하고 있지요."

"저에게도 빨리 보내 주세요. 저는 작가님의 찐독자가 될 것 같아요."

"알았어요. 독자님의 전화번호를 알려주면, 곧바로 보내드릴게요."

"감사합니다."

오늘도 녀석은, 자신의 딸보다 어린 여성 독자와 깊은 우정을 쌓을 수 있는 발판을 만들었다. 상상만 해도, 얼마나 재미있고 유익하고 행복한 삶인가?

2023년 7월 19일 오후 6시 43분, 녀석이 보낸 《발바닥 인생》 3권(A)을 읽은 큰집의 넷째 형수로부터 카톡이 왔다.

「긴 글 보내시느라 수고가 많으셔요. 요즘 바빠서, 아직 많이 못 읽었는데요. 제가 마지막부터 거꾸로 읽고 있어요. 어제 보내 주신 《발바닥 인생》 23번(파일)에서, 나중에 넷째 형이 읽었을 때 잘못하면 싸울 일이 생길 것 같아서 수정이나 삭제를 부탁드립니다.」

20분 후에, 녀석이 형수에게 답장을 보냈다.

「성경에는 친아버지와 딸이 동침하여 아이를 낳은 이야기도 기록되어 있지요. 인간의 취약함을 드러내고 회개하도록 이끄는 것이 전도서지요. 그래도 걱정되시면, 이 글을 카톡에서 삭제해 버리세요. 《발바닥 인생》 3권은, 제가 죽을 때까지 책으로 출간하지 않을 것입니다. 그러니 염려하지 마세요.」

약 3시간 30분 후에, 형수님이 카톡을 보내왔다.

「남편이 살아 있을 때 《발바닥 인생》 3권이 출간되지 않는다니 다행입니다. (남편은) 자신의 잘못을 아직도 숨기고 있고, 저는 증거를 찾지 못해서 억울하게 누명을 쓰고 있거든요. 이 책이 출간된다면, 안 좋은 일들이 생길까 봐 염려되었어요.」

곧바로, 녀석이 답장을 보냈다.

「발바닥 인생 3권은, 제가 죽은 후에 책으로 출간될 것입니다. 그때부터, 나의 복음이 전 세계로 전파될 것입니다. 형수님은, 저의 중요한 동역자가 되었어요. 나의 복음을 세계로 전파하는 데 결정적인 역할을 하고 있거든요. 꿈같은 이야기로 들리겠지만, 믿으세요!」

약 20분 후에, 형수님이 카톡을 보내왔다.

「네. 알겠습니다. 주님의 일을 하시느라 수고하셨어요. 깊은 뜻이 있었네요. 남편이 살아 있을 때 (발바닥 인생 3권이) 출간되어, 본인이 알게 되면 인신공격을 당한다고 생각할까봐 염려되었어요. 모든 것, 깊은 뜻에 맡기겠습니다.」

다음 날 오후 1시경, 녀석에게 큰 영향을 주고 퇴직하셨던 시설관리팀장님이 카톡을 보내왔다. 녀석이 카톡을 열어보니, 병원의 하늘 정원에서 찍은 사진 3장과 문자가 눈에 띄었다.

「잘 꾸며 가꾸어 놓으셨네요.」

곧바로, 녀석이 답장을 보냈다.

「팀장님 반갑습니다. 잘 지내시죠? 시간이 되시면, 한번 찾아뵙고 회포나 풀고 싶습니다.」

잠시 후에, 전 시설관리팀장님이 의미심장한 문자를 보내왔다.

「네. 저도 뵙고 싶네요. 늘 건강하고 이웃을 위하여 정신적 역량을 발휘해 주세요.」

전에 근무하셨던 시설관리팀장님은, 이제 70대 중반이 되셨다. 녀석은 그분을 위하여, 날마다 중보기도 하고 있다. 그분이, 나의 복음을 읽고 순종하면서 마음의 천국을 이루고 사셨으면 좋겠다.

2023년 7월 20일 오후 3시 50분경, 최근에 입사한 시설관리과장과 녀석이 의견 충돌을 일으켰다. 다음 날도, 녀석과 시설관리과장이 험악한 대화를 나눴다. 과장이 먼저 포문을 열었다.

"반장님은, 제가 만만하게 보이나요?"

녀석은 시설관리과장에게 초강력 직구를 날렸다.

"나는, 당신을 과장으로 인정할 수 없어요."

시설관리과장의 얼굴이 붉게 변하면서 소리쳤다.

"그러면, 반장님이 사표를 내겠다는 말이지요?"

시설관리과장은 숨기고 있던 속내를 드러냈다. 싸움에는 일가견이 있는 녀석이 자리를 박차고 나오면서 한마디 던졌다.

"마음대로 하시오!"

녀석은 관우처럼 따르는 직원에게 전화해서, 다음과 같은 부탁을 했다.

"형님이 시설관리팀장을 만나서, 그동안 있었던 일을 설명해 주세요."

녀석을 믿고 따르는 노 직원이, 시원하게 대답했다.

"알았어. 내가 그대로 일을 처리할 테니 걱정하지 마. 시설관리과장이, 아직도 ○ 반장에 대해서 모르고 있네. 그자는 동생의 상대가 될 수 없지. 껄껄…."

1년 전에 입사한 시설관리과장은, 녀석을 과소평가했다. 녀석을 따르는 노 직원은 분쟁이 생길 때마다 변호를 자청했다. 그런 직원이 있었기에, 녀석은 직접 손에 피를 묻히지 않고도 각종 분쟁을 해결할 수 있었다.

오전 10시경, 녀석이 지하 주차장을 청소하고 하늘 정원에 올라갔다. 옥상의 입구에서, 며칠 전에 만났던 36세 된 여성 환자와 마주쳤다. 녀석이 먼저 말을 건넸다.

"기왕 나왔으니, 나랑 20분 정도만 이야기하면 안 될까?"

그녀는 흔쾌하게 응했다. 녀석이, 그녀에게 질문했다.

"지난번에 카톡으로 보내 준, 《발바닥 인생》과 《우정의 비결》은 다 읽었어?"

"벌써 다 읽었지요. 그리고 아기가 할아버지를 밀어주는 동영상이 너무너무 귀여워서 자꾸 보게 돼요."

"그렇지? 누가 보더라도 재미있을 거야."

"맞아요."

“그런 영상이 나온 이유가 뭔지 알아? 나는 《진정한 우정의 비결》이란 책을, 40년 동안이나 읽고 편집하면서 사랑하는 기술을 배웠어. 사랑이나 우정은 기술이야. 의도적으로 배워야만 알 수 있는 거지. 그저 사람들과 부딪친다고 해서 인간관계가 좋아지지 않아.”

녀석의 말을 듣고 있던, 그녀가 눈을 동그랗게 뜨고 귀를 쫑긋 세웠다.

“아기도, 상대방이 자기를 사랑하는 것을 금방 알아차리지.”

“맞아요. 어린아이는 더 정확하게 느낄 것 같아요.”

“우리 딸이 38세니까, 독자님은 2살이 더 어리잖아. 나는 독자님을 딸처럼 생각하면서 사랑하고 싶은 거야. 나하고, 그런 사랑을 오래오래 지속하면 좋겠어.”

“저도 감사한 일이죠. 작가님은, 진짜 대단하신 것 같아요. 작가님의 이야기를 듣다 보면, 감탄이 절로 나와요.”

“나는, 독자님이 좋은 남자를 만나서 사랑을 나누고 결혼했으면 좋겠어. 내가 사랑이나 우정은 기술이라고 했지?”

“네.”

“사실 독자님에게 전파하는 《우정의 비결》이란 책은, 내가 썼다고 해도 과언은 아냐.”

“맞아요. 《우정의 비결》을 읽어 보면, 막힘이 없고 수준 높은 예술 작품을 감상한다는 느낌이 들어요.”

“맞아. 내가 편집하고 요약한 《우정의 비결》은, 현재 열광적으로 읽히고 있지. 하지만, 원작인 《The Friendship Factor》는 폐간되어 구할 수도 없어. 남이 써 놓은 책이라도, 내가 더 열심히 읽고 연구하면서 실천하면 내 것이 되는 거야.”

“우와! 작가님의 설명에 감동했어요.”

“독자님도, 나처럼 살길 바라. 나처럼 사는 방법을 알려줄까?”

“네.”

“당장 실천할 수 있는 쉬운 방법이 있어. 그것은, 내가 카톡으로 보내 준 《발바닥 인생》과 《우정의 비결》을 전자매체를 통하여 주변 사람에게 퍼 날라 주는 거야.”

"호호, 퍼 날라 준다고요?"

"그래! 내가 독자님에게 준, 두 가지의 책은 다이아몬드와 같아. 그러니까, 독자님은 나에게 어마어마한 빚을 지고 있는 것이지."

녀석의 말을 듣고 있던, 그녀가 의문의 눈빛을 보냈다. 그깟 책을 다이아몬드에 비교하는 것이, 너무 심하다는 듯한 표정이었다. 그래서 녀석은 보충 설명을 할 수밖에 없었다.

"지난 40년 동안, 나의 책을 읽고 자살을 포기하거나 훌륭한 사람이 된 경우가 많아. 그들이 나의 책을 읽지 않았다면, 벌써 죽었거나 폐인이 되었을 거야. 자살을 결심했던 사람이 마음을 바꿔서 훌륭한 사람으로 변했다면, 그 값이 얼마나 될까?"

"계산이 안 될 정도겠지요."

"그래. 나의 책은 다이아몬드보다 더 비쌀 수도 있어. 독자님이 나의 책을 공짜로 받았으니, 얼마나 많은 빚을 졌는지 알겠지?"

"이제, 이해가 가요. 정말로요."

"나는 독자님으로부터 무슨 보상을 받았을까?"

"제가 드릴 것이 있나요?"

"나는 독자님의 사랑을 받고 있지."

"?"

"내가 책을 공짜로 주면서 친절을 베풀 때, 독자님의 기분이 어땠어?"

"너무너무 좋고, 감사했지요."

"그게, 독자님이 나에게 준 사랑이야."

"우와! 작가님이 진짜 위대해 보여요."

"사실, 나의 꿈은 세계적인 작가가 되는 거야."

"저도 작가님처럼 책을 쓰고 싶네요."

그녀와 헤어진 후에, 3층과 옥상의 등나무를 정리하고 있는데 외과 의사 장로님으로부터 전화가 걸려왔다.

"안녕하세요."

"예, 장로님. 어쩐 일로…."

"아, 지금 근무 중이세요?"

"예. 등나무를 정리하면서 시간을 보내고 있어요. 하하하."

"이번에, 그 책(발바닥 인생 3권)을 (카톡으로) 보내 주셔서 잘 읽고 있습니다. 하하하, 수고 많으셨어요."

"이제, 시작이에요. 하나님께서 비전을 보여주셨기 때문에, 미리 알려주시는 내용을 기록만 하는 거죠."

"아이고, 너무너무 수고 많으십니다. 하하하."

"사실, 저의 첫 번째 동역자는 장로님이지요. 이제, 장로님 같은 동역자가 한두 분씩 나타나서 사역을 이어 나가고 있지요. 하나님께서, 그때그때 필요한 일꾼을 보내 주시더라고요. 하하하."

"아이고, 듣기가 좋으네요."

“그래요?”

“저를 위해서, 늘 기도해 주시고 통화할 때마다 도와주셔서 감사해요.”

“장로님은, 저의 첫 번째 열매라고 믿고 있어요. 우리 집사람과 아이들은 감리교회에 나가고 있고, 저만 홀로 신앙생활을 하고 있죠. 언젠가는, 그들도 신앙이 성숙해지면 나처럼 될 것이라고 믿죠. 궁극적으로 그리스도에게까지 자라야 하잖아요. 장로님은 그렇게 될 줄 믿습니다. 그래서 믿거니 하고 연락도 안 했습니다. 하하하.”

“하하하.”

“내가 돌이켜 생각해 보니까, 장로님은 진짜 신실한 분이 맞아요. 그 위치(외과 및 소아과 의사의 신분)에서, 나 같은 사람에게 말씀을 들었다는 사실 자체가 겸손하시다는 증거지요. 장로님은 하나님께서 쓰실 만한 그릇임을, 제가 믿고 있습니다.”

“시간이 되면, 얼굴을 한 번 봬야 될낀대요, 그죠?”

“저도 늘 원하는데, 전도사역을 하다 보니 일부러 찾아다닐 수가 없더라고요. 하나님께서 저의 마음에 감동을 안 주시면,

인간적으로 만나봐도 열매가 좋지 못하고…. 그래서 제가 보고 싶다고 찾아가는 일은 거의 안 합니다. 하하하.”

“아, 예.”

“근데, 장로님은 신앙생활을 어떻게 하세요?”

“아, 예. 뭐 조금 부족하지만, 그런대로 열심히 하고 있습니다. 저의 병원을 부산으로 옮겼잖아요. 그건 아시죠?”

“아뇨, 몰라요. 저는 장로님의 병원이 김해에 있는 줄로만 알고 있었지요. 장로님의 신앙은, 어느 정도의 수준에 이르셨어요. 그래서 제가 장로님에게 따로 전해드릴 말씀이 없기에, 연락할 수 없었지요.”

“아, 그랬군요. 저의 병원은, 1년 6개월 전에 김해에서 부산 쪽으로 옮겼어요. 그 무렵에, 개척교회를 하나 알게 되어서 출퇴근할 때마다 들러서 기도하고 갑니다.”

“장로님 정도 되시면, 다른 교회(예배당)에 가서 기도하는 것보다는 본인의 사역을 하실 때가 되지 않았나 싶어요. 다른 데 가서 말씀을 받아먹는 것이 아니라, 장로님이 사도가 되어서 하나님께 쓰임을 받을 때가 되지 않았을까요? 저는, 그 소식이 오기만 기다리고 있습니다."

"허허허."

"저처럼 사역을 하시면 참 좋은데…. 사도 바울처럼 전도비도 벌어가면서, 말씀도 전하면서…. 지금은 전도가 참 어렵습니다."

"지난주 목요일인가요? 제가 기도할 일이 있어서 집사람하고 같이 양산에 있는 갈멜산 기도원에 가봤어요. 거기서 누구를 만났냐 하니까…. 희한하게도, 제가 진주에서 근무할 때 병원에 문제가 있었잖아요?"

"아, 네, 복음병원인가? 그때, 10억이나 빚지고 하셨잖아요."

"아, 예예. 내 과거에 대해서 너무 잘 알고 있는 분을, 거기서 만난 거예요. 하하하."

"아~~~"

"하하하. 생각지도 못했지. 그분이 나보다 더 자세하게 내막을 아시는 거야."

"아~ 예."

"그분도, 처음에는 평신도로 계셨다가 목사가 되어서 개척을 하셨더라고요. 그분이 주중에는 기도원에 오셔서 기도하고, 토요일은 사역하러 간다고 해요. 그분이 100일 작정 기도도 하고…."

"저도, 예전에는 산이나 기도원에 가서 많이 기도했지요. 하나님은, 저에게 영적인 모세가 되라고 말씀하시지요. 저에게 주신 말씀이, 거의 모세오경에 집중되어 있잖아요. 이는 구약의 핵심이지요. 제가 그 말씀을 중심으로 사역하기 때문에 뿌리가 엄청 단단해요. 그래서, 누구도 흔들 수가 없고…. 저는 교회 개척을 모바일(카톡이나 이메일)로 하는 거지요. 이제, 저의 넷째 형수도 제자가 되었지요. 하나님의 역사는 거창한 곳보다는 나사렛처럼 초라한 곳에서 이루어지는 경우가 많지요. 이름도 없이 빛도 없이 숨어서 사역하는 자들을 통해서 하나님의 역사가 크게 나타나는 것 같아요. 장로님은 건물의 규모나 사람들을 바라보지 말고, 오로지 하나님의 말씀, 은혜, 성령 충만함으로 신앙생활을 하시면 저처럼 될 수 있을 거예요. 저처럼 신앙생활을 하면 세계적인 복음화가 이루어질 텐데…. 저를 이단이라고 생각하는 사람들도 많을 거예요. 하하하하."

"예. 기도 많이 해 주십시오."

"장로님도 말씀을 전하는 사역까지 하셨으면 좋겠습니다."

"알겠습니다."

"고맙습니다. 전화 주셔서."

녀석은 장로님과 통화를 마친 후에, 병원의 옥상에서 조경 작업을 이어갔다. 녀석이 작업을 마치고 (오후 6시 47분경) 병원의 간호 이사님에게 카톡을 보냈다.

「그동안 저 나름대로 병원의 전체 조경을 관리했으나, 올해까지만 할 수 있을 것 같습니다. 저는 주간에 주차관리, 야간에는 병원의 전체 시설을 관리하는 막중한 책임을 지고 있습니다. 최근에 불미스러운 사건이 발생해서, 부득이 병원의 조경 일을 접어야 할 것 같습니다. 그동안, 저를 응원해 주셔서 감사합니다. 그리고 죄송합니다.」

약 4시간 후에, 간호 이사님이 답장을 보내왔다.

「무슨 일이 있으세요?」

곧바로, 녀석이 간호 이사님에게 답장을 보냈다.

「조경 문제로 시설관리과장하고 대판 싸웠거든요.」

곧바로, 간호 이사님이 탄식하는 답장을 보내왔다.

「아이구!」

곧바로, 녀석이 간호 이사님에게 카톡을 보냈다.

「제가 출근 시간보다 1시간 일찍 나와서 조경 일을 하는데도 문제 삼으니 어찌할 도리가 없잖아요.」

녀석은, 간호 이사님과 통화를 마친 후에 쉽게 잠자리에 들 수 없었다.

2023년 7월 24일, 녀석은 새벽 3시까지 찬송을 불렀다. 그리고 두 시간 정도 잠을 청한 후에, 하루의 일과를 시작했다.

오전 7시 44분, 간호 이사님이 녀석에게 카톡을 보내왔다.

「사직서를 먼저 내지 마세요.」

녀석은, 간호 이사님의 당부대로 사표를 내지 않고 처분만 기다렸다.

다음 날 오후 1시 45분, 병원에서 알게 된 여성 독자님으로부터 문자가 왔다.

「안녕하세요? 여쭤볼 게 있어서 그러는데, 전화 좀 부탁드려도 될까요?

○○○ 010-5547-××××입니다.」

녀석이 그녀의 이름과 전화번호를 확인하고, 찍힌 번호로 전화를 걸었다.

"여보세요."

"카톡의 문자를 지금 봐서 전화를 드렸는데요."

그녀는, 녀석의 목소리를 듣고 떨리는 음성으로 말했다.

"아, 네네. 저기 그… 글 보내 주시는 분이죠?"

"아, 네."

"호호, 잘 계시죠?"

"아, 저는 잘 있지요."

"다름이 아니라, 지난번에 친정어머니가 몸이 안 좋으셔서 입원했었거든요?"

"아, 예예."

"제가 코로나에 걸리면서, 또 아버지가 걸린 거예요. 코로나가 심하게 오지는 않았어요. 그런데, 연세가 97세이다 보니까 기력이 나빠져서 그런지…. 그냥, 주무시기만 해요. 이제는 걷는 것도 힘들고, 말하는 것도 불편하세요. 근데, 오늘까지가 자가격리 끝나는 날이거든요. 그래서, 내일이라도 병원에 다시 입원했으면 하는데…. 아침 일찍 모시고 응급실로 가면 어떨까 싶어서요."

"그런 일은, 원무과에 확인해야 하거든요. 제가 원무과의 담당자에게 가서 확인해 드릴게요. 확인 안 하고 오셨다가 허탕 치면 안 되잖아요."

"아, 네네. 감사해요. 호호. 선생님이 도움을 주실 것 같아서, 제가 염치 불구하고 전화드렸어요."

"저는, 이런 일을 보람으로 여기지요. 저에게 부탁할수록,

너무너무 감사해요. 하하."

"아버님 입원하면, 또 뵐게요."

"어르신을 지극정성으로 모시는 걸 보면, 독자님이 아버님의 사랑을 엄청 많이 받으신 것 같네요."

"아, 네네, 감사해요. 호호."

"지금, 그 연세가 되도록 요양원에 모시지 않고 돌봐드리는 분이 어디 있어요."

"아이, 호호호. 그래도 건강한 체질이셔서…."

"이렇게 독자님이 오래도록 아름다운 가정을 이루고 사시는 것은 국가적으로도 좋은 일이거든요."

"네네."

"저도, 그렇게 늙어가고 싶어요. 하지만, 그렇게 될는지 모르겠어요. 하하."

"아, 그렇게 되실 것 같아요."

"그래요?"

"아, 예~ 이번에 아버님이 입원하시면, 옥상에도 올라가 볼 수 있겠네요. 수박이 많이 익었겠어요."

"수박은, 따 갔어요. 그 수박을 따다가 5병동의 데스크에 전시해 놓았더군요."

"네네. 호호~"

"저기, 독자님께 《발바닥 인생》 25번째 파일까지 보냈지요?"

"네네."

"이제, 26, 27, 28번째 쓰고 있어요."

"하하하, 하하. 아유, 에너지가 넘치십니다."

"이거는 상상해서 꾸며내는 책이 아니고, 그야말로 리얼드라마죠."

"아, 네네. 삶의 현장이네요."

"네. 삶의 현장이고, 체험하면서 행복하게 사는 방법을 알려주는 책이죠. 독자님은, 워낙 교양이 있으시니까 의도를 정확하게 파악하고 계시는 것 같아요."

"아이고. 제가 뭘 알겠어요. 아유~~"

"저는 고등학교도 졸업하지 못했어요. 그러니까 학문적으로는, 제가 무식해요. 하하."

"하여튼 감사드리고요. 제가 입원하면 찾아뵐게요."

"감사합니다. 다음에 한번 뵙지요."

"네네. 전화드릴게요."

이렇게, 그녀와의 통화가 끝났다. 그녀의 목소리가 얼마나 상냥하고 조리 있고 매력적인지, 이금희 아나운서보다 낫다는 생각이 들 정도였다. 이런 애독자가 있다는 것은, 녀석으로서 영광이 아닐 수 없다.

이틀 후에, 녀석이 하늘 정원에 일하러 갔다가 36세 된 여성 환자를 또 만났다. 그녀의 표정이 심각하게 굳어 있었다. 녀석이 이유를 물어보니, 몸 상태가 너무 안 좋아서 걱정이라고 대답했다. 녀석은, 그녀가 담배부터 끊어야 한다고 말했다. 그녀도, 의료진으로부터 똑같은 소리를 들었다고 말했다. 녀석이, 괴로워하는 그녀에게 조심스럽게 말했다.

"나도 어린 시절부터 담배꽁초를 주워 피우면서 호흡기 계통이 엉망진창이 되었지. 지금도 후유증이 크지만, 이제는 상태가 많이 좋아졌어. 신앙생활을 하면서 담배를 끊었기 때문이지. 담배를 끊는다는 것은, 얼마나 어려운지 나도 잘 알아. 본인의 의지로 담배를 끊는다는 것은, 거의 불가능에 가까운 일이지. 나는 신앙생활을 하면서 담배를 끊었어. 종교는 아편보다 강하다는 말도 있잖아. 그 말이 맞아. 마약보다 강한 것이 신앙생활이야. 나는, 다른 사람들도 신앙생활을 할 수 있도록 도와주는 전도자야. 이 일을 위해서 자전소설도 쓰고 있는 것이지. 신앙생활을 해 볼 생각은 없어?"

"…."

"지금 당장 하라는 이야기는 아니야. 진짜 너무 힘들어서 죽고 싶은 마음이 들 정도로 상황이 어려워진다면, 내 말을 기억하고 신앙생활을 시작해 봐. 내가 보내 주는 글을 읽으면서 신앙생활 하는 방법은 배웠을 줄 알아. 기독교는 찬송과 기도만 할 수 있으면 돼. 찬송하는 방법은 아주 간단해. 나도 스마트폰 앱을 열어서 찬송가를 따라 부르고 있지."

“저는 말씀을 듣는 것은 얼마든지 좋은데, 찬송가를 부르는 것은 너무너무 싫어요!”

“지금 당장 하라는 이야기는 아니야. 하지만, 너무 힘들고 어려운 일이 닥치면 나의 말을 기억하고 실천해 봤으면 좋겠어.”

“저는 작가님이 하나님처럼 여겨져요. 아마, 다른 독자님들도 그렇게 생각할 거예요. 작가님을 보면 너무 힘이 되고, 기분이 좋아져요. 도와주셔서 감사합니다.”

녀석은, 마지막으로 그녀의 등을 쓰다듬어 주고 헤어졌다.

한편, 녀석과 시설관리과장이 대판 싸우고 나서 업무조정에 들어갔다. 녀석이 야간에 출근하여 주차 업무를 제외한 시설관리와 조경 업무에 집중하기로 한 것이다. 이는, 행정원장님의 아이디어였다. 녀석도 흔쾌히 동의했다. 녀석이 야간에 근무하는 것은, 여러 가지로 손해다. 그러나 녀석이 야간에 출근하면 은밀하게 찬송과 기도할 수 있는 최상의 조건도 된다. 녀석은 직장에서 돈을 벌어가면서 전도하고 있다. 모든 것이 합력하여 선을 이루도록 하시는 하나님의 은혜다.

다음 날 오후 3시경, 녀석이 병원 앞의 장미꽃밭에 퇴비와 흙을 보충하는 작업을 하고 있었다. 행정원장님이 옆을 지나가다가, 녀석과 대화를 나누게 되었다.

"업무가 변경되어, 반장님께서 신경을 더 써 주셔야 할 것 같아요."

"알겠습니다. 저도 행정원장님의 제안이 옳다고 생각합니다. 다만, 제가 11년간 주차 업무를 봐온 전문가로서 몇 마디 말씀을 드리지 않을 수 없습니다."

"무슨 일인데요?"

"저는 시설관리과장과 심하게 언쟁한 후에, 그 사람을 과장으로 인정하지 않기로 했습니다."

"그건, 좀 너무하신 거 같네요."

"대화 중에 시설관리과장이, 저에게 아저씨라고 하더군요. 반장이라고 불러 주지도 않는데, 제가 과장이라고 부를 수는 없잖아요. 사실, 화를 낼 일도 아니었습니다. 우리 병원에서 발레파킹을 하기로 결정한 후에, 제가 시설관리과장을 만나서 업무를 조율하자고 당부했습니다. 그런데도, 저를 쏙 빼놓고 나머지 주차 요원만 모아서 일방적으로 업무 지시를 내린 거예요. 그래서 제가 시설관리과장에게 전화하여 항의했습니다.

그랬더니, 위에서 시키는 대로 따르라면서 윽박지르는 겁니다."

녀석의 말을 듣고 있던 행정원장님은 대답할 말을 잃어버렸다. 녀석은, 더욱 강하게 의견을 개진했다.

"시설관리과장이 일방적으로 지시한 내용은, 작년 겨울에 실시해 본 것입니다. 제가 먼저 시범을 보여달라고 했더니, 본인도 못하더라고요. 그런 사실을 뻔히 알면서도, 행정원장님의 지시사항이니 잔소리 말고 따르라는 겁니다. 저에 대한 평가는 병원을 방문하시는 환자분들을 통해서 알아보세요. 제 말을 듣는 것보다, 고객의 말을 들어보고 판단하는 것이 정확할 것입니다. 그분들의 평가가, 곧 저의 업무실적이죠. 제가 손해를 감수하고서라도, 왜 야간 근무를 결정한지 아세요?"

"?"

"부원장님이 '근무할 수 있는 능력만 있다면 나이에 상관없이 병원의 정직원으로 채용한다'는 문구를, 저의 근로계약서에 넣어 주셔서 감사하고 있지요. 행정원장님께서, 저를 믿어 주시니 최선을 다해서 일하는 것입니다. 제가 조경 일에 집중하는 것은, 주차 업무를 보는 것보다 병원에 훨씬 도움이 될 것입니다."

(중략)

녀석과 행정원장님의 대화는 10여 분 동안 이어졌다. 녀석은 그동안 주차관리를 하면서 느꼈던 문제점을 지적한 후에, 행정원장님께서 참고해 주시면 좋겠다고 말했다.

2023년 7월 29일 오전 7시 40분, 과거에 녀석을 좋아했던 부반주자의 언니가 카톡을 보내왔다.

「좋은 글 감사합니다. (동영상 속의) 손녀가 너무 귀여워요~」

전날 오후에, 녀석이 그녀에게 《발바닥 인생》 파일 3개(26, 27, 28)와 동영상 파일 2개를 보내 준 것에 대한 답장이었다.

약 50분 후에, 녀석이 그녀에게 답장을 보냈다.

「저의 글(발바닥 인생 3권)을 빨리 보고 싶은 독자님들도 있을 것 같아서, 일부 내용을 보내드렸습니다.」

2023년 7월 31일 오전 9시 58분, 이금희 아나운서와 목소리가 닮은 여성 보호자로부터 카톡이 왔다.

「선생님, 잠시 통화 가능하세요?」

「네. 제가 전화드릴게요.」

그녀에게 전화를 걸어보니, 세종병원에 입원하셨던 아버님을 방금 녀석이 근무하는 병원으로 모시고 왔다고 말했다. 녀석은, 그녀에게 주차장 입구의 초소로 와달라고 부탁했다. 그녀는, 곧바로 녀석을 만나러 왔다. 두 사람은 반갑게 악수하고 에어컨이 켜진 컨테이너 안에서 정겨운 대화를 나눴다.

"아버님을 우리 병원에 입원해 주셔서 감사합니다."

그녀가 방긋 웃었다.

"독자님의 얼굴을 자세히 보니 눈이 참 맑으시고, 동안이네요."

"아이, 선생님이 좋게 봐주셔서 그렇지요."

"지난번에 통화하면서, 저는 독자님의 목소리와 교양미가 넘치는 말솜씨에 감탄을 금치 못했습니다. 과하지 않은 톤으로 차분하게 말씀하시는데, 황홀한 기분이 들 정도였어요. 이런 분을 친구로 사귈 수 있게 된 것은, 하나님의 은혜라고 생각합니다."

(중략)

이틀 후에, 녀석이 행정원장님의 사무실을 찾아가서 대화를 나눴다.

"우리 집 옥상에서 키운 각종 채소와 찐 옥수수를 조금 가져왔어요."

"어디에 있는데요?"

"병원장님 진료실에 놓고 왔어요. 지난번에, 제가 하늘 정원에서 수확한 옥수수를 드린 것은 맛이 별로 없었지요?"

"저는 맛있게 먹었는데요."

"그러면, 우리 집에서 키운 옥수수를 드셔보시면 차이를 알 거예요."

"감사합니다."

"야간 근무를 해 보니 너무너무 좋아요. 제가 주차관리 업무만 10년이 넘도록 하다 보니 짜증이 많아졌나 봐요."

"그래서, 반장님이 매너리즘에 빠진 것 같아요."

"맞아요. 하루하루가 지겨웠거든요. 처음에 입사했을 때는, 제가 자청해서 발레파킹을 했잖아요. 제가 똑같은 일을 11년째 하다 보니 초심을 잃었나 봐요. 야간업무 시간은 조금 길지만, 조경 일을 하면서 창조적인 아이디어를 낼 수 있어서 좋아요."

"제가, 가끔 미관상 좋지 않은 부분을 지적해서 반장님의 기분이 상하셨지요?"

"절대, 아닙니다. 저는, 오히려 관심을 가지고 지적해 주실 때 감사하는 마음을 가지고 있어요. 그래야만, 제가 독선에 빠지지 않거든요. 저는 직선적으로 말해 주시는 것을 좋아합니다. 또, 제가 직선적으로 말하는 것을 행정원장님도 잘 아시잖아요. 그래서 동료들에게 상처를 주는 것도 사실이지요. 제 약점인 줄 알지만, 천성이라서 고치기가 힘드네요. 행정원장님께서, 제가 야간업무를 보도록 유도하신 것은 최상의 결정인 것 같아요."

"반장님은, 누가 시킨다고 해서 따르는 스타일이 아니잖아요."

"그렇죠. 저는, 그 자리에서 거절했을 겁니다. 하하하."

"그래도 반장님의 주 업무는 시설관리팀의 보안 담당입니다. 이 사실을 잊지 말고 근무해 주세요."

"네, 명심하겠습니다."

K는, 몇 년 전에 40년간 우정을 키워온 친구와의 교류를 끊었다. 과거에 두 사람은 청년 집사가 되어 교회의 기둥으로 함께 일했었다. 그러나 수십 년의 세월이 흐르면서, 두 사람은 신앙적인 갈등을 보이기 시작했다. 녀석은 찬송과 기도의 분량을 늘려가면서 성령 충만 받고 살아왔다. 반면에, 그 친구는 적당히 신앙생활을 하면서 살아왔다. 두 사람의 신앙적인 격차는 걷잡을 수 없이 벌어졌다. 과거에는, 그 친구가 신앙적으로 앞서 있었다. 그러나 10여 년 전부터, 녀석이 신앙적으로 앞서나가면서 친구와의 갈등이 커지기 시작했다. 두 사람의 대화는 겉돌 수밖에 없었다. 녀석은 신앙적인 대화를 원했고, 그 친구는 세상 돌아가는 이야기만 하기를 원했다. 그 친구는, 녀석이 나의 복음을 전파하는 것에 대하여 거부감을 드러냈다. 녀석을 가르쳐 주던 친구가, 오히려 가르침을 받는 처지가 되는 것은 용납할 수 없었던 것 같다. 아무리 오랜 친구라도, 서로의 관심사가 너무 달라지면 헤어질 수밖에 없다. 만나봐야, 서로에게 상처를 주고 환멸을 느낄 수밖에 없으니까….

녀석이 먼저, 그 친구에게 교류를 끊자고 제안했다. 그 친구도, 녀석의 제안에 동의했다. 그래서 지금은, 서로의 경조사만 챙기는 정도의 관계로 전락했다.

2023년 9월 9일, 녀석과 아내가 홋카이도로 여행을 떠났다. 두 사람은 3박 4일 동안 여행하면서 값진 추억을 만들었다. 일본 여행의 마지막 날 오전에는 비가 무척 많이 왔다. 일본에서 비행기를 타고 인천공항에 도착하니 오후 7시가 조금 넘었다. 한국은 찜통더위가 밤까지 이어졌다. 집에 돌아와서 에어컨을 켜니 작동이 되지 않았다. 그 에어컨은, 아들이 쓰다가 준 것이다. 녀석은 아들이 준 에어컨을 설치하는 것에 반대했었다. 그런데도, 아내가 고집을 부려서 아들이 쓰던 에어컨을 설치했는데, 두 번이나 고장이 나서 애를 먹였다. 녀석은 화가 머리끝까지 차올라서, 아내에게 화풀이를 했다. 그런데 도가 지나치고 말았다. 결국, 투덜대는 녀석의 잔소리를 듣던 아내의 감정이 폭발하고 말았다. 2년 전에, 녀석이 《발바닥 인생》 2권을 출간하면서 대판 싸웠던 때와 비슷한 상황이 되었다. 그 당시에는, 아내가 녀석에게 카톡으로 문자를 보내와서 아름다운 화해가 이루어졌다. 이번에는 녀석이 아내를 달랬다.

“나는 분노가 치밀어 오르면 조절이 되지 않아. 당신도 잘 알잖아. 내가 정신과에 가서 진료를 받고 약도 먹어볼게.”

아내도 화를 누그러뜨리며 화답했다.

"당신이 상처가 많아서 분노가 조절되지 않는 걸 알지만, 너무 심하면 나도 견디기가 어려워. 정신과에서 치료를 받아 보는 것도 좋을 것 같아."

녀석이 조심스럽게 말했다.

"나도 심각하지만, 당신도 분노 조절이 안 되잖아."

아내도 수긍했다.

"당신보다는 덜하지만 심각한 상태지. 나도 마음의 상처가 만만치 않아."

두 사람은 서로를 보듬으며 장시간 대화를 나누었다. 그리고 함께 정신과 진료를 받기로 약속했다.

다음 날, 녀석은 온몸에 힘이 쭉 빠지면서 잔기침을 했다. 오후에도 잔기침은 멈추지 않았다. 녀석이 집 근처의 의원에 가서 진료를 받아보니 코로나 증세가 거의 확실하다는 의사의 진단이 나왔다.

다음 날, 녀석이 병원에 출근하여 호흡기 내과에 가서 코로나 검사를 받았다. 내친김에, 녀석은 정신과 예약을 했다.

다음 날, 녀석이 코로나 확진 판정을 받았다. 녀석은 정신과에 전화하여, 코로나 확진 사실을 알리고 예약을 취소했다. 녀석이 생애 최초로 정신과 진료를 받아보려던 계획은 미루어졌다.

그 무렵에, 녀석이 관우처럼 여기던 직원이 계약만료가 되어 퇴사했다. 그리고 녀석과 충돌했던 시설관리과장도 다른 부서로 발령이 나서, 그의 책상과 의자가 사무실에서 치워졌다.

2023년 10월 30일 오후 4시, 과거에 녀석의 스포츠용품 판매사업에 동참했던 조카로부터 전화가 걸려왔다.

"안녕하세요. 이모부~"

"야! 이게 얼마 만이냐."

"(연락을 자주 못 드려서) 죄송합니다. 이모부는 건강하시죠?"

"그럼."

"자주 전화를 드려야 되는데, 늦어졌네요."

"어제 딸의 생일날 축하하러 갔는데, 아들이 너의 얘기를 하더라. 너도 술을 많이 마신다며? 하하하."

"예. 저도 좀 마시죠."

"나는 아들이 술을 마시고 싶으면 실컷 마시라고 하지. 그런데, 요즘 탈이 나서 술을 안 먹는다고 하더라고. 하하."

"몸이 아프면, 못 먹게 될 거니까요. 후후."

"나도, 그 나이 때는 매일 술을 안 마시면 못 견딜 정도였으니까. 그런데, 너는 요즘 별일 없지?"

"뭐, 별일 없죠. 지난주에 ○○이(녀석의 아들) 만나서 이모부 얘기도 하다가 헤어졌어요. 그런데, 오늘 이모부가 생각나서 전화한 거예요. 지금 일하고 계신가요?"

"어, 난 여기서 11년째 근무하고 있다."

"어우, 장기 근속하시네요. 하하."

"안 잘리니까 일하는 거지."

"너도 나이가 꽤 됐지."

"저도 이제 마흔넷이에요."

"내가 이제 환갑인데, 어영부영 너도 나를 따라온다. 하하"

"저도 흰 머리카락이 많이 늘고 그래요."

"내가 너를 데려다가 고생 많이 시켜서 더 늘었을 거야."

"그 당시에, 이모부님의 나이도 마흔 몇 살이셨잖아요. 그러니까, 지금 제 나이 정도 되셨겠네요."

"맞아, 그때는 아무것도 모르면서 돈키호테처럼 살았지. 지금 돌이켜 보니, 사업을 안 했던 것보다 낫다는 생각이 들더라. 우리는 전국적으로 한번 뛰어 봤잖아. 하하하."

"맞아요. 코엑스에서 행사도 해 봤는데…. 하하하. 하하."

"나는, 그때의 일들이 감사하다고 생각해. 너도 맨땅에 헤딩하면서 영업했었지. 그때 일했던 정신력으로 하면, 무슨 일을 해도 성공할 수 있잖아."

"돈 쏟아부어 가면서 했지요. 하하하."

"우리와 동업했던 고종사촌 형은, 거의 70세가 다 되었지."

"지금도 연락하고 계신 거예요?"

"그럼. 고종사촌 형의 딸 결혼식 때도 갔었고. 아주 잘 지내."

"아, 그러셨구나."

"그때 고종사촌 형은 20억까지 쓴다고 했었지. 하하하."

"그 형님은 홍대 근처에서 사업을 하고 계셨잖아요."

"지금은 접었지. 이대로 10년이 지난다면 형의 부고장이 오겠지. 내가 먼저 죽을 수도 있고."

"아이구~ 하하."

"지금 그럴 나이야. 내 주변에 60대에 죽은 친척들이 꽤 많아. 70세를 못 넘기고 많이 죽더라고."

"남자들이 70세를 넘겨서 살기가 녹록지 않지요."

"그렇지. 스트레스 많이 받고 술과 담배를 많이 하면 골아서 죽는 거야. 여자들보다 남자들이 심하잖아."

"그렇죠. 어쩔 수 없는 거죠."

"나도 몸이 많이 망가져서, 하루하루 추슬러가면서 살고 있다. 하하하."

"하하하. 목소리가 그래도 많이 괜찮으신 거 같아요."

"그래. 내가 책을 세 권째 쓰고 있는데…."

"책을 쓰신다고요?"

"1권과 2권은 출판했고, 지금 3권을 쓰고 있지."

"뭔 내용이에요? 자서전 쓴 거예요?"

"자서전 형식으로 실화소설을 쓰고 있지."

"출판은 어디서 하신 거예요?"

"지식과 감성 출판사. 내 이름을 검색창에 쳐도 나오고, 《발바닥 인생》이라고 쳐도 책을 소개하는 내용이 나오지. 지금은 책을 무료로 나눠주고 있어."

"인쇄비랑 꽤 들어갔을 것 아니에요?"

"요즘은 출판비가 많이 저렴해졌어."

"어우, 그럼 이모부도 작가시네요."

"작가지. 책을 두 권 냈는데…."

"이모부는 특허 개발자였다가, 지금은 작가도 하시고, 별걸 다 하시네요…."

(중략)

"너는 자동차 판매가 잘되고 있니?"

"열심히 하고 있죠."

"그래, 너와 우리 아들은 내가 믿어. 너희들은 어영부영하는 스타일이 아니니까."

"이번에 만나 보니 ○○이(녀석의 아들) 눈에 독기라고 표현하긴 뭐하고, 뭔가 차오르는 게 보이더라고요."

"직원들을 다스리고, 별별 사람들을 상대하려면 독해질 수밖에 없겠지. ○○이는 똘똘한 데다가, 내가 독립심을 가질 수 있도록 강하게 키운 영향도 있지. 그런 내용이 내 책에도 나와."

"아, 책에도 나와요? 하하하."

"그런 이야기가 재미있으니까, 내 책을 두세 번씩 읽는 독자님도 있어."

"그래요? 저도 봐야겠네요."

"내가 카톡으로 보내 줄게. 지금은 3권까지 독자님들에게 보내 주고 있어."

"어우, 3권까지…."

"나는 자전소설을 죽을 때까지 써 볼 작정이야. 나의 마지막 직책을 작가로서 끝내는 거지."

"다른 거, 더 하시면 되잖아요."

"직장에서, 내가 일할 수 있는 능력만 있으면 평생 근무하라고 하니까, 일하면서 글을 쓰면 되지."

(중략)

"어떻든. 우리 애들은 내 책을 줘도 안 보는 거 같더라고. 하하."

"하하하하하. ○○이(녀석의 아들)도 책을 한 권 쓴 거나 다름없지요. 인생이 파란만장했잖아요."

"그건 너도 마찬가지지."

"저도, 뭐 그렇죠."

"사람마다 뭐, 자기의 인생을 책으로 쓰려면 열 권도 넘는다고 말하지. 그건 뭐, 자기가 열 장이라도 써보고 얘기해야지. 하하. 말로만 뭐, 이러쿵저러쿵 얘기하면 누가 알아줘."

"맞아요. 막상 한 장을 쓰려고 해도, 뭘 써야 할지 모르겠어요."

"작가가 뭐가 매력이 있냐 하면, 이건 영원한 것이야. 책은 몇천 년을 간다고 하잖아. 내가 쓴 책을 읽는 독자들도 많아. 이건, 내가 죽어도 후대에 영향력을 주는 것이거든. 그러니까, 돈 몇 푼이 문제가 아니야. 누군가 빌딩을 지어놓고 죽어도, 그가 죽은 후에는 아무것도 없잖아."

"그러니까요. 죽을 때 가져갈 것도 아니고…."

"책은 영원한 거야."

"하하하. 저에게도 한번 보내 줘 보세요."

"작가는 죽어도 살아 역사하는 사람이야. 내 독자층은 좀, 독특한 사람들이 많지. 평범하게 사는 사람들은 별로 좋아하지 않아. 나처럼 기괴하고, 뭐랄까 도전하면서 모험을 즐기는 사람들은 뿅 가지. 하하하. 《발바닥 인생》 전집이 여러 사람에게 좋은 영향을 준다면, 내가 죽은 후에라도 위인이 되는 거지."

"하하. 위인까지…. 아이고, 대단하십니다."

"나는 그렇게 생각해."

“생각하는 대로 이루어지는 거죠.”

“나는 이미 이루었다니까! 단 한 사람에게라도 좋은 영향을 주었다면, 그가 위인이지 뭐. 한 사람을 구해도 위인이고, 열 사람을 구해도 위인이야. 그렇지?”

“하하하.”

“내 책이, 너에게 어떤 영향을 주게 될지 모르겠다. 조만간, 한 번 놀러 와.”

“네. 한번 찾아뵐게요.”

2023년 12월 26일, 녀석이 부천 중동역 부근에 있는 국민연금 공단을 방문하여 조기 노령연금을 청구했다. 이로써 녀석과 아내의 월급과 연금 등을 합치면, 매달 600만 원이 넘는 고정수입을 얻게 되었다. 지난 세월을 돌이켜 보니, 녀석의 경제적인 삶도 꾸준하게 상승곡선을 그리고 있다. 그러나 수입이 늘어난다고 해서, 반드시 행복해지는 것은 아니다. 과거에 녀석이 한남동에서 일할 때의 일화를 소개한다.

어느 날, 녀석은 회장님이 한남동 집에 보관하고 있던 차명

예금통장을 꺼내어 정리하는 광경을 목격했다. 수백 개의 차명 통장에는, 각각 5천만 원씩 입금되어 있었다. 그 차명 통장들은 가장 이자가 높은 은행을 찾아서 옮겨 다녔다. 회장님이 보유한 여러 채의 빌딩과 상가에서 벌어들이는 임대 수입은 은행에 차명으로 예치했다. 그렇게 불어난 돈으로, 또 다른 건물을 사들였다. 회장님은, 이런 방법으로 부동산 재벌이 되었다. 그야말로 돈이 돈을 벌었다. 회장님의 인척들은 부러워서 어쩔 줄 몰랐다. 어떤 인척은 회장님의 부인을 가리켜, 세상에서 가장 행복한 사람이라고 칭송했다. 그러나 녀석이 곁에서 지켜본 사모님은 불행한 사람이었다. 그 이유는, 사모님의 말로가 너무 안 좋았기 때문이다. 사모님은 70대에 파킨슨병에 걸려서 온몸의 근육이 마비되어 목에 구멍을 뚫고 호스로 음식물을 주입하면서 연명하다가 사망했다. 그 당시에, 사모님이 할 수 있는 행동은 애처롭게 우는 것뿐이었다. 사모님의 바짝 마른 손과 발은, 오그라들어서 살아 있는 미라를 보는 듯했었다.

사모님은 강남의 고급 음식점을 자주 다녔었다. 그 당시에, 사모님과 친구들은, 가끔 이런 농담을 했다.

“얘들아, 우리는 밥벌레들이야. 그렇지 않니? 날마다 밥 먹으러 다니는 것 외에, 우리가 할 일이 없잖아. 하하하. 호호호.”

사모님과 친구들의 농담을 해석하면, 다음과 같다.

"다른 사람들은 열악한 환경에서 뼈 빠지게 일해야 먹고 사는데, 우리는 평생 놀고먹으니 얼마나 팔자가 좋으냐!"

맞는 말이다. 하지만 그들의 육신은 편할지 몰라도 마음의 참된 평안과 기쁨을 얻기는 힘들다. 과거의 부귀영화가 무슨 소용인가?

그 당시에, 사모님은 손가락 하나 까딱하지 않고 입으로만 돈 없는 사람들을 달달 볶으며 일을 시켰다. 돈으로 사람들을 고용하여 부릴 수는 있어도, 돈으로 건강을 살 수는 없다. 자기가 땀 흘려 운동을 해야만 건강을 얻을 수 있는 것이다. 그러므로 돈이 없어서 억지로라도 힘든 일을 해야만 먹고사는 사람들은, 너무 비관하지 말아야 한다. 먹고살기 위해서 억지로라도 힘든 일을 하는 사람들은, 노년에 당뇨병이나 고혈압에 걸릴 확률이 매우 낮다. 온 세상의 돈을 끌어모은다고 할지라도 건강을 잃어버리면 무슨 소용이 있으랴. 현재 밑바닥에서 힘겹게 사는 사람들은, 조금씩 좋아질 일만 남는다. 현재 온갖 부귀영화를 누리며 사는 사람들은, 앞으로 나빠질 일만 남게 된다.

2024년 1월 1일, 녀석의 아들과 며느리가 손녀를 데리고 왔다. 녀석의 손녀는 하늘에서 내려온 천사와 같다. 손녀는 새해 첫날부터, 녀석을 기쁘게 했다. 손녀는, 녀석에게 고사리손으로 먹을 것을 입에 넣어 주기도 하고 빗으로 머리카락까지 손질해 주었다. 녀석의 손녀가 재롱을 부리는 동영상을 본 사람들은 수긍할 것이다. 못생기고 늙은 녀석이 뭐가 좋다고, 손녀는 이토록 할아버지를 따르며 좋아하는 것일까?

녀석이 손녀를 사랑하는 만큼, 손녀도 녀석을 사랑하고 있음을 적극적인 행동으로 표현했다. 녀석의 아들은 이렇게 말했다.

"이제 (손녀가) 철이 들면서 할아버지가 자기를 얼마나 사랑하는지 확실하게 느끼기 때문이에요."

새해에 녀석이 받은 가장 소중한 선물은, 손녀가 적극적으로 사랑의 표현을 해 준 것이다. 녀석과 아내는, 외손녀에게도 사랑을 듬뿍 주고 있다. 녀석은 외손녀의 동영상도 많이 찍어서 단체 카톡방에 올렸다. 그러면 온 가족이 답글을 올리면서 아름다운 추억을 만들었다.

2024년 1월 5일, 녀석이 근무하는 병원에서 시무식이 있었다. 녀석이 퇴근하여 찬송을 부르고 있는데, 장비처럼 여기는 직원으로부터 전화가 걸려왔다. 녀석이 전화를 받아보니,

자신이 해고통보를 받았다고 말했다. 그가 해고를 당하게 된 사연은 이랬다.

녀석이 장비처럼 여기던 직원은, 이런 말을 서너 번 했었다.

"○ 반장님이 존경스럽습니다. 나도 반장님을 본받아서 적극적으로 봉사하며 살겠습니다. 그리고 반장님의 지시만 따르겠습니다."

그는 녀석과 충돌을 일으켰던 시설관리과장이 뽑은 직원이었다. 그가 앞으로는 충성맹세를 했지만, 뒤로는 녀석의 일거수일투족을 시설관리과장에게 알려 주고 있었다. 그 사실을 알게 된 녀석은 화가 머리끝까지 나서, 수개월 동안 그와 대화를 단절해 버렸다. 그러다가 녀석이 관우처럼 여기던 직원이 퇴사한 후에야 관계를 회복했다. 그의 이중적인 행동은 멈추지 않았다. 그는 해고통보를 받고, 녀석에게 이런 말을 했다.

"내가 친구를 잘못 데려와서 이런 일이 벌어졌어."

녀석은 그의 말을 이해할 수 없었다. 녀석이 그 친구가 누구인지 물으니, 새로 뽑은 발레파킹 직원이라고 대답했다. 그 친구가 여기저기 술집을 돌아다니면서 병원을 비방하고 다닌다는 사실이 밝혀지면서, 자신이 쫓겨나게 되었다는 것이다.

녀석은 너무 황당하고 기가 막혀서 이렇게 말했다.

"지난 5개월 동안, 나만 몰랐네. 그런 일은, 누구보다 먼저 나한테 이야기를 해줘야 도와줄 것 아니야."

그는 입이 열 개가 있어도 할 말이 없다며 잘못을 시인했다. 이중적인 행동을 하는 사람들은, 반드시 부끄러움을 당하게 된다. 녀석이 관우처럼 여기던 직원은 명예롭게 퇴직했고, 녀석이 장비처럼 여기던 직원은 부끄럽게 해고되었다.

인생이란 길고 짧은 인연의 조각들이 모여서 완성된다. 녀석은 잠깐 스쳐 지나가는 인연이라도 소중하게 여긴다. 녀석이 전파하는 진정한 우정의 비결 요약본에, 이런 내용이 기록되어 있다.

「사랑하다 보면 실패할 때도 있습니다. 때로는 그 실패가 두드러져서 영원한 마음의 상처로 남기도 합니다. 그러나 아무리 사랑의 지속 기간이 짧고 그 종말이 괴로워도 회상해 보면 상대방과 관계가 있었음을 감사하게 됩니다.」

녀석은 소중한 인연을 맺어준 모든 이들에게 감사하고 또 감사했다. 그런 만남이 있었기에, 녀석은 《발바닥 인생》 3권도 쓸 수 있었기 때문이다. 악연을 맺은 사람이 많을수록 흥미진

진한 이야깃거리도 많이 생긴다. 사회에서 분쟁이 많아질수록 법조인들의 수입이 늘어나고, 아픈 사람이 많아질수록 의료인들의 수입도 늘어나듯이 … 그래서 세상은 요지경이라고 하지 않던가.

2024년 1월 13일 오후 2시경, 행정원장님으로부터 전화가 걸려왔다. 곧바로 녀석이 사무실로 갔더니, 행정원장님이 근로계약서를 내밀며 말했다.

"이제 반장님도 정년이 되셨으니, 촉탁직(임시직) 근로계약서를 작성해 주셔야 할 것 같습니다."

녀석은 깜짝 놀랐다. 녀석에게 일할 능력만 있다면 평생 정규직원으로 채용할 것이라고 약속했던 행정원장님의 태도가 돌변했기 때문이다. 촉탁직(임시직) 계약서를 받아 든 녀석은 배신감을 느끼면서 대화를 나눌 수밖에 없었다.

"우리 부부의 연금과 임대수익을 합치면 한 사람 월급이 고정적으로 나옵니다. 그러니 직장을 그만두어도 먹고살 걱정은 없지요. 제가 필요하지 않다는 생각이 드시면, 언제든지 말씀해 주세요. 저는 땅을 사서 좋아하는 수목을 가꾸면서 살고 싶습니다."

"그래요. 잘 되었네요."

"저는 직장에서 일할 때 월급의 3배 이상 수익을 내야 한다고 생각합니다. 그래서 자비를 들여가며 조경사업도 하고, 주차장 청소도 자발적으로 하고 있지요. 그런데 시설관리팀장은 보안 업무만 보라고 합니다."

"작년에, 우리 병원에 (4층에서 입원환자가 투신자살한) 큰 사건이 있었지요. 그래서 보안에 무척 신경을 쓰고 있습니다."

녀석은 어이가 없었다. 1층 로비에 앉아있으면 투신자살하는 환자를 막을 수 있을 것인가. 오히려 자주 돌아다니면서 순찰해야 보안 업무에 충실한 것이 아닌가. 행정원장님은 중간관리자에게 휘둘리고 있었다. 녀석은 행정원장님을 측은하게 바라보면서 말했다.

"저는 과장이나 팀장이 어떤 말을 해도, 그들이 알지 못해서 그런다고 생각하면서 무시했습니다. 그러나 행정원장님까지 그런 생각을 하신다면, 조경사업을 철수하고 주차장 청소도 그만두겠습니다."

녀석이 눈시울을 적시며 말을 이어갔다.

"너무 안타까워서 눈물이 나네요. 저는 신앙인입니다. 그래서 지난 4년 동안 마음을 다하고 성품을 다하고 힘을 다해서 하늘 정원을 가꾸었습니다. 올해부터 큰 열매를 맺게 되었는데…. 저의 목표는, 병원의 하늘 정원을 부천의 명소로 만들어서 입원환자가 10% 정도 늘어나도록 하는 것이었습니다. 평안감사도 자기가 싫으면 할 수 없는 노릇이지요. 또 한 가지, 제가 주차장 청소를 자발적으로 하는 이유가 무엇인지 아십니까?"

행정원장님은 의아한 눈빛으로 녀석을 쳐다보았다. 녀석이 울분에 찬 목소리로 마음속에 담아두었던 말을 토해냈다.

"지하 주차장 바닥에 시커먼 오염물질이 쌓이면, 발레파킹하는 직원들이 먼지를 마시고 직업병에 걸릴까 봐 염려해서 청소를 자청했던 것입니다. 그런데, 왜 주차장 청소도 하지 말고 1층 로비에 앉아서 보초만 서라고 하는지 알 수가 없습니다. 그런 일만 한다면, 제가 받는 월급이 너무 많습니다. 저는 능력보다 많은 월급을 받아 가는 것을 원하지 않습니다. 제가 거지입니까? 이런 단순한 일만 할 바에는, 다른 직장에 가서 능력을 발휘하면서 일하고 싶습니다. 과거에 삼성의 이건희 회장이, 이런 말을 했었지요. 한 명의 똘똘한 직원이 10만 명의 사원들을 먹여 살린다고요. 회사에 월급만 축내는 사원들이 많아지면 망하는 겁니다."

녀석이 행정원장님을 바라보며, 마지막으로 한마디를 던졌다.

"저에게, 더 하실 말씀이 있으세요?"

녀석의 말을 듣고 있던 행정원장님이 답변했다.

"반장님이 무척 화가 많이 나셨네요. 제가 할 말은 다 했습니다."

녀석은 매몰차게 일어나서, 뒤도 안 돌아보고 사무실을 나와버렸다.

다음 날, 녀석은 병원의 옥상(하늘 정원)에 조성해 놓은 구조물을 온종일 철거했다. 그 모습을 지켜보던 여성 환자가 녀석에게 질문을 던졌다. 그녀는, 오래전부터 녀석을 오빠라고 부르면서 따랐다.

"왜 시설물을 철거하는 거야?"

"병원에 중간 간부들이 하늘 정원을 가꾸는 것을 반대하고, 행정원장님까지 동조하니 철수할 수밖에 없잖아."

"중간 간부들은, 지금 오빠를 시기하고 질투하는 거야. 하늘 정원에서 힐링하는 환자들이 얼마나 많은데…. 나도 하늘 정원이 좋아서 입원하고 있잖아. 내가 원장님하고 친하니까 강력하게 건의할 거야.”

“내 얘기는 빼고 건의해 줘. 내 입장이 곤란해지니까.”

“알았어, 오빠.”

이틀 후에, 행정원장님으로부터 카톡이 왔다.

「반장님, 생일 축하드립니다!! 가족과 좋은 시간 보내세요~」

녀석은 약간 당혹스러웠다. 아마도 녀석의 불편한 심기를 풀어주려고, 행정원장님이 문자를 보낸 것 같았다. 잠시 후에, 녀석이 행정원장님에게 답글을 보냈다.

「축하해 주셔서 감사합니다.」

다음 날 출근하여 옥상을 둘러보는데, 녀석과 친한 남자 환자가 다가와서 넌지시 말을 건넸다.

“시설관리팀장에게 물어보니, 주차 업무를 보면서 조경 일을 할 사람이 새로 올 것이라고 하더군요.”

녀석은 속으로 웃었다. 시설관리팀장이 환자들에게 그런 말을 할 정도라면, 행정원장님의 허락이 없이는 불가능한 일이기 때문이다. 그런데, 행정원장님이 녀석으로부터 뼈를 때리는 충고를 듣고 고민에 빠진 모양이다. 녀석은, 이런 분란을 일으키는 중간 간부가 누구인지 짐작이 갔다. 국가나 기업이나 가정의 평화와 안정과 번영을 해치는, 가장 큰 원인은 내부의 균열이다. 내부의 분란을 잠재우지 못하면, 스스로 무너지기 때문이다. 녀석이 조경을 포기하면, 병원에도 후유증이 생길 것이다. 오너가 녀석에게 도움을 요청한다면 환자들을 위해서 도와줄 용의가 있다. 그러나 오너가 도움을 요청하지 않는다면, 녀석은 미련 없이 떠날 것이다. 가을에 사마귀의 뱃속에서 연가시가 빠져나오는 것처럼….

2024년 1월 30일 오전 10시경, 주차실에서 근무하는 녀석에게 시설팀의 새내기 주임이 찾아왔다. 그는, 녀석이 선물한《발바닥 인생》1권과 2권을 거의 읽었다며 허리를 굽혀 정중하게 인사했다. 녀석이, 30대의 새내기 주임에게 말했다.

"나의 자전소설을 읽어 보면, 우리 병원이 발전해 온 역사를 알 수 있지."

새내기 주임이 말했다.

"그 책은 반장님의 일생을 기록한 내용이더군요."

녀석이 대답했다.

"맞아. 우리가 직장에서 기계의 부속품처럼 일할지라도, 마음먹기에 따라서 훌륭한 위인이 될 수 있다는 교훈을 주는 책이지. 《발바닥 인생》 3권도 거의 썼으니까, 조만간 자네에게 원고를 선물할게."

새내기 주임이, 더욱 허리를 굽히며 기대에 찬 목소리로 말했다.

"아이구, 감사합니다."

K는 청년 시절부터, 한 가지의 로망을 가지고 있었다. 그것은 녀석이 늙어서, 사랑하는 아내로부터 행복했다는 고백을 듣는 것이었다. 녀석은 환갑이 지나도록, 그 로망을 이루지 못했다. 녀석과 아내는 어려서부터 공장에 다니며 힘든 노동을 하다 보니 온몸에 골병이 들었다. 요즘은 60대가 청춘이라고 말하는데, 두 사람은 온몸에 파스를 붙여야 견딜 정도로 골병이 들었다.

"젊어서 고생하면 늙어서 골병 난다"라는 말이 있다.

녀석과 아내가, 그런 케이스였다. 아내는, 불과 7년 후면 70세가 된다. 더 늙기 전에, 녀석은 아내와 함께 여행을 자주 다니면서 행복한 추억을 만들기로 했다. 그러다 보면, 언젠가는 아내로부터 행복했었다는 고백을 들을 수 있겠지.

녀석은 돈키호테와 무척 닮았다. 녀석은, 자신이 위인이라고 생각한다. 세상 사람들이 뭐라고 하든지 상관없다. 어차피, 그들도 육신이 죽으면 흔적도 없이 사라질 존재다. 석가모니는 천상천하유아독존이라는 유명한 말을 했다. 이는 우주 가운데 자기보다 존귀한 이는 없다는 뜻이다. 자기를 비하하고 비관하는 것은 어리석은 생각이다. 세상에서 자기를 끝까지 위해 줄 사람은, 바로 자신뿐이다.

2024년 2월 2일 오전 10시 30분경, 녀석과 아내가 자가용을 타고 제부도로 여행을 떠났다. 두 사람이 제부도의 해상케이블카 매표소 앞에 도착하니, 거의 정오가 되었다. 녀석과 아내는, 근처의 식당에서 바지락 칼국수를 먹었다. 허름한 차림새의 노부부가 운영하는 식당이 꺼림칙했는데, 칼국수를 먹어보니 의외로 맛이 있었다. 만족한 표정으로 해상케이블카에 탑승한 두 사람은, 맞은편 전곡항에 도착할 때까지 깔깔대며 수다를 떨었다.

"야, 케이블카가 올라간다~"

"하하하."

"이이고, 무서워~"

"너무 재미있네."

"저 밑에, 바닷길로 차 다니는 거 봐~"

"하하하"

녀석은 천진난만하게 웃고 있는 아내에게 기습뽀뽀를 해주었다. 아내는, 세상에서 가장 행복한 표정으로 콧소리를 내며 말했다.

"에구, 뭐 이런 걸 촬영하고 그래~"

녀석이, 아내에게 화답했다.

"애들도 동영상을 보고, 본받으라고~"

전곡항에 도착하니, 해변을 끼고 멋진 오솔길이 펼쳐졌다. 두 사람은, 산 중턱의 오솔길을 걸으며 정겹게 대화를 나눴다.

"우와, 케이블카가 조롱조롱 매달려서 지나가는 모습이 이쁘다!"

"데이트 코스로, 한번 와 볼 만하구만."

"데이트 코스로, 너무 좋지~"

"하하하."

"풍경도 좋잖아."

"저기 해안이 쫙 펼쳐지고, 시끄럽지도 않고, 그치."

"아주 좋구만, 좋아 좋아~"

아내가 갑자기 노래를 부르기 시작했다.

"좋아 좋아요~
우리 가족 행복하게~
오래오래 살아요~

엄마 아빠 사랑해요~
빵빵빵~"

녀석은 해상 케이블카에서 뽀뽀했던 기분을 되살려서, 아내에게 말했다.

"우리, 그럼 뽀뽀 한번 해 볼까?"

녀석과 아내는, 누가 먼저랄 것도 없이 입술을 뾰족하게 내밀었다.

"♡♡♡"

곧바로, 녀석이 찍은 동영상을 카카오톡 단톡방에 올렸다. 잠시 후에, 딸과 며느리로부터 반응이 왔다.

딸 : 「오, 좋은 데 갔네. ㅎ」

아내 : 「다음에 같이 오자~」

딸 : 「응. ㅋㅋ 재밌게 놀다 오셩」

며느리 : 「재미있게 놀다 오세요~ ^^」

K는, 몇 달 전부터 깊은 고민에 빠졌다. 과연, 별로 흥미롭지도 않은 이야기를 계속 나열하는 것이 옳은가? 녀석은, 이쯤에서 《발바닥 인생》 3권의 집필을 마무리하기로 했다. 당분간, 녀석은 써놓은 원고를 편집하면서 독서에 몰두할 생각이다. 녀석을 좋아했던 부반주자의 언니가 카카오톡으로 보내 주신 어느 시인의 글을 소개하며 작별의 인사를 드리고자 한다.

꽃향기가 비바람을 겪어냄으로써
더욱 강하게 풍길 수 있듯,

상처를 안고 살아가는 이는
더 큰 사랑을 품을 수 있고,

그럼으로써 가장 향기롭게 됩니다.

상처도 잘 익혀서
언젠가 꽃내음 풍기는

우리가 될 수 있기를
바라봅니다

발바닥 인생 4(A)

SOLE LIFE: FOURTH BOOK

2024년에 접어들면서 녀석을 과대평가하는 독자들이 조금씩 생겨났다. 그들은 녀석이 장문의 종교 서적(나의 복음)과 여러 권의 자전소설(발바닥 인생 전집)을 기록한 것만으로도 선생님 대접을 받을 수 있다고 생각한다. 녀석은 선생님 소리를 들을 때마다 어색하고 부담스러웠다. 어쨌든, 녀석이 집필을 시작한 자전소설은 4권까지 마무리를 지어야 했다. 녀석은 자전소설을 쓴 목적이 전도이며, 그 내용은 진실한 이야기만 기록할 것이라고 선언했었다. 녀석은, 우선 《발바닥 인생》 3권과 연결되는 평범한 이야기를 계속 써나가기로 했다.

2024년 2월 28일, 큰집의 넷째 형수님이 한라봉 1박스를 보내 주셨다. 녀석은 선물을 받으면서 마음의 부담이 생겼다. 나의 복음을 가장 먼저 들으셨던 장로님이 해마다 김을 보내 주실 때도, 녀석은 큰 부담을 느꼈었다. 녀석을 곁에서 지켜보던 아내가, 이런 말을 했다.

“당신의 기분만 생각하면 안 되지. 상대방이 고마움의 표시로 보낸 선물을 거절하면 예의가 아니야.”

녀석은 아내의 말이 옳다고 생각하여, 형수님에게 카톡을 보냈다.

「형수님 감사합니다. 사랑과 정성을 담아 보내 주신 한라봉을, 저희 온 가족이 감사하며 먹겠습니다.」

오후 1시 50분, 형수님으로부터 답장이 왔다.

「스승님께 항상 죄송하게 생각합니다. 제자가 부족하고 모자라서 스승님께 누가 될까 걱정됩니다. 항상 감사합니다~ ♡」

녀석은, 형수님의 답글을 보고 깜짝 놀랐다. 형수님이 녀석을 가리켜 ‘스승님’이라고 칭했기 때문이다. 녀석은 그저 평범한 그리스도인이다. 하나님께서 보실 때, 오히려 형수님의 순수한 신앙이 녀석보다 더 나을 것이다.

2024년 3월 1일 오후 8시 23분, 녀석이 형수님에게 카톡을 보냈다.

「그리스도인들의 스승은, 오직 하나님 한 분밖에 없습니다.

나는 심었고 아볼로는 물을 주었으되 오직 하나님은 자라나게 하셨나니 - 그런즉 심는 이나 물주는 이는 아무 것도 아니로되 오직 자라나게 하시는 하나님 뿐이니라 (고린도전서 3장 6~7절)

복음의 씨앗을 심고 물을 주는 자들은 하나님의 심부름꾼에 불과합니다. 저도 성령께서 거저 주신 말씀을 거저 전했을 뿐입니다. 형수님과 저는 똑같은 조건의 신앙인입니다. 언제라도 형수님이 저보다 신앙이 앞설 수 있습니다. 그러므로, 저는 형수님의 스승이 될 자격이 없습니다.

예수께서 이 열 둘을 내어보내시며 명하여 가라사대 이방인의 길로도 가지 말고 사마리아인의 고을에도 들어가지 말고 - 차라리 이스라엘 집의 잃어버린 양에게로 가라 - 가면서 전파하여 말하되 천국이 가까왔다 하고 - 병든 자를 고치며 죽은 자를 살리며 문둥이를 깨끗하게 하며 귀신을 쫓아내되 너희가 거저 받았으니 거저 주어라 (마태복음 10장 5~8절)

이방인의 길로 가는 것은, 불신자들을 전도하는 것을 뜻합니다. 사마리아인의 고을에 들어가는 것은, 타 종교인들을 전도하는 것을 뜻합니다. 이스라엘의 잃어버린 양에게로 가는 것은, 그리스도인(영적인 이스라엘 백성)들 중에 말씀다운 말씀을 듣지 못하고 방황하는 성도들을 전도하는 것을 뜻합니다. 예수님은 먼저 방황하는 그리스도인들을 전도하라고 말씀하십니다.

형수님은 이스라엘의 잃어버린 양과 같습니다. 형수님은 수십 년 동안 신앙생활을 했지만, 아직도 참된 평안과 기쁨을 누리지 못하고 있습니다. 성령께서 가르쳐 주시는 말씀을 배우고 순종하면, 반드시 참된 평안과 기쁨이 찾아옵니다. 오직 성령님만이 그리스도인들의 참된 스승이십니다.

(중략)

예수님은 성령을 통해서 가르치시고 생각나게 하십니다. 지금은 성령님의 시대입니다. 그리스도인들은, 오직 성령 충만 받는 일에 힘써야 합니다. 사도 바울은, 오직 십자가의 도 외에는 알지 아니하기로 작정했습니다. 십자가의 도는 예수께서 십자가를 지신 목적이지요. 주님께서 십자가를 지신 목적은 하나님과 사람들이 사랑(화목)할 수 있도록 만드시는 것입니다. 세상에서, 이보다 더 큰 사업은 없습니다. 십자가의 도를 순종하는 그리스도인은, 아무리 어려운 시련이 닥쳐도 능히 극복하면서 세상의 모든 것을 얻게(차지하게) 됩니다.

(중략)

사도 바울은 복음을 전한다는 이유로, 환란과 궁핍과 고난과 매 맞음과 옥에 갇힘과 난동과 수고로움과 자지 못함과 먹지 못하는 혹독한 시련을 겪었습니다. 성령 충만한 그리스도인은, 반드시 혹독한 시련을 겪게 되어 있습니다. 형수님도 전도하면서 혹독한 시련을 겪은 줄 압니다. 이는 예수님의 흔적을 지니게 되는 영광스러운 일입니다.

(중략)

오늘 형수님께 나의 복음을 전하면서, 제가 큰 은혜를 받고 있습니다. 그동안 형수님도, 대체로 신앙생활을 잘하신 것 같습니다. 우리가 힘을 합쳐 복음을 전한다면, 하나님께서 매우 기뻐하실 줄 믿습니다. 할렐루야!」

다음 날 새벽 0시 44분, 형수님에게 추가로 카톡을 보냈다.

「성령께서 주시는 말씀(나의 복음)을 알아듣고 순종하면 예수님의 제자가 되는 것입니다. 저는 성령께서 주신 말씀(나의 복음)을 전달하는 심부름꾼일 뿐입니다. 제가 나의 복음을 전하는 목적은, 저의 제자를 얻기 위함이 아니라 모든 민족이 예수님의 제자가 되도록 돕는 것입니다.

형수님이 나의 복음을 듣고 순종하면, 저의 제자가 되는 것이 아니라 예수님의 제자가 되는 것입니다. 저는 형수님과 동역하는 전도자가 되는 것이고요. 그러므로 예전처럼 형수님이 저를 도련님으로 부르면서 전도의 동역자가 되어 주시면 고맙겠습니다.

예수께서 나아와 일러 가라사대 하늘과 땅의 모든 권세를 내게 주셨으니 - 그러므로 너희는 가서 모든 족속으로 제자를 삼아 아버지와 아들과 성령의 이름으로 세례를 주고 - 내가 너희에게 분부한 모든 것을 가르쳐 지키게 하라 볼찌어다 내가 세상 끝날까지 너희와 항상 함께 있으리라 하시니라 (마태복음 28장 18~20절)

이 말씀을 오해하면 큰일 납니다.

예수님의 제자는, 모든 민족이 예수님의 제자(신부)가 되도록 가르쳐 지키게 하는 것이 사명입니다. 전도자가 선생(스승) 되기를 좋아하면, 하나님의 더 큰 심판을 받게 됩니다.

내 형제들아 너희는 선생 된 우리가 더 큰 심판 받을 줄을 알고 많이 선생이 되지 말라 (야고보서 3장 1절)」

오전 10시 04분에, 형수님으로부터 답장이 왔다.

「아멘~」

2024년 3월 7일 오전 2시 40분에, 큰집의 넷째 형수님으로부터 카톡이 왔다.

「작은할아버지께서 오늘 소천하셨어요. 큰할아버지의 큰아들 ○○○씨가 부고장을 보내왔어요. 친척들에게 연락해서 알려달라고 했나 봅니다. (중략) 낮에 남편에게 도련님께는 부고를 보내지 말라고 했는데, 남편은 밤이 되어 부고를 전달 안 한 것이 신경이 쓰이는지 가고 안 가는 것은 본인이 알아서 하게 도련님께 보낸다길래 알아서 하라고 했어요. 그러니 부담 안 가져도 됩니다. 편안하게 생각하세요~~」

오후 6시 41분에, 몇 달 동안 연락이 없었던 큰누나도 작은할아버지의 사망 소식을 문자로 보내왔다.

「남영동 작은할아버지 별세함. 내일 아침 8시 발인함. 오늘 ○○(녀석의 여동생)이 다녀옴. ○○○(K) 이름으로 20만 원 조의금 내고 왔다고 함. 가보려면 오늘 가야 함. 광명성애병원 철산역 근처라고 함.」

녀석은 조문을 가지 않고, 아무에게도 답장하지 않았다. 녀석은, 수십 년 동안 연락조차 없었던 작은할아버지의 별세 소식을 듣고 조문해야 할 필요성을 느끼지 못했다. 녀석이 죽으면 장례식을 치르지 않고 대학병원에 기증되어 실험도구로 쓰일 것이다. 그러므로 녀석이 다른 사람들의 장례식에 가지 않는다고 실례될 것도 없다.

녀석은, 큰누나에게 이런 말을 했었다.

"나는 엄마가 죽어도 장례식에 참석하지 않을 거야!"

물론, 녀석이 먼저 죽을 수도 있다. 녀석은 청소년 시절부터 온몸이 쑤시고 뒤틀리고 가렵고 쓰라리고 마비가 오는 아픔을 처절하게 겪으면서 살고 있다. 때로는, 녀석도 자살하고 싶을 정도로 괴롭다. 그러나 녀석은 몸이 아플수록 즐겁게 살아가려고 노력한다. 녀석이 손녀와 놀아줄 때도, 사실은 컨디션이 안 좋을 때가 대부분이었다. 녀석의 몸은 날로 쇠약해지지만, 그럴수록 마음에 기쁨은 충만하다. 누가 더 오래 살았느냐가 중요한 것이 아니라, 누가 더 기쁨을 누리며 살았느냐가 중요한 것이다. 녀석이 생각하는 최고의 성공자는, 최악의 조건에서도 기쁘게 살다가 죽는 사람이다.

40여 년 전에, 녀석의 어머니가 이런 말을 한 적이 있었다.

"너는 ○순경보다 더할 놈이다!"

○순경은, 경상도의 어느 시골 마을에서 주민들을 총으로 난사하여 95명의 사상자를 내고 자폭한 흉악범이다. 이 사건은, 녀석이 공업고등학교에서 수십 명의 학생을 상대로 큰 싸움을 벌인 직후에 벌어졌다. 그 당시에, 녀석의 성격은 지킬 박사와 하이드에 비견될 정도였다. 녀석은 평상시에 천사처럼 부드럽게 행동하지만, 화가 치솟으면 악마처럼 표독스럽게 변했다. 만약에, 녀석이 신앙생활을 하지 않았다면 부모에 대한 원한에 사로잡혀 날뛰다가 엽기적인 흉악범이 되어 형장의 이슬로 사라졌을지도 모른다. 시한폭탄처럼 살아가던 녀석이 청년 시절에 그리스도인이 된 것은, 국가적으로도 유익한 사건임이 분명하다.

2024년 5월 16일 새벽 1시 42분, 녀석이 병원에 입원한 40대의 남성 환자와 통화했다. 그는 문학을 전공했다고 한다. 녀석이 먼저 인사를 건넸다.

"선생님과 대화를 나누게 되어 영광입니다."

"저는 선생님이라고 불릴 정도는 아닙니다. 문학을 전공했지만, 글을 쓰고 있지는 않지요."

"저는 아마추어 작가입니다. 그저 있는 사실을 나열하는 정도의 글을 쓰고 있죠."

"저는 글 쓰는 사람의 마인드가 진실해야 한다고 생각해요. 선생님이 책을 내셨으면, 나머지 판단은 독자의 몫이라고 생각해요. 선생님이 쓰신 책을 불교 신자가 읽을 수도 있고, 천주교 신자가 읽을 수도 있고, 남녀노소 가리지 않고 읽을 수 있죠. 어느 누가 읽든지 간에, 선생님이 쓰신 책의 판단은 독자가 하는 것이죠."

"네, 네. 그러면 독자님이 보시기에, 제가 쓰고 있는 책이 올바른 방향으로 나아가는 것 같나요? 사실, 저는 《발바닥 인생》 3권이 1~2권보다 작품의 질이 떨어진다고 느껴집니다."

"앞으로, 선생님의 필력이 점점 좋아지실 거예요."

"저는 《발바닥 인생》 4권의 집필이 완료되면, 이미 써 놓은 자전소설과 합쳐서 《발바닥 인생》 전집으로 출간되기를 기대합니다. 성경이 창세기부터 요한계시록까지 합쳐서, 한 권의 책으로 만들어진 것처럼 말이죠."

"맞죠, 맞죠. 이건 준비과정일 수도 있는 거죠. 저는 이해했어요. 선생님은 3권까지 습작하는 과정으로 생각하시는 거니까요. 나중에 스토리를 추가할 건 추가하고, 생략할 건 생략하고….”

“스토리를 추가하다 보면 완성도가 높아지는 것이 기막히게 재미있더라고요.”

“맞죠, 그럴 때 희열을 느끼는 거죠.”

“그래서 3권부터는 최대한 스토리를 길게 이어나가려고 노력했어요.”

“맞죠, 그거는 맞는 방향이죠.”

“하나님께서 돕는 사람을 붙여 주시겠죠. 저는 돈벌이가 목적이 아니거든요. 저는 《발바닥 인생》 전집이 세계로 퍼져나가서 『나의 복음』이 널리 전파되는 것을 목적으로 삼고 있지요.”

“네네.”

“작가의 욕심이 뭔지 알죠? 《발바닥 인생》 전집이 세계로 퍼져나간다면, 저는 지구 땅덩어리를 얻는 것보다 부자라고 생각해요.”

"천하를 얻는 것보다 더 좋은…."

"그렇죠. 아시잖아요."

"작가가 글을 쓸 때는 픽션이든 논픽션이든 상관이 없다고 생각해요."

"저는 상상으로 글을 쓸 수 없는 한계가 있어요. 저에게는 사실적인 이야기를 벗어나면 안 된다는 굴레가 있지요."

"왜 선생님은 교회를 안 나가게 되셨어요?"

"그 이유도, 《발바닥 인생》 1·2권을 읽어보면 다 나와요. 종교개혁에 대한 엄청난 이야기도 나오고요. 일반 사람들이 보면, 저를 또라이라고 생각하겠지요."

"또라이고 아니고가 어디 있어요. 하나님이 사람들을 등급을 나눈 것도 아니고, 모두가 사랑하는 자녀들인데…."

"저에게 코치해 주시는 독자님의 이야기를 들으면 선생님 소리가 절로 나와요."

"그나저나, 작가님은 어떤 이유로 교회에 나가지 않게 되었나요? 지금 당장 너무 궁금해서 그래요."

"저는 교회(예배당)에 나가서 진짜로 예수님을 믿은 사람이에요."

"믿음에 진실과 가짜가 어디 있어요?"

"그런데 가짜가 있더라고요. 본인은 믿는다고 하지만, 스스로 속고 있는 사람들이 많아요."

"너무나 많죠. 교회를 나가도 사람들을 보지 말고 하나님을 봐야죠."

"그러니까요. 저는 예배당에 나가든 안 나가든, 무인도에 있어도 찬송과 기도할 수 있어야 진짜 믿는 자라고 생각해요. 사람들이 교회(예배당)에 안 나가면 불신자라는 생각이 잘못되었다는 거죠. 저는 무인도에 있어도 진짜 찬송한다니까요. 진짜 예수님을 믿는 사람은 핍박해도 찬송과 기도를 쉬지 않지요."

"다니엘이 사자 굴속에 들어갈지라도 기도했던 것처럼요?"

"제가 교회를 40년 가까이 다녔다고 했죠."

"네, 네."

"제가 교회를 40년 가까이 다니면서 지독하게 찬송하고 기도하고 성경을 읽은 사람인데, 어설프게 신학을 공부한 사람들의 설교를 들으면 한심한 생각이 들더라고요. 그저 돈벌이 수단으로 목회하는…. 독자님도 알잖아요?"

"아~. 네, 네."

"그런 문제의식 때문에, 저는 10년 정도 고민을 하게 된 거지요. 그러다가 약 5년 전에, 하나님께서 교회를 떠나라는…."

"(하나님의) 음성을 들으셨어요?"

"마음에 감동이 와요."

"그 느낌을 저도 알아요."

"(하나님의) 응답을 받는다는 것은 음성이 들리는 것이 아니고, 그런 감동이 계속 느껴지는 것이지요. 그래서 제가 교회를 떠났지요."

"저도 교회에 다니다 보면 사람들 때문에 느낀 점이 많아요."

"그러니까, 저는 신앙의 자유를 얻기 위해서 교회를 떠난 거예요."

"어쨌거나, 선생님이 상처를 받으셨네요."

"제가 상처를 받은 것이 아니고, 서로 부딪친 거지요."

"무슨 얘긴지 알겠어요."

"영국의 청교도들이 신앙의 자유를 찾아서 미국으로 가듯이, 저도 신앙의 자유를 찾아서 교회를 떠났지요."

"작가님은 성도들한테 제일 심한 욕이 어떤 것인지 아세요?"

"그게 뭔데요?"

"작가님은 아실 것 같은데요."

"아뇨, 전 몰라요."

"기독교인에게 가장 심한 욕은 이거래요."

'죽을 때까지 하나님 믿으세요. 다만, 성령 없이 믿으세요.'

“이야! 그러니까 가롯 유다가 되란 얘기네요.”

“저도 지금 교회에 잘 안 다니고 있어요. 그래도 저는 교회에 나가고 싶으면 나가요. 저는 모태신앙이어서 여러 가지 비리도 보고…. 하지만 그건 하나님께서 알아서 하실 문제라고 생각해요. 하나님이 벌을 주시든, 아니면 상을 주시든.”

“맞아요. 사실 제가 4권을 쓰는 주제가 독자님이 얘기했던 내용이에요.”

“작가님도 글을 쓰시면서 기도하시죠?”

“그럼요. 매일 기도하지요.”

“제가 봤을 때는, 하나님께서 선생님에게 또 다른 기회를 주실 거라고 믿어요. 저도 기도할게요.”

(중략)

“제가 《발바닥 인생》 4권을 쓰기 시작하는데, 귀한 독자님을 만나게 된 거예요.”

“저 말고도 하나님께서 돕는 자를 보내 주실 거예요.”

"독자님도 모태신앙이기 때문에, 신앙적인 고민이 많으셨을 것 같아요."

"저도 어려서부터 교회에 다녔기 때문에, 머리가 커지고 사춘기가 지나면서 또 다른 세상이 있다는 사실을 깨달았어요. 내가 어려서 주일학교 때부터 배웠던 것이 잘못되었다(틀리다)는 생각이 들어서 고민을 되게 많이 했었어요. 제가 문창(문예 창작)과에 들어간 것도 신기해요. 저는 문창과가 있는지도 몰랐어요. 저는 서울예전에 들어갔는데요."

"아유, 대단하시네요."

"저는 대학교에 들어갈 생각도 없었어요. 저는 연기를 했으면 좋겠다고 생각했는데, 서울예전 연극과에 (원서를) 쓰러 갔다가 이상하게 문창과에 들어가게 되었어요. 저는 수능 점수도 안 좋았는데 붙었어요. 어쩌면, 그것도 주님이 주신 것이죠. 지금도 경쟁률이 세지만, 그때도 무척 셌거든요."

"이야, 저는 입이 딱 벌어지는데요."

"작가님 말씀대로, 이건 지식 가지고 될 수 있는 게 아니에요. 그때 (문창과에) 다니면서 느낀 게 뭐냐면, 이게 실기고 실습인데 대단한 사람들이 너무 많더라고요. 정말 열정적으로,

이걸 못 쓰면 죽는다는 애들을 많이 봤어요. 진짜 얼마나 치열했는데요. 그런데도 (문창과를) 졸업하고 나서, 그 길로 안 가는 사람이 대부분이에요. 저는 선생님이 책을 냈다는 사실을 알고, 그것만으로도 작가라고 인정했어요. 선생님의 책은 자신의 이야기를 독자들에게 들려주시지만, 그 이야기가 하나님의 이야기를 들려주시는 거 아니에요."

"그렇죠. 목적은 거기에 있지요."

"그런 사실을 미리 알았으면, 제가 선생님에게 창작을 해보시라는 이야기를 안 했지요. 선생님은 특별한 목적이 있으시니까, 그 방향으로 가기 위해서 꾸며낸 이야기를 할 수는 없는 거지요."

"맞아요. 저는 허구적인 이야기를 쓸 수 없어서, 작가로서 불리한 것은 사실이지요."

"그것도 선생님이 기도를 더 해보세요. 하나님께서 분명히 답을 주실 거예요. 믿음이라는 게, 사람이 크기를 정할 수는 없잖아요."

"그렇죠.

"저는 그렇게 믿어요. 노래도 있잖아요, 내일 일은 난 몰라요. 하루하루 살아요…. 저도 어렸을 때 복음성가 많이 불렀어요."

"저는 청년 시절에 성극도 많이 했어요. 제가 성극을 좋아해서. 그래서 글을 쓰는 달란트가 있는가 봐요. 성극을 하면서 약간 습작이 된 것 같아요. 제가 중고등부 교사를 하면서 성극 연출을 했거든요."

(중략)

"저는 선생님의 책에 관하여 이야기를 나누면서 이런 생각을 했어요. 아! 예수님이 나에게 말씀을 들려주시는구나. 아직도 나를 사랑하시는구나."

"제가 《발바닥 인생》 4권을 집필할 때, 올바른 방향을 잡도록 하나님께서 독자님을 보내 주신 것 같아요."

"그럼, 제가 더 영광스러운 일이지요."

"저는 만나는 사람들의 신분을 최대한 노출시키지 않으려고, 그냥 스쳐 지나가듯이 글을 쓰지요."

"그러니까, 간증 같은 거지요."

"그렇지요. 간증이 진짜지요."

"작가님은, 저에게 오신 천사 같아요."

"어떻게 보면, 독자님도 저의 동역자가 된 거예요. 제가 독자님을 만나서 《발바닥 인생》 4권을 써나갈 방향을 찾았어요. 조금 전까지도, 어떻게 써야 할지 고민을 많이 하고 있었거든요."

"저는 스스로 하나님이 없다고 생각하고 있었는데, 오늘 너무 소름 끼치게 느낀 점이 있어요. 아! 하나님이 저와 함께 계시는구나. 제가 아무리 주님을 벗어나려고 해도 감싸주시는구나."

"지나간 이야기를 조금 더 해드릴게요."

"네네."

"제가 마틴 루터의 종교개혁을 능가하는 책을 쓴다고 했잖아요. 저는 (기독교계에) 그리스도인들이 마지막까지 살아남는 방법을 설명하는 책을 쓰고 있거든요."

"그럼, 너무 좋죠."

"여기저기 다니면서 엉뚱한 곳에 돈을 바치지 말고, 가난한 사람에게 나눠주면서 신앙생활을 하면 좋을 것 같아요."

"저는 그 말씀의 뜻을 이해해요."

"그런 내용이 《발바닥 인생》 3권에 나와요. 사도 바울이 유대교를 떠나서 그리스도인이 되었듯이, 저의 책(자전소설)도 개종 수준의 종교개혁을 하라는 것이 주된 내용이에요."

"네네."

"제가 《발바닥 인생》 1권의 초판을 출간할 때, 타락한 종교인의 이야기를 상당 부분 기록했어요. 그랬더니, 독자들이 재미있게 읽다가 종교 이야기에 거부감을 느낀다는 사실을 알았어요. 그래서 1권의 두 번째 판을 낼 때는, 종교적인 이야기를 거의 빼고 재미있는 내용만 기록했지요. 2권을 집필할 때는, 종교적인 이야기를 조금 더 추가했고요. 3권을 집필할 때는, 과감하게 종교적인 이야기로 절반을 채웠어요. 《발바닥 인생》 1권과 2권을 읽어 본 독자들은 대부분 3권을 기다리게 되지요. 그러니까, 《발바닥 인생》 1권과 2권은 독자들이 호기심을 가지고 3권의 종교적인 이야기를 읽을 수밖에 없도록 만드는 미끼라고 할 수 있죠. 민물에 살던 연어를 갑자기 바닷물에 집어넣으면 죽어버리잖아요. 민물에서 살던 연어가 강물에서 서서히 바닷물로 나가야 살 수 있듯이…. 독자님도 아시다시피, 소설에서 종교 이야기를 써버리면 취약이잖아요. 그래서 《발바닥 인생》 1권의 둘째 판을 출간할 때는 재미있는 이야기만 주로 썼던 거예요. 그리고 2권부터 종교 이야기의 비중을 늘려나갔지요."

"하하하. 음식에 소스하고 조미료를 가미하듯이…."

(중략)

"저는 신앙의 자유를 찾아서 홀로 나왔는데요. 혼자서 신앙생활 하기는 매우 힘듭니다. 그러나 스스로 신앙생활을 해나갈 능력이 있다면 문제가 없지요. 저는 종교단체의 각종 비리에 질려서 예배당에 나가지 않는 가나안 신자들이 스스로 신앙생활을 하도록 유도하고 있어요."

"하나님께서 사람마다 각자의 역할을 주시는 것 같아요."

"저는 큰 교단을 만들어서 교세를 떨치기보다는, 단 한 사람이라도 잃어버린 양을 찾아내어 스스로 신앙생활을 하도록 도와주는 것이 중요하다고 생각해요. 저는 이 길이 옳다고 믿기 때문에, 외로운 전도자의 길을 가겠다는 거지요. 저는 어떤 조직도 만들지 않아요. 그리고 누구도 끌어들이지 않고 홀로 전도하지요. 하지만, 저는 가끔 만나게 되는 동역자를 무척 귀하게 여깁니다. 저는 독자님과 같은 동역자를 만나기 위해서 자전소설을 나눠 주고 있거든요."

"네네."

"전도하는 목적과 내용은 《발바닥 인생》 3권에 다 기록했다고 봐요. 《발바닥 인생》 4권은 상품(나의 복음)을 포장하는 작업에 비유될 것 같아요. 상품은 포장이 잘되어야 더욱 돋보이잖아요. 어떤 상품은 포장하는 비용이 더 들어가기도 하죠."

"하하하하."

"포장이 잘못되면 상품까지 우습게 본다고요. 그러니까 《발바닥 인생》 4권은, 3권의 포장 작업을 하는 거예요."

"사람들이 보는 눈은 그런데…."

"세상 사람들을 전도하려면, 그들이 감당할 만한 수준으로 해야지요. 하나님도 우격다짐으로 전도하지 않으셨잖아요. 먼저 용서해 주시면서, 잘못된 것을 바로잡아 주시면서, 서서히 말씀을 전하셨지요."

"어쨌거나, 작가님은 꼭 성령님과 함께하셨으면 좋겠어요."

“오늘 독자님과 통화하면서 《발바닥 인생》 4권을 어떻게 써야 할지 구도가 잡히는 것 같아요.”

“아유, 너무 좋죠. 제가 들은 목사님 설교 중에서, ‘내가 정말 그리스도인이라면 세상에서도 정도가 아닌 길을 가지 않는다’고 들었어요. 성령 충만한 분들은 하나님과의 관계에만 집중하지요. 성령 충만하면, 다른 사람들의 안 좋은 모습조차도 거슬리게 보이지 않는다고 하더라구요.”

“독자님을 만나기 전부터, 제가 《발바닥 인생》 4권에 쓰려고 했던 것이 그런 내용이거든요. 제가 예전에는, 타 종교인을 보면 우상 숭배자라는 선입견을 가졌어요. 요즘은 타 종교인의 이야기도 많이 듣고 있지요.”

“예수님도 사마리아 여인을 창녀라고 정죄하지 않으시고 전도하셨잖아요.”

“제가 보내드리는 《발바닥 인생》 전집을 독자님이 널리 전파해 주신다면 모든 저작권을 드릴 용의가 있습니다.”

“아유, 그렇게까지….”

“독자님을 통하여 《발바닥 인생》 전집이 세상에 널리 전파될 수 있다면, 저는 더 바랄 것이 없습니다."

"그럼 저도 할렐루야지요."

"독자님은 문학의 기초를 배운 사람이고, 저는 우격다짐으로 글을 쓰는 사람이잖아요."

"아니죠. 글을 쓰는 방법을 알려주는 학교는 없어요. 글을 쓰는 데 프로가 어디 있고 아마추어가 어디 있어요. 필력은, 자신이 쓰면 쓸수록 늘어가는 것이지요."

"제가 부끄러운 이야기를 한 말씀 더 드릴게요. 사실은 제가 《발바닥 인생》 2권을 쓰면서 사심이 들어가더라고요."

"아~, 이 책을 팔아서 돈도 벌고 인기도 얻고 싶은…."

"네, 그런 유혹이 오더라고요. 그렇게 쓰려면 허구적인 이야기도 많이 지어내야 하지요. 그러나 저는 사실적인 이야기만 쓸 수밖에 없다고 했잖아요. 저의 이런 한계 때문에 독자님을 보내 주셨나 봐요."

"저는 너무 좋죠. 주님께서 예비해 주신 길로 제가 찾아와서 작가님과 대화하고…. 저는 너무 좋아요."

"저도 4권을 어떻게 써야 할지 너무 막막했어요. 5년이 걸릴지, 또는 10년이 걸릴지, 글을 쓰기 전에 어떤 느낌이 오잖아요. 이건 너무 힘들다. 악상이 떠오르지 않으면 작곡을 할 수 없듯이, 어떤 이야기를 써야 할지 도무지 떠오르지 않는 거예요."

"그럼 기도하셔야죠."

"기도했는데…. 그래서 독자님을 보내 주신 것 같아요. 주님의 일도 독불장군으로 할 수 없으니까요. 모세의 장인이 말했지요. 모세 혼자 이스라엘 백성의 모든 재판을 하지 말고, 작은 일들은 다른 사람에게 맡기라고요. 그래서 독자님과 같은 분을 만나서 함께 일(전도)하려는 거예요."

"저도 감사하죠. 솔직히 저는 책도 내 본 적이 없고요. 선생님이라고 불릴 만한 그릇도 못 돼요."

"독자님도 저에게 그러셨지요. 스스로 아마추어 작가라고 하지 말라고요. 아마, 하나님께서 독자님에게 이런 말씀을 하실 거예요. 내가 쓰겠다는데, 네가 무슨 말이 많으냐!"

"하하하. 그럴 수도 있죠."

"이제 알겠죠. 제가 왜 아마추어 작가라고 말했는지 이해가 가죠."

"네."

"어쨌든, 오늘 감사했습니다."

"네네. 감사합니다."

2024년 6월 11일 오후 5시 54분, 녀석에게 40대 초반의 여성 독자로부터 전화가 걸려왔다.

"작가님, 지금 바빠?"

"나는, 지금 집에서 쉬고 있지."

"작가님, 제가 드리고 싶은 말이 있어서…. 요즘 작가님이 너무 힘이 없어 보여요. 옛날 같지가 않아."

"이번 달에 퇴직하거든. 그러니 힘이 있겠냐고."

"요즘 작가님 뵐 때마다 힘이 없어 보여서 마음이 좀 아팠어."

"지금은 정을 떼고 있지. 나는 6월 30일까지 근무하고 병원을 떠나야 해."

"힘내세요."

"아유, 고마워. 내가 독자님들 늘 사랑하지. 조금이라도 힐링하도록 도와주고 싶고."

"작가님이 엄청나게 노력하셨지요. 작가님, 삼계탕 좀 드세요."

"지금은 먹는 것보다 쉬어 줘야 해. 11년 동안 밤 근무를 하다 보니, 회복이 안 되는 것 같아. 그래서 하나님께서 쉬도록 하신 것 같아."

"참 대단하세요."

"그렇게 봐 주니 감사하네. 독자님의 이야기는 《발바닥 인생》 3권에 많은 분량을 기록해 놨잖아."

"네."

"발바닥 인생 4권도 쓰고 있는데, 내가 죽은 다음에 출간하려고."

"그런 소리 하지 말아요."

"이 책이 살아남아서 세계로 퍼져나가면 OOO 독자님도 이름만 안 밝혔을 뿐이지, 그 속에 다 들어있잖아."

"헤헷."

"독자님도 전도의 동역자로 쓰임을 받는 거야. 하하하."

"파이팅!"

"독자님도 파이팅!"

"나는 병원을 떠나도, 우리는 통화하면서 교류하고 식사도 하고 같이 어울리며 친구가 돼서 죽을 때까지 함께 가자고."

"네, 알겠습니다."

"독자님을 만난 게, 나는 큰 재산을 얻은 것과 같아. 돈으로 따질 수 없는 친구를 만나서 감사하지. 하하하하."

"후훗. 작가님을 너무너무 본받고 싶어요."

“내가 책을 쓰는 것도, 나를 본받으라고 하는 거야. 나의 몸도 여기저기 무척 아프고 힘들지만, 찬송과 기도로 영력을 공급받아서 환갑을 훌쩍 넘겨 살아가고 있잖아. 이런 식으로 살면, 독자님은 나보다 더 큰 일을 할 수 있어. 책을 쓰든지, 뭘 하든지.”

“대단하셔요. 헤헷.”

“고마워요. 독자님은 계속 기도해 줄게요.”

“감사해요.”

“어쨌든, 잊지 않고 전화해 줘서 고마워요.”

“작가님, 저도 잘했다고 칭찬받을 일이 있으면 전화드릴 거예요.”

“병원에서는 못 만나더라도, 내가 식사라도 초대하고 싶어요.”

“감사합니다.”

“독자님 같은 사람을 죽을 때까지 친구로 삼으면, 작가로서 영광이지. 독자님은 나랑 대화가 잘 통하잖아. 세상에서 언지 못하는 하나님의 은혜가 내게 있거든. 그 사랑을 듬뿍 주고 싶어. 우리는 주님 안에서 진짜 아름다운 사랑을 이루면서 살자고."

"알겠어요. 파이팅!"

"내가 기도하고 있다는 걸 잊지 말고, 독자님이 힘들 때 나한테 전화해서 풀어. 내가 다 받아 주잖아. 독자님이 언제 어느 때 전화해도 다 받아 줬잖아."

"작가님하고 얘기하면서 울었던 것도 다 기억나요. 후훗."

"그럴 때는, 들어만 주고 대화만 나눠도 치유가 되거든. 그런데 그렇게 해 줄 사람이 거의 없지."

"없죠!!!"

"독자님 같은 경우는 밤새워 대화해도 위로해 주고 싶은 마음이 있으니까, 우리의 관계가 오래도록 지속이 되는 거지. 하하하."

"네."

"어쨌든, 오늘 전화해 줘서 고맙고 다음에 또 통화합시다."

“네~”

사실, 녀석의 건강은 몹시 안 좋았다. 거울에 비친 녀석의 얼굴은 해골바가지를 방불케 했으며, 몸은 비쩍 말라서 며칠 굶은 노숙자를 연상케 했다. 오죽했으면, 녀석을 곁에서 지켜보던 독자가 전화까지 했겠는가. 녀석은 무너져 가는 자신의 몸뚱이를 바라보면서 괴롭고 두려웠지만, 아무 문제도 없는 것처럼 행동했다.

2024년 6월 14일 오전 8시 30분경, 병원의 식당에서 녀석과 행정원장님이 마주 앉아 아침 식사를 하면서 활짝 웃으며 정겨운 대화를 나누었다.

“반장님이 제안하신 대로 퇴사 후에도 병원의 조경을 관리해 주시면 좋겠습니다. 시설관리 팀장에게는 따로 지시를 내려놓을게요.”

“행정원장님께서 저를 끝까지 붙잡으려 하신 것을 잘 알고 있습니다. 회사에는 엄연히 위계질서가 있는데, 제가 중간 간부의 말을 듣지 않았으니 입장이 곤란하셨을 겁니다.”

“반장님은 창의력도 뛰어나고 일도 잘하시는데, 다만 타인의 간섭을 받는 것을 못 견디시는 것 같아요."

"이치에 맞고 옳은 일이라면, 저는 누구의 지시라도 겸허히 존중하고 따릅니다. 그러나 옳지 않은 일을 강요한다면, 저는 병원장님의 지시라도 따르지 않을 것입니다."

"반장님은 여러 사람과 일하는 것보다, 혼자 일하시는 것이 적성에 맞는 것 같아요."

"그래요. 저는 간섭을 받으면 상상력과 창의력이 떨어져요. 주차업무도, 제가 처음부터 싫어한 것은 아니었지요. 저는 조경업무에 집중하면서부터 주차업무에 점점 흥미를 잃었어요. 재벌 기업의 회장님도 은퇴하면 밀짚모자를 쓰고 농사를 짓는 경우가 많잖아요. 노년에는 조경(경치를 아름답게 꾸미는 일)이 가장 유용한 기술 같아요."

"이제 반장님은 무슨 계획을 갖고 계시나요?"

"두세 군데 일자리를 알아보고 있습니다. 제 아들도 버섯 키우는 일을 해보라고 추천해 주었구요."

며칠 전에, 녀석이 퇴사해도 병원의 조경을 계속 관리해 주겠다는 제안을 받아들인 행정원장님의 표정이 무척 밝아 보였다.

2024년 6월 30일, 녀석이 병원에서 마지막 근무를 했다. 그날 밤에, 행정원장님이 녀석을 찾아와서 작별의 인사를 했다. 녀석도 감사의 뜻을 표했다.

녀석이 병원을 퇴사한 직후부터 공황장애가 나타났다. 뚜렷한 이유 없이 심한 불안이 찾아오고 공포감을 느끼며 호흡이 가빠서 곧 죽을 것 같은 증세가 석 달 동안이나 지속되었다. 대학병원에서 정밀검사도 받고 처방받은 약을 먹었지만, 녀석의 몸 상태는 나아질 기색이 없었다. 녀석의 몸이 죽을 지경이니, 자전소설을 쓸 엄두도 낼 수가 없었다.

2024년 9월 25일 오전 11시 03분, 녀석이 자전소설 2권을 쓸 때 적극적으로 도와주셨던 전 시설관리 팀장님으로부터 카톡이 왔다.

「○ 선생님 오랜만입니다. 건강하시죠? 4권을 기대합니다.」

「감사합니다. 저는 잘 지내고 있습니다. 4권의 집필이 완료되면 팀장님께 보내드리겠습니다.」

「(작가님의) 계좌번호와 함께 (발바닥 인생 4권을) 보내 주세요.」

팀장님에게 잘 지낸다는 답글을 올렸지만, 사실 녀석의 몸은 생사의 기로에서 끔찍한 고통을 당하고 있었다.

2024년 10월 4일, 우리나라의 여류 작가가 노벨 문학상을 수상했다는 기쁜 소식이 들려왔다. 이로써 우리나라는 노벨 평화상에 이어서 노벨 문학상을 수상하는 영광을 얻었다. 공교롭게도, 우리나라에서 노벨상을 탄 두 사람은 전라남도 출신이다. 전라남도에는 엄청난 시련과 역경을 겪은 사람들이 많다. 앞서 언급했듯이, 시련과 역경을 많이 겪은 사람일수록 뛰어난 능력을 발휘할 확률은 높아진다. 반대로, 쾌락만 추구하는 사람들은 어리석게 되고 괴로울 일만 남게 된다. 매사가 다 그렇다.

녀석의 자녀도 어려서부터 시련을 겪고 성장했기에 일찍 철이 들었다. 녀석의 아들은 대학교를 졸업하기 직전부터 사업에 뛰어들었다. 녀석의 아들은 혼자 사업을 한 것이 아니라, 친구와 동업을 했다. 아들과 동업한 친구는 교회의 중고등부와 대학부에서 같이 활동하면서 가까워졌다. 아들 친구의 아버지는 장로님이셨다. 녀석의 아들은 친구의 아버지가 운영하는 공장에서 함께 일했다. 녀석의 아들은 폐전선을 대량으로 수거하여 분쇄기로 갈아서 구리만 추출하여 풍산에 납품하는 일을 했다. 그 당시에, 녀석의 아들은 가천대학교 경제학과 3

학년에 다니고 있었다. 아들은 친구와 함께 장로님의 공장에서 일했다. 하지만 중국의 산업화가 급속도로 이루어지면서 장로님이 운영하는 회사도 경쟁력을 잃었다. 녀석의 아들과 친구의 노력에도 불구하고 장로님의 회사는 파산하고 말았다. 장로님의 아들은, 녀석의 아들보다 똑똑하고 대담한 청년이었다. 그 친구는 고등학교 시절 장학생으로 미국에 유학을 다녀와서 영어도 유창했다. 녀석의 아들과 친구는 사업 수완이 뛰어났다. 두 사람은 협업체계를 이루어 나갔다. 회사의 대표는 장로님의 아들이 맡고, 녀석의 아들은 부장 직함을 가지고 사업 영역을 확장해 나갔다. 두 친구가 동업하는 회사는 3년 정도 확장을 거듭했다. 그러나 2023년 하반기부터 경영에 어려움이 닥쳐와서 여러 개의 법인 회사를 폐업했다. 두 친구는 샐러드를 판매하는 사업에 뛰어들었다. 두 친구는 "건밀 그린"이라는 상표를 등록하고 김포에 매장을 열었다. 두 친구가 김포에서 시작한 사업의 매출이 늘어나자, 상암동에 "건밀 그린" 2호점을 차리게 되었다.

2024년 10월 10일 오후 6시 29분, 녀석의 아들로부터 전화가 걸려왔다.

"아빠, 지금 통화 가능해요?"

"응."

"아빠, 우리가 김포에서 정기배송을 시작했다고 했잖아."

"응."

"그게 반응이 괜찮아서, 김포에는 배달하는 애가 있어. 그런데, 상암 쪽에서 시작하는 거 아빠가 한번 해볼래요?"

"응."

"밤 8시부터 11시까지 배달하는 건데. 지금 김포에 돌아가는 걸 보니까 한 시간 반 정도 걸리는 것 같아. 내가 볼 때, 아빠는 50개 정도 배송할 수 있을 것 같은데."

"아빠가 신나게 일할 수 있을 것 같아. 언제부터 일하면 되는데?"

"지금 세팅하고 있는데, 한 달 정도 지나면 될 것 같아."

"알았어, 아빠가 무조건 할게."

2024년 10월 29일, 녀석이 행정원장님의 부탁을 받고 무단결근한 사원을 대신하여 근무했다. 이날 녀석과 대화가 잘 통하는 중간 간부(P)를 만났다. 두 사람은 일하는 스타일이 비슷했고, 신앙도 같았다. 그가 직접 밝히지는 않았지만, 녀석의 느낌으로 교회의 장로라는 직감이 왔다. P의 나이는 녀석보다 두 살 어렸다. 두 사람이 대화를 나누던 중에, P가 녀석을 형님으로 모시겠다고 제안했다. 녀석은 깜짝 놀라서, 그의 부탁을 완곡하게 사양하고 대신 작가로 호칭해 주면 고맙겠다고 대답했다. 두 사람은 장시간 동안 신앙적인 대화를 나눴다. P는, 녀석을 만나게 된 것이 하나님의 섭리라고 말했다.

3일 후에, 녀석의 집으로 아들과 딸의 가족이 방문했다. 그들이 방문한 목적은, 녀석이 예뻐하는 며느리의 생일을 축하하기 위해서였다. 오후 7시경에, 푸짐한 저녁상이 준비되고 온 가족이 화기애애한 분위기에서 식사하는데 어처구니없는 일이 벌어졌다.

그 사연은 이랬다.

녀석이 자가용에서 물건을 확인하려고 빌라의 주차장에 나가보니 서너 명의 주민이 웅성거리고 있었다. 녀석이 이유를 물어보니 무단 주차된 차량으로 인하여 입주민의 친척이 40분 동안 차주를 찾다가 실패하고 택시를 타고 떠났다는 것이다. 무단 주차된 차를 추적해 보니, 녀석의 아들이 업무용으로 사용하는 전기차였다. 녀석은, 즉시 입주민에게 사과하고 택시를 타고 간 차주에게 연락하여 돌아오면 비용을 대신 내겠다고 말했다. 녀석이 택시비를 대신 결제하고 집으로 들어오니, 아들이 화가 잔뜩 나서 언성을 높이기 시작했다. 처음 겪는 일에, 온 가족이 눈을 동그랗게 뜨고 녀석의 아들을 쳐다보았다.

화가 머리끝까지 차오른 아들은 입주민에게 사과했으면 끝난 일이지, 왜 굳이 떠난 사람을 돌아오라고 하여 대신 택시비를 내냐며 따져 물었다. 녀석은 기가 막혀서 입을 닫고 말았다. 녀석은, 화가 나서 펄펄 뛰는 아들이 불쌍했다. 그리고 녀석은 스스로 자책했다.

"아들이 저런 행동을 하는 것은, 전적으로 내 책임이다."

녀석의 아들은, 자리를 박차고 일어나서 며느리와 손녀를 데리고 집으로 가버렸다. 남은 가족은, 녀석의 아들이 보인 행동을 두고 의견이 분분했다. 아들의 회사가 어려워져서 신경이 예민해졌다느니, 태어날 때부터 성격이 그랬다느니, 정신과에서 약을 타다가 먹여야 한다느니, 술을 마셔서 그랬다느니….

어수선한 분위기로 인하여, 딸의 가족도 서둘러 집으로 돌아갔다. 대충 음식상을 정리한 후에, 녀석의 아내가 안방에 들어가서 잠자리에 들었다. 녀석은 작은 방에 들어가서 잠을 청했다. 잠을 이루지 못하던 녀석이 며느리에게 문자를 보내야겠다고 생각했다.

오후 10시 38분, 녀석이 며느리에게 카톡을 보냈다.

「○○아 미안하다. 손녀도 많이 놀랐을 것 같아 걱정이다. 내일 오전 중에 손녀 데리고 이마트에 올 수 있니? 놀란 손녀의 상처도 달래 주고 싶구나. 아들, 며느리, 손녀, 그리고 태어날 손자를 진심으로 사랑하고 축복한다.」

오후 11시 22분, 녀석의 아들로부터 카톡이 왔다.

「의견이 달라도 언성을 높이면 안 되는 거였는데…. 아빠 죄송해요. 오늘은 신경 쓰지 말고 주무시고, 내일 전화할게요.」

약 5분 후에, 녀석이 답장을 보냈다.

「이해해 줘서 고맙다. 아빠도 분노 조절이 안 돼서 실수했어.」

오후 11시 54분, 녀석의 며느리로부터 답장이 왔다.

「아버님 감사합니다~! 손녀는 제가 잘 설명해 주었어요. 걱정 안 하셔도 돼요:) 아버님, 오늘 기분 안 좋으셨을 텐데 푹 주무세요~~ ♡」

이틀 후에, 녀석과 아내가 진지한 대화를 나누었다.

"자기야, 오늘 며느리를 만나서 용돈도 주고 시아버지 노릇을 해야겠어."

"나는 당분간 안 가고 싶은데…."

"당신은 안 가도 상관없어. 나라도 가서 아들 가족에게 위로와 용기를 주고 싶어."

"당신은 마음이 진짜 넓구나. 난 어젯밤에 안방에서 이상한 경험을 했어. 그냥, 저절로 눈물이 주르르 흐르면서 막막한 생각이 드는 거야. 당신 편을 들 수도 없고, 아들 편을 들 수도 없고…. 그런데 당신이 그런 모습을 보이니, 존경스러워."

잠시 후에, 아내가 며느리에게 전화를 걸었다. 그리고 만나는 시간을 정했다.

오후 4시경, 녀석이 김포의 어린이집에 도착하여 며느리를 대신하여 손녀를 데리고 나왔다. 손녀는 녀석의 품에 안기는 것을 무척 좋아했다. 녀석은 자가용이 있는 지하주차장까지 손녀를 안고 갔다. 자가용에 손녀를 태운 녀석이, 며느리와 만나기로 한 이마트로 차를 몰았다. 녀석은 카트를 끄는 대신에 손녀를 안고 쇼핑을 했다. 손녀는, 녀석의 품에 안겨 얼굴을 부비며 애정을 표시했다. 이마트에서 손녀가 좋아하는 여러 가지 과자를 산 후에 계산하고 나오니, 마침 며느리가 도착하여 반갑게 인사를 했다. 세 사람은 이마트 안에 있는 벤치에서 담소를 나눴다. 그리고 녀석이 봉투를 며느리에게 건네면서 뱃속의 손주를 생각해서 맛있는 것 사 먹으라고 말했다. 녀석은 며느리와 손녀를 집까지 태워다 준 후에 부천으로 돌아왔다.

오후 5시 42분, 녀석의 며느리가 카톡을 보내왔다.

「아버님! 잘 도착하셨어요? 돈을 왜 이렇게 많이 주셨어요. ㅠㅜ 감사해요~!! 손녀가 보고 싶으시면 언제든지 연락주세요~~ ^^」

잠시 후에, 녀석이 며느리에게 카톡으로 답장을 보냈다.

「고맙다. 나는 손녀를 안고 있으면 너무 행복해. ♡♡」

잠시 후에, 며느리로부터 답장이 왔다.

「ㅎㅎ 항상 이뻐해 주셔서 감사해요.」

K는 손녀와 놀아주기 위해서라도 운동을 더 열심히 하기로 마음먹었다. 녀석은 3가지(파도타기, 로프 당기기, 허리 돌리기) 기구를 선택하여 집중적으로 운동했다. 녀석은 하루 평균 3시간 정도 이어폰으로 찬송가를 따라 부르면서 운동을 계속했다. 육체의 운동도 영혼의 운동과 기본적인 원리가 같았다. 성질이 급해서 찔끔찔끔 운동하면 거의 효과가 없고, 지루하더라도 똑같은 동작을 2~3시간 반복하면 최고의 효과를 거두게 된다. 바쁜 현대인들은 시간에 쫓겨 살고 있다. 녀석은 육체의 운동을 하면서 영혼의 운동도 동시에 했다. 그 결과로, 녀석의 건강은 많이 좋아졌다.

며칠 후에, 녀석의 아들이 술에 만취가 되어 배낭과 옷가지를 가지고 들어왔다. 아들은 며느리가 의부증이 심해서 못 살겠다고 하소연했다.

"아빠, 이런 상태라면 이혼할 수밖에 없을 것 같아."

"네가 많이 힘들겠구나. 인생이 원래 그런 거야. 연예인들도 몇 년을 못 버티고 이혼하는 경우가 많지. 서로 맞추며 사는 것이 쉽지 않아. 나도 이혼하고 싶을 때가 많았지만, 그 고비를 힘겹게 이겨내면서 살아왔지. 지금은 내가 없으면 엄마도 못 살겠다고 하지."

"엄마도, 정신병이 있어."

"아무튼, 아빠는 네 편이야. 최악의 경우 이혼하더라도 아빠 집으로 와서 살면 되지."

"아빠, 엄마에게는 절대 비밀이야. 엄마가 알면 날마다 전화해서 꼬치꼬치 묻고 귀찮게 할 거야. 절대로 말하면 안 돼."

"그런 말을 했다가는, 나도 피곤해서 못 살아."

녀석은 아들의 어깨를 두드려 주고 잠자리를 챙겨 주었다. 아들은 벌여놓은 사업이 어려워지면서부터 스트레스를 술로 풀고 있었다. 오래전부터, 녀석은 아들이 파산하더라도 뒷수습을 해 줄 것을 다짐했다. 녀석은 힘들어하는 아들의 자존감을 세워주는 말을 했다. 어느 가정에서나 경제적인 어려움에 봉착하면 싸움이 잦아질 수밖에 없다. 계속 승승장구하는 것보다는, 가끔 실패를 경험하면서 인생을 살아가는 것이 가장 유익하고 박진감 넘치는 삶이다. 녀석의 아들도 때가 되면 술을 끊고 신앙생활을 잘할 것으로 믿는다. 녀석이 그랬던 것처럼.

2024년 11월 14일 오전 8시경, 녀석과 아내가 위장 및 대장내시경 검사를 받으러 병원에 갔다. 녀석과 아내는 위장과 대장의 건강상태가 비교적 좋다는 진단을 받았다. 병원의 검진센터 내시경실에는 녀석과 오랫동안 친하게 지내는 간호사가 있다. 녀석은, 그녀에게 《발바닥 인생》 3권의 원고를 선물하고 검진센터의 산부인과에 근무하는 여의사에게도 《발바닥 인생》 3권의 원고를 전해 달라고 부탁했다. 녀석은 비 수면으로 대장내시경 검사를 받았고, 아내는 수면으로 위장 및 대장내시경 검사를 받았다. 녀석이 아내가 깨어나기를 기다리며 병원의 옥상에 올라가서 장미 가지를 정리하고 있는데, P가 다가와서 반갑게 인사했다.

"작가님, 반갑습니다."

"병원의 구석구석을 둘러보시느라 수고가 많으십니다."

"저는 작가님을 볼 때마다, 일하는 것이나 말씀하시는 내용에 놀라게 됩니다."

"모든 것이, 성령께서 지혜와 지식을 주셨기 때문이지요."

“저도 오늘 기도하고 왔습니다만, 정말 작가님은 대단하십니다.”

“(손을 가로저으며) 저는 아무것도 아닙니다. 《발바닥 인생》 3권을 읽어보시면, 저의 형수님 이야기가 나오지요. 형수님은, 제가 기도를 많이 한다는 소문을 들었다면서 중보기도를 부탁했지요. 어려운 처지에 있는 사람들을 돕는 것이, 주님께서 저에게 주신 사명이지요. 저는 형수님을 위하여 기도할 뿐 아니라, 그때그때 상황에 맞게 성령께서 감동을 주시는 나의 복음을 전했지요. 거의 1년 동안 말씀을 전하니, 형수님은 저를 스승님이라고 했습니다. 저는 깜짝 놀라서 형수님에게 설명해 주었지요. P께서도 저를 형님이라고 예우하셨지만 사양했잖아요. 그리스도인은, 자신이 선생이 되려고 하면 안 됩니다. 선생 된 자들이 더 큰 심판을 받으니까요. 그리스도인은 예수님의 제자가 되어야지, 사람의 제자가 되면 안 돼요. 전도란, 자기의 제자를 만들어서 돈을 착취하고 부려먹기 위함이 아니고 주님의 제자가 되도록 도와주는 일입니다. 저는 살과 피까지 내어주는 심정으로 나의 복음을 받아들이는 사람들을 보살피며 전도합니다. 저는 절대로 전도의 대가를 요구하지 않아요.”

“작가님 말씀을 들어보면, 매스컴에 나오는 유명한 ○○○ 교수님처럼 말솜씨가 좋다는 느낌을 받습니다.”

"말솜씨가 좋은 것도 중요하지만, 더 중요한 것은 메시지의 내용이지요. 매스컴에 나오는 유명한 연사들은 대부분 세상에서 먹고사는 문제를 이야기하지요. 그런 사람은 수를 헤아릴 수 없이 많아요. 제가 전하는 주된 이야기는 영적인 내용이지요. 저는 하나님과 동역하는 거룩한 삶이라든가, 천국에 대한 소망을 이야기하지요. 하나님과 동행하는 것은, 미국의 대통령이나 세계적인 갑부보다 위대하고 거룩한 삶이거든요. 장로님이니까, 제가 이런 이야기를 할 수 있지요. 이런 말을 주변 사람에게 했다면, 아마 저를 돈키호테 취급했을 겁니다. 저는 들을 귀가 있는 사람에게만 이런 이야기를 해 줍니다. 제가 기성교회를 비판할 생각은 추호도 없습니다. 저도 기성교회에 다니면서 찬송과 기도를 배웠지요. 제가 전하는 나의 복음은 기성교회에서 가르치는 것보다 더 열심히 찬송과 기도하라는 내용이지요."

(중략)

두 사람은 정중하게 허리 숙여 인사하고 헤어졌다. 녀석은 전도하는 기쁨에 가슴이 뿌듯함을 느꼈다. 이윽고 녀석이 수면에서 깨어난 아내를 자가용에 태우고 집으로 돌아왔다.

이날 오전 11시 14분에, 40대 초반의 여성 독자로부터 전화가 걸려왔다.

"여보세요."

"아이구, 독자님 반가워요."

"안녕하세요. 오랜만이에요."

"어제 독자님에게 전화해 봤는데, 전화기 전원이 꺼져 있더군. 그래서 너무 아쉬웠어. 보고 싶기도 하고…."

"작가님은 어디 계셨는데요?"

"나는 집에서 글을 쓰고 있었지. 독자님도 집에 있어?"

"아니요. 저는 병원에 약 타러 왔는데요."

"나도 병원에서 방금 왔어. 우리 집사람하고 둘이서 내시경 검사를 받았는데, 상태는 비교적 좋다고 해서 감사했지."

"아아~"

"요즘 독자님은 몸이 아파서 일을 못 하는 거지?"

"일을 해야 될 것 같아요."

"몸이 안 좋잖아."

"그래도, 이젠 제가 일을 해야 할 상황이 왔어요."

"나도 독자님을 위해 기도하면서 마음에 쓰이고, 내 딸 같고 그래서…."

"네네."

"지금 나는 아들의 사업장에서 아르바이트식으로 도와주고 있거든. 병원에서는, 조만간 나를 다시 부르겠다고 약속했어."

"그렇구나."

(중략)

"가끔 우리가 같이 식사하면서, 독자님의 힘들고 어려운 문제도 상담해 주고 멘토 역할을 해 줄 수 있으니까. 그래도 내가 독자님을 위해 기도해 주면 큰 힘이 될 거야."

"헤헷. 네~"

"독자님도 나를 많이 의지하고, 우리는 만나기만 해도 위로가 되고 힘이 되잖아."

"네."

"하하하하. 그리고 《발바닥 인생》 3권의 원고는 잘 보관하고 있지?"

"네, 원고로만…."

"3권은 어느 독자님(녀석의 형수님)의 사생활 문제가 걸려 있어서 책으로 출간하지 않기로 했어. 1권과 2권보다, 3권을 열심히 읽고 받아들이면 하나님의 은혜를 더 많이 받고 몸도 건강해질 거야."

"네~"

"나는 2년 전에 대장 선종이 생겨서 암이 되기 일보 직전에 떼어냈는데, 오늘 검사해 보니 많이 좋아져서 감사했지. 하나님이 도우신다는 믿음이 있으면 마음도 편하고 몸도 좋아져. 나를 본받고 따라오면, 독자님도 잘 회복할 수 있어. 그러니 너무 힘들다고 좌절하지 말고."

"네. 감사합니다."

2024년 12월 3일 오후 10시 23분, 대한민국의 대통령이 비상계엄을 선포하여 전 국민을 충격에 빠뜨렸다. 아닌 밤중에 홍두깨 내밀 듯 선포된 비상계엄은 불과 7시간 만에 해제되었지만, 그 여파로 좌파와 우파로 갈라진 정치집회가 수개월 동안 이어졌다.

비상계엄 초기에는 다수의 국민이 대통령을 비난했으며 지지율은 바닥을 쳤다. 수개월이 지나자 상황이 급반전되었다. 2030 세대들이 반정부 세력의 부패를 규탄하면서, 비상계엄을 실시한 대통령을 적극적으로 지지했기 때문이다. 급기야 대통령의 지지율이 50%를 돌파했다. 그들은 대통령이 선포한 계엄령을 가리켜 "계몽령"이라고 칭송했다.

이 혼잡한 시기에, 녀석은 몸이 아파도 자전소설을 쓰려고 노력했지만, 아무런 생각이 떠오르지 않았다. 녀석은, 이런 현상이 하나님의 섭리임을 잘 알고 있다. 하나님께서 명령하지 않으시면 쓸 수 없는 것이 《발바닥 인생》(녀석의 자전소설)이다.

녀석은 아무리 힘들고 어려워도 찬송과 기도의 끈을 놓지 않았다. 녀석이 숨쉬기조차 어려울 때도 마음속으로 찬송과 기도했다. 지난 10여 년 동안, 녀석은 찬송과 기도만 열심히 하면 특별한 경우를 제외하고 건강이 좋아진다고 수많은 사람에게 설파했다. 녀석은 몸이 너무 아파서 괴로울 때, 이런 생각을 가끔 해보았다.

"하나님께서 (망가질 대로 망가진 녀석의) 건강을 회복시켜 주신다면, 그 이적을 지켜보는 사람들이 나의 복음을 받아들이고 천국 백성이 될 텐데…."

2025년 3월 14일 오후 5시 6분에, 녀석의 손자가 태어났다. 카카오톡의 가족 단톡방에 올린 사진을 보니, 녀석의 손자는 떡두꺼비처럼 잘생겼다. 이로써, 녀석은 손자와 손녀와 외손녀의 할아버지가 되는 감격을 맛보게 되었다.

다음 날, 녀석이 병원에 가서 조경 일을 보기 위해 지하 4층으로 내려갔더니 소방방제실에 P가 의자에 앉아서 작업에 열중하고 있었다. 녀석은 너무 반가워서 P에게 다가가 인사를 건넸다.

"아이구, 오랜만이네요."

"아이구, 작가님이 어쩐 일이세요."

"병원의 조경 일을 보기 위해서 왔지요."

"작가님, 정말 대단하십니다."

"오늘 우리가 만나게 된 것은, 하나님의 섭리라고 생각합니다."

곧바로, 녀석은 P에게 감동이 오는 말씀을 전했다. 전에는 녀석이 전하는 말씀을 온전히 받아들였는데, 오늘은 P의 반응이 달랐다. 10분 정도 시간이 지나자, P는 종합병원 인증 때문에 바쁘다면서 녀석의 손을 잡아끌고 엘리베이터 버튼을 눌러 주기까지 했다. 녀석은 속으로 안타까운 마음을 억누를 수 없었지만, 겉으로 내색하지 않고 간단한 인사를 건넸다.

"바쁘신데, 제가 방해를 했나 봅니다. 수고하세요."

2025년 3월 18일 오후 1시 06분, 병원의 행정원장님으로부터 카톡이 왔다.

「종합병원인증 조사위원들에게 드리려고 하는데, 간단한 아침 식사 대용 샐러드를 주문하려고 합니다. 4인인데, 오늘 저녁에 야간 원무팀에 맡겨주시면 내일 아침에 수령할게요~」

녀석은 문자를 확인했으나, 운전 중이라 답장을 하지 못했다.

잠시 후에, 행정원장님이 녀석에게 전화를 걸어왔다. 녀석은 외손녀의 병원 진료를 도와주기 위해서 자가용을 몰고 한양대학교 병원으로 가는 중이었다. 전화를 받아보니, 행정원장님이 샐러드 주문 내용을 설명해 주셨다. 녀석은 운전 중이라 문자를 보내지 못했다고 말했다. 행정원장님은 종합병원 인증을 받는 3일 동안, 계속 샐러드를 주문하겠다고 약속하셨다. 녀석이 샐러드 가게에서 일하고 있는 사실을 알고 있는 행정원장님이 전화까지 해가며 주문해 주셔서 감사했다.

2025년 3월 20일 오전 8시경, 녀석이 행정원장님이 주문한 샐러드를 총무과에 전달하고 병원의 식당에서 아침 식사를 했다. 마침, 병원의 진단검사실장이 아침 식사를 하러 들어와서 반갑게 인사를 나누었다. 진단검사실장은, 녀석이 병원 옥상에서 조경을 관리하는 모습을 볼 때마다 고개 숙여 인사를 했었다. 두 사람은 식사하면서 10분 정도 대화를 나눴다. 녀석이 진단검사실장의 표정을 보면서 자전소설을 선물해서 전도해야겠다는 감동이 왔다. 녀석이 진단검사실장에게 책을 선물하겠다고 제안하였더니, 너무 좋아했다.

몇 시간 후, 녀석이 자전소설을 가지고 병원 2층의 진단검사실을 찾아가서 실장님에게 전달했다. 그 광경을 지나가던 P도 목격했다. 녀석은 전도하기 위해서 자전소설을 선물하였다고 P에게 설명해 주었다. P는, 녀석의 설명을 듣고 놀라는 눈치였다. 녀석은 지하 4층의 소방방제실에 들러서 시설관리팀장에게 조경에 사용할 연장을 빌려달라고 요청했다. 녀석이 연장을 전달받고 있는데, P와 또 마주쳤다. 녀석은 P를 불러세웠다.

"오늘은 종합병원 인증을 받는 마지막 날이라서 바쁘겠지만, 제가 못다 한 말씀을 전해야겠네요."

"오늘 작가님의 모습을 보니 청년 같아요."

"사실, 저도 놀라고 있어요. 얼마 전까지만 해도, 저의 얼굴이 해골바가지처럼 매우 흉하고 말랐었지요."

"맞아요. 그런데, 불과 몇 달 만에 작가님의 얼굴이 청년의 모습으로 변화되었다는 사실이 믿기지 않아요."

"돌이켜 보니, 저는 오랫동안 이런 기도를 했었지요. '저의 몸을 어린아이의 피부와 청년의 건강으로 회복시켜 주옵소서!' 그러나 하나님은 저의 기도를 들어주지 않으셨지요. 지쳐버린 저는, 그런 기도를 하지 않게 되었어요. 제가 까마득하게 잊었던 옛 기도 제목이 새롭게 생각나네요. 하나님은 과거에 제가 오랫동안 기도했던 내용을 하나도 빠짐없이 기억하시고, 지금

응답해 주시는 것 같아요."

"지금 작가님의 몸에서 후광이 비치는 것 같아요. 며칠 전에, 제가 병원의 인증을 위한 작업에 신경이 쓰여서 작가님이 전하시는 말씀을 거부하는 실례를 범했어요. 하나님께 인증을 받는 것이 병원의 인증을 받는 것보다 중요하다는 사실을, 저는 지금 깨닫게 되었어요."

"그때는, 저도 무척 당황이 되고 마음이 아팠어요. 나의 복음의 주된 내용은 성령 충만 받으라는 것입니다. 성령 충만 받지 못하면 하나님의 말씀을 절대로 알아들을 수 없어요. 하나님이 모세에게만 말씀을 들려주신 것도, 같은 이유 때문이지요. 모세는 40일 금식기도를 두 번이나 했을 정도로 성령 충만한 사람이었어요. 제가 능력 있는 말씀을 전할 수 있는 것도 찬송과 기도에 전심전력하기 때문입니다. 다른 방법은 없습니다."

(중략)

"하나님께 인증을 받는 것이 병원 인증을 받는 것보다 훨씬 중요하다는 사실을 확실하게 깨달았습니다. 작가님이 전하시는 말씀을 들으려 하지 않았던, 저의 행동이 부끄럽습니다."

"하나님은 엄청난 보화를 주시려고 하는데, 들으려고 하지 않으니 얼마나 답답하시겠어요.”

“감사합니다. 저도 작가님처럼 기도해야겠네요.”

‘어린아이의 피부와 청년의 건강으로….’

“제가 병원을 퇴사하고, 아들이 운영하는 샐러드 가게에서 일하게 된 것도 하나님의 섭리였어요. 저의 몸이 쇠약해졌던 결정적인 이유는, 음식을 먹으면 소화를 시키지 못하고 설사를 자주 했기 때문이에요. 제가 샐러드를 매일 먹어보니 소화가 너무 잘 되었어요. 그리고 위장이 뒤틀리는 증세도 사라졌지요. 장에서 음식물의 흡수가 잘 되니, 자연스럽게 얼굴에 광채가 나고 몸무게가 늘기 시작하더라고요.”

“그런 일이 있었군요.”

“사실, 저의 몸에 광채가 난다는 소리를 들었을 때 두려움이 앞섰습니다. 제가 영광을 받으면, 결국 하나님의 영광을 가리는 상황이 되기 때문이지요. 주님은 흥해야 되겠고, 저는 쇠해야 마땅합니다. 모세도 얼굴에 광채가 날 때 수건으로 가렸지요. 성숙한 그리스도인은, 자신에게 영적인 광채가 날 때 납작 엎드립니다. 그때 건방을 떨면, 순식간에 마귀의 앞잡이 노릇을 하게 되니까요.”

"작가님의 말씀을 들으면, 다른 분들의 설교보다 영적인 능력이 훨씬 대단하다는 것이 느껴져요."

"거듭 말씀드리지만, 신앙생활을 잘하는 특별한 방법은 없어요. 오직 찬송과 기도에 전심전력을 다하는 것 외에는…. 이제, 나의 복음을 기록한 문서를 드려야 할 시기가 된 것 같습니다. 지금까지 나의 복음을 기록한 장문의 서적을 받은 분은 극소수지요."

"혹시, 병원장님에게도 전했나요?"

"행정원장님에게도, 나의 복음을 초기에 기록한 문서를 보자기에 싸서 드렸어요. 나의 복음을 기록한 문서를 전할 때는, 제가 꼭 보자기에 정성껏 싸서 드리지요."

"작가님이 병원의 발전을 위해서 무척 애쓰시는 것 같아요."

"저는 병원의 발전을 목적으로 일하지 않아요. 저는 복음을 전하기 위해서 병원을 전진 기지로 삼을 뿐이지요. 저는 병원을 발판 삼아서 세계로 나의 복음을 전하고 있어요. 자전소설 3권에 보면, 저와 병원의 관계가 연가시와 사마귀에 비유된다는 내용이 나오지요. 제가 병원에서 봉사하며 전도하는 한, 날이 갈수록 여기는 발전할 겁니다."

두 사람이 30여 분간 신앙적인 대화를 열정적으로 나누는 가운데, 의아한 눈초리로 바라보는 직원들이 수없이 지나갔다. 그러나 녀석은 개의치 않았다. P도, 녀석이 전하는 말씀을 끝까지 집중해서 들었다. 그의 눈에서 결의에 찬 빛이 반짝였다.

이 모든 일은 행정원장님이 샐러드를 주문하면서부터 이루어졌다. 하나님은 행정원장을 통하여 녀석이 병원으로 샐러드를 배송하도록 하시고, 그 시간에 맞춰서 진단검사 실장과 P를 만나서 복음을 전하도록 섭리하신 것이다.

녀석은, 정작 자신의 가족을 전도하는 일을 적극적으로 하지 못하고 있다. 등잔 밑이 어둡다는 속담처럼…. 녀석도 가족을 전도하고 싶었지만, 성령께서 감동을 주시지 않으셨기에 적극적으로 할 수 없었다. 요즘, 녀석의 가족에게 나의 복음을 전할 기회가 찾아오고 있다는 징조가 보인다. 녀석의 아들과 사위가 경제적인 어려움에 봉착했기 때문이다. 복음은, 주로 가난하고 병든 자에게 전파된다.

지금 녀석이 잔소리를 해봐야, 아들이 술을 끊고 올바른 신앙생활을 하지 못할 것이 뻔하다. 그러나 아들에게 커다란 시련이 닥친다면, 누가 시키지 않아도 신앙생활을 잘하게 될 것이다. 그런 까닭에, 녀석은 아들이 혹독한 시련을 겪어도 속으로 쾌재를 불렀다.

2025년 3월 24일, 녀석이 아들에게 (손자가 태어난 기념으로) 300만 원을 보내 주었다. 아들은 자격지심으로 받지 않으려고 했지만, 녀석은 이런 말로 아들의 자존감을 높여 주었다.

"앞으로 네가 사업이 잘되면, 엄마와 아빠를 해외여행 시켜 줄 거잖아."

어느덧, 녀석의 손녀가 여섯 살이 되었다. 손녀는, 녀석을 만나면 두 팔을 벌리며 안아달라고 졸랐다. 어떤 때는, 녀석이 손녀를 안고 20여 분 동안 걸어간 적도 있었다. 거의 20킬로에 달하는 손녀를 안고 오랫동안 거니는 것은, 환갑을 넘긴 녀석에게 벅찬 일이다. 그러나 아무리 힘들어도, 녀석의 체력이 허락하는 한 손녀를 안아 주기로 했다. 손녀를 품에 안아 주는 경험도 얼마 남지 않았다는 생각이 들 때면, 녀석의 온몸에 힘이 솟았다. 녀석의 손녀는 매우 영악한 아이다. 손녀는, 아빠가 사업에 어려움을 겪는 동안 물심양면으로 도움을 주는 할아버지의 존재를 인식하고 애교를 부렸다. 얼마 전까지, 손녀는 화장실에 갈 때 할아버지가 들어오지 못하도록 했었다. 그런데 극적인 반전이 일어났다. 손녀가, 녀석의 손을 잡아끌면서 화장실로 데려가더니 바지를 내리고 변기에 앉아 소변을 보는 것이었다. 용변을 보는 동안, 손녀는 할아버지의 눈을 똑바로 바라보고 있었다. 녀석은 손녀의 갑작스러운 행동에 깜짝 놀랐지만, 그 아이의 마음을 이해할 수 있었다. 손녀는, 할아버지와 더욱 친해지고 싶다는 마음의 표시를 행동으로 보여 준 것이다. 녀석은 손녀의 적극적인 스킨십에 황홀감을 느끼며 감사하고, 또 감사했다.

2025년 4월 4일 11시 22분, 우리나라의 대통령이 파면되었다. 녀석은 대통령이 복권되기를 원했지만, 결과는 헌법재판관 8명 전원일치 판결로 파면 선고가 내려졌다. 녀석은 대통령이 직무에 복귀하기를 간절하게 바라며 기도했었다. 그러나 하나님의 응답은, 녀석의 기도와 정반대로 이루어주셨다. 이 사건을 계기로, 녀석은 수십 년 동안 가지고 있던 편향된 정치적 소신을 버리기로 했다. 대통령이 정치적인 부침을 겪는 동안, 녀석의 건강상태도 극과 극을 달렸다. 약 3개월 전부터, 녀석이 찬송과 기도에 힘쓰며 식단조절과 적당한 운동과 수면조절을 하다 보니 몰라보게 건강이 좋아졌다.

이날 오후 3시 10분, 병원의 시설관리팀장이 녀석에게 전화를 걸어왔다.

“반장님, 다름이 아니라 옥상 정원에 풀 같은 것 뽑아도 되는 거예요?”

“제가 오늘 저녁에 가서 정리할 거예요. 그리고 내일은 꽃을 심을 거예요."

"아아."

"그건 풀이 아니고요, 겨울에 병원의 화단이 허전해 보여서 보리를 심어 놓았던 거예요. 그걸 보고 환자분들이 매우 좋아했어요."

"아아, 그랬군요. 요번에 병원의 창립기념일 행사가 있어서…."

"내일 열한 시쯤, 제가 병원에 갈 거예요. 법인 카드 받아서 꽃을 사다 놓고 사원들 퇴근하면 심을 예정이에요."

"아, 네. 부원장(행정원장)님도 꽃을 좀 심었으면 좋겠다고 말씀하셨어요."

"저번에, 제가 4월 5일에 꽃을 심는다고 팀장님에게 말씀드렸잖아요."

"아, 그러셨구나."

"팀장님이 잘 말씀드려 주세요."

"네. 알겠습니다."

다음 날 오전 11시경, 녀석이 병원에 가서 법인 카드를 받은 후에 종로의 꽃시장으로 갔다. 그곳에서 각종 예쁜 꽃나무와 꽃모종과 꽃씨를 구매하여 병원에 돌아오니, 오후 3시가 거의 되었다. 때마침 병원의 시설관리팀이 회식하고 있어서, 녀석도 참석했다. 그곳에서는 시설관리팀장과 과장과 주임과 반장이 즐겁게 술을 마시며 담소를 나누고 있었다.

녀석이 합석하자마자, 병원에서 16년 동안 근무하는 시설관리 과장이 열변을 토했다. 그는, 녀석이 병원에 입사할 때 시설관리 총책임자였다. 12년 전에, 녀석이 제출한 이력서를 시설관리 과장이 보고 전화를 걸어와서 면접을 통하여 병원에 취직했었다. 두 사람은, 그야말로 애증의 관계였다. 녀석은 불의를 보면 못 참는 성격이었다. 두 사람이 사사건건 부딪치다 보니, 녀석이 사직서를 4번 이상 쓸 정도로 파란만장한 세월을 보내야 했다. 신기하게도, 시설관리 과장은 녀석이 사표를 제출할 때마다 반려했다. 시설관리 과장은, 녀석처럼 일하는 사원을 구하기 힘들다는 사실을 누구보다 잘 알고 있었다. 그는 녀석의 성질을 건드리지 않고 살살 구슬려서 함께 일하기를 원했다. 녀석도 시설관리 과장의 괴팍한 성격을 몹시 싫어했지만, 끝까지 붙잡는 바람에 미운 정 고운 정이 들 수밖에 없었다. 시설관리 과장은 녀석을 평가할 때, 이런 말을 자주

했다.

"○ 반장은 직장에서 종교활동을 하는 것이 가장 큰 단점이지. 그것만 빼면 흠잡을 데가 없어."

녀석은 시설관리팀장과 과장에게 예의를 갖춰 술을 한 잔씩 따라 주었다. 시설관리팀장도, 녀석을 바라보며 연신 칭찬과 존경의 말을 쏟아냈다.

"반장님은 정말 대단하십니다. 직장인이 해고되면, 그 회사를 쳐다보지도 않는데 말입니다. 이렇게 봉사해 주시니 고맙습니다."

분위기가 무르익을 무렵, 윗사람의 시중 들기에 바쁜 시설관리 주임과 녀석이 단둘이서 대화를 나누는 기회가 찾아왔다.

"주임님은, 올해 나이가 어떻게 되나요?"

"서른일곱입니다."

"이제 결혼할 때가 되었네요."

"그런데, 막상 결혼할 만한 상대가 주변에 없는 것 같아요."

"상대가 없는 게 아니고, 적극적으로 찾아 나서지 않았겠지요. 매사가 다 그렇지만, 본인이 계획을 세우고 정보회사를 찾아가든지 이성을 만날 수 있는 장소를 자주 방문해야 결혼할 확률이 높지요. 어찌 보면, 지금 주임님이 회사에서 돈 버는 것보다도 중요한 일은 청춘사업이지요. 남자가 좋은 여자를 만나는 것은, 그 자체만으로 수십억 원을 버는 것보다 낫지요."

"그런 것 같아요."

(중략)

시설관리 주임은, 1년 전에 녀석이 선물한 《발바닥 인생 1&2》를 읽고 적극적으로 감사했기에 더욱 정이 갔다. 녀석은 시설관리팀 직원들과 담소를 나누다가 병원으로 가서 종로에서 사 온 꽃과 나무를 심었다. 비가 요란하게 쏟아지는 가운데….

다음 날 오전 11시경, 녀석이 병원에 들러 꽃씨를 심었다. 오후 3시경, 녀석이 작업을 마치고 집에 돌아와서 아내를 차에 태우고 김포의 아들 집으로 갔다. 그곳에서, 녀석은 고추 달린 손자를 처음 대면했다. 녀석의 손자는 이목구비가 또렷하고 듬직해 보였다. 누가 봐도 잘생긴 얼굴이었다. 녀석은 며느리에게 대단한 일을 해냈다고 칭찬해 주었다. 녀석은 아들에게도 축하한다는 말을 건넸다. 저녁 식사 때, 녀석은 아들에게 술 한 잔을 따라 주었다. 그리고 며느리가 들으면 기분 좋을 덕담을 해주었다.

"먼저 딸을 낳고 5년 터울로 아들을 낳은 것은, 금메달이 아니라 다이아몬드 메달을 딴 거야."

저녁 식사 후에, 생일 케이크의 초에 불을 붙이고 손자가 태어난 기념으로 축가를 불렀다. 녀석이 꿈꾸었던 이상적인 가정은, 바로 이런 것이다.

다음 날 오전 10시 54분, 행정원장님이 녀석에게 전화를 걸어왔다.

"반장님 통화 가능하세요?"

"네."

"꽃 심으신 거 결재 올리세요."

"시설관리팀장에게 법인 카드를 받아서 구매했어요. 꽃과 나무와 씨를 합쳐서 60만 원이 조금 넘게 들었어요."

"아, 제가 그런 사실을 잘 몰랐어요."

"병원 근처의 화원에 가보니 좋은 꽃나무가 없어서 종로에 가서 사 왔어요. 그나저나, 식목일에 비가 엄청 많이 내려서 너무너무 잘 되었어요."

"네. 어쨌든, 날도 좋았네요. 그죠."

"일하기는 힘들어도, 비가 많이 내려야 좋지요."

"비 오는 날, 토요일에 심으셨구나."

"그렇죠."

"아이, 잘하셨어요."

"저녁 7시까지 했어요."

"아, 호호."

"비가 많이 와서 너무 기분 좋게 일했지요. 올해는 대단한 작품이 나올 것 같아요. 하하."

"네, 고생하셨습니다."

"당연히, 제가 해야 할 일인데요."

"네. 알겠습니다. 올해 개원음악회 할 때 오세요. 4월 17일~"

"네. 참석할게요. 그리고 점심때, 병원에 들러서 장미 지지대 작업 할 거예요. 앵글로 하려니, 너무 투박해 보여서 새로운 방식으로 연구해서 꾸며 보려고요."

"네, 네. 알겠습니다. 하하."

행정원장은, 녀석과 통화하는 동안 연신 싱글벙글 웃으며 즐거워했다. 행정원장과 통화를 마친 후에, 녀석은 점심시간에 맞추어서 자가용을 몰고 병원으로 갔다. 녀석이 점심시간에 병원에 간 것은, 매우 중요한 일이 있기 때문이었다.

오후 1시 08분, 녀석이 P에게 전화를 걸었다.

"여보세요."

"예, 작가님. 병원에 오셨어요?"

"아, 예. 병원에서 작업하는 중에 전화했거든요."

"제가 외부에서 식사 중이라서, 잠시 후에 전화드릴게요."

"예. 병원에 오시면 연락주세요."

"알겠습니다."

녀석이 통화를 마치고 병원의 3층에서 열심히 조경 작업을 하다가, 필요한 물건을 사려고 정문을 나서는데 P를 만났다. 두 사람은, 서로의 얼굴을 보자마자 뛸 듯이 기뻐했다.

"약속했던 나의 복음 서적을 드리려고 왔어요."

"감사합니다. 지난번에 작가님의 감동적인 말씀을 듣고, 요즘은 제가 오전과 오후로 나눠서 2시간 30분 정도 찬송하고 있어요."

"잘하셨어요."

"작가님을 만나서 말씀을 들으면, 뭔가 다르다는 느낌을 받아요. 작가님은 진짜 행함으로 영력을 나타내는 그리스도인이라는 생각이 들거든요. 저도 많이 배우고 있습니다."

"제가 영적인 능력을 나타내는 특별한 비결은 따로 없어요. 누구든지 찬송과 기도에 힘쓰면, 하나님께서 영력을 주시지요. 하지만, 세상에서 열심히 일하면서도 날마다 두세 시간씩 찬송할 수 있는 사람은 극소수에 불과합니다."

(중략)

두 사람은 병원의 정문 앞에서 30분 정도 신앙적인 대화를 은혜롭게 나누었다. 그리고 지하 2층의 주차장으로 내려갔다. 녀석은 주차장에 세워둔 자가용 안에서 보자기에 싼 나의 복음 서적을 꺼내어 P에게 드렸다. P는 나의 복음 서적을 품에 안았다. 이윽고 녀석이 말했다.

제가 나의 복음 서적을 보자기에 싸서 드린 사람은, 전에 외과 의사로 근무하셨던 장로님과 시설관리 팀장님을 비롯하여 서너 명에 불과합니다.

"저로서는 영광입니다."

"나의 복음 서적을 전달한 모습을 사진으로 찍어서 기념하고, 그 사진을 전도할 때 자료로 쓰고 싶네요."

"그러면 너무 좋지요."

"초상권이 있으니, 서적을 품에 안은 모습만 사진으로 찍을 게요."

"저의 얼굴이 공개되어도 괜찮습니다. 얼마든지 사진을 찍어서 전도하시는 데 자료로 쓰세요. 하하하."

두 사람은 연인을 만난 기분으로 영적인 교제를 나누다가 기쁜 마음으로 헤어졌다.

오후 6시 55분, P로부터 카톡이 왔다.

「아멘. 할렐루야 ♡
작가님을 만날 때마다 하나님께서
부천 ○○병원으로 보내신 이유를
알게 됩니다. 잠들어 있는 내 영혼을
깨워주심을 오늘도 느꼈습니다.
샬롬 ♡」

3일 후에, 녀석이 집필 중인 《발바닥 인생》 4권(A)을 네 명의 독자에게 카톡으로 보내 주었다. 가장 먼저 답글을 보낸 사람은, 녀석의 청년 시절에 함께 신앙생활을 했던 부반주자의 언니였다.

「발바닥 인생 4권 집필을 축하드립니다.」

이날 오후 3시경, 큰집의 넷째 형수께서 카톡을 보내왔다. 형수는 녀석이 카톡에 올린 손자의 사진을 보고 축하 글을 보냈다.

「손주 탄생을 축하합니다.
그리고 네 번째 책 낸 것도 축하합니다.
제가 하나님께 기도하고 있어요.
아직 하나님이 제게 주신 숙제도
못다 하고 있어서 죄송합니다.

손자 탄생에 금일봉을 조금 보낼 수
있도록 통장 번호를, 제게 여기에 올려
주시면 안 되나요.
십만 원만 먼저 보내겠습니다.

손자가 너무 잘 생겼네요.
도련님 기도의 열매들인 거 같습니다.
거듭 축하합니다~~

작은 것이지만 성의로 봐주시고
아드님에게 전달해 주시면

감사하겠습니다~~」

오후 9시경, 녀석이 형수에게 답장을 보냈다.

「감사합니다.
형수님의 지극한 사랑에
감동받았습니다.

아들 계좌를 알려 드릴게요.
아들이 술도 마시고 신앙생활을 잘
못하고 있지만, 저의 기도뿐 아니라
형수님을 통해서 변화가 일어날 줄
믿습니다.

하나님의 은혜가 형수님의 가정에
만 배로 임하시기를 원합니다.

하나님이 능력 주시는 범위 안에서
《발바닥 인생》 4권은 계속해서 집필될
것입니다.

○○○○○○○○○○○○○ 케이뱅크 ○○○」

약 1시간 후에, 형수님으로부터 답글이 왔다.

「번호 주셔서 감사합니다~ ♡」

형수님은, 녀석이 호의를 거절할까 봐 걱정했다. 녀석이 형수님의 부탁을 흔쾌히 허락하니, 너무 좋으셨던 것 같다. 녀석도 병원에서 자비를 들여가며 봉사하고 있는데, 그만두게 할까 봐 걱정한 적이 있었다. 형수님도, 녀석과 같은 심정일 것이다.

2025년 4월 11일 오전 8시 16분, 녀석이 사랑하고 존경하는 외과 의사 장로님으로부터 개원을 알리는 카톡이 왔다.

「○○○의원
내과/소아과/피부과(레이저)/통증클리닉
원장 ○○○
Address | 부산광역시 사상구 ○○로 (○○중학교 옆 1층)

병원 새로 개원했습니다~~」

곧바로 녀석이 답장을 보냈다.

「할렐루야!

장로님의 개원을 진심으로
축하합니다.

장로님이 너무너무 보고 싶네요.
조만간 찾아뵙도록 하겠습니다.」

장로님이 카톡으로 보내 주신 명함을 보니, 외과와 소아과 외에도 피부과와 통증클리닉까지 운영하시는 것을 알 수 있었다. 지금도 녀석은 장로님이 세계적인 전도자가 되게 해달라고 기도하고 있다.

이날 오전 10시경, 녀석이 부천시 고용노동부에 들러서 마지막 구직활동 서류를 제출했다. 녀석의 서류를 접수하는 5번 창구의 여직원은 친절하고 상냥했다. 몇 달 전부터, 그녀는 녀석을 더욱 살갑게 대했다. 아마도, 녀석이 선물한 자전소설을 읽고 감흥을 받은 것 같다. 녀석은 진정한 우정의 비결 요약본과 집필 중인 《발바닥 인생》 4(A)권을 프린트한 문서를 5번 창구의 여직원에게 선물하고 집으로 돌아왔다. 그녀의 남은 인생도 꽃길만 걷기를 기대하면서….

호사다마.

녀석이 집에 돌아와서 아내와 충돌을 빚었다. 아내는 고용노동부에서 마지막 실업급여를 신청하고 돌아온 남편을 못마땅하게 생각하며 함부로 대했다. 사람은 영물이라고 하지 않았던가. 아내의 표정을 보니, 빨리 취직해서 돈을 벌어오라는 눈치였다. 실업급여가 끝나기 무섭게, 녀석을 압박하는 아내의 눈에는 악한 기운이 서려 있었다. 성경에 보면, 이런 말씀이 기록되어 있다.

돈을 사랑함이 일만 악의 뿌리가 되나니 이것을 사모하는 자들이 미혹을 받아 믿음에서 떠나 많은 근심으로써 자기를 찔렀도다 (디모데전서 6장 10절)

녀석은 아내의 행동을 묵과할 수 없었다. 녀석이 강력하게 책망하여 돈에 대한 탐심을 없애주지 못한다면, 아내는 스스로 비참한 최후를 맞이하게 될 것이 눈에 선하게 보였다. 아내는 한술 더 떠서, 녀석이 아침부터 오랫동안 찬송과 기도하면서 자전소설을 쓰는 모습도 보기 싫어했다. 아내의 마음속에는, 그럴 시간에 녀석이 돈을 한 푼이라도 더 벌어오라는 속셈이 있었다. 녀석은 기가 막혀서 한숨이 절로 나왔다. 녀석이 아내를 불러 세우고 조목조목 책망하기 시작했다.

“내가 집에서 죽치고 노는 놈팡이처럼 보이는 거야? 내가 뒹굴며 노는 것을 가장 싫어하고 못 견딘다는 것을, 당신이 더 잘 알잖아. 나는 억만금보다 중요한 전도의 사명을 감당하면서, 오랫동안 망가진 몸을 추스르기 위해서 최선을 다하고 있어. 당신이 계속 방해를 한다면 같이 살 수가 없어!”

올해로 63세가 된 녀석이 전도할 수 있는 시간은 그리 많지 않다. 몇 년 전까지, 녀석은 67세를 넘기기 힘들다고 생각했었다. 하나님께서, 녀석의 수명을 연장해 주신다고 해도 80세를 넘기기는 힘들 것 같다. 그리스도인은 장수가 미덕이 아니다. 온갖 추잡한 짓을 하면서 100세를 산다고 한들 무슨 소용이 있으랴. 고귀한 목적 없이 돈에만 환장해서 늙도록 일하는 사람이, 가장 추잡하다. 녀석은 먹을 양식과 몸을 가릴 수 있는 옷만 있다면, 나머지 시간을 전도하는 일에 전심전력을 쏟고 싶다. 녀석의 사정을 모르는 아내가 뭐라고 뭐라고 변명했지만, 녀석은 책망을 이어갔다.

“내가 당신에게 피해를 준 적은 거의 없어. 당신이 나를 통해서 엄청난 혜택을 받고 살아온 것이지. 탐욕에 빠져 살아가는 당신의 모습이, 얼마나 추악한지 알아?”

지금 녀석은 먹고사는 문제에 걱정이 없다. 녀석은 병원에서 봉사하면서 먹는 문제를 해결할 수 있고, 생활비는 연금으로 평생 충당할 수 있다. 녀석은 부족함이 없기에, 퇴직금을 비롯한 모든 부수입을 아내에게 전부 주었다. 남들에게 이 정도로 베풀었다면, 그들은 녀석을 평생 은인으로 생각하며 존경했을 것이다. 그러니, 녀석이 배은망덕한 아내의 행동을 책망하지 않을 수 있겠는가.

아내는, 녀석보다 노년을 여유롭게 살 수 있다. 아내는 오피스텔과 빌라에서 나오는 월세와 연금을 평생 받을 수 있다. 그리고 도당동 통장과 빌라의 총무를 맡고 있어서 50만 원 정도의 부수입을 얻고 있다. 아내는 평생 일을 안 해도 먹고 살 수 있지만, 돈에 대한 욕심이 커서 아픈 몸을 이끌고 요양보호사로 일하며 돈을 벌고 있다. 아직도 아내는 돈에 대한 욕심이 채워지지 않는 것 같다. 오히려, 아내의 통장에 돈이 쌓이면 쌓일수록 탐욕이 커지는 것이 문제다.

며칠 전에, 이런 일도 있었다.

녀석의 집 맞은편 단독주택에서 살던 주인이 집을 팔고 떠났다. 단독주택을 구매한 새 주인은 리모델링을 하기 위해서 공사를 벌였다. 공사장에서 들리는 요란한 소음으로 인해서, 녀석의 아내가 고통을 호소했다. 다른 사람들은 참고 사는데, 유독 아내만 새 주인에게 전화하여 손해배상을 요구했다. 녀석은 아내를 말렸지만 소용없었다. 아내가 스트레스를 받아 괴로워하는 모습을 바라보며, 녀석도 마음이 착잡했다. 우선 아내의 마음부터 풀어주어야겠다는 생각으로, 녀석이 단독주택 공사장의 책임자를 불렀다. 녀석은 책임자에게 소음과 분진을 줄일 수 있는 대책을 세워달라고 강력하게 요구했다. 그리고 녀석이 공사를 벌인 새 주인에게 전화하여, 다음과 같은 당부를 했다.

"지금 아내가 고통을 호소하며 피해보상을 요구하고 있습니다. 실제로 우리 집이 가장 큰 피해를 보고 있으니 보상해 주는 것이 마땅합니다. 그냥 참고 넘어가려고 했지만, 아내가 몸이 상할 정도로 힘들어하니 따로 만나주세요. 그리고 아내가 요구하는 대로 보상을 해 주세요. 나는 그리스도인입니다. 아내가 과한 보상을 요구해도 들어주세요. 그러면 내가 따로 돈을 돌려드리겠습니다."

이사 올 단독주택 주인은, 녀석의 뜻에 따르겠다고 말했다.

이틀 후에, 녀석의 아내가 피해 보상금 조로 40만 원을 받았다. 그런데 아내가, 녀석에게 이런 말을 했다.

"내가 이사 올 단독주택 주인에게 미안하다고 말했어. 마음이 편치 않네."

녀석이 아내를 달래며 말했다.

“그 정도는 받아도 돼. 너무 신경 쓰지 마.”

이사 올 단독주택 새 주인의 부인은 임신 중이었다. 아내는 단독주택 주인이 이사 올 때, 아기 옷을 선물하고 싶다고 말했다. 녀석은 강력히 반대했다.

“그 사람들 쪽에서 볼 때, 돈을 뜯어낸 여자가 사준 옷을 소중한 아기에게 입히고 싶겠어? 당신은 반가운 손님이 아니야. 그냥 과일이나 보내 주는 게 좋을 거야. 과일은 금방 먹고 없어지는 거니까.”

아내는 감리교회에 다니는 권사이며 속회에서 말씀을 전하는 강사를 맡고 있다. 예수님은 외식하는 그리스인들을 무섭게 책망하신다. 그래서 녀석의 마음은 착잡하기만 했다. 녀석은 계속 아내를 책망했다.

“당신이 진짜 그리스도인 맞아? 나와 계속 부딪친다면, 당신이 큰 화를 당할 거야. 그러느니, 차라리 이혼하고 각자 따로 사는 것이 좋겠어. 내가 작은 방에서 찬송과 기도할 때, 당신이 수시로 불쑥불쑥 들어와서 얼마나 힘들었는지 알기나 해. 당신은, 나의 신앙생활을 너무 쉽게 생각하고 있어. 나의 사명이 얼마나 큰지, 당신이 알기나 해? 이제 우리가 살날도 얼마 안 남았어. 내가 오피스텔로 가서 살든지, 당신이 나가든지 결정을 하자고. 나는 당신의 탐욕에 휘둘려서 살 수 없어."

(중략)

녀석은 아내와 헤어지고 싶은 마음이 조금도 없다. 하지만 녀석의 사명을 감당하는데, 계속 아내가 방해한다면 헤어질 것이다. 약 한 시간 정도 녀석의 책망을 들은 아내는 조용히 집을 나갔다. 녀석은 찬송을 마친 후에, 자전소설을 써내려 갔다. 얼마나 시간이 흘렀을까. 아내가 현관문을 열고 들어왔다. 아내는, 녀석에게 활짝 웃으며 말했다.

"자기야, 도당산 벚꽃이 너무 예쁘게 피었네. 같이 구경 가자!"

녀석도 아내의 말에 호응했다. 곧바로 두 사람은 등산복을 입고 도당산 벚꽃 동산에 오르기 시작했다. 두 사람이 손을 잡고 흐드러지게 핀 벚꽃을 감상하면서 도당산을 중턱쯤 올라가는데, 녀석의 딸로부터 전화가 걸려왔다. 녀석의 딸은 외손녀를 데리고 남편이 경영하는 쁘아쁘 이유식 매장에서 일손을 돕고 있었다. 녀석의 딸이 도당산 벚꽃을 구경하고 싶다고 말했다. 녀석이 아내에게 딸과 외손녀를 데리고 오자고 제안했다. 두 사람은, 즉시 하산하여 자가용을 몰고 인천 검단에 있는 쁘아쁘 이유식 매장으로 갔다. 녀석의 사위가 셰프 복장을 하고 반겨 맞아 주었다. 잠시 후에, 녀석이 아내와 딸과 외손녀를 자가용에 태우고 부천으로 돌아왔다. 녀석은 딸에게 샌드위치와 커피를 사주고 외손녀를 품에 안아 주었다. 네 사람은, 즐겁게 도당산의 벚꽃을 구경하고 사진도 찍고 동영상 촬영도 했다. 오후 7시경, 네 사람이 집에 돌아와 저녁 식사를 했다. 밤 9시경, 녀석이 딸과 외손녀를 자가용에 태우고 김포까지 데려다주었다. 부천에서 김포까지 가면서, 녀석과 딸이 많은 대화를 나누었다. 그 내용은 대충 이랬다.

(중략)

"엄마가 앞집의 단독주택 리모델링 공사를 문제 삼아서 돈을 받았어. 엄마가 돈을 받고 마음이 편치 않다고 하더라. 아빠는 엄마의 행동을 책망했지. 그리스도인으로서 덕이 안 되니까."

"나는, 아빠가 엄마를 비난하는 것 같아서 기분이 좋지 않아. 아빠는 성격이 너무 강해. 아무리 아빠의 생각이 옳아도 듣기가 거북해."

"맞아. 아빠도 내 성격을 잘 알고 있지. 하지만 아빠가 남의 비유나 맞추기 위해서 책망을 못 한다면, 지금과 같은 전도자가 될 수 없었을 거야. 아빠의 성격이 너무 강한 약점도 있지만, 그런 성격이기에 하나님께서 쓰시는 것 같아. 예수님을 믿지 않는 많은 사람이 기독교를 개독교라고 조롱하는 이유가 뭔지 알아? 기독교인들이 돈에 대한 탐욕을 너무 부리고 위선적인 행동을 하기 때문이야. 기독교가 개 취급을 받는 현실을 바라보면서, 아빠는 외식하는 그리스도인들에 대하여 분노하지 않을 수 없어."

"그렇긴 하지."

"아빠는, 우리 가족부터 복음을 전하지 못해서 너무 속상해. 지금 아빠가 전파하는 나의 복음을 많은 사람이 받아들이고 있어. 하지만 우리 가족은 아빠가 책(자전소설)을 주어도 안 읽잖아. 아빠가 전파하는 나의 복음은 장로님 같은 분들이 가장 열심히 듣고 순종하지. 그분들은 신앙적인 수준이 매우 높아. 내가 얘기했던 외과 의사 장로님도 아빠가 전하는 나의 복음을 듣고 순종하고 있어. 그분이 처음 아빠를 만나서 성령 충만한 교회를 소개해 달라고 부탁했어. 그래서 아빠가 수만 명이 모이는 대형 교회와 수천 명이 모이는 중형 교회를 소개해 주었지. 아빠가 소개한 교회에 가서 말씀을 들어 본 장로님은, 또 다른 교회를 소개해 달라고 부탁했지. 그래서 아빠가 다니는 조그만 감리교회에서 함께 신앙생활을 하자고 제안했어. 몇 달 동안, 아빠와 장로님이 새벽에 만나서 기도하고 말씀을 묵상했어. 그런데, 장로님이 아빠가 전하는 말씀을 열심히 듣는 거야. 장로님은 설교를 들어보면 성령께서 주시는 말씀인지, 아니면 남의 것을 흉내 내는 말씀인지 알 수 있다고 했어. 자신이 피땀 흘려 연습한 노래를 부르는 가수와 남의 노래를 대충 흉내 내어 부르는 모창 가수는 하늘과 땅의 차이가 있지. 전도자가 성령 충만 받지 않고 전하는 설교는 하나님의 능력이 나타나지 않아."

"아빠의 말이 맞는 거 같아."

"너는, 아빠가 남들보다 먼저 준 나의 복음과 전도서(발바닥 인생 1&2)를 안 읽고 있잖아. 장로님들은 아빠가 전해주는 전도서를 읽고, 더 보내 달라고 하는데…. 그분들이 너보다 부족해서 그랬겠니? 그분들은 겸손해서 아빠의 외모를 보지 않고 나의 복음을 받아들이는 것이고, 너는 그 정도의 수준이 못 되어서 받아들이지 못하는 거야. 아빠가 《발바닥 인생》 4권을 전파하고 있는데, 아직은 너에게 줄 수 없을 것 같아."

"그래. 아직은 아빠가 전하는 말씀을 받을 준비가 안 된 것 같아."

"우리 가족 중에서는, 그래도 네가 가장 먼저 나의 복음을 받아들일 것 같아. ○○(녀석의 아들)이는 술에 빠져서 사업을 하고 있으니 어려움을 겪을 수밖에 없어. 아빠가 잔소리한다고 될 일이 아니야. 오직 연단을 통해서 깨달아야, ○○이도 신앙생활을 열심히 할 수 있어. 가끔 아빠가 ○○이에게 술을 따라 주는 것은, 기왕 마실 바에야 기분이라도 좋아지라고 그러는 거야. 하나님께서 ○○이에게 연단을 주시기 시작했어. 아빠도 40대에 사업을 하면서 술을 엄청나게 마셨잖아. 아빠는 십 년 동안 혹독한 연단을 받고, 50세가 되어서 전도자가 될 수 있었지."

"이제 아빠에 대한 오해가 풀린 것 같아. 나도 아빠처럼 살면서 느낀 점을 기록하는 습관이 있었어. 얼마 전에, 우연히 내가 기록한 글을 읽다가 아빠에 관한 내용을 발견했어. 그 당시에, 나는 친아빠의 부재에 대한 원망의 글을 많이 썼던 것 같아. 그런데, 새아빠가 오면서 나에게 부족한 것을 채워주셔서 감사하다는 내용이 후반부에 쓰여 있더라고. 그래서 아빠에게 감사하는 마음을 다시 느끼게 되었지."

"하나님께서, 오늘 너에게 복음을 전하도록 섭리해 주신 것 같아. 이 세상에 우연이란 없지. 오직 하나님께서 역사하시는 필연이 있을 뿐이야."

"아빠의 말이 맞아."

"20여 년 전에, 우리가 가족이 된 것은 엄마가 꾼 꿈 때문이야. 아빠도 나중에야 엄마에게 들은 이야기지만, 참으로 신기한 꿈 이야기였지. 결혼을 고민하던 엄마가 어느 날 꿈을 꾸었다는데. 그 내용은 이랬어. 모래사막 위의 하늘 저편에서 조그만 점이 다가오는데, 엄마가 자세히 보니 헬리콥터였대. 그 헬리콥터가 가까이 다가오자, 모래가 바람에 흩어지면서 큰 구덩이가 생기더래. 한참 후에, 그 구덩이의 가장 밑바닥에서 수박만 한 물체가 서서히 드러나더래. 엄마가 보니, 그 물체는 바로 다이아몬드였대. 엄마가 더 자세히 보니, 그 다이아몬드가 아빠였대. 엄마는, 이 신기한 꿈을 꾸고 아빠가 진짜 예수님을 믿는 그리스도인이라는 확신이 들어서 결혼을 결심했대. 그런데, 지금의 엄마는 초심을 잃어버리고 아빠의 전도를 돕기는커녕 돈만 밝히고 있으니 안타까울 따름이야."

(중략)

녀석은 딸과 외손녀를 김포에 내려주고 돌아오면서 천국길을 걷는 황홀함을 느꼈다. 녀석은 속으로 이렇게 외쳤다.

"우리 가족이 나의 복음을 받아들이는 기적이 일어나기 시작하는구나!"

그리스도인들은 예수님의 제자가 되는 것이, 가장 큰 영광이요 축복이라고 할 수 있다. 예수님의 제자로 쓰임을 받으려면, 반드시 돈(물질)에 대한 탐욕을 버려야 한다. 나의 복음에 순종하면 돈에 대한 탐욕이 사라진다. 날마다 찬송과 기도에 미쳐서 신앙생활을 하는 그리스도인의 눈에는 돈보다 더 소중한 것들이 보인다. 돈이 굴러다니는 돌덩어리라고 하면, 성령께서 주시는 말씀은 다이아몬드와 같다. 외식하는 그리스도인들은 돌덩어리를 잔뜩 끌어안고 살지만, 성령 충만한 그리스도인들은 찬란하게 빛나는 귀한 다이아몬드를 한가득 지니고 살아간다.

발바닥 인생 4(B)

SOLE LIFE: FOURTH BOOK

2025년 4월 14일 오전 11시 01분, 부반주자의 언니가 녀석이 보내준 《발바닥 인생》 4(A)권을 읽고 카톡을 보내왔다.

「저도 매일 일기 겸 글을 쓰고 있지만, 기록한다는 건 쉽지 않지만, 습관이 되면 행동하게 되는 것 같아요. 늘 하나님의 은혜 속에서 충만한 삶을 살아가시는 모습에 응원과 기도를 보냅니다~ ^^ 귀한 글 감사합니다. ^^」

2025년 4월 17일, 녀석은 목의 염증이 심해져서 견디기가 너무너무 힘들었다. 그렇다고, 녀석이 생명처럼 여기는 찬송을 하지 않을 수는 없었다. 녀석은 목소리를 내지 못할지라도, 스마트폰의 찬송가 앱을 열어 집중해서 들으며 춤을 추었다. 찬송은 입으로만 하는 것이 아니다. 찬송은 목소리로 부르던지, 춤을 추든지, 악기를 연주하든지, 어떤 행위라도 상관없이 할 수가 있다. 하나님을 향한 사랑만 있다면, 그 어떤 행위든지 온전한 찬송이 될 수 있다. 녀석은 목의 염증이 낫는 날까지 춤(율동)으로 찬송을 계속하기로 했다. 오늘은 녀석이 근무하던 병원의 개업 18주년 기념음악회에 초청을 받은 날이다. 요즘 병원의 직원들이 행정원장님을 "부원장님"으로 부르고 있다. 그래서, 녀석도 부원장님으로 부르기로 했다. 오전 10시에, 녀석의 단골 미용실에 가서 머리를 단정하게 잘랐다. 미용실 원장은, 녀석이 선물한 《발바닥 인생》 1~4권을 주변 사람들과 나눠서 읽고 있다고 말했다. 녀석이 머리를 깎는 중에도, 중년의 여자 손님이 《발바닥 인생》 1권을 읽고 있었다.

오후 2시경, 녀석이 자가용을 타고 음악회가 열리는 병원에 갔다. 병원의 옥상(하늘 정원)에 올라가니 악기를 연주하는 사람들과 봉사하는 직원들이 분주하게 움직이고 있었다. 녀석도 병원의 직원들과 인사를 나눈 후에, 주변의 조경을 돌아보면서 적극적으로 봉사했다.

이틀 후에, 녀석이 병원의 응급실에 들러서 간호사를 불렀다. 그녀는, 녀석의 열렬한 독자다. 녀석이, 그녀에게 《발바닥 인생》 4권(A)을 프린트한 서류봉투를 전달하며 말했다.

"요즘 자전소설을 기다리는 분이 많아져서, 《발바닥 인생》 4권의 일부만 복사하여 가져왔어요."

"반장님께서 카톡으로 보내주셔도 되잖아요."

“그렇긴 하죠. 하지만 선생님이 서적으로 보관하면서 읽는 것도 좋을 거 같아서요. 조금 있다가 카톡으로도 보내드릴게요.”

“너무 감사해요.”

오후 7시 37분, 응급실에 근무하는 간호사가 카톡을 보고 답장을 보내왔다.

「언제나 화목한 가정 보기 좋습니다. ^^」

2025년 4월 21일, 녀석이 작은 방에서 기도와 말씀 묵상과 춤 찬송을 3시간 정도 드린 후에 빌라의 옥상에 올라갔다. 그곳에서 열심히 텃밭을 가꾸고 있는데, 아내가 병원에서 전화가 왔었다면서 스마트폰을 건넸다. 녀석이 확인해 보니 부원장님의 전화였다.

오전 11시 38분, 곧바로 녀석이 부원장님에게 전화를 걸었다.

“안녕하세요, 반장님~”

“네네. 부원장님.”

"아~ 별일 없으시죠."

"저는 옥상에서 작업하고 있었어요."

"반장님이 하셨던 일, 다시 하실 생각이 있으세요?"

"할 수는 있는데…. 그때도 제가 스스로 그만둔 것이 아니었잖아요. 저는 얼마든지 할 수 있어요."

"반장님이 주간 자리를 원했는데, 예전처럼 하실 수 있으신지요."

"제가 11년 동안 해온 일인데, 눈감고도 할 수 있어요."

"반장님, 근데 실업급여 기간이…."

"아~ 다 끝났어요."

"언제 끝났어요?"

"4월 10일에요."

"4월 10일!!!"

"예."

"야~ 정말 딱 맞춰서…."

"부원장님이 그러셨잖아요. 실업급여 끝나면 부를 테니까…."

"그쵸, 그쵸."

"저는 실업급여 받는 동안 용돈이나 벌고 있었지요."

"반장님~~ 기가 막힌다. 4월 10일까지였어요? 야~ 미치겠다. 하하하."

"부원장님이 부르신다고 하셔서, 집사람이 다른 자리를 알아보라고 하는 것도 보류하고 있었죠."

"출근은 5월 1일부터 하셔야 해요. 진짜요. 아들 건은 어떻게 해야 하죠?"

"아들 건은 다른 사람에게 하라고 하면 돼요."

"정말 괜찮은 거죠?"

"부원장님이 부르시면 즉시 때려치우고 오라고 하셨잖아요?"

"하하하. 그럼, 너무 반갑네. 그러면 5월부터 오시는 거고요. 딱 실업급여 채웠네요."

"네."

"어머나. 세상에…"

(중략)

녀석은 부원장님과 약 10분 동안 웃음꽃을 피우며 대화를 나눴다. 뒷부분의 통화 내용은 공개할 수가 없어서 중략했는데, 너무 재미있는 내용이어서 나중에 기회가 되면 소개할 예정이다.

2025년 4월 25일 오전 5시 30분, 병원에 근무하는 시설관리팀 반장이 녀석에게 전화를 걸어왔다. 그는 녀석과 동년배이며 대화가 잘 통했다.

"여보세요?"

"아~ 내가 급하게 부탁 좀 하나 하려고 그러는데. 괜찮을까?"

"으응. 왜?"

"내가 오늘 근무거든. 그런데 내가 오늘 동생 면회를 좀 갔다 와야 할 일이 생겨서. 동생이 안양교도소에 있어. 지금 갑자기 연락이 왔어. 그래서 내가 가봐야 할 상황이거든. 뭔 일인지 좀 알아봐야 하는데…."

"응. 알았어. 내가 대신 근무 서 줄게."

(중략)

녀석은 밤새워 찬송을 부르고 글을 썼기 때문에 몹시 피곤한 상태였다. 녀석은 호흡을 맞추며 근무하게 될 동료의 부탁을 거절하지 않고 즉시 수락했다. 오전 7시경, 뜬눈으로 밤을 지새운 녀석이 피곤한 몸을 이끌고 병원으로 갔다. 오전 8시경, 녀석이 병원의 정문 앞을 지나가다가 P를 만났다.

"아이고, 반갑습니다. 제가 드린 나의 복음은 잘 읽고 계시나요?"

“그럼요. 작가님이 주신 나의 복음을 매일 감사하며 읽고 있습니다.”

“저도 날마다 나의 복음을 받들어 읽으며 은혜받고 있습니다.”

“작가님으로 인해서, 저의 생각이 많이 바뀌고 있습니다. 저는 병원의 부흥과 발전을 위해서 최선을 다하겠다는 각오로 기도하며 일하고 있습니다.”

“저는 우리 병원을 전진 기지로 삼아서 세계 복음화를 이루기 위한 목적으로 일하고 있답니다.”

“아이고~ 작가님의 생각은, 제가 감히 따라갈 수가 없습니다.”

“저는 찬송과 기도만 열심히 했을 뿐입니다. 그러면 하나님께서 위대한 일을 할 수 있도록 만들어 주시거든요.”

“작가님의 말씀을 들으니, 저의 생각이 너무 좁았던 것 같습니다.”

“하나님께 쓰임을 받는 일은, 돈으로 따질 수 없는 대단한 것입니다. 저는 말로만 하지 않고, 능력을 나타내고 있잖아요.”

“그래요. 작가님이 가꾸시는 화초 하나하나가 전도의 목적을 이루시는 것 같습니다. 병원의 옥상에 조경이 너무 좋다는 소문을 들었다면서, 일부러 올라가서 구경하는 행인들도 가끔 만나봤어요.”

“제가 말로만 떠들지 않고, 실제로 하나님께서 주시는 능력을 나타내는 모습을 두 눈으로 똑똑히 보셨지요. 저를 본받아서 열심히 신앙생활을 해 보세요. 그리고, 저보다 더 큰 능력을 나타내는 전도자가 되시기 바랍니다.”

(중략)

2025년 5월 1일, 녀석이 10개월 만에 부원장님의 부름을 받고 병원에 첫 출근을 했다. 오후 2시경, 녀석이 근로계약서를 쓰기 위해서 행정동으로 갔다. 2층의 부원장실에서 녀석이 근로계약서를 작성하는 데는, 불과 몇 분이 걸리지 않았다. 부원장님이 업무에 대하여 설명할 때부터 대화가 길어지기 시작했다. 부원장님은 녀석에게 병원의 발전을 위해 조경을 맡아 수고해 주셔서 감사하지만, 보안 업무도 중요하다고 말씀을 하셨다. 녀석은 부원장님에게 다음과 같이 말했다.

“부원장님이 오해하셨네요. 저는 병원의 발전을 위해서 일한 적이 없습니다. 저는 신앙적인 양심에 따라서 일합니다. 저는 가난하고 병들고 소외된 사람을 돕는 삶이 신앙인의 귀중한 사업이라 믿고 일하는 것입니다. 물론, 저의 신앙적인 사업을 통해서 병원의 발전도 부수적으로 따라오는 것이지요. 그래서, 제가 종종 부원장님께 고맙다고 말하는 것입니다. 저의 사업에 필요한 토지와 수목과 용수 등을 부원장님이 지원해 주시잖아요."

녀석의 주장을 듣고 부원장님은 할 말을 잃어버렸다. 녀석의 주장은 계속되었다.

"제가 식목일에 시설관리팀의 회식 자리에 참석했던 이야기를 해드릴게요. 부원장님도 잘 아시다시피, 저의 신앙적인 사업을 팀장과 과장 등이 못마땅하게 여겼잖아요. 결국은, 제가 퇴직하게 되었고요. 그런데, 회식 자리에서 팀장과 과장이 저를 반갑게 맞으면서 온갖 칭찬을 늘어놓더라고요. 해고를 당하면 그 회사를 쳐다보기도 싫은 법인데, 반장님이 수개월 동안 병원에 찾아오셔서 변함없이 봉사해 주시는 것을 보고 놀랐다고 해요. 그리고 반장님 같은 분은 처음 본다고 하더라구요."

녀석의 주장은 계속되었다.

“제가 병원에 입사한 지 8개월 만에, 부원장님의 추천으로 친절교육에 관한 발표를 했었지요. 지금도 저는, 그때의 초심을 잃지 않고 살아갑니다. 저 같은 사람이 0.1%만 있어도, 이 세상은 평화롭고 살기 좋은 낙원이 될 것입니다. 회식 자리에서, 제가 중간 간부에게 전달하고 싶었던 메시지는, 이런 것입니다. ‘말단 사원도 이 정도의 각오로 일하는데, 중간 간부들은 어떻게 일하고 있는가?’”

(중략)

두 사람의 대화는, 거의 한 시간이 지나서야 끝을 맺었다. 부원장님이 자리에서 일어나며, 한마디 하셨다.

“반장님이 다시 오셔서 반가워할 직원들이 무척 많을 것 같아요.” (함박웃음)

다음 날 오전, 녀석이 병원에 출근한 P와 마주쳤다. 녀석이 부원장님과 근로계약서를 쓰면서 대화를 나눈 내용을 P에게 들려주었더니, 크게 감격하면서 부둥켜안고 말했다.

“작가님을 개인적으로 만나면 형님이라고 부르겠습니다. 제발, 허락해 주십시오.”

녀석은 P의 부탁을 들어주기로 했다. P는, 며칠 후에 자신의 장로 임명을 위한 교인들의 투표가 있을 예정이라고 말했다. 녀석은, 다음과 같이 권면했다.

"목사님이 임명하는 장로가 되지 말고, 하나님이 인정하시는 장로님이 되세요."

P는, 그렇게 하겠다고 대답했다. 녀석이, 아내의 꿈 이야기를 떠올려 주면서 말했다.

"아내의 꿈에, 제가 사막에서 엄청나게 큰 다이아몬드로 나타난 것은 우연한 사건이 아닙니다. 저는 친부모로부터 형언할 수 없는 학대를 받았던 과거의 기억을 잊지 못하며, 오랫동안 원한을 품고 살았지요. 제가 전도자로 쓰임을 받게 된 것은, 남다른 시련을 겪었기 때문임을 뒤늦게 깨달았어요. 그래서, 지금은 부모에 대한 원한이 조금도 없습니다. 저는 마틴 루터를 능가하는 종교개혁을 이루기 위해서 나의 복음을 전파하고 있지요. P도 저를 허풍쟁이라고 생각할지 모르겠어요. 하지만, 저는 마음속에 차오르는 성령님의 감동을 무시하거나 거역할 수 없습니다."

녀석의 이야기를 듣던 P가, 이런 말을 했다.

"사실, 과거에 제가 10여 년 동안 다이아몬드를 판매하는 일을 했습니다. 그래서 형님이 다이아몬드 이야기를 하실 때, 누구보다 큰 공감을 갖게 되었지요."

녀석이, P에게 말했다.

"다이아몬드는 티끌만큼 적을지라도 큰 가치가 있지요. 성령 충만한 그리스도인은 다이아몬드처럼 값지고 귀한 존재입니다. 《발바닥 인생》 3권에 보면, 사마귀와 연가시의 비유가 나오지요. 저는 연가시와 같고, 병원은 사마귀와 같습니다. 연가시는 사마귀의 먹잇감이 됩니다. 그러나 연가시는 사마귀의 뱃속에서 죽지 않고 성장하지요. 나중에, 사마귀는 죽고 수많은 연가시가 태어나지요. 저와 동역자가 되어 주신다면, 우리 병원 복음화뿐 아니라 세계 복음화를 이루는 데 큰 도움이 될 것입니다."

P가, 곧바로 대답했다.

"저는 바나바(사도 바울의 동역자)가 되겠습니다."

두 사람은, 또다시 부둥켜안고 동역자가 된 기쁨을 공감했다. 녀석은, P에게 나의 복음을 열정적으로 전했다. 두 사람의 만남은 일주일에 두세 번 정도 이루어졌다.

2025년 7월 3일 오전 10시경, 녀석이 근무하는 주차장 초소로 P가 찾아왔다. 그는, 녀석이 건네준 《발바닥 인생》 4권(A)을 읽고 감명을 받았는지 상기된 표정으로 말했다.

"형님은 정말 대단하십니다. 형님이 쓴 글을 읽어보면 그 표현력에 감탄이 절로 나와요. 저도 중학교 다닐 때 무척 감명 깊게 읽은 책이 있는데요. 어떻게 하면 글을 잘 쓸 수 있을까요?"

곧바로, 녀석이 답변했다.

"제가 처음부터 글을 잘 쓴 것은 아닙니다. 저도 어릴 때는 글 쓰는 일에 관심이 없었어요. 제가 20대 초반에 예수님을 믿고 《진정한 우정의 비결》이란 책을 읽었는데, 그 책의 내용에 흠뻑 취했어요. 그때, 저는 평생 그 책의 내용대로 살기로 작정했죠. 그뿐 아니라, 저는 그 책의 내용을 요약해서 다른 사람에게도 알려주어야겠다고 결심했어요. 지금도 저는 그 책의 내용을 요약한 글을 다른 사람에게 나눠주고 있지요. 그리고 보니, 벌써 40년이 지났네요. 제가 남의 책을 읽고 요약하는 작업을 오랫동안 하다 보니 저절로 글쓰기 기술이 습득된 것 같아요."

녀석은, P의 눈을 똑바로 응시하면서 힘주어 말했다.

“앞으로는, 장로님이 저의 뒤를 이어서 전도서를 기록해 주세요. 제가 모세의 역할을 했다면, P께서는 여호수아의 역할을 하라는 뜻이지요. 제가 기록하는 자전소설이 모세 오경에 비유된다면, 앞으로 저의 뒤를 이어서 기록해야 할 책은 여호수아에 비유될 수 있어요. 저는 먼저 죽을 것입니다. 제가 죽은 후에, 잘 마무리해 주세요.”

녀석이 십여 년 동안 나의 복음을 전파하면서, 두 명의 장로님을 만난 것은 우연이 아니다. 녀석이 《발바닥 인생》의 집필을 시작할 때 외과 의사 장로님을 만났고, 집필을 마무리할 시점에 P를 만났다.

이 세상에서 예수님처럼 베풀면서 전도하는 것은, 마치 메마른 광야를 지나가는 것처럼 힘들다. 광야를 지나려면 낮의 무더위와 밤의 추위를 견디며 각종 사나운 맹수도 물리쳐야 한다. 하지만, 신앙생활을 고행의 연속이라고 생각하면 안 된다. 올바른 신앙생활은 평안과 기쁨을 안겨 준다. 녀석은 직장에서 집중적으로 나의 복음을 전하는 한편, 부부 동반 여행을 자주 다녔다. 녀석이 P에게 여행 사진을 보여 주면서, 이런 말을 해주었다.

“날마다 두세 시간씩 찬송하는 것은 어려운 신앙생활이 아닙니다. 저도 날마다 두세 시간씩 찬송하고 있지만, 나머지 시간에는 여유롭게 여행을 다니며 즐겁게 살아가고 있습니다."

2025년 7월 8일, 소나기를 동반한 강풍이 불어서 녀석이 병원의 옥상에 심어 놓은 수십 그루의 해바라기가 꺾이고 쓰러졌다. 녀석은 쿠팡에 오죽(검은 대나무) 4그루를 주문했다.

이틀 후에, 녀석이 병원의 식당에서 부원장님을 만났다. 녀석은 부원장님에게 해바라기가 망가진 빈자리에 대나무를 심겠다고 말했다. 그런데, 부원장님이 뜻밖의 반응을 보이셨다.

"반장님은 너무 과하게 조경을 관리하고 계십니다. 대나무를 심지 마시기 바랍니다."

그러나 녀석은 이미 쿠팡에 대나무를 주문해 놓았으니, 마지막으로 심겠다고 말했다. 녀석이 P를 만났을 때, 부원장님과 대화를 나눈 이야기를 들려주며 말했다.

"저는 잘못한 것이 없습니다. 저는 평소처럼 부원장님과 언약한 대로 자비를 들여서 대나무를 사다가 심으려 했습니다. 그런데 부원장님이 부담을 많이 느끼고 계셨던 것 같습니다. 만약에, 제가 일을 그만두더라도 뒤를 이어서 전도해 주시기 바랍니다."

녀석의 말을 들은 P가, 극구 만류했다.

"형님이 기도를 더 해 보세요. 너무 앞서 생각하지 마시고요."

녀석이 대답했다.

"하나님의 나라는 말에 있지 아니하고 능력에 있습니다. 앞으로 두고 보세요. 하나님께서 역사하시는 모습을 목도 하실 것입니다."

다음 날 아침, 출근하신 부원장님의 얼굴에 짙은 그늘이 보였다. 녀석에게 심한 말을 하고 마음이 불편했음을 짐작할 수 있었다. 녀석은 부원장님의 근심을 덜어드려야겠다고 생각했다. 식당에서 부원장님과 마주쳤을 때, 녀석이 말했다.

"부원장님의 말씀대로, 옥상에 대나무를 심어보니 보기가 안 좋았습니다. 그래서 대나무를 3층의 정원으로 옮겨 심었습니다. 원래 3층의 정원에 대나무를 심으려고 했었는데, 이번 기회에 옮겨 심어보니 너무 보기가 좋네요."

녀석이 먼저 부드러운 표정으로 말하니, 부원장님도 활짝 웃으며 정겨운 대화를 나누게 되었다.

며칠 후에, 녀석이 엘리베이터에서 나오는 P를 만났다. 그런데, 그의 얼굴에 그늘이 져 있었다. 녀석이 말했다.

"얼굴에 수심이 가득하네요. 무슨 일이 있으셨나요?"

P는 말을 얼버무리며 당황한 기색을 보였다. 녀석이 볼 때, P에게 신앙적으로 심경의 변화를 일으키고 있다는 느낌이 들었다.

몇 시간 후에, 녀석과 마주친 P가 고민했던 이야기를 털어놓았다.

"형님이 전도하시는 것도 좋지만, 구원을 받으려면 교회에 나가서 세례를 받아야 하지 않나요?"

녀석은 물로 세례를 받지 않아도, 성령의 세례를 받으면 된다고 설명해 주었다. 그래도 P가 고집을 꺾지 않았다. 이에, 녀석이 단호하게 말했다.

"저와 신앙적인 견해가 다르다면, 각자 옳다고 믿는 대로 신앙생활을 하면 됩니다. 억지로 나의 복음을 받아들이라고 강요하지 않을 것이니, 본인의 결정대로 신앙생활을 하세요."

P는, 녀석의 신앙적인 열정과 뛰어난 언어의 표현력과 글솜씨를 가지고 예배당에 나가서 신앙생활을 하는 것이 소원이라고 말했다. 녀석도 그런 생각을 안 해 본 것은 아니다. 녀석은 어느 교단에도 소속되지 않은 예배당을 만들려고 시도한 적도 있었다. 그래서, 나의 복음에 공감하는 성도들과 함께 찬송과 기도에 전념하는 신앙생활을 하고 싶었다. 하지만, 하나님께서 허락하지 않으셨다.

2025년 7월 13일 오전 9시 16분, 녀석의 형수님으로부터 카톡이 왔다.

「주일 아침이네요 ~
그동안 연락드리지 못해 죄송합니다.

성령께서 내어주신 숙제를 못 해서
마음이 불편했지만, 형편이 안 되어
무거운 짐이었어요.

친구에게 오래전에 빌려준 돈을 9월에
준다고 합니다. 조금만 더 기다려 주시면
하고 양해 부탁하려고 염치없이 연락드립니다.

다시 연락드리겠습니다~ ♡」

약 1시간 후에, 녀석이 형수님에게 답장을 보냈다.

「형수님 문자를 받으니 너무 반갑습니다. 저는 은혜롭게 신앙생활을 하고 있습니다. 성령 충만 받고 전도하다 보면, 당하지 않아도 될 시련을 많이 겪게 되지요. 그 시련이 클수록 영적인 단련이 되어서, 예수님을 닮아가는 영광을 얻습니다. 형수님은 저와 동역하는 전도자입니다. 하나님께서 형수님을 눈동자처럼 지켜 주시며, 육신을 강건하게 해 주시기를 간절히 축복합니다. 하나님께 찬송의 십일조를 올려 드리면, 반드시 도와주신다는 믿음을 가지세요. 좋아하는 유행가를 부르면서 마음에 위로를 받아서 암을 극복했다는 사람들의 간증을 가끔 듣게 됩니다. 유행가만 불러도 마음에 힘을 얻어서 암을 극복하는데, 쉬지 않고 찬송하는 성도가 받게 될 상급은 얼마나 클까요? 날마다 쉬지 않고 찬송하는 자는 어려운 싸움에서 승리하며 영적, 육적, 물질적인 복을 받는다는 사실을 믿으세요. 절대로 찬송에 지치지 마세요! 그러면 다윗처럼 반드시 승리합니다. 조만간 《발바닥 인생》 4권의 집필이 완료될 것 같습니다. 그때 카톡으로 보내드리겠습니다. 형수님을 진심으로 존경하고, 주 안에서 사랑합니다. ♡」

약 30분 후에, 형수님으로부터 답장이 왔다.

「감사합니다~
이해해 주시니 힘이 되네요~」

성령님의 감동으로, 형수님이 녀석에게 돈을 보내주신다면 나의 복음을 전파하는 데 필요한 물품을 구매하거나 책을 출판하는 데 전액 사용할 것이다. 그러면 하나님께서 형수님에게 합당한 상급을 내려주실 것이다.

녀석의 외로운 전도사역을 돕는 아름다운 여인이여~
나의 복음이 전파되는 곳마다 그대를 기억하리로다~

K는 몇 달 전에, 세 권의 책을 구매했다. 두 권은 동양의 고전(논어와 한비자)이고, 다른 한 권은 미국의 심리학 교수가 쓴 《퓨처 셀프》(저자 벤저민 하디)였다. 녀석은 동양의 고전을 중간쯤 읽다가 지루해서 덮어 두었다. 그러나 나중에 구입한 《퓨처 셀프》(미래의 나)를 읽을 때는 깊은 감명을 받았다. 《퓨처 셀프》는, 녀석이 집필하는 《발바닥 인생》의 내용과 궤를 같이하고 있었다. 오래전부터, 녀석은 미래의 나를 꿈꾸며 살아왔기에 더욱 공감이 갔다.

녀석이 읽은 《퓨처 셀프》(Future Self)의 주제는 미래의 내가 현재의 나를 이끈다는 것이다. 그 책에서 공감이 되었던 문장을 소개한다.

「미래의 나를 실현하는 유일한 방법은, 지금 미래의 내가 되는 것이다. 그다음에는 미래의 나로 행동하라. 그러고 나서 원하는 것을 얻어라. 진정한 미래의 나를 받아들이고 그 모습이 이미 당신의 모습이라는 사실을 알면, 목표와 일치하는 행동을 하게 된다. 환경은 즉시 달라질 것이고, 전에는 보지 못한 것을 볼 것이다.」

그 책에서 윌리엄 허치슨 머리의 말을 인용한 글도 공감이 갔다.

「전념하기 전에는 계속 망설이며 뒤로 물러날 기회만 엿본다. 그런 상황에서는 비효율성이 가득하다. 주도적이고 창의적인 행동에 관해서는 한 가지 기본적인 진리가 있다. 완전히 전념하는 순간 신의 섭리도 함께 움직인다는 사실이다. 이 사실을 모르면 수많은 아이디어와 멋진 계획들을 망치게 된다. 전념하는 순간, 전념하지 않았다면 일어나지 않았을 온갖 일이 일어나 도와준다. 그 일의 시작은 전념하기로 마음의 결정을 한 것이다. 전념하기 시작하면서 꿈도 꾸지 못했던 뜻밖의 사건과 만남, 물질적 지원이 자신에게 유리하게 작용한다.」

전념이란 “오직 한 가지 일에만 마음을 쏟는 것”이다. 녀석은, 어떤 일이 옳다고 생각되면 끝까지 전념하는 성격이다. 신약성경에, 이런 말씀이 기록되어 있다.

마르다는 준비하는 일이 많아 마음이 분주한지라 예수께 나아가 가로되 주여 내 동생이 나 혼자 일하게 두는 것을 생각지 아니하시나이까 저를 명하사 나를 도와주라 하소서 - 주께서 대답하여 가라사대 마르다야 마르다야 네가 많은 일로 염려하고 근심하나 - 그러나 몇 가지만 하든지 혹 한 가지만이라도 족하니라 마리아는 이 좋은 편을 택하였으니 빼앗기지 아니하리라 하시니라 (누가복음 10장 40~42절)

오래전부터 녀석은 미래의 나를, 어마어마하게 크게 설정해 놓고 살아왔다. 녀석이 희망하는 미래의 나는, 마틴 루터를 능가하는 종교개혁자가 되는 것이다. 녀석이 최종적으로 꿈꾸는 미래의 나는, 예수님처럼 영력 있는 전도자가 되는 것이다. 물론, 녀석의 꿈이 이루어지지 않을 수도 있다. 그 꿈이 이루어지지 않는다고 해도, 녀석의 인생이 실패한 것은 아니다. 녀석이 꿈을 이루기 위해서 달려갔다는 사실, 그 자체만으로도 영광스러운 일이다.

녀석의 꿈은, 누가 봐도 비현실적이라고 할 수 있다. 녀석도 그렇게 생각한다. 약 10여 년 전에, 녀석의 꿈 이야기를 들었던 사람들은 거의 비웃었다. 지금은 녀석의 꿈 이야기를 듣고 공감하는 사람이 점점 늘어나고 있다. 미래에는 녀석의 꿈 이야기에 공감하는 사람이 기하급수적으로 늘어날 것이다. 작은 불꽃 하나가 온 산지를 태울 수도 있다. 작은 겨자씨 하나가 자라면 나무가 되어서, 그 가지에 새가 깃들기도 한다. 녀석도 작은 겨자씨 같은 존재다. 그러나 녀석의 마음속에는 거대한 생명력이 있다. 그 생명력이 녀석의 꿈을 이루어 나간다. 밑져야 본전이라는 속담이 있다. 이는 일이 잘못되더라도 손해는 보지 않는다는 뜻이다. 녀석이 꿈을 이루지 못할지라도, 손해 될 것은 없다. 작은 꿈조차 꾸지도 못하는 사람들에 비하면, 녀석의 삶은 가치가 있다.

2025년 7월 16일, 녀석과 아내가 손녀의 여섯 번째 생일을 축하하기 위해서 김포로 갔다. 이날은 비가 많이 왔다. 저녁을 먹기 전에, 녀석과 손녀가 아이스크림 케이크를 사러 갔다. 손녀는 녀석의 품에 안기거나 등에 업히는 것을 좋아했다. 신기하게도, 녀석과 단둘이 있을 때만 손녀의 집착이 심했다. 손녀는 조금 걷다가 발이 아프다며 꾀병을 부렸다. 손녀의 꾀병은, 녀석에게 안아달라는 신호와 같다. 녀석이 손녀를 안고 우산을 든 채 아이스크림 케이크를 파는 매장으로 발걸음을 재촉했다. 10여 분 후에 김포의 이마트 근처에 있는 베스킨라빈스에 도착하여 손녀가 고른 아이스크림 케이크를 구매했다.

이번에는, 녀석이 손녀를 업었다. 그리고 손녀가 우산을 들도록 했다. 두 사람의 정겨운 모습을, 매장의 여주인이 함박웃음을 지으며 바라보고 있었다. 녀석의 손녀 사랑은 죽음을 초월할 것이다. 만약 손녀의 생명이 위험에 처한다면, 녀석은 주저하지 않고 대신 죽을 수 있다.

이날 오후 8시경, 바쁜 일정 때문에 참석하지 못한 사위를 빼고 녀석의 온 가족이 모였다. 녀석과 아내, 아들과 며느리와 손자와 손녀, 딸과 외손녀가 한곳에 모이니 시끌벅적했다. 모임을 마치고 밤늦게 자동차를 타고 집으로 돌아오는 길에, 녀석이 손녀와 찍은 동영상을 아내에게 보여 주면서 말했다.

"○○(녀석의 손녀)가 할아버지와 단둘이 있을 때는 스킨십을 적극적으로 해줘. 한 시간이든 두 시간이든 할아버지의 품에 안기기를 원하지. 손녀가 가족이 모인 자리에서는 그런 행동을 거의 하지 않는 거야. 여러 사람이 모인 자리에서는, 손녀가 눈을 찡긋하면서 귀여운 표정으로 할아버지를 바라보기만 하지. 손녀의 익살맞은 표정은 할아버지를 사랑한다는 사인이야."

요즘은 외손녀도, 녀석의 품을 오가면서 애교를 부린다. 외손녀는 너무 어려서 그런지, 남의 눈을 의식하지 않고 녀석에게 덥석덥석 안긴다. 그럴 때마다, 녀석은 최상의 행복을 맛보고 있다. 녀석은 속으로, 이런 생각을 해보았다.

"나보다 행복한 할아버지가 또 있을까?"

현재, 녀석은 모든 방면에서 만족하며 살고 있다. 이보다 더 좋을 수는 없다. 녀석의 아내도, 지금이 인생에서 가장 행복한 때라고 말한다. 왜냐하면, 아내도 녀석에게 물들어가고 있기 때문이다.

다음 날 오후 5시경, 병원의 1층 로비에서 앳된 간호실습생이 한 손을 머리 위로 들어 올리며 녀석에게 하트를 보냈다. 녀석도 그녀에게 하트로 화답했다. 잠시 후에, 안경을 쓴 앳된 간호실습생이 녀석에게 다가와서 인사를 했다. 녀석이 그녀에게 말했다.

"내가 준 자전소설을 다 읽었나요?"

"네. 그럼요."

"《발바닥 인생》 4(A)권까지 다 읽었다고요?"

"네! 다 읽었습니다. 반장님은 정말 시인 같으세요. 너무너무 감명받았습니다."

“감사해요. 몇 달 후면, 《발바닥 인생》 4권의 후편도 완성될 것 같아요. 그러면, 조만간 《발바닥 인생》 1~4권을 합쳐서 한 권의 책으로 출간할 예정이에요.”

“정말요? 그러면 제가 꼭 사서 볼게요.”

“《발바닥 인생》 후편의 집필이 완료되면, 원고를 보내줄게요. 《발바닥 인생》 전집(1~4권)의 표지는 ‘SOLE LIFE’라는 영어 제목으로 출간될 것 같아요.”

“네, 정말 감사합니다.”

녀석은 고등학교를 갓 졸업한 소녀의 반응을 보면서 거대한 꿈이 현실로 다가오고 있음을 확신했다.

다음 날 오전 8시경, 녀석이 P와 병원의 지하 4층에서 마주쳤다. 두 사람은, 평상시처럼 반갑게 인사하면서 자연스럽게 대화를 나누게 되었다.

“어제는 간호실습을 나온 학생이 저를 보면서 하트를 날리며 인사를 하더군요. 그 학생은 《발바닥 인생》 1~4권을 모두 읽었다면서 감사의 인사를 했어요. 그 학생이 《발바닥 인생》 전집을 읽고 기뻐하는 모습을 보면서, 저의 자전소설이 세계로 퍼져나갈 것이라는 확신이 생겼습니다."

"저는 형님이 교회에 나가면서 전도하시면 좋겠어요. 형님은 교회를 나가지 않는데, 그러면 어디서 예배를 드릴 수 있습니까?"

"예수님은 이 산에서도 말고 예루살렘에서도 말고 너희가 아버지께 예배할 때가 이르리라고 말씀하셨습니다. 이는 장소에 구애받지 말고 예배하라는 말씀이지요. 저는 예배당이나 산에 가야만 예배할 수 있다는 주장을 인정하지 않습니다. 저는 어디에서나 찬송과 기도하며 예배하고 있습니다."

"나의 복음은, 도대체 무엇입니까? 그런 이상한 복음을 전하면 이단 소리를 들어요. 그리고 삯꾼 목자라는 소리 좀 하지 마세요. 목사님들 중에 삯꾼 목자는 극소수에 불과해요."

"나의 복음이란, 내가 찬송과 기도하면서 성령 받고 깨달은 말씀을 뜻하지요. 나의 복음을 설명해 주는 책이 《발바닥 인생》이지요. 그리고 삯꾼 목자는 대가를 받고 복음을 전하는 사람을 뜻합니다. 예수님은 대가를 받지 말고 복음을 거저 주라고 말씀하셨어요."

"형님이 독단적으로 말씀을 전하지 말고, 주변의 목사님으로부터 이단 상담을 받아보세요. 지금 형님은 독불장군처럼 전도하고 있어요."

"유럽의 기독교는 쇠퇴한 지 오래되었습니다. 우리나라도 기독교가 쇠퇴의 길을 걷고 있지요. 왜 수많은 젊은이가 교회(예배당)에 나가기를 싫어할까요? 그들은 교회의 부패를 꿰뚫어 보고 있어요. 이대로 가면, 우리나라도 예배당이 거의 사라지는 날이 올 것입니다."

두 사람의 대화가 열기를 더할 무렵, 지하 3층에서 회의하던 부원장님이 내려오셔서 한마디 하셨다.

"두 분의 목소리가 너무 커요. 위에서 다 들립니다."

두 사람은 부원장님이 올라가신 후에도, 십여 분 동안 언쟁을 계속했다.

"형님은 기존 교회를 해치고 있습니다. 제발, 주변의 목사님으로부터 상담을 받아보시면 좋겠어요."

"제가 목사님의 상담을 받는 시기는 지났어요. 저는, 스스로 찬송과 기도에 힘쓰며 성령께서 감동을 주시는 말씀을 전하고 있지요."

"형님이 그런 소리를 계속하시면 이단으로 취급받아요."

"지금 대형교회의 목사님들이, 서로 이단이라며 피 터지게 싸우는 모습을 보세요. 도대체, 어느 쪽 편의 목사님을 만나서 이단 상담을 받아야 하나요. 자기들끼리도, 서로 이단이라며 싸우고 있는데…. 제가 나의 복음을 전하다가 이단 소리를 듣게 되면 영광이지요. 저는 하나도 괴롭지 않습니다. 사도 바울도 유대인들에게 이단이라는 소리를 들었지요. P께서 저를 설득하려면, 저보다 더 많이 찬송과 기도하여 성령께서 주시는 말씀을 알아들어야 합니다. 남에게 들은 설교 내용만 믿고, 자신도 모르는 주장을 하시면 안 되지요."

"그럼 형님과 사도 바울이 동급이라는 말씀입니까?"

"예수님은, 성도들이 주님보다 더 큰 일도 할 수 있다고 말씀하셨지요. 누구든지 올바르게 신앙생활을 하면 사도 바울처럼 될 수 있습니다. 사도 바울은, 예수님께 엎어터지고 나서야 정신을 차렸지요. 그가 다메섹에서 예수님의 책망을 듣고, 며칠 동안 눈이 멀지 않았다면 기독교인이 되지 못했을 겁니다. 사도 바울을 범접할 수 없는 사람이라고 착각하면 안 됩니다. 누구든지 신앙생활을 올바로 하면 사도 바울처럼 될 수 있어요."

내가 진실로 진실로 너희에게 이르노니 나를 믿는 자는 나의 하는 일을 저도 할 것이요 또한 이보다 큰 것도 하리니 이는 내가 아버지께로 감이니라 (요한복음 14장 12절)

(중략)

마지막으로, 녀석이 P를 끌어안고 등을 토닥이며 말했다.

“신앙에 타협은 있을 수 없습니다. 서로 신념이 다르다면 신앙적인 대화를 삼가는 것이 좋다고 봅니다. 서로의 신앙이 다르다면, 하나님께서 확실하게 판단해 주실 것입니다. 요셉이 꿈을 꾸고 해와 달과 열한 별이 자신에게 절했다는 말을 했을 때, 형들의 분노는 극에 달했습니다. 나중에 요셉은 총리가 되었고, 형들은 동생에게 머리를 조아리며 경배하게 되었지요. P도, 요셉처럼 꿈꾸는 수준의 신앙생활을 하셔서 온실 속의 화초가 아니라 야생에서도 생명력 있게 전도하는 장성한 그리스도인이 되시기 바랍니다. 전도할 때 소동이 일어나는 것은, 매우 좋은 현상입니다. 부원장님이 내려오셨다고 부담을 갖지는 마세요. 이런 경험을 자주 해봐야, 장성한 그리스도인이 될 수 있습니다. 나의 복음은 거침없이 전파될 것입니다. 제가 쓰고 있는 자전소설을 계속 읽어 주시면 신앙적으로 큰 도움이 될 것입니다.”

녀석이 만난 두 분의 장로님은 성향이 매우 달랐다. 외과 의사 장로님은, 녀석으로부터 나의 복음을 10여 년 동안 들으면서도 거부한 적이 없었다. 그러나 P는 기쁨으로 나의 복음을 듣다가, 몇 달이 못 되어 거부반응을 일으켰다. 녀석이 생각할 때, 외과 의사 장로님이 좀 더 지혜로우신 것 같다. 외과 의사 장로님은 설교를 들어보면 진짜인지 가짜인지 알 수 있다고 했다. 그런 분이, 녀석이 전파하는 나의 복음을 듣고도 거부하지 않으시는 이유가 분명히 있다. 외과 의사 장로님은, 다음과 같은 성경 말씀을 기억하면서 나의 복음을 받아들이고 계실 것이다.

밤에 형제들이 곧 바울과 실라를 베뢰아로 보내니 저희가 이르러 유대인의 회당에 들어가니라 - 베뢰아 사람은 데살로니가에 있는 사람보다 더 신사적이어서 간절한 마음으로 말씀을 받고 이것이 그러한가 하여 날마다 성경을 상고하므로 - 그중에 믿는 사람이 많고 또 헬라의 귀부인과 남자가 적지 아니하나 - 데살로니가에 있는 유대인들이 바울이 하나님 말씀을 베뢰아에서도 전하는 줄을 알고 거기도 가서 무리를 움직여 소동케 하거늘 (사도행전 17장 10~13절)

P가 거부반응을 일으킨 직후에, 녀석이 옥상에서 진단검사 실장님을 만나 고민을 털어놓았다.

“저는 자전소설 1권을 집필할 때 돈키호테에 빙의되어 글을 썼습니다. 2권을 집필할 때는 유비에 빙의되어 글을 썼고요. 그래서 저의 자전소설을 재미있게 읽도록 만들었지요. 제가 《발바닥 인생》 3권을 쓸 때는 신앙적인 내용을 많이 담으려고 노력했습니다. 지금은, 제가 《발바닥 인생》 4권의 후반부를 쓰고 있지요. 앞으로 《발바닥 인생》 4권의 후반부가 집필이 완료되면, 저는 형수님을 설득해서 《발바닥 인생》 전집을 출간할 생각입니다. 왜냐하면, 형수님이 《발바닥 인생》 3권의 출판을 보류해 달라고 요청했었기 때문이지요. 저는 《퓨처 셀프》라는 책을 읽고 있는데, 그 책의 내용이 《발바닥 인생》과 궤를 같이하고 있습니다. 지금은, 제가 마틴 루터를 능가하는 종교개혁자가 되겠다는 각오로 글을 쓰고 있습니다. 과거의 심리학자들은 인간의 미래가 과거의 영향을 받아서 결정된다는 학설을 믿었다고 합니다. 그러나 현대의 심리학자들은 정반대의 주장을 하고 있답니다. 먼저 미래의 나를 크게 설정하면, 그 사람의 운명도 크게 바뀔 수 있다는 것이지요. 저도 현대 심리학자들의 주장에 공감하고 있습니다. 오래전부터, 저는 미래에 종교개혁자가 되겠다는 꿈을 꾸면서 정진하고 있었습니다. 그 꿈을 이루기 위해서는, 《발바닥 인생》 전집이 대중의 공감을 불러일으킬 만한 수준으로 집필이 되어야 합니다. 제가 너무 큰 주제를 가지고 글을 쓰다 보니, 중압감이 무척 큽니다. 다른 한편으로, 저는 위대한 일을 하고 있다는 자부심을 느끼며 자전소설을 쓰고 있지요. 저의 책을 읽으신 실장님의 의견을 여쭙고 싶습니다."

녀석의 질문을 받은 진단검사 실장님이 깜짝 놀라면서 말했다.

"아이고! 제가 감히 무슨 말씀을 드릴 수 있겠습니까? 어떻든 반장님은 정말로 대단하십니다."

사실, 녀석은 진단검사 실장님에게 조언을 얻기 위해서 질문한 것이 아니었다. 녀석은, 그분을 통하여 독자들이 느끼는 소감을 간접적으로 알고 싶었다.

2025년 7월 25일, 녀석이 병원에 출근하여 2층으로 올라가는데 신경외과에 근무하는 여직원이 막아섰다. 그녀는 옆 데스크의 정형외과에 근무하는 여직원에게 들었다면서, 이런 말을 했다.

"왜 저에게는 책을 안 주시는 거예요. 너무 섭섭해요. 그 책이 무척 재밌다고 하던데요."

녀석이 답변했다.

"얼마 전에, 내가 선생님에게 꽃 한 송이를 선물했더니 사양하셨지요. 그래서, 혹시 선생님이 또 오해할까 봐 책을 드릴 수 없었어요."

그녀가 말했다.

"그래도, 저만 빼놓고 다른 직원에게만 책을 주시는 것 같아서 서운했어요."

녀석이 빙긋이 웃으며 말했다.

"알았어요. 그러지 않아도, 내가 원고를 여러 권 복사해 왔어요."

곧바로, 녀석이 자가용에 보관하고 있던 원고를 가져다가 신경외과 여직원에게 선물했다. 그리고, 바로 옆에서 지켜보는 여직원에게도 똑같이 선물했다.

다음 날 오전 7시경, 녀석과 교대 근무하는 직원이 병원의 식당에서 밥을 먹으며 정겹게 대화를 나누었다.

"요즘, 우리 딸이 아빠가 담배를 끊지 않으면 손주를 보러 오지 말라고 협박(?)해서 고민이야."

"딸이 아버지의 건강을 염려해서 그런 소리를 하는 거지."

"그러게 말이야. 조금씩 줄여 보려고 하는데, 잘 안돼."

"술이나 담배는 단칼에 끊어야 해. 조금씩 줄여 본다는 것은, 끊지 않겠다는 소리지."

"하하. 그 말이 맞는 것 같아."

두 사람은, 식사를 마치고 주차초소에 올라가서 대화를 이어갔다.

"세상의 모든 사람은, 어떤 식으로든 중독이 되어 살아가고 있어. 일에 중독이 되든지, 노래에 중독이 되든지, 게임에 중독이 되든지, 술과 담배에 중독이 되든지…. 담배에 중독되는 것은, 일종의 정신병이라고 할 수 있지. 담배를 끊으려면, 더 강력한 것에 중독이 되어야 해. 그러면 담배를 피우는 것이 싫어지게 되지."

"그게 종교라는 이야기지."

"그래 맞아. 내가 전에도 말했듯이, 종교는 마약보다 강력한 중독성이 있어. 내가 술과 담배를 쉽게 끊은 것도 종교활동을 열심히 했기 때문이야. 다르게 표현하면, 내가 종교(최고의 가르침)에 중독된 거지. 중독에도 종류가 있어. 좋은 중독과 나쁜 중독이 있지. 좋은 중독이란 신앙생활이나 봉사활동과 같은 이로운 일에 전념하는 것이고, 나쁜 중독이란 마약이나 도박과 같은 해로운 일에 전념하는 것이지. 친구도 기왕이면 좋은 중독에 빠지면 좋겠어. 가장 좋은 중독은, 틈만 나면 찬송하는 거야. 대부분의 찬송가는 성경 말씀을 노래로 표현한 것이야. 그러니까 찬송을 많이 부르면 성경공부가 저절로 되는 거지. 성경에는 최고의 지혜와 지식이 담겨 있어. 유대인들은 자녀가 어릴 때부터 성경을 달달 외우도록 교육하기 때문에 뛰어난 지혜와 지식을 발휘하며 살아가는 거야. 나도 찬송가를 많이 부르기 때문에 뛰어난 지혜와 지식을 얻게 되었어. 내가 병원에서 뛰어난 능력을 발휘하는 것을 친구도 두 눈으로 똑똑히 보고 있잖아."

"그건 인정해."

"우리가 무엇을 제대로 알려면 세뇌과정을 거쳐야 해. 한 번만 들은 이야기는 쉽게 잊어버리지. 그러나 수십 번 들은 이야기는 꽤 오랫동안 기억되고, 날마다 귀에 못이 박히도록 들은 이야기는 죽을 때까지 잊히지 않아. 요즘은 찬송하기가 너무 편해. 그냥 스마트폰의 찬송가 앱을 열어서 따라 부르기만 하면 되거든. 우리 두 사람은 똑같은 세월을 살아왔어. 나는 세계적인 일을 도모하고 있고, 친구는 담배를 끊지 못해서 돈을 써가면서 몸을 망가뜨리고 있지. 그러니, 내 마음이 편하겠어? 내가 친구만 보면 안타까워서 견딜 수가 없어. 그러니, 내가 친구를 전도하려고 애를 쓰는 거야. 친구도, 나처럼 한번 살아 보라고!"

K는 어설프게 나의 복음을 전파하는 것이 아니다. 녀석은 부천에 있는 개척교회에서 신앙생활을 시작한 이후로, 40년이 넘도록 찬송과 기도하면서 성경의 가르침에 순종하려고 노력했다. 각종 국제대회에서 우승한 선수들이나 예술가들의 삶을 들여다보면, 대부분 어려서부터 똑같은 동작을 수없이 반복하면서 연습했다는 사실을 알 수 있다. 많은 연습이 없이는 최상의 행동이 나올 수 없다. 신앙생활도 마찬가지다. 기독교인은 찬송과 기도를 많이 해야 한다. 천국에 들어가려면 찬송과 기도를 무척 많이 해야 한다는 것이, 녀석이 기록한 '나의 복음'의 핵심적인 내용이다. 세상에는 성경을 해석한 문서나 영상이, 수를 헤아릴 수 없을 정도로 널리 퍼져있다. 녀석이 전파하는 나의 복음도, 그중에 하나다. 녀석이 전파하는 나의 복음을 통하여 하나님의 역사가 나타나지 않는다면, 그것은 가짜다. 나의 복음을 실천했을 때 마음에 참된 평안과 기쁨이 충만해졌다면, 그것은 진짜다. 사람은 노래하는 대로 된다는 속설이 있다. 노래는 곡조를 붙인 이야기다. 슬픈 이야기를 노래하

면 슬프게 되고, 즐거운 이야기를 노래하면 즐겁게 된다. 찬송을 부르는 것은, 수준이 높은 사랑 이야기를 노래하는 것이다. 찬송가를 많이 부르는 사람은, 반드시 수준이 높은 사랑을 하게 된다. 사람은 노래하는 대로 되기 때문이다.

2025년 7월 26일, 녀석과 아내가 안산의 시화호에 있는 방아머리 해수욕장으로 놀러 갔다. 두 사람은 시간이 가는 줄도 모르고 재미있게 놀았다. 집으로 돌아가는 자동차 안에서, 아내가 이런 고백을 했다.

“나는 당신을 만나서 너무 행복해. 앞으로도, 이런 행복이 지속되면 좋겠어. 자기도 몸 관리를 잘해서 오래오래 내 곁에 있어 줘.”

비로소, 녀석이 청소년 시절부터 꿈꾸었던 로망이 이루어졌다. 녀석은 아내의 사랑 고백을 듣고, 마음속으로 하나님께 감사했다. 녀석과 아내는 늙어가면서, 서로의 존재를 감사하며 재미있게 살고 있다.

지금은 여성 상위시대라고 말하지만, 성경에 보면 남자가 머리의 역할을 하라고 기록되어 있다. 남자가 줏대 없이 빌빌거리면 가정에 불화가 끊이지 않는다. 녀석은 아내보다 두 살

어리지만, 어떤 중요한 문제가 생기면 단호하게 처신했다. 그래도 부작용이 생기지 않는 것은, 녀석의 판단이 대부분 옳았기 때문이다. 평소에 녀석은 아내보다 더 열심히 찬송과 기도했다. 그 결과, 매사에 녀석의 생각이 아내의 생각보다 지혜롭고 옳았다. 물론, 녀석의 생각이 모두 옳았던 것은 아니다. 하지만 십중팔구는, 녀석의 생각이 아내보다 월등하게 수준이 높았다. 아내는, 녀석이 쓴 글을 볼 때마다 감탄했다. 가끔 아내는, 녀석이 공부만 제대로 했으면 큰 인물이 되었을 것이라며 아쉬워하곤 했다.

2025년 7월 29일 오후 8시경, 녀석이 병원의 옥상에서 각종 꽃과 나무에 물을 주고 있는데 여성 환자분이 다가와서 말했다.

"선생님이 병원 앞의 화단에 있는 백일홍도 키우셨나요?"

"네."

"몇 달 전부터, 제가 병원 앞을 지나가며 백일홍이 크는 과정을 지켜봤거든요. 저는 백일홍을 너무 좋아해요. 제가 본 것 중에, 선생님이 키우시는 백일홍이 부천에서 제일 예쁘고 아름다웠어요. 마침, 제가 병원에 입원하여 옥상에 올라와서 선생님이 물 주시는 것을 보고 여쭤보는 거예요."

"아, 그랬군요."

(중략)

녀석은 여성 환자분의 이야기를 듣고 매우 기뻤다. 드디어 녀석이 키운 꽃(백일홍)이 부천에서 제일 예쁘고 아름답다는 소리를 직접 들었기 때문이다. 지성이면 감천이라는 속담이 있다. 정성이 지극하면 하늘도 감동한다는 말이다. 녀석은 백일홍을 키울 때도 지극한 정성을 쏟았다. 녀석은 옳다고 생각되는 일이라면 마음을 다하고 뜻을 다하고 힘을 다하여 정성을 쏟는다.

다음 날 오전 8시경, 녀석이 병원의 2층에서 신경외과 여직원과 또 마주쳤다. 그녀는, 녀석을 보자마자 두 손을 머리 위로 올리며 하트 인사를 했다. 그녀의 표정이 무척 밝고 활기가 넘쳐서 깜짝 놀랐다. 녀석이 활짝 웃으며 말했다.

"반가워요. 《발바닥 인생》 4권의 후편이 거의 완성되고 있어요. 조금만 기다려 주시면 원고를 드릴게요."

"네. 반장님이 주신 책은 천천히 음미하면서 읽어야 할 것 같아요."

"아주 좋죠. 저의 책을 한 번만 읽지 마시고, 평생 두고두고 읽어보세요. 그러면 저처럼 될 거예요. 선생님도 큰 인물이 된다니까요."

녀석이 확신에 찬 목소리로 이야기하자, 그녀의 눈빛이 더욱 빛났다. 녀석도, 그녀의 이야기를 《발바닥 인생》 4권에 소개할 수 있게 되어 기뻤다. 진정한 행복이란, 소소한 일상 속에서 얻을 수 있는 것이다. 녀석이 주변 사람에게 자전소설을 나누어 주지 않았다면, 그녀와의 아름다운 만남도 없었을 것이다. 녀석이 비교적 행복하게 살 수 있는 것은 《진정한 우정의 비결》을 40년 동안 반복하여 읽으면서 배웠기 때문이다. 그 내용을, 다시 한번 독자님께 소개한다.

「행복은 찾는다고 해서 찾아지지 않습니다. 행복은 주로(기본적으로) 다른 사람에게 자신을 주는 가운데 부산물로 다가오는 것입니다.」

며칠 전에, 녀석과 아내가 아들 가족과 함께 삼계탕을 먹으러 갔었다. 식사 중에, 녀석이 사랑하는 손녀를 바라보며 말했다.

"우리 손녀가 여섯 살이니까, 할아버지와 나누었던 추억을 기억할 수 있겠지?"

녀석의 말을 듣고, 아내와 아들 내외도 고개를 끄덕였다. 녀석이 재차 말했다.

"내가 죽더라도, 우리 손녀가 좋은 추억을 많이 간직했으면 정말 좋겠어."

식사를 마치고, 녀석이 손녀에게 장난감을 사주기 위해서 이마트에 갔다. 아무도 모르게, 손녀가 녀석에게 살짝 뽀뽀를 해주었다. 손녀가 녀석에게 애정 표현을 하는 이유는 무엇일까? 당연한 이야기지만, 손녀가 할아버지에게 많은 사랑을 받았다고 생각했기 때문이다.

K가 《발바닥 인생》 1권의 초판을 출간할 때의 일이다. 녀석은 지식과 감성 출판사의 여직원에게, 이런 말을 한 적이 있었다.

"저의 책(발바닥 인생 1권)은 백만 부 이상 팔릴 것입니다."

그 여직원은 속으로 비웃었을 것이다. 실제로, 녀석이 처음 출간한 책의 판매 부수는 수백 권을 넘지 못했다. 출판 업계의 현실은 냉혹했다. 그러나 녀석은 좌절하지 않고 열심히 자전소설을 계속 써나갔다. 그로부터 7년이 지나서, 《발바닥 인생》 2권과 3권과 4권이 완성되었다. 이것을 한 권으로 묶어서 출판하면 판매 부수가 급속도로 늘어날 것이다. 큰 꿈이나 목표는 하루아침에 이루어지지 않는다. 녀석은 조그만 성취에 만족하기보다는, 거대한 꿈을 꾸면서 중간중간 실패를 맛보는 편이 낫다고 생각한다. 경험해 본 사람은 안다. 그 실패를 통하여, 자신의 그릇이 점점 커진다는 사실을….

녀석은 중학교 3학년에 다닐 때, 수학반에서 특별활동을 했었다. 어느 날, 수학반에서 지도하는 선생님이 아이큐 150 이상만 풀 수 있는 문제를 냈다. 그런데, 그 문제를 녀석이 맞추었다. 이로 미루어 보면, 하나님이 천재적인 사고력과 집중력을 녀석에게 주셨다고 생각한다.

녀석은, 오랫동안 신앙생활을 하면서 하나님의 약점도 발견하게 되었다. 하나님의 약점은 외로움(고독)이다. 태초에는, 오직 하나님만 존재하셨다. 너무 고독하신 하나님은 인간을 만드셔서 친구로 삼으셨다. 이는 고독한 사람들이 반려동물을 입양하여 키우는 것에 비유할 수 있다. 성경은 인간이 존재하는 목적을 확실하게 기록하고 있다. 그것은 하나님을 외롭지 않게 해드리는 일이다. 하나님을 외롭지 않게(기쁘시게) 해드리는 행위가 찬송이다.

보라 내가 새 일을 행하리니 이제 나타낼 것이라 너희가 그것을 알지 못하겠느냐 정녕히 내가 광야에 길과 사막에 강을 내리니 - 장차 들짐승 곧 시랑과 및 타조도 나를 존경할 것은 내가 광야에 물들을, 사막에 강들을 내어 내 백성, 나의 택한 자로 마시게 할 것임이라 - 이 백성은 내가 나를 위하여 지었나니 나의 찬송을 부르게 하려 함이니라 (이사야 43장 19~21절)

2025년 8월 5일 오전 9시경, 녀석이 근무하는 병원의 비뇨기과에서 진료를 받았다. 녀석이 진료를 받게 된 것은, 사타구니 오른쪽에 생긴 좁쌀 크기의 멍울을 제거하기 위해서였다.

다음 날 오전 9시경, 녀석이 비뇨기과에서 멍울을 제거하는 수술을 받았다. 녀석은 청소년 시절부터 크고 작은 질병에 시달려왔기에, 몸에 작은 문제가 생겨도 조기에 치료를 받았다. 자라 보고 놀란 가슴 솥뚜껑 보고 놀란다는 속담은, 녀석을 두고 하는 말이다. 녀석은, 어떤 문제가 생기면 빠르게 해결하는 편이다.

화근(재앙을 일으키는 근본 원인)을 키우는 것은, 매우 어리석은 행동이다. 재앙이 닥치기 전에, 반드시 전조증상이 나타난다. 지혜로운 사람은 전조증상이 나타날 때, 재빨리 대처

한다. 지금, 녀석은 미래에 닥칠 재앙을 재빨리 눈치채고 자전소설을 전파하여 세상 사람들이 대처하도록 돕고 있다. 농부가 가을이 되면 들판에 불을 놓아서 태우는 경우가 있다. 이는 들판에 서식하는 병충해와 잡초를 미리미리 태워서 내년에 농사를 잘 짓기 위함이다. 녀석이 집필한 자전소설은 들판을 태우는 데 필요한 불꽃의 역할을 한다. 불꽃이 활활 타오르려면 땔감이 필요하듯이, 녀석의 자전소설이 널리 퍼져나가려면 독자들의 공감이 필요하다. 녀석이 집필한 자전소설이 독자들의 공감을 얻으려면, 그 책의 내용이 진실하고 유익하며 재미가 있어야 한다.

《퓨처 셀프》를 읽어보면, 다음과 같은 문장이 나온다.

「성공의 기준으로 여겨지는 명성이나 돈, 지위 등이 없어도 자신이 진정으로 원하는 삶을 살고 있다면, 그 사람은 완벽한 성공을 거둔 것이다.」

지금, 녀석은 진정으로 원하는 삶을 살고 있다. 그러니 녀석에게 돈이나 지위나 명예가 따라오지 않는다고 해도 아쉬울 것은 없다.

2025년 8월 7일 오전 5시 30분경, 녀석과 P가 병원의 주차장 입구에서 마주쳤다.

"형님, 밤새 수고가 많으셨지요?"

"수고랄 게 있나요. 저는 날마다 천국이죠."

오전 8시경, 두 사람이 옥상에서 또 마주쳤다.

"제가, P에게 말씀을 전하지 않으면서 느낀 점이 많습니다. 제가 아무리 언변이 뛰어나도 상대방이 소화를 못 시키면 소용이 없다는 것을 깨달았어요. 걷지도 못하는 사람에게 뛰라고 하면, 뛰라고 한 사람이 잘못이지요. 이제는 하나님의 능력이 나타나는 모습만 보여드리려고 해요."

"형님은, 어떤 일을 하셔도 성공하실 거예요. 《발바닥 인생》을 읽고. 저는 형님의 능력을 알 수 있었어요. 형님은 엄청난 역경을 이겨냈고 뛰어난 언변을 가지고 있을 뿐만 아니라 임기응변에 능하며 치밀한 준비성까지 갖추고 있잖아요. 제가 부하직원의 사기를 올려주기 위해서, 하루에 한 번씩 칭찬하는 프로그램을 진행하고 있거든요. 제가 아부하는 것이 아니라, 형님을 진심으로 칭찬해 주고 싶어요."

"P도 칭찬받아 마땅하지요. 제가 자전소설 4권의 마지막

부분을 집필하고 있잖아요. 마지막 부분에는 강력하고 설득력 있는 문장을 기록해야 하거든요. 그래야만, 제가 쓴 자전소설이 독자들의 뇌리에 각인이 되어 널리 퍼질 거니까요. 제가 자전소설의 마지막 부분을 집필하는 시점에 장로님을 만난 것은 축복입니다. 화룡점정이란 말이 있죠. 제가 P와 함께 나눈 경험은, 자전소설의 마지막 부분에 오롯이 기록되고 있습니다. 그 내용이 매우 중요하고 재미도 있어서, 당연히 화룡점정에 해당할 수 있지요."

"사실은, 제가 대학에서 문학에 연관된 과목을 전공했거든요. 형님의 글을 보면 감탄이 절로 나와요. 형님이 쓰시는 단어라든가, 문장을 이어가는 기술은 정말 대단하세요."

"대학에서 문학에 관련된 분야를 전공하셨다니, 저의 가슴이 설레네요. 저는, P께서 소방방제실에 붙여 놓은 문서를 보면서 느꼈어요. 누가 봐도, 훌륭한 문서임을 알 수 있지요. 직장 일을 하는 데만 능력을 발휘하지 마시고, 이제는 영적인 일에도 사용해 주세요. 저의 뒤를 이어서, 세계 복음화를 이루는 데 필요한 전도서를 기록해 주셨으면 좋겠어요. 저는 여기까지가 전도의 사명을 감당하는 종착역인 것 같습니다. 모세가 광야에서 전도하다가 무덤도 남기지 않고 조용히 죽었듯이, 저도 세상에서 조용히 퇴장하고 싶습니다. 제가 떠나면, P께서 여호수아처럼 신앙생활을 하시면 좋겠어요. 여호수아는 가나

안 땅에 들어가는 주역이 되었잖아요.”

녀석의 말을 듣고 있던 P가 눈을 질끈 감더니, 한마디 했다.

“그렇다면, 저도 형님에게 한 가지 부탁을 할게요.”

“그게 뭔데요?”

“형님도 혼자 신앙생활 하지 마시고, 교회(예배당)에 나오시면서 전도하면 좋겠어요.”

두 사람의 대화는 원점으로 돌아가고 있었다. 녀석이 마음을 가다듬고, 아주 부드럽게 말했다.

“저와 동역하는 바나바가 되겠다고 하셨지요?”

“네.”

“바울과 바나바도 신앙적인 견해차가 심해져서 갈라서고 말았지요. 바울과 바나바가 심하게 다투었지만, 결과는 유익했습니다. 두 사람은, 각자 전도하는 방법이 달랐을 뿐이지요. P도 선교를 꿈꾸고 계시고, 저도 세계 복음화의 꿈을 이루기 위해서 열심히 일하고 있습니다. P는 기성교회에 모두가 모여서 신앙생활 하기를 바라는 평화주의자시고, 저는 기성교회의 틀을 벗어나서 새로운 방식의 신앙생활을 하려는 개혁주의자입니다."

두 사람은, 대화를 조금 더 나누기 위해서 병원의 식당으로 가서 아침 식사를 했다. 녀석은 P를 설득해서 나의 복음을 전파하는 일꾼으로 삼으려 했고, P는 녀석을 기성교회로 이끌어서 함께 신앙생활을 하자고 주장했다. 두 사람이 식사를 마치고 나올 때, 녀석이 한마디 했다.

"제가 기성교회에 다시 나가서 목사님을 향하여 사례비를 받지 마시라고 주장한다면, 어떻게 되겠습니까?"

참으로 안타까운 일이다. 예수님은 복음을 (대가를 받지 말고) 거저 주라고 하셨는데, 현실은 정반대이니 말이다. 그렇다고, 녀석이 사례비(대가)를 받는 전도자를 비난할 생각은 추호도 없다. 그분들은 대가(사례비)를 받고 전도하는 것이 정당하다는 믿음을 가지고 있기 때문이다. 신앙은 자유다. 각자, 자신의 신념대로 신앙생활을 하면 될 것이다. 그 결과는 달라지겠지만….

2025년 8월 10일 오전 8시 30분경, 녀석이 병원에 출근하여 3층 정원에 올라갔더니 남자 환자가 다가와서 활짝 웃으며 인사했다. 그분은, 퇴원하는 환자로부터《발바닥 인생》 1~4권을 선물로 받았다고 말했다. 녀석이, 그 남자 환자에게 질문했다.

"저의 책을 읽어보신 소감은 어땠나요?"

"무척 재미있어서, 한 번 읽기 시작하면 눈을 떼기가 힘들 정도였어요. 우리나라의 베스트셀러 중에서, 선생님의 책은 100위권 안에 충분히 들어갈 수 있다고 봐요."

"감사합니다."

"선생님이 쓰신 일기가 책을 쓰시는 데 많은 도움이 되었을 것 같아요."

"네."

"선생님의 책은 평범한 이야기를 썼는데도, 뭔가 큰 울림이 있어요."

"소감을 분명하게 말씀해 주시니, 너무나 감사해요."

“우리나라에서 대표적인 종교를 꼽으라면 기독교와 불교잖아요. 선생님이 쓰신 책은, 종파를 초월하여 거부감 없이 읽을 수 있다는 생각이 들었어요.”

“종교의 본질은 기본적으로 같다고 봐요. 종교는 사람들을 올바른 방향으로 이끌어 주는 역할을 감당해야 하지요. 종교를 이용하여 돈과 권력을 얻으려는 행위는, 가장 심각한 범죄입니다. 종교인들이 부패하면, 사회 전체가 썩어 들어 가게 되니까요.”

2025년 8월 13일 오후 3시경, 녀석이 다니는 단골 미용실에서 머리를 단정하게 잘랐다. 녀석이 스마트폰으로 요금을 결제하는데, 미용실 원장이 이런 말을 했다.

“무당이, 저에게 구설수를 조심하라고 했어요.”

녀석은, 미용실 원장에게 구설수(남과 시비하거나 헐뜯는 말을 듣게 될 운수)를 두려워하지 말라고 조언했다. 별 볼 일 없는 사람들은 구설수에 오르지도 않는다. 구설수에 자주 오르내리는 사람을 역설적으로 표현하면, 매우 중요한 위치에 있는 사람이라는 뜻이다. 우리나라에서 구설수에 가장 많이 오르내리는 사람은 대통령이라고 할 수 있다. 녀석도 부천에서 평범하게 살다가 책을 출간하면서부터 구설수에 오르기 시작했다. 녀석의 책을 읽고 감동하는 사람도 많았지만, 여러 가지 이유로 비난하는 사람도 적지 않았다. 녀석이 작가가 되지 않았다면, 그런 구설수에 오르지도 못했을 것이다.

2025년 8월 16일 오후 6시경, 녀석과 P가 병원 식당에서 대화를 나누게 되었다.

"P께서 검진센터에서 혼자 일하시면서, 즐겁게 찬송을 부르는 모습을 보고 너무 기뻤습니다. 우리 병원이 복음화될 날도 멀지 않은 것 같습니다."

"제가 형님의 영향을 많이 받았지요."

"P께서, 저를 걱정해 주시는 것을 잘 알고 있습니다. 그렇지만, 너무 염려하지 않으셔도 됩니다. 저는 기성교회를 대적하여 싸우려는 것이 아닙니다. 오히려, 저는 기성교회의 부족한 부분을 일깨워 주는 역할을 하고 있지요. 장사할 때도, 여러 가지 방법이 있잖아요. 건물을 세우고 간판을 달아야만 상품을 팔 수 있는 것은 아니지요. 저는 자유롭게 돌아다니면서 돈을 받지 않고 상품을 판매하는 상인과 같습니다. 저는 새로운 방식의 신앙생활을 하겠다고 나선 사람입니다. 각자의 방식대로 신앙생활을 열심히 하다 보면 좋은 결과가 나올 것입니다."

(중략)

P와 신앙적인 대화를 계속 나누다 보니, 녀석의 생각도 조금씩 변하기 시작했다. 녀석은, 자신에게 이런 질문을 해 보았다.

혹시, 내가 편견을 가지고 신앙생활을 하는 것은 아닐까?

녀석은 성격이 너무 강해서 남의 의견을 받아들이기 힘든 타입이다, 녀석의 이런 성격은 확증편향으로 흐르기 쉽다. 그 외에도, 녀석은 두 가지의 심각한 약점을 가지고 있다. 녀석의 고질적인 약점을 알려주신 분은 하나님이셨다. 《발바닥 인생》 1권에서 소개한 바와 같이, 녀석은 1986년 8월 6일에 하나님으로부터 계시를 받았다.

첫 번째로, 하나님은 녀석에게 정신을 똑바로 차리라고 명령하셨다. 당시에, 녀석은 분노조절 장애와 다중인격 장애를 가지고 있었다. 녀석이 그렇게 된 것은, 부모로부터 학대를 받은 영향이 매우 컸다.

두 번째로, 하나님은 녀석에게 말을 조심하라고 명령하셨다. 지금도, 녀석은 거칠고 성급하며 자기중심적으로 말하는 편이다. 그러다 보니, 녀석이 가진 지혜와 지식이 풍부해도 말버릇이 안 좋아서 타인의 기분을 상하게 하는 경우가 많았다.

2025년 8월 19일 오전 8시경, 녀석과 P가 병원의 옥상에서 마주쳤다. P는 새벽 4시부터 일을 하느라 몹시 피곤한 상태였다. 고개를 푹 숙이고 숨을 고르는 P의 모습을 보고, 녀석은 북받치는 감정을 억제할 수 없었다. 녀석이 P의 두 손을 꼭 잡으며 말했다.

"P를 보니, 제가 부끄럽네요. 저도 나름대로 열심히 살아왔다고 자부했지만, P에 비하면 창피할 뿐입니다."

"가당치 않은 말씀입니다. 형님의 삶에 비하면, 저는 아무것도 아니지요."

"무뎌진 두 개의 칼날이 서로 부딪치면, 모두 날카롭게 되잖아요. 저로 인해서 P의 느슨해진 신앙생활에 활력을 주었고, 저는 P로 인해서 독단적인 신앙생활에 변화가 일어나는 것 같습니다. 제가 말은 안 했지만, 속으로는 P의 이야기를 들으며 생각을 많이 하고 있어요."

“형님은 지금까지 해오신 일만 해도 엄청난 업적을 이루신 겁니다. 누가 형님처럼 비참한 환경을 극복하고, 이 자리까지 올 수 있겠어요. 형님이 좋은 가정환경에서 자랐다면, 벌써 세계적인 인물이 되었을 겁니다.”

“제가 옳은 일을 한다 해도, 남에게 상처를 주면 안 되지요. P를 만나서, 저의 부족한 점을 많이 깨닫고 있습니다. 어쨌든, 제가 P를 만난 것은 하나님의 은혜입니다.”

“형님을 보면, 어떤 카리스마가 느껴져요.”

“세상 말로, 광기가 돈다고 하지요. 제가 찬송과 기도에 미쳐서 살다 보니 그렇게 되었습니다. 하하하.”

두 사람의 대화는, 녀석의 신앙생활에서 터닝포인트가 될 만한 사건이었다. 녀석이 법륜스님의 즉문즉설을 시청할 때도, 그런 생각을 했었다. 법륜스님은 타 종교에 대하여 비난하지 않고 존중했다. 녀석도, 신념이 다른 사람들을 인정하고 포용하는 것이 옳다고 본다. 그렇다고, 녀석이 마틴 루터를 능가하는 종교개혁을 이루겠다는 꿈을 접지는 않았다. 사실, 녀석의 꿈 이야기에 종교개혁이라는 용어를 사용하는 것은 어울리지 않는다. 녀석의 꿈은 돈이나 권력에 얽매이지 않고 찬송과 기도에 힘쓰는 신앙인을 길러내는 것이다.

영국 옥스퍼드대학교 웰빙 연구센터와 갤럽, UN 지속가능발전해법네트워크(SDSN)는 2025년 3월 19일(현지 시간) 국가별 행복 순위를 발표했다.

1위는 행복 점수 7.736점을 받은 핀란드로, 8년 연속 가장 행복한 국가로 등극했으며, 2위 덴마크(7.521점), 3위 아이슬란드(7.515점), 4위 스웨덴(7.345점)으로 북유럽 국가들이 높은 순위를 기록하였다. 이들 국가의 가장 큰 공통점은 개인주의가 매우 발달했다는 것이다.

개인주의는 개인의 자유와 권리와 책임을 중시하는 사상으로, 집단의 이익보다 개인의 자율성을 우선시한다. 이는 전체주의나 집단주의와 대비되며, 개인의 독립성과 창의성 발휘를 강조한다.

개인주의와 상반되는 것이 집단주의다.

집단주의는 개인보다 집단의 이익을 우선시하는 문화적 경향으로, 개인주의와 대비된다. 이는 인류의 생존과 공동체 유지에 필수적이었으며, 현대에도 군대나 기업 등 조직에서 활용된다.

"뭉치면 살고 흩어지면 죽는다."라는 말이 있다.

이는 1754년 벤저민 프랭클린이 식민지 13개 주의 단결을 촉구하며 시사만평(카툰)에 사용한 글 "Join, or Die"가 원조로, 미국의 독립전쟁과 남북전쟁 등 역사적 갈등의 시기에 단결 촉구 문구로 활용되었다. 이승만 대통령도 분열된 사회를 통합하기 위해, 이 구호를 강조했다.

현재(2025년) 한국의 행복지수는 58위로, OECD 국가 중 최하위에 머물고 있다. 한국의 행복지수가 낮은 이유는, 구성원들의 집단주의가 매우 강하기 때문이다.

녀석은, 종교가 집단주의화 되면 구성원들이 불행해진다고 믿는다. 녀석이 마틴 루터를 능가하는 종교개혁을 하겠다고 주장하는 핵심적인 내용은, 개인의 신념에 따라서 자유롭게 신앙생활을 하라는 것이다. 이는 종교의 개인주의화를 뜻한다.

그러면, 신앙생활 방식이 변화되는 과정과 컴퓨터의 발전과정을 비교해 보자.

「초기의 컴퓨터는 거대한 크기와 복잡한 구조를 가지고 있었다. 1940년대에 개발된 초기 컴퓨터는 수천 개의 진공관을 사용하고, 많은 공간을 차지했으며, 엄청난 양의 전력을 소비했다. 그러다가, 1970년대에 소형 컴퓨터가 대중화되면서, 일상적인 도구로 변화했다.」

초기의 컴퓨터는 특정 장소에 가야만 사용할 수 있었고, 그 컴퓨터를 사용하려면 엄청난 비용을 내야만 했다. 초기의 종교활동은 천막이나 건물 안에서 이루어졌다. 초기의 종교지도자들은 성전을 짓는다는 명목으로 엄청난 돈을 거둬들였다. 이처럼, 특정 장소에 나가서 각종 명목의 헌금을 바치며 신앙생활을 하는 방식은 초기의 컴퓨터를 사용하는 방식과 유사하다.

개인용 컴퓨터는 어디서나 몸에 지니고 다니면서 사용할 수 있었고, 그 컴퓨터를 사용하는 비용도 매우 저렴하게 되었다. 녀석이 전파하는 나의 복음은 개인적으로 종교활동을 하라는 것이 주된 내용이다. 어느 곳에서나 자유롭게 신앙생활을 하는 방식은 개인용 컴퓨터를 사용하는 방식과 유사하다.

세상에 개인용 컴퓨터가 등장하면서, 초기의 컴퓨터는 자취를 감추었다. 마찬가지로, 사람들이 개인적인 종교활동을 하게 되면 집단적인 종교활동은 서서히 자취를 감추게 될 것이다.

엄청난 돈을 쓰면서 전자계산기 수준의 초기 컴퓨터를 사용할 것인가, 아니면 저렴한 비용으로 최첨단 기능을 갖춘 개인용 컴퓨터를 사용할 것인가.

이것이 문제로다!

스티브 잡스가 최신형 스마트폰을 출시했을 때, 녀석은 그것을 사용하기가 몹시 두려웠다. 스마트폰의 기능을 설명하는데, 도무지 알아들을 수 없었기 때문이다. 그래서, 녀석은 오랫동안 구형 전화기만 사용했다. 녀석은 구형 전화기를 사용해도 불편함을 전혀 몰랐다. 시간이 흐르면서, 스마트폰을 사용하는 사람들이 늘어났다. 녀석도 두려웠지만, 스마트폰을 구매하여 기능을 익혔다. 막상 스마트폰의 기능을 배워보니 너무 쉬웠다. 녀석은, 진작 스마트폰을 사용하지 못한 것을 후회했다.

녀석이 전파하는 나의 복음도 스마트폰에 비유할 수 있다. 녀석이 전파하는 새로운 방식의 개인적인 신앙생활을 해 보면, 집단적인 신앙생활이 얼마나 불편하고 비용이 많이 들었는지 금방 알게 된다.

2025년 8월 24일 오후 6시 57분, 녀석과 수십 년 동안 우정을 쌓았던 친구로부터 카톡이 왔다.

「* 잘 지내제. ○○(녀석 친구의 작은딸)이 결혼해서~ *」

「축하해 ^^. 결혼식에 꼭 참석할게~」

「샬롬~」

친구가 보내준 청첩장을 보니, 9월 27일에 여의도에서 둘째 딸이 결혼식을 올린다는 내용이었다. 녀석은 친구의 큰딸이 결혼식을 올릴 때 《발바닥 인생 1&2》를 선물했었다. 친구의 둘째 딸이 결혼식을 올릴 때는, 《발바닥 인생》 3·4권의 원고를 선물할 것이다.

이제 《발바닥 인생》 4권의 집필도 마무리 단계에 접어들고 있다. 이 시점에서, 녀석과 오랫동안 생사고락을 같이했던 친구를 만나게 되니 감개무량하다. 그 친구는, 녀석의 신앙적인 은인이다. 그 친구는 P와 성향이 매우 비슷했다. 녀석은, 이처럼 훌륭한 친구들과 만나게 된 것이 눈물겹도록 감사하다.

녀석은 악연을 맺었던 사람들에게도 감사한다. 그들이 없었다면, 녀석의 자전소설이 재미있게 집필될 수 없었을 것이다. 의인과 악인은 종이 한 장 정도의 차이라고 할 수 있다. 의롭게 살던 자라도, 한순간에 악인이 될 수 있으니까.

2025년 8월 27일 오전 6시 33분, 녀석과 교대 근무하는 직원으로부터 문자가 왔다.

「반장님. 오늘 대체근무 부탁드려도 될까요? 제가 이틀 근무할게요.」

녀석이 문자를 확인하지 않자, 교대 근무하는 직원이 전화를 걸어왔다.

"반장님."

"예예."

"내가 문자를 보냈는데, 안 보셨네. 하루만 대치 근무를 부탁하려고 전화했지."

"알았어. 마음 편하게 푹 쉬셔. 하하하."

"땡큐."

다음 날 새벽 5시 5분, 교대 근무하는 직원이 카톡을 보내왔다.

「반장님. 오늘까지 근무 부탁드립니다. 내일 출근할게요.」

곧바로, 녀석이 답장을 보냈다.

「네.」

다음 날 새벽 5시 10분, 교대 근무하는 직원이 또 카톡을 보내왔다.

「반장님, 죄송합니다. 힘들겠지만, 오늘까지만 근무 부탁드릴게요. 제가 보답하겠습니다. ♡」

이번에도, 녀석이 즉시 답장을 보냈다.

「네.」

다음 날 오후 1시 34분, 교대 근무하는 직원이 또 문자를 보내왔다.

「반장님. 죄송합니다. 제가 퇴사해야 할 것 같습니다. 그동안 감사하고 고마웠습니다. 제 일이 잘 안 풀려서 퇴사한다고 팀장님에게 문자 보냈습니다.」

끝내, 녀석과 교대 근무하는 직원이 사퇴하고 말았다. 녀석이 교대 근무하는 직원의 부탁을 거절하지 않고 끈질기게 들어주자, 주변에서 이러쿵저러쿵 말이 많았다. 그들의 주장은, 녀석이 부탁을 너무 잘 들어주니까 교대 근무하는 직원의 버릇이 나빠졌다는 것이다. 녀석의 생각은 달랐다. 녀석은 성경 말씀대로 순종한 것뿐이다.

또 누구든지 너로 억지로 오리를 가게 하거든 그 사람과 십 리를 동행하고 - 네게 구하는 자에게 주며 네게 꾸고자 하는 자에게 거절하지 말라 (마태복음 5장 41~42절)

이날 오후 8시 30분경, 녀석이 병원의 식당에 가다가 야간 근무 하는 요양보호사를 만났다. 그녀는 60대 후반의 나이인데도, 소녀처럼 예쁘게 웃었다. 그녀가 너무 일찍 출근했다면서, 녀석을 따라와서 말동무가 되어 주었다.

"누님이 항상 소녀처럼 웃고 사는 것을 보니, 남편에게 사랑을 많이 받고 사나 봐."

"그랬지. 우리 남편은 무척 자상한 사람이었는데, 4년 전에 하늘나라로 갔어."

"무슨 일로?"

"암으로 세상을 떠났지."

"그때, 누님 남편의 나이는?"

"64세."

"내년이면, 내 나이도 64세가 되는데…."

"남편을 잃고, 나는 한동안 정신 나간 여자처럼 방황했었지."

"많이 힘들었겠구나. 나는, 우리 집사람과 이별하는 생각만 해도 너무 괴롭거든."

"한동안 많이 힘들었지."

"지금은 살 만해?"

그녀가 고개를 끄덕였다.

"지금 하는 일은 힘들지 않아?"

"초기에는 많이 힘들었어. 동료 직원과 다툼도 많았지."

"어느 직장에서나 다툼은 있기 마련이야. 나도 십여 년 동안 직장 동료들과 수없이 다투면서 살아왔어. 누님은 사소한 문제로 다투었지만, 나는 거대한 꿈을 이루기 위해 치열하게 다투었지."

녀석은 《발바닥 인생》의 줄거리를 요양보호사 누님에게 들려주었다. 녀석이 설득력 있고 재미있게 이야기하니, 누님은 넋이 나간 사람처럼 빠져들었다. 그리고 녀석이 마지막 당부의 말을 했다.

"이제 눈이 안 좋아서 책을 못 읽겠다는 핑계를 대지 말고, 돋보기를 쓰고 나의 자전소설을 읽어볼 생각 없어? 나도 돋보기를 쓰고 책을 읽고 있거든."

"알았어. 다음에 꼭 읽어볼게."

다음 날 오전 8시경, 녀석이 퇴근을 준비하며 찬송을 부르는데 P가 주차사무실로 찾아와서 반갑게 인사했다. 무심코 녀석이 요양보호사 누님을 전도하는 이야기를 꺼냈다가, 또 논쟁이 벌어지고 말았다.

"형님이 그분을 전도한다면, 그 누님은 누구에게 말씀을 배울 수 있습니까?"

"저는 찬송과 기도하는 방법만 가르쳐 주지요. 그러면 하나님께서 말씀을 가르쳐 주십니다."

"그런 어처구니없는 말이 어디 있어요. 교회에 나가서 말씀을 들어야지요. 형님은 교회도 나가지 않잖아요."

녀석은 누구든지 찬송과 기도를 열심히 하면 성령님께서 말씀을 가르쳐 주신다고 믿는다. 그러나 P는 교회에 나가서 전도자에게 말씀을 배워야 한다고 믿는다. 녀석이 흥분한 P에게 의미심장한 질문을 던졌다.

"제가 교회인데, 어디로 나갑니까? 저는 어디서나 예배를 드리며 하나님의 말씀을 듣고 있어요."

"형님도 교회라고 할 수 있지만, 진짜 교회는 성도들의 모임을 뜻합니다. 형님 혼자 뭘 할 수 있겠어요."

"저도 성도들과 교류를 (서신이나 인터넷 매체를 통하여) 활발하게 하고 있어요. 다만, 예배당에서 만나지 않는 것뿐이지요."

"형님은 자기주장만 하고 있어요. 대화를 나누다 보면, 항상 형님의 주장이 99.9% 옳다고 하잖아요."

"그러면, 각자가 옳다고 믿는 대로 신앙생활을 하면 되지요. P께서는 예배당에 나가서 신앙생활을 하고, 저는 어디서나 신앙생활을 하면 되잖아요."

"다른 사람을 실족시키면 연자맷돌을 목에 달고 죽는 것만도 못해요."

또 누구든지 나를 믿는 이 소자 중 하나를 실족케 하면 차라리 연자 맷돌을 그 목에 달리우고 바다에 던지움이 나으리라 (마가복음 9장 42절)

"당연합니다. 저도 성도들이 실족하는 것이 안타까워서 나의 복음을 전하고 있지요."

P가 비웃는 듯한 표정으로 말했다.

"(그 알량한) 나의 복음으로 무엇을 할 수 있다는 말입니까?"

"옳고 그른 것은, 하나님께서 판단해 주실 것입니다. 아마, 우리가 죽은 후에 결론이 나오겠지요."

"그러면, 차라리 형님이 교단을 하나 만드세요."

녀석은, P의 말을 듣고 깊은 한숨이 나왔다. 녀석이 나의 복음을 전파하는 목적은, 전도한 사람들이 개인적인 신앙생활을 할 수 있도록 돕는 것이다. 녀석이 교단을 만들어서 집단적인 신앙생활을 하는 것은, 신앙의 퇴보를 의미한다.

지금은 유튜브 등의 전자매체를 통하여, 온 세상에 말씀을 가르쳐 주는 영상이 차고 넘친다. 예배당에 나가야만 말씀을 배울 수 있다는 생각은 구시대적인 발상이다.

녀석이 전파하는 나의 복음을 거부하거나 인정하는 것은 듣는 사람들의 자유다. 녀석에게 나의 복음을 전파하지 말라고 강요하는 것은 종교의 자유를 침해하는 행위다. 심판자는 하나님이시다. 나의 복음이 잘못되었다면, 녀석에게 잘못된 열매가 맺힐 것이다.

지금 녀석이 살아가는 모습을 보라!

녀석은 최악의 조건에서, 최상의 행복을 누리며 살아가고 있다. 이는, 녀석이 나의 복음을 전파하면서 일어나는 현상이다. 열매를 보면, 그 나무를 알 수 있다.

거짓 선지자들을 삼가라 양의 옷을 입고 너희에게 나아오나 속에는 노략질하는 이리라 - 그의 열매로 그들을 알찌니 가시나무에서 포도를, 또는 엉겅퀴에서 무화과를 따겠느냐 - 이와 같이 좋은 나무마다 아름다운 열매를 맺고 못된 나무가 나쁜 열매를 맺나니 - 좋은 나무가 나쁜 열매를 맺을 수 없고 못된 나무가 아름다운 열매를 맺을 수 없느니라 - 아름다운 열매를 맺지 아니하는 나무마다 찍혀 불에 던지우느니라 - 이

러므로 그의 열매로 그들을 알리라 (마태복음 7장 15~20절)

물론, 녀석이 전파하는 나의 복음에도 부족한 점이 많다. 녀석뿐 아니라, 세상에서 하나님의 말씀을 완벽하게 깨닫고 전도할 수 있는 사람은 없다. 전도자는 성령님께 감동받은 분량만큼만, 하나님의 말씀을 깨닫고 전할 수 있는 것이다.

2025년 9월 4일 오전 7시경, 병원의 정문 앞에서 녀석과 P가 서로 마주쳤다. 교대 근무하는 직원이 퇴직한 사실을 알고 있는 P가 걱정하며 말했다.

"형님! 혼자 근무하시느라 힘드시죠."

"저는 별로 힘들지 않습니다."

"형님이 그렇게 말씀하셔도, 밤 근무를 계속하시니까 무척 힘드실 겁니다."

"저는 과거에 잠도 편하게 잘 수 없는 가정에서 폭력과 억압을 당하면서 살았어요. 그때를 생각하면, 지금 하는 일은 너무 쉽게 느껴집니다."

순간, P의 눈시울이 약간 붉어졌다.

“그나저나, 근무할 사람은 뽑았습니까?”

“예. 다음 주 토요일부터 출근할 예정입니다. 제가 우연히 시설관리팀장의 책상 위에 놓인 이력서를 보았는데, 61년생이고 경찰공무원으로 30년 이상 근무를 했더군요.”

“그러면, 경위 이상의 직급을 가졌겠네요.”

“그렇겠지요. 저는 높은 직급을 가졌던 사람과 일하는 것이 편해요. 그런 사람들과 일하면, 어처구니없는 일이 거의 발생하지 않더라구요. 저도 많이 배우지 못해서 우격다짐으로 일하다 보니, 가끔 문제를 일으키잖아요.”

“무슨 말씀이세요. 형님은 학교에서 많이 배우지 못했지만, 사회에서 배운 지식이 엄청납니다. 형님은 박사 위에 있어요. 혹시 박사 위에 무엇이 있는지 아십니까? 한번 맞춰보세요.”

“잘 모르겠는데요.”

“박사(博士) 위에는 덕사(德士)가 있다고 합니다. 하하하.”

P가 녀석을 덕사라고 칭했는데, 이는 덕을 쌓는 전문가란 뜻이다. 덕을 쌓는다는 것은 도덕적 가치와 품성을 내면화하고, 타인에게 선한 행동을 베풀어 개인과 사회에 긍정적인 영향을 미치는 것을 의미한다.

"그렇게 봐주시니 감사합니다. P의 겸손하시고 상대를 배려하면서 살아가는 모습이 존경스럽습니다."

"형님이, 그 친구분과 결혼식장에서 만나면 무척 반가워하실 것 같아요."

"그럼요. 그 친구는, 저의 신앙적인 은인이지요. 제가 22살 때, 그 친구를 따라서 신앙생활을 시작했으니까요. 두 사람은 신앙적인 견해차로 헤어졌지만, 제가 그 친구를 사랑하는 마음은 변함없어요. P도 저와 신앙적인 견해차가 있지만, 우리는 헤어지지 말고 잘 지내봅시다. 저는 피해가 될 언행을 하지 않을 것입니다. 지금까지, 제가 원수를 맺고 지내는 사람은 없습니다."

"형님도 건강 잘 챙기세요."

P와 녀석의 이야기는, 《발바닥 인생》 4권에 알토란 같이 기록되고 있다. 녀석이 P와 가끔 언쟁을 벌였지만, 오히려 독

자들이 나의 복음을 받아들이는 데 도움이 되고 있다. 녀석에게 P를 보내주신 하나님께, 다시 한번 깊이 감사드린다.

"세상을 변화시키고 싶다면, 당신부터 변화된 삶을 살아라!"

이는 마하트마 간디의 명언이다. 녀석도 돈과 권력에 취해 있는 종교계를 변화시키고 싶어서, 개인적으로 신앙생활을 하는 방법을 주변 사람들에게 이야기해 주고 있다. 사람들은 많은 이야기를 하면서 살아간다. 이야기란, 어떤 존재에 대하여 일정한 줄거리를 가지고 하는 말이나 글이다. 가장 수준이 높은 이야기를 말씀이라고 한다. 말씀은 우주 만물의 탄생도 명쾌하게 설명해 준다. 성경에는 말씀이, 곧 하나님이라고 기록되어 있다. 그래서, 매우 수준이 높은 이야기를 하는 사람을 보면, 하나님을 보는 듯하다고 말하게 되는 것이다.

태초에 말씀이 계시니라 이 말씀이 하나님과 함께 계셨으니 이 말씀은 곧 하나님이시니라 - 그가 태초에 하나님과 함께 계셨고 - 만물이 그로 말미암아 지은바 되었으니 지은 것이 하나도 그가 없이는 된 것이 없느니라 (요한복음 1장 1~3절)

세상만사는 이야기를 통해서 이루어진다. 간디가 인도를 독립시킨 것도, 그가 비폭력 운동을 국민에게 이야기하면서 이루어졌다. 무디의 비폭력 운동이 성공한 것은, 그가 예수님의 말씀에 순종한 결과다. 예수님은 대적자들에게 폭력을 사용하신 적이 없다. 오히려 예수님은 대적하는 자들을 위해서 기도하라고 말씀하셨다. 예수님을 따르는 녀석도, 대적하는 자들을 위해서 기도하고 있다.

한편으로, 녀석은 개인적인 신앙생활의 우월성에 대하여 사람들이 알아듣기 쉽게 이야기해 주면서 영적인 개혁 운동을 지속하고 있다. 녀석이 마틴 루터를 능가하는 종교개혁을 이루겠다는 내용을 자세히 들여다보면, 별것도 아니다. 모세가 개인적으로 재단을 쌓은 엘닷과 메닷을 극찬한 것처럼, 녀석도 개인적인 신앙생활을 하는 사람을 칭찬하면서 전도하고 있다. 개인적인 신앙생활을 통하여 성령 충만 받고 전도하는 성도들이 늘어난다면, 그 자체가 마틴 루터를 능가하는 종교개혁이 이루어진 것이다.

2025년 9월 9일 오후 6시경, 녀석이 병원의 식당에서 저녁을 먹는데 3병동에 근무하는 여직원이 다가왔다. 그녀는 《발바닥 인생》을 읽고 나서 녀석에게 절대적인 지지를 보내주고 있다. 그녀가, 녀석에게 물 한 잔을 건네주면서 말했다.

"반장님 반가워요."

“고마워요. 간호사님이 자전소설을 읽고 적극적으로 응원해 주시니, 작가로서 매우 큰 힘이 됩니다.”

“정말요? 요즘은 너무 바빠서 책을 많이 못 읽고 있어요.”

“바쁘신데 당연하죠. 저의 책을 가끔 읽어보시면 각박한 세상을 살아가면서 많은 도움이 될 거예요.”

그녀가 살며시 웃었다.

“9월까지 4권을 완성하려고 노력하는데, 잘 될지 모르겠어요. 선생님뿐 아니라, 10월에 실습을 마치는 안경 낀 간호실습생도 4권을 무척 기다리고 있잖아요.”

“그 학생은 저도 잘 아는 사이니까, 원고를 전해 줄 수가 있어요.”

“잘 되었네요.”

(중략)

2025년 9월 12일 새벽 3시경, 녀석이 자전소설 3권의 일부 내용을 삭제했다. 그 내용은, 큰집의 넷째 형수가 삭제를 요청했던 부분이다. 그 내용을 삭제하지 않으면, 녀석이 살아 있을 동안에 《발바닥 인생》 3권을 출간할 수 없다. 그 내용을 녀석이 삭제함으로써, 언제든지 《발바닥 인생》 전집을 출간할 수 있는 길이 활짝 열렸다.

이날 오후 2시경, 녀석이 홀가분한 마음으로 자전소설의 원고를 가지고 지식과 감성 출판사로 갔다. 녀석이 출판사의 대표님을 만나 보니, 의기소침한 인상을 받았다. 도서 출판 시장이 갈수록 줄어드는 추세이니, 녀석도 대표님의 심정을 이해할 수 있었다. 녀석은 대표님이 작성한 《발바닥 인생》 전집(SOLE LIFE)의 출판 견적서에 사인하면서, 이런 생각을 해 보았다.

'나의 자전소설이 베스트셀러가 된다면, 대표님에게 큰 도움이 될 텐데~'

녀석이 《발바닥 인생》 전집의 표지 제목을 영어로 선택한 것은, 세계로 퍼져나가기를 간절하게 소망했기 때문이다.

2025년 9월 15일 오후 3시 54분, 지식과 감성 출판사의 여직원이 녀석에게 전화를 걸어왔다.

"안녕하세요. 지식과 감성 ○○ 과장입니다."

"네네."

"표지 관련해서, 작가님이 말씀해 주신 대로 진행하면 될까요?"

(중략)

"○○ 선생님은, 저랑 작업을 해봤잖아요."

"네. 맞아요."

"그래서 더 정감이 가네요."

"네. 감사합니다."

"이번에 3·4권이 합쳐지면서, 원고를 읽어본 독자들의 반응이 좋았어요."

"아~ 네."

"《발바닥 인생》 1·2권은 작가의 생각을 일방적으로 기록했지만, 3·4권에는 작가와 독자들이 교류하는 내용도 소개하니까 좋은 반응이 나오더라고요. 그러니까, 마치 자기들의 이야기를 읽는다고 생각하는 것 같아요."

"아, 독자님들과 공감대 같은 것이 생긴 것이네요."

"네네."

"이 책이 널리 전파되려면, 독자님들이 주변 사람에게 읽어보라고 권하면 되잖아요."

"아~ 네네."

(중략)

녀석은 지식과 감성 출판사 ○○ 과장에게, 조속히 《발바닥 인생》 전집(SOLE LIFE)의 표지부터 만들자고 제안했다. 그리고 《발바닥 인생》 전집(SOLE LIFE)은, 늦어도 12월 안에 출간할 계획이다.

문학 작가는 60세가 넘으면서부터 필력이 급격하게 떨어진다고 한다. 올해로, 63세를 맞은 녀석도 예외는 아니다. 요즘에 녀석이 무슨 글을 쓰려고 하면, 생각에서 정리가 잘되지 않아서 멍하게 하루를 보내는 경우가 많다. 이는 자연스러운 노화 현상이다. 우리나라의 노벨문학상 수상자도 60세까지 집필활동을 할 계획이라고 밝힌 바 있다. 녀석이 자전소설을 계속 집필하겠지만, 《발바닥 인생》 5권부터는 독자님들께 소개할 정도의 수준에 이르지는 못할 것 같다. 요즘 아내가 요양원에 다니면서, 녀석에게 이런 말을 자주 했다.

"요양원에 입소하는 어르신들을 보면, 신분과 상관없이 똑같아지더라고."

한 달 전에, 녀석이 다니는 장승배기의 피부과에서 전화가 걸려온 적이 있었다. 전화를 걸어온 사람은, 녀석과 40년 이상 친하게 지내는 여의사였다.

"여보세요."

"아, 여보세요. 아이고, 안녕하세요. 여기 ○○피부과예요. 별일 없으시고요?"

"아, 네."

"설문 조사를 좀 하려고 전화를 드렸어요?"

"네."

"혹시 우리 협회에서 요양병원을 만들게 되면, 갈 생각이 있으세요?"

"갈 생각이 있지요. 하하하."

(중략)

여의사의 질문을 받는 순간, 녀석은 이런 생각이 들었다.

"내가, 벌써 요양 시설에 들어갈 대상자가 되었구나."

녀석은 여의사의 전화를 받고 기뻐했다. 만약, 녀석의 인지 능력이 떨어져서 국가에서 무료로 운영하는 요양 시설에 가게 된다면 가족의 부담을 덜어 줄 것이기 때문이다. 지금도 녀석은, 60대 중반의 아내를 보면서 약간의 황홀함을 느낀다. 결혼 초에, 송추계곡에 놀러 가서 녀석이 아내를 안고 찍은 사진을 보면 놀라움을 금할 수 없다. 아내는 깃털처럼 가벼웠고 소녀미가 물씬 풍겼다. 요즘은 녀석이 아내를 암퇘지라고 놀리지만, 그래도 웃음으로 화답한다. 두 사람은 온갖 시련을 차곡차곡 극복하면서 동화 속의 주인공처럼 아름다운 사랑을 이루어 냈다. 녀석이 죽는 날까지, 아내를 향한 사랑의 향기는 짙어만 갈 것이다.

지난 10년 세월을 돌아보니, 녀석의 삶은 황홀한 축제로 가득했다. 그 중심에는 항상 아내가 있었다. 녀석이 십 대에 한센병 진단을 받고 오랫동안 남몰래 눈물을 흘리며 홀로 살다가, 삼십 대에 아내를 만나지 않았다면 이런 행운은 없었을 것이다. 가끔 녀석이 아내를 향해서 욕심이 많다고 책망했지만, 다른 사람과 비교해 보면 평범한 수준이라고 할 수 있다. 단지, 녀석이 신앙적인 관점에서 볼 때 아내가 욕심이 너무 과하다는 것이다. 녀석이 본 데 없이 자라서 천방지축으로 날뛰며 살았지만, 주변 사람들이 무시하지 못한 것은 아내의 역할이 매우 컸다. 과거에 녀석이 한남동에서 일할 때, 회장님에게 아내를 데리고 가서 인사를 시켰더니 깜짝 놀라셨다. 녀석이 결혼할 때는, 회장님 내외가 집까지 찾아와서 가구도 사 주셨다. 녀석은 나이가 들어갈수록, 아내가 너무 사랑스러워서 주머니에 넣고 다니고 싶을 정도다. 녀석이 아내를 사랑하는 이야기는 끝이 없지만, 이쯤에서 마치려고 한다. 더 소개하면, 독자님들로부터 눈총을 받을 것이기 때문이다.

2025년 9월 20일 오후에, 녀석이 근무하는 병원 앞의 화단에서 백일홍을 뽑아내고 국화를 심었다. 뽑아낸 백일홍은 버리지 않고 파란색 용기에 담아서 한쪽 귀퉁이에 전시했다. 넉 달 동안이나 병원을 빛내 준 백일홍은, 마지막 순간까지도 행인들과 병원에 오시는 환우들과 직원들을 즐겁게 해 주었다. 녀석은 백일홍을 심고 가꾸고 뽑아내면서 많은 것을 배웠다. 녀석도 마지막 순간까지 주변 사람들을 즐겁게 해 주면서 살아야겠다고 재차 다짐했다.

2025년 9월 26일 오전 8시 30분경, 녀석이 출근하여 옥상에 올라가니 P가 말씀을 전하기 위한 준비물을 바라보고 있었다.

"말씀을 열심히 준비하고 계시네요. 내일, 친구의 둘째 딸 결혼식에 참석하러 갑니다."

"친구분을 만나시면 잘 지내세요."

"그럴 생각입니다. 저도 P의 조언을 듣고 대인관계를 폭넓게 가지려고 애를 쓰고 있습니다."

"형님이 오시기 조금 전에, 어느 환자분이 정원의 꽃을 가꾸는 분을 찾더군요."

"그런 분이 무척 많아요. 병원에 오랫동안 다니는 환자분들은, 제가 정원에 흙을 실어 나르고 퇴비를 주며 화초를 가꾸는 모습을 자주 보았지요."

"형님이 조경 일을 맡으신 것은 탁월한 선택인 것 같습니다."

"병원의 정원을 바라보면, 그 속에 피와 땀과 눈물이 들어 있음을 느낄 수 있지요. 저는 조경을 통하여 영적인 감동을 주는 예술가라고 할 수 있죠."

"우리 병원에 조경 시설이 갖추어진 것도, 형님께 좋은 기회가 된 것 같아요."

"저는 조경 시설이 없는 병원에서 일할 때도, 발레파킹을 자원하여 주변 사람에게 친절을 베풀었지요. 그래서 친절교육을 할 때, 제가 발표를 하게 된 것이고요. 제가 이렇게 된 것은, 날마다 2시간 이상 찬송하거나 기도하기로 작정한 시점부터입니다. 장로님도 느끼고 계시겠지만, 그리스도인이 찬송과 기도를 소홀히 하면 영적으로 답답하고 무능력하게 됩니다. 저는, 저 자신을 위해서라도 열심히 찬송과 기도하지요."

(중략)

마지막으로, 녀석이 P에게 수긍할 만한 영적인 이야기를 들려주었다.

"저도, 나의 복음이 옳은지 그른지 알지 못합니다. 다만, 열심히 찬송과 기도하면서 감동이 오는 대로 말씀을 전할 뿐이지요. 그래도 많은 사람이 저를 무시하지 못하는 것은, 실제로 하나님의 능력이 나타나는 모습을 보았기 때문입니다. 물론, 저도 부족한 사람입니다. 저만 잘났다고 주장할 수 없지요. 세상에는, 저보다 더 많이 찬송하고 기도하는 성령 충만한 그리스도인이 있다고 봅니다. 저도, 그런 분을 만나면 순종하고 따를 겁니다."

삼손이 괴력을 발휘할 수 있는 원천은, 그의 머리카락이었다. 그의 소중한 머리카락이 잘려 버리자, 적에게 두 눈이 뽑히고 조롱을 당하는 수모를 겪었다. 녀석이 영적인 능력을 발휘할 수 있는 원천은, 날마다 2시간 이상 찬송하거나 기도하는 것이다. 녀석이 찬송과 기도를 싫증 내고 게으름을 피운다면, 영적인 소경이 되어서 악한 무리에게 조롱을 당할 것이다.

다음 날 낮 12시경, 녀석이 사랑하는 친구의 둘째 딸 결혼식이 열리는 여의도 웨딩 컨벤션센터 3층 그랜드볼룸 홀로 갔다. 결혼식이 끝나고 2층 연회장에 가니, 과거에 녀석과 신앙생활을 함께 했던 신도 네 명이 모여 있었다. 녀석도 그들과 합석하여 식사하는데, 녀석의 40년 지기 친구 내외가 찾아왔다. 녀석의 친구는 살이 빠지고 피부도 안 좋은 상태였다. 녀석은 극도로 말을 삼가면서, 친구를 축하해 주었다. 식사가 끝날 무렵, 녀석이 친구에게 《발바닥 인생》 3·4권의 원고를 선물하고 집으로 돌아왔다.

오후 9시 7분, 녀석의 친구로부터 카톡이 왔다.

「* 결혼식 축하해 주어서 고마워~ ***」

다음 날 오전 5시 54분, 녀석이 친구에게 카톡을 보냈다.

「나의 평생 친구가 되어 주어서 고마워~ ***」

K가 쉬지 않고 찬송하는 것은, 오직 하나님만 의지하면서 살고 싶었기 때문이다. 역사에 길이 남을 위대한 다윗왕도 사람을 의지하지 않고, 평생 하나님을 찬송했다.

나의 생전에 여호와를 찬양하며 나의 평생에 내 하나님을 찬송하리로다 - 방백들을 의지하지 말며 도울 힘이 없는 인생도 의지하지 말찌니 - 그 호흡이 끊어지면 흙으로 돌아가서 당일에 그 도모가 소멸하리로다 (시편 146편 2~4절)

사람 위에 사람 없다. 속된 말로, 그놈이 그놈이다. 인간이 아무리 잘났다고 과시해 봤자, 그의 호흡이 끊어지면 소멸하는 존재에 불과하다. 진짜 똑똑한 사람들은, 이런 이치를 잘 알고 있다. 얼마 전에, 녀석이 유튜브에서 어느 유명한 연예인의 고백을 들은 적이 있다. 그는 가수 활동을 하면서도, K-POP 중심의 글로벌 엔터테인먼트 기업의 대표로서 세계적인 아티스트를 관리하고 있다. 그는 이렇게 말했다.

“나는 성경이라는 책을 파헤쳤고, 그 내용이 사실인 걸 알아서, 그 책을 믿은 거야. 나, 이거 끝장을 안 보면 못 살겠어. 왜냐하면, 내가 그때 이혼도 했고, 미국 사업도 망했고, 싱글이 되고, 펜트하우스에 살면서 정말 일주일에 막 4~5일을 파티, 파티, 파티…. 이거를 한 2년 했는데…, 어느 날 아침에 일어났는데, 내가 나한테 한 말이 ‘하~ 병×’. 그 말을 하고 다시는 (파티를) 안 했어. 근데, 문제는 살아야 하잖아. 텅 빈 것 같은…. (내가) 음악이 최종 목표라고 생각한 적은 없거든? 음악은 내 직업이고 행복은 대인관계에서 온다고 생각해. (그런데, 내가) 살 수가 없게 된 거야. (내가) 살아야 하는데. 그래서 이제, 그때 오케이, 그러면 (내가) 어디서 태어났고, 죽어서 어디를 가고, 이걸 끝장을 보이지 않으면, 난 더 이상 못 살겠다. 그래서 메이저 종교를 다 파헤친 거야. 그래서 2012년 10월 말에 침대에다가 성경을 놓고 무릎을 꿇었어. 그냥 어떤 목사님을 믿은 것도 아니고, 어떤 인간을 믿은 게 아니라 책을 (믿은 거야), 나는 성경이라는 책을 파헤쳤고, 그 책에 있는 내용이 사실인 걸 알아서, 그 책을 믿은 거였거든.”

녀석도 동영상을 보면서 무척 공감이 갔다. 그 유명 연예인은 엄청난 부귀영화와 인기를 누려봤지만, 결과는 도저히 살 수가 없게 되었다고 고백했다. 그는 살기 위해서 성경을 읽기 시작했다. 놀랍게도, 그 유명 연예인은 사람을 의지하지 않고 성경을 의지한다고 말했다. 녀석도 사람을 의지하지 않고 성경을 믿는다. 그 유명 연예인이 《발바닥 인생》 전집을 읽게 된다면, 세상의 가요보다도 찬송에 더욱 미칠 것이다. 그 유명 연예인이 찬송에 미친다면, 성령 충만 받아서 성경을 깊이 깨닫고 세계적인 전도자가 될 것이다.

K는 병원에서 10여 년을 근무하는 동안, 여러 부류의 사람들을 경험하게 되었다. 그중에서, 기억에 남는 사람들은 따로 있었다. 그들은 감사할 줄 아는 사람이었다. '물에 빠진 사람 구해줬더니 보따리 내놓으라 한다'는 속담이 있다. 이런 부류의 사람들은 감사는커녕, 오히려 도와준 사람을 원망한다. 성경에도, 이런 부류의 사람들을 소개하고 있다.

한 촌에 들어가시니 문둥병자 열 명이 예수를 만나 멀리 서서 - 소리를 높여 가로되 예수 선생님이여 우리를 긍휼히 여기소서 하거늘 - 보시고 가라사대 가서 제사장들에게 너희 몸을 보이라 하셨더니 저희가 가다가 깨끗함을 받은지라 - 그 중에 하나가 자기의 나은 것을 보고 큰 소리로 하나님께 영광을 돌리며 돌아와 - 예수의 발아래 엎드리어 사례하니 저는 사마리아인이라 - 예수께서 대답하여 가라사대 열 사람이 다 깨끗함을 받지 아니하였느냐 그 아홉은 어디 있느냐 - 이 이방인 외에는 하나님께 영광을 돌리러 돌아온 자가 없느냐 하시고 - 그에게 이르시되 일어나 가라 네 믿음이 너를 구원하였느니라 하시더라 (누가복음 17장 12~19절)

예수님은, 감사하러 온 사마리아인이 구원에 이르는 믿음을 가진 자라고 말씀하셨다. 요즘은, 진심으로 감사를 표시하는 사람을 만나기가 힘들다. 진심으로 감사할 줄 아는 사람은 마음에 참된 평안과 기쁨을 얻는다. 반면에, 도움을 받고도 원망하는 사람은 절대로 행복을 얻을 수 없다. 녀석이 근무하는 병원에 지속적으로 감사를 표시하는 여직원이 있다. 그녀는 수술실에 근무하는데, 녀석이 도움을 줄 때마다 카톡에 감사의 글을 올렸다. 처음에는 그저 인사치레겠거니 했으나, 수개월이 지나도 변함없이 감사의 글을 올렸다. 그래서 녀석은, 그녀를 위해 중보기도를 하게 되었다. 녀석이 어떤 책을 읽고 감흥을 받았다면, 반드시 다른 사람에게도 그 책을 소개해 준다. 이는, 녀석에게 도움을 준 작가에 대한 감사의 표현이기 때문이다. 녀석에게 감동을 준 책을 40년 동안 다른 사람들에게 소개했더니, 놀라운 일이 생겨났다. 어느덧, 녀석도 작가가 된 것이다. 지속적인 감사는 만사형통의 기적을 이룬다.

2025년 10월 9일, 녀석이 메일을 열고 작업을 하다가 4개월 전(6월 1일)에 보내온 편지를 발견하고 읽게 되었다. 그 내용은 다음과 같다.

「안녕하세요. 반장님.

저는 병원 전산 ○○○ 대리입니다. ㅎㅎ 주신 책 잘 봤고, 4~5시간에 걸쳐서 봤어요. 젤 와닿는 부분이 162페이지 왼손잡이 내용. 사람마다 생각하는 관점, 행동 이런 게 다 다른데도 불구하고 다른 사람이 정해놓은 기준(부모나 친구 등)에 벗어나거나 어긋나거나 하면, 그게 다르다가 아닌 틀렸다고 하여 바꾸고 주입시키려는 부분이 많더라고요.

잘못된 건지는 정작 본인들은 모르고, 그게 맞다고 생각하여 특정해 버리는 부분이 많은 거 같아요. 그래서 잘못된 교육 인식으로 인해 마음의 병이 생기는 게 아닌가도 생각이 들더라고요. 성인이 되거나 하면 잔디나 넓은 곳에 풀어줘야 함에도 계속 가두려는 사람들이 많더라고요.

특히 자기 기준이 명확해야 남의 잘잘못도 볼 줄 아는 것도, 다시 한번 상기하게 되었어요. 열심히 하시는 모습에 많이 본받게 되네요. 도당산에 천문대 있다는 얘기 들었지만 가보진 않았고, 장마 끝나고 날 선선해지는 가을에나 한번 가봐야겠어요.

글 잘 쓰시는 거 보고 저도 오랜 꿈 중 하나가 책 내보는 것이었는데, 안 해 본 것도 많지만 특히 책 하나 내보고 싶다는 생각도 많이 했어요. 시간이, 돈이, 환경이 등등…. 이런저런 핑계만 하다가 문득 잊고 지낸 지 오래되었네요. ㅎㅎ

(저는) 종교적 믿음이 없고 무신앙이지만, 《나의 복음》과 《진정한 우정의 비결》 요약본도 새삼 궁금해졌어요. 《발바닥 인생 1&2》 간단한 소감과 내용을 적어 봤고, 요약본을 부탁드리고자 메일 보냅니다.」

녀석은 4개월이 지나도록 독자님에게 답장하지 못한 것을 자책했다. 녀석은, 즉시 독후감을 보내주신 독자님에게 답장했다.

「정성이 담긴 독후감을 보내주셔서 감사합니다. 제가, 오늘 이메일을 확인했습니다. 답장이 너무 늦어져서 죄송합니다. 대리님의 글을 읽고, 무척 감동을 받았습니다.

조만간 《발바닥 인생》 4권(B) 원고도 보내드리겠습니다. 대리님의 글을 읽어보니, 책을 내셔도 될 것 같습니다. 저보다 문장력이 훌륭하십니다. 작가로서, 대리님이 좋은 책 내시기를 기대하겠습니다. 추석 명절 잘 보내시고, 늘 행복하세요.

○○○ 작가 드림.」

다음 날 오후 2시 33분, 지식과 감성 출판사의 ○○과장이 《발바닥 인생》 전집의 앞표지 견본을 이메일로 보내왔다. 올해 크리스마스 전까지, 녀석이 집필한 《발바닥 인생》 전집이 전국 유명 서점에 배포될 예정이다. 네이버나 쿠팡 등의 검색창에 "발바닥 인생" 또는 "sole life"라고 입력하면, 녀석의 책을 손쉽게 구매할 수 있다.

앞으로 두 달 동안, 녀석의 이야기가 《발바닥 인생》 4권에 계속해서 추가될 것이다. 올 연말연시에, 녀석의 책이 선물용으로 판매될 수 있도록 최선을 다할 생각이다.

2025년 10월 11일 오전 11시 44분, 녀석의 형수님으로부터 카톡이 왔다.

「추석 잘 보내셨는지요~~ 제가 카톡을 자주 열지 않는데요. 추석 전에 분주하던 중에 어떻게 하다가 보니 카톡이 온 걸 본 거 같아요. (중략) 시간 될 때 천천히 읽을게요~ 9월에 약속한 친구는 아직 연락이 없어요. 제가 약속을 어긴 게 되었네요~ 조금만 기다려 주세요. 저도 마음이 편칠 않아서 고민하고 노력하겠습니다. 또 연락드릴게요~~」

약 3시간 후에, 녀석이 형수님에게 답장을 보냈다.

「형수님이 잘 계신다는 것을 확인한 것만으로도 감사합니다. 초심을 잃지 마시고, 성령 충만 받는 일에 매진하시면 마음에 평안이 찾아올 것입니다. 할렐루야!」

녀석이 형수에게 돈을 보내지 말라는 내용의 답장을 하고 싶었지만, 성령께서 감동을 주셨다고 믿었기에 꾹 참았다.

이날 오후 10시 02분, 녀석의 40년 지기 친구가 카톡을 보내왔다.

「나도 구매하려고~」

녀석은 카톡을 열어보고 너무너무 기뻤다. 즉시 녀석이 답장을 보냈다.

「고마워 ^^」

과거에, 녀석의 친구는 나의 복음에 대하여 거부반응을 나타냈었다. 그랬던 친구가 《발바닥 인생》 3·4권의 원고를 읽고 책을 구매하겠다고 했으니, 녀석이 기쁘지 않을 수 있겠는가.

다음 날과 이튿날, 녀석은 병원에 근무하는 독자님들을 찾아다니며 《발바닥 인생》 4(B)권의 원고를 나눠주면서 거슬리는 부분을 체크해 달라고 부탁했다.

2025년 10월 13일 오전 10시 15분, 녀석이 지식과 감성 출판사에 전화를 걸었다.

"감사합니다. 지식과 감성입니다."

"네. 수고하십니다. 출판을 의뢰한 ○○○작가인데요."

"아, 예."

"제가 《발바닥 인생》 3·4권의 원고를 독자님들에게 나눠주면서 거슬리는 부분을 체크해 달라고 부탁하고 있어요."

"아, 네네."

"그래서 일주일 정도 3·4권의 원고 수정을 미뤄달라는 부탁을 하려고요."

"네. 알겠습니다."

"《발바닥 인생》 1·2권은, 제가 수정할 부분을 체크해 놓았거든요. 그거는 책에 직접 표시해 놓았기 때문에, 오후 2시쯤 출판사를 방문해서 전달해 드리려고 해요."

"알겠습니다. 그러니까 3·4권은 수정을 보류하고, 1·2권은 수정 작업을 계속해서 진행하라는 말씀이죠."

"네네. 그럼, 이따가 찾아뵙겠습니다. 수고하세요."

오후 2시경, 녀석이 지식과 감성 출판사로 가서 ○○과장을 만났다. 그녀는 《발바닥 인생》 1권의 표지 디자인을 담당했었다. 녀석이 전화로 목소리만 들었던 ○○과장을 만나 보니 상당한 미인이었다. 녀석은, 그녀와 논의를 마치고 장승배기의 한센인 협회 ○○피부과로 갔다. 그곳에서, 녀석은 두 명의 간호사에게 《발바닥 인생》 4권의 원고를 선물하고 집으로 돌아왔다.

2025년 10월 31일, 우리나라의 경주에서 APEC 정상회의가 열렸다. 이 행사에는, 정치인뿐만 아니라 세계적인 경제인도 다수 참석했다. 특히, (2025년 9월 12일 기준) 전 세계 시가총액 1위 기업인 엔비디아의 젠슨 황 회장이 방문하여 이목을 끌었다. 엔비디아는 세계 최고 성능의 인공지능(AI) 반도체를 독점적으로 판매하고 있다. 일본의 최대 그룹 소프트뱅크 손정의 회장은 인공지능에 대하여 이렇게 말했다.

"인공지능(AI)과 인간의 지능을 비교한다면, 인간의 지능은 금붕어 수준밖에 안 된다."

이제는, 인간이 인공지능(AI)의 가르침을 받아야만 경쟁에서 살아남을 수 있는 세상이 되었다. 한 인간이 아무리 열심히 공부해도, 인공지능과 비교하면 금붕어 수준밖에 안 된다니 서글프기만 하다.

그러나 인공지능(AI)도, 하나님과 비교하면 지렁이 수준만도 못하다. 하나님은 모든 지혜와 지식을 가지고 계신다. 인공지능은, 인간의 죄 문제나 심각한 갈등을 해결해 줄 수 있는 능력이 없다. 지금 녀석이 최상의 행복을 누리게 된 것은, 하나님께서 최고의 지혜와 지식(나의 복음)을 가르쳐 주셨기 때문이다.

과학 문명이 발달할수록, 대다수의 인간들은 최첨단 기계에 떠밀려서 초라한 존재로 전락한다. 그러나, 하나님께서 주시는 지혜와 지식을 공급받는 사람들은 존귀한 존재로 살아갈 수 있다.

깊도다 하나님의 지혜와 지식의 부요함이여, 그의 판단은 측량치 못할 것이며 그의 길은 찾지 못할 것이로다 (로마서 11장 33절)

K가 《발바닥 인생》 전집을 완성하기까지, 꼬박 7년의 세월이 흘렀다. 지금, 녀석은 홀가분한 심정이다. 예수께서 십자가를 지고 숨지시기 직전에 '다 이루었다!'고 말씀하셨던 것처럼, 녀석도 사명을 '다 이루었다!'고 생각한다. 이제, 주사위는 던져졌다. 녀석의 자전소설이 찻잔 속의 태풍이 될지, 아니면 세계적인 영향력을 끼치는 전도서가 될지 두고 볼 일이다.

- 끝 -

《SOLE LIFE》의 집필을 마치며

먼저, 저자가 자전소설을 집필할 수 있도록 인도해 주신 하나님께 깊이 감사드립니다.

그리고 저자가 책을 출판하는 데 결정적인 도움을 주신 부원장님과 적극적인 지지를 보내 주신 장로님과 전 시설관리 팀장님과 형수님께 감사드립니다.

이번에, 저자의 형수님이 《SOLE LIFE》 출판비의 절반 이상을 보내 주셨습니다. 하나님께서 합당한 복을 내려 주실 줄 믿습니다.

마지막으로, 이 책을 읽어 주신 모든 독자님께 감사드립니다. 이 책을 주변 사람에게 널리 소개해 주시면 큰 복을 받을 줄 믿습니다.

God bless you!